CADÊ VOCÊ, BERNADETTE?

MARIA SEMPLE

Cadê você, Bernadette?

Tradução
André Czarnobai

2ª *reimpressão*

COMPANHIA DAS LETRAS

Copyright © 2012 by Maria Semple

Grafia atualizada segundo o Acordo Ortográfico da Língua Portuguesa de 1990, que entrou em vigor no Brasil em 2009.

Título original
Where'd You Go, Bernadette: A Novel

Design e ilustração de capa
© Sinem Erkas (inspirados na capa original, de Keith Hayes)

Preparação
Mariana Delfini

Revisão
Isabel Jorge Cury
Marina Nogueira

Dados Internacionais de Catalogação na Publicação (CIP)
(Câmara Brasileira do Livro, SP, Brasil)

Semple, Maria
   Cadê você, Bernadette? / Maria Semple ; tradução André Czarnobai. — 1ª ed. — São Paulo : Companhia das Letras, 2013.

   Título original: Where'd You Go, Bernadette : a novel.
   ISBN 978-85-359-2293-6

   1. Ficção norte-americana I. Título.

13-05504   CDD 813

Índice para catálogo sistemático:
1. Ficção : Literatura norte-americana 813

[2018]
Todos os direitos desta edição reservados à
EDITORA SCHWARCZ S.A.
Rua Bandeira Paulista, 702, cj. 32
04532-002 — São Paulo — SP
Telefone: (11) 3707-3500
www.companhiadasletras.com.br
www.blogdacompanhia.com.br
facebook.com/companhiadasletras
instagram.com/companhiadasletras
twitter.com/cialetras

Para Poppy Meyer

A coisa que mais me irrita é que quando eu pergunto ao papai o que ele acha que aconteceu com a mamãe, ele sempre responde: "O mais importante é que você saiba que não é sua culpa". Perceba que não foi isso que eu perguntei. Quando o pressiono, ele fala a segunda coisa que mais me irrita: "A verdade é complicada. Não há como uma pessoa saber tudo sobre outra pessoa".

Mamãe simplesmente desaparece dois dias antes do Natal sem me dizer nada? Claro que é complicado. Mas só porque é complicado, só porque não há como saber tudo sobre outra pessoa, não quer dizer que não se possa tentar.

Não quer dizer que eu não possa tentar.

PARTE UM
Mamãe contra as moscas

SEGUNDA-FEIRA, 15 DE NOVEMBRO

A escola Galer Street é um lugar onde a compaixão, o estudo e a conectitude global se juntam para formar cidadãos dotados de uma mente cívica para um planeta diverso e sustentável.

Estudante: Bee Branch
Ano: Nono
Professor: Levy

LEGENDA
S   Supera a excelência
A   Atinge a excelência
T   Trabalhando rumo à excelência

Geometria	S
Biologia	S
Religião ao redor do mundo	S

Mundo moderno	S
Escrita criativa	S
Cerâmica	S
Artes da linguagem	S
Movimento expressivo	S

COMENTÁRIOS: Bee é puro deleite. Sua paixão pelo conhecimento é contagiante, bem como sua gentileza e bom humor. Bee não tem medo de fazer perguntas. Seu objetivo é sempre entender profundamente cada tema abordado, e não apenas tirar boas notas. Outros alunos pedem que ela os ajude com os estudos, e Bee está sempre pronta para atendê-los de boa vontade. Bee demonstra concentração extraordinária quando trabalha sozinha e é uma líder confiante e tranquila quando trabalha em grupo. Vale mencionar ainda a talentosa flautista que ela vem mostrando ser. Ainda estamos no segundo trimestre, mas já lamento pelo dia em que Bee concluir seus estudos na Galer Street e sair daqui para ganhar o mundo. Soube que ela está tentando uma vaga nos colégios internos do leste. Invejo os professores que terão a oportunidade de encontrá-la pela primeira vez e descobrir a jovenzinha encantadora que ela é.

    Naquela noite, durante o jantar, aguentei mamãe e papai me bombardeando com seus "Estamos-tão-orgulhosos-de-você" e "Ela-é-muito-inteligente" até que eles me dessem uma trégua.
    "Vocês sabem o que isso quer dizer", eu disse. "A baita coisa que isso quer dizer."
    Mamãe e papai se olharam, franzindo a testa em dúvida.
    "Vocês não se lembram?", perguntei. "Quando entrei na Galer Street, vocês disseram que, se eu tirasse notas perfeitas do começo ao fim, poderia pedir o que quisesse de presente de formatura."

"Eu me lembro", disse mamãe. "Fizemos isso para fugir das conversas sobre um pônei."
"Isso eu queria quando era pequena", eu disse. "Mas agora quero outra coisa. Vocês não estão curiosos para saber o que é?"
"Não tenho certeza", disse papai. "Estamos?"
"Uma viagem com toda a família para a Antártida!" Puxei o panfleto sobre o qual estava sentada. Era de uma agência de turismo de aventura que organiza cruzeiros para lugares exóticos. Abri na página da Antártida e passei o livreto pela mesa. "Se nós formos, vai ter de ser no Natal."
"Este Natal?", perguntou mamãe. "Tipo, em um mês?" Ela se levantou e começou a enfiar as embalagens vazias do delivery dentro das sacolas em que haviam sido entregues.
Papai já estava lendo o panfleto. "É o verão deles", disse. "É a única época que dá para ir."
"Porque pôneis são bonitinhos." Mamãe deu um nó nas alças das sacolas.
"O que você disse?" Papai olhou para mamãe.
"Não é uma época ruim pra você por causa do trabalho?", ela perguntou a ele.
"Estamos estudando a Antártida", eu disse. "Li todos os diários dos exploradores e vou fazer uma apresentação sobre Shackleton." Comecei a balançar na minha cadeira. "Não acredito. Nenhum de vocês está dizendo que não."
"Eu achei que você ia dizer alguma coisa", papai disse a mamãe. "Você odeia viajar."
"Eu achei que você ia dizer alguma coisa", mamãe respondeu. "Você tem de trabalhar."
"Ai, meu Deus, isso é um sim!" Saltei da cadeira. "Isso é um sim!" Minha alegria era tão contagiante que a Picolé acordou e começou a latir e dar voltinhas de vitória ao redor da mesa.
"Isso é um sim?", papai perguntou a mamãe, sua voz se sobrepondo ao barulho das embalagens plásticas do delivery se

quebrando enquanto eram empurradas para dentro da lata de lixo.

"Isso é um sim", ela disse.

TERÇA-FEIRA, 16 DE NOVEMBRO

De: Bernadette Fox
Para: Manjula Kapoor

Manjula,
    Aconteceu um imprevisto e eu adoraria que você pudesse fazer um servicinho extra. Falando por mim, este período de experiência está salvando a minha vida. Espero que esteja sendo bom para você também. Se for possível, por favor, me avise com urgência porque eu preciso que você me ajude com a sua magia indiana num projeto bem grande.
    O.k.: vou ser sincera com você.
    Você sabe que eu tenho uma filha, Bee. (Ela é aquela para quem você pediu os remédios e por quem travou uma batalha destemida contra a companhia de seguros.) Aparentemente, eu e meu marido prometemos que ela poderia pedir o que quisesse se concluísse o Ensino Fundamental tirando apenas A. Bem, os As chegaram — ou talvez eu devesse dizer os Ss, porque a Galer Street é uma dessas escolas liberais, com um sistema de notas baseado na autoestima (torço para que vocês não tenham isso aí na Índia) —, e o que ela pediu? Uma viagem de família para a Antártida!
    Entre os milhões de motivos pelos quais não quero ir à Antártida, o principal deles é que serei obrigada a sair de casa. A essa altura você já deve ter percebido que isso não é algo que eu goste muito de fazer. Mas não posso discutir com Bee. Ela é uma

boa menina. Tem mais caráter do que Elgie, eu e outras dez pessoas juntas. Além disso, ela está tentando entrar em colégios internos no próximo semestre, e é claro que vai conseguir, graças aos ditos As. Opa, Ss! Portanto, seria de extremo mau gosto recusar isso à nossa Abelhinha.

A única maneira de se chegar à Antártida é em um navio de cruzeiro. Mesmo os de menor porte comportam 150 passageiros, o que significa que eu vou ficar presa com outras 149 pessoas que provavelmente vão me enlouquecer com sua grosseria, sua sujeira, suas perguntas idiotas, sua tagarelice incessante, seus pedidos de comida bizarros, sua conversinha entediante etc. Ou pior, eles podem voltar sua curiosidade para a minha direção, esperando que eu corresponda graciosamente. Estou tendo um ataque de pânico só de pensar nisso. Um pouco de ansiedade social nunca fez mal a ninguém, né?

Se eu te passar as informações, será que você poderia, por favor, cuidar de toda a papelada, vistos, passagens aéreas, enfim, tudo relacionado a pegar nós três aqui em Seattle e nos levar até o Continente Branco? Você teria tempo de fazer isso?

Diga que sim,
Bernadette

Ah! Você já tem os números do cartão de crédito para pagar pelas passagens aéreas, traslados e equipamentos. Mas quanto ao seu pagamento, eu gostaria que você cobrasse o valor diretamente da minha conta pessoal. Quando Elgie viu a cobrança do Visa pelo seu trabalho no mês passado — mesmo que nem fosse assim tanto dinheiro —, ele não ficou muito feliz de saber que eu tinha contratado uma assistente virtual na Índia. Eu disse que não faria mais uso dos seus serviços; então, se for possível, Manjula, vamos manter nosso romance em segredo.

De: Manjula Kapoor
Para: Bernadette Fox

Cara sra. Fox,
 Será um prazer auxiliar você e a sua família no planejamento da viagem para a Antártida. Anexei o contrato que oficializa minha promoção para um período integral de trabalho. Por favor, preencha seus dados bancários nos lugares indicados. Estou ansiosa para dar continuidade à nossa parceria.

Cordialmente,
Manjula

FATURA DA DELHI INTERNACIONAL ASSISTENTES VIRTUAIS

Número da fatura: BFB39382
Associado: Manjula Kapoor

40 horas por semana a US$ 0,75/hora
TOTAL: US$ 30,00
Fatura quitada após o recebimento

QUARTA-FEIRA, 17 DE NOVEMBRO

Carta de Ollie Ordway ("Ollie-O")

CONFIDENCIAL:
PARA A ASSOCIAÇÃO DE PAIS DA ESCOLA GALER STREET

Caros pais,
 Foi formidável conhecê-los na semana passada. Estou mui-

to feliz de estar prestando essa consultoria para a fantástica escola Galer Street. A diretora Goodyear tinha me prometido uma Associação de Pais motivada, e vocês não me decepcionaram. Mas vamos **direto ao ponto**: em três anos, o contrato de locação deste espaço vencerá. Nossa meta é lançar uma **campanha de arrecadação** para que vocês possam comprar uma propriedade maior e mais adequada para a escola. Para aqueles que não puderam comparecer à reunião, eis um **resumo**:

Conduzi uma pesquisa com 25 pais na região de Seattle com uma renda anual de 200 mil dólares ou mais, cujos filhos estão entrando no jardim de infância. A **principal conclusão** foi que a Galer Street é considerada uma escola de **segunda linha**, uma alternativa para aqueles que não são aceitos na sua primeira opção.

Nosso objetivo é **dar um empurrãozinho** na Galer Street para colocá-la no **Grupo de Primeira Linha** (**GPL**) de acordo com a elite de Seattle. Mas como conseguiremos atingir esse objetivo? Qual é o **ingrediente secreto**?

Como parte de sua missão, a Galer Street afirma ser baseada em "conectitude". (Vocês não pensam apenas **fora da caixa**, vocês pensam **fora do dicionário**!) Vocês conseguiram uma cobertura impressionante da **grande mídia** quando compraram aquelas vacas para os guatemaltecos e enviaram fornos solares para aqueles vilarejos africanos. Apesar de ser louvável vocês terem levantado **pequenas quantias** de dinheiro para pessoas que nem conheciam, vocês precisam começar a levantar **grandes quantias** de dinheiro para a escola particular dos seus próprios filhos. Para fazer isso, vocês devem se livrar do que eu chamo de mentalidade de **Pais Subaru** e começar a pensar mais como **Pais Mercedes**. Como pensam os Pais Mercedes? Minha pesquisa indica o seguinte:

17

1. A escolha de uma escola particular é uma escolha ao mesmo tempo **aspiracional** e **baseada no medo**. Pais Mercedes têm medo de que seus filhos não recebam a melhor educação possível, o que, na verdade, não tem nada a ver com o ensino em si, mas sim com a quantidade de outros Pais Mercedes naquela escola.
2. Ao matricularem seus filhos no jardim de infância, Pais Mercedes estão de olho no **futuro**. E o futuro é o **Colégio Lakeside**, onde estudaram Bill Gates e Paul Allen, entre outros. O Lakeside é considerado a porta de entrada para a Ivy League. Serei ainda mais claro: a primeira parada desse **trem louco** é o **Entroncamento do Jardim de Infância**, e ninguém desembarca antes de chegar à **Estação Harvard**.

A diretora Goodyear me levou para dar uma volta no campus da escola no parque industrial. Aparentemente, Pais Subaru não têm problemas em mandar seus filhos para uma escola que fica ao lado de um **distribuidor atacadista de frutos do mar**. Posso assegurar a vocês que Pais Mercedes teriam.

Todos os caminhos levam a um esforço de arrecadação de dinheiro para comprar um novo campus. A melhor maneira de fazer isso é encher as próximas turmas do jardim de infância de **Pais Mercedes**.

Apertem os cintos porque vem um trecho acidentado pela frente. Mas não se assustem. Também trabalhamos com azarões. Baseado em seu orçamento, criei um **plano de ação de duas vias**.

A primeira **ação** é um **redesign** do **logo** da escola Galer Street. Por mais que eu adore o clip art de mãozinhas sujas na parede, vamos tentar encontrar uma imagem que comunique melhor a ideia de **sucesso**. Um brasão de armas dividido em quatro, com imagens do Space Needle, uma calculadora, um lago (em referência a Lakeside) e alguma outra coisa, talvez algum tipo de bola? Só estou lançando algumas ideias aqui, não há nada definido.

A segunda **ação** é organizar um **Brunch para a Prospecção de Pais (BPP)**, que pretendemos encher com membros da elite de Seattle ou, como eu gosto de dizer, **Pais Mercedes**. Audrey Griffin, membro da Associação de Pais da Galer Street, ofereceu sua adorável casa para sediar esse evento. (É melhor mesmo fazê-lo longe da peixaria.)

Vocês encontrarão uma planilha anexa na qual estão listados todos os **Pais Mercedes** de Seattle. É indispensável que vocês deem uma boa olhada nessa lista e me digam quais dessas pessoas vocês poderiam convidar para o BPP. Estamos procurando por um **divisor de águas**, que poderemos **usar** como **isca** para capturar outros **Pais Mercedes**. Quando todos virem uns aos outros ali, isso vai diminuir o receio de que a Galer Street seja uma escola de segunda linha, e as matrículas vão começar a entrar.

Enquanto isso, lá na fábrica, estarei trabalhando no convite. Mandem esses nomes o mais rápido possível. Temos que organizar esse brunch na casa dos Griffin antes do Natal. Sábado, dia 11 de dezembro, seria a melhor data. Essa maravilha tem todos os ingredientes para **virar esse jogo** de forma **épica** pro nosso lado.

Saudações,
Ollie-O

Bilhete de Audrey Griffin para um especialista na poda de trepadeiras

Tom,

Eu estava no jardim podando minhas plantas e semeando algumas flores coloridas de inverno como parte das preparações para o brunch escolar que vamos realizar no dia 11 de dezembro.

Quando revirei a compostagem, fui atacada pelos galhos de uma trepadeira.

Estou chocada de ver que ela está de volta não apenas na pilha de compostagem como também na minha horta, na estufa e até mesmo no minhocário. Você pode imaginar a minha frustração, especialmente levando em conta a pequena fortuna que você me cobrou para removê-la três semanas atrás. (Talvez 235 dólares não seja muito para você, mas é muito para nós.)

Seu panfleto dizia que você garantia o resultado do seu trabalho. Portanto, será que você poderia, por favor, voltar aqui e remover todas as trepadeiras até o dia 11, agora de uma vez por todas?

Deus o abençoe, e sinta-se à vontade para pegar um pouco da nossa acelga,

Audrey

Bilhete de Tom, o especialista em poda de trepadeiras

Audrey,

De fato, eu removi as trepadeiras que havia em sua propriedade. A fonte dos galhos a que você se refere é a casa do vizinho no alto da colina. São as trepadeiras deles que estão passando por debaixo da cerca e invadindo seu jardim.

Para detê-las, nós poderíamos cavar uma vala no limite do seu terreno e enchê-la de concreto para fazer uma barreira, mas ela teria de ter um metro e meio de profundidade, e isso sairia bem caro. Você também poderia controlá-las usando um herbicida, mas não acho que seja uma boa ideia por causa das minhocas e das verduras na sua horta.

O ideal seria o vizinho no alto da colina se livrar das trepadeiras. Eu nunca tinha visto tantas delas crescendo sem controle na cidade de Seattle, especialmente na Queen Anne Hill, uma zona tão valorizada. Vi uma casa na Vashon Island que teve a fundação toda rachada pelas trepadeiras.

Como as plantas do vizinho estão numa encosta íngreme, elas vão necessitar de um equipamento especial. O melhor que existe é o Aparador Portátil para Encostas CXJ, mas eu não tenho um desses.

Outra opção, muito melhor, na minha opinião, são porcos. Dos grandes. Você pode alugar um casal e, em uma semana, eles terão comido até as raízes dessas trepadeiras. Além disso, eles são bonitinhos pra caramba.

Você quer que eu fale com o seu vizinho? Eu posso ir falar com ele. Mas parece que não tem ninguém morando lá.

Aguardo instruções,
Tom

De: Soo-Lin Lee-Segal
Para: Audrey Griffin

Audrey,

Eu te contei que comecei a pegar o ônibus da empresa para ir ao trabalho, né? Bem, adivinha quem estava nele hoje de manhã? O marido de Bernadette, Elgin Branch. (Sei que *eu* preciso economizar dinheiro e por isso pego o Microsoft Connector, mas Elgin Branch?) No começo eu não tinha certeza de que era mesmo ele, já que o vemos tão pouco na escola.

Você vai adorar esta: havia apenas um lugar disponível, e era ao lado de Elgin Branch, um assento entre ele e a janela.

"Com licença", eu disse.

Ele estava digitando furiosamente em seu laptop. Sem erguer os olhos, moveu os joelhos para o lado. Eu sei que ele é um vice-presidente corporativo nível 80 e eu sou apenas uma assistente administrativa, mas qualquer homem teria levantado para deixar uma mulher passar. Eu me espremi para passar por ele e sentei.

"Parece que finalmente vamos ter um pouco de luz do sol", eu disse.

"Seria ótimo."

"Estou muito ansiosa pelo Dia da Celebração Mundial", eu disse. Ele parecia um pouco surpreso, como se não tivesse a menor ideia de quem eu era. "Eu sou a mãe do Lincoln. Da Galer Street."

"Ah, claro!", ele disse. "Eu adoraria conversar, mas preciso mandar este e-mail." Ele colocou os fones de ouvido que trazia pendurados em volta do pescoço e voltou ao laptop. E olha só — os fones de ouvido nem estavam conectados! Eles eram daqueles que fazem isolamento sonoro! Em todo o caminho até Redmond, ele não falou mais comigo.

Sabe, Audrey, nos últimos cinco anos eu sempre achei que Bernadette fosse a bizarra. Mas parece que o marido é tão grosseiro e antissocial quanto ela! Fiquei tão chateada que, quando cheguei no escritório, coloquei "Bernadette Fox" no Google. (Algo que não consigo acreditar que só fui fazer agora, considerando nossa obsessão doentia por ela!) Todo mundo sabe que Elgin Branch é o líder da equipe responsável pelo Samantha 2 na Microsoft. Mas quando procurei por *ela*, não apareceu nada. A única Bernadette Fox é uma arquiteta da Califórnia. Procurei por todas as outras combinações do seu nome — Bernadette Branch, Bernadette Fox-Branch. Mas nossa Bernadette, mãe de Bee, não existe, de acordo com a internet. Algo que, nos dias de hoje, já é uma grande proeza.

Mudando de assunto, você não adora o Ollie-O? Eu fiquei arrasada quando a Microsoft o dispensou no ano passado. Mas, se isso não tivesse acontecido, jamais teríamos a oportunidade de contratá-lo para dar um novo visual à nossa escola.

Aqui na Microsoft, SteveB acaba de convocar uma reunião do conselho para a segunda-feira logo após o Dia de Ação de Graças. A fábrica de rumores está enlouquecida. Meu gerente me pediu que reserve uma sala de reunião para o horário anterior, e está sendo muito difícil achar uma sala livre. Isso só pode significar uma coisa: outra rodada de demissões. (Boas Festas!) Nosso chefe de equipe ouviu boatos de que o nosso projeto seria cancelado, então pegou a maior troca de e-mails que encontrou, escreveu "A Microsoft é um dinossauro cujo estoque está quase zerado" e clicou em "responder a todos". Isso nunca é uma boa ideia. Agora estou com medo que eles castiguem toda a equipe e que isso não termine bem para o meu lado. Ou que simplesmente termine. E se a sala de reunião que eu reservei for para a minha própria demissão?

Oh, Audrey, por favor, coloque a mim, Alexandra e Lincoln em suas orações. Eu não sei o que farei se for mandada embora. Os benefícios daqui são maravilhosos. Se eu ainda tiver meu emprego depois das festas de fim de ano, terei prazer em colaborar com parte das despesas que teremos com a comida do nosso brunch de prospecção de pais.

Soo-Lin

QUINTA-FEIRA, 18 DE NOVEMBRO

Bilhete de Audrey Griffin para o especialista em poda de trepadeiras

Tom,

Pode até *parecer* que ninguém vive naquela velha ca-

sombrada no topo da colina, a julgar pelo estado do seu quintal. Mas, na verdade, vive. A filha deles, Bee, está na mesma turma de Kyle na Galer Street. Vou adorar falar sobre a trepadeira com a mãe, hoje, na hora da saída.
 Porcos? Não. Nada de porcos. Pegue mesmo um pouco de acelga.

Audrey

De: Bernadette Fox
Para: Manjula Kapoor

 Estou muito feliz que você aceitou!!! Já assinei e escaneei toda a papelada. Quanto à Antártida, o esquema é o seguinte: seremos nós três, então reserve dois quartos. Elgie tem milhas e mais milhas da American, então vamos tentar tirar as três passagens desse jeito. Nossas férias de inverno vão do dia 23 de dezembro ao dia 5 de janeiro. Se tivermos de perder alguns dias de escola, tudo bem. Ah, e o cachorro! Precisamos encontrar algum lugar disposto a hospedar uma cachorra de sessenta quilos que baba sem parar. Oh, estou atrasada para buscar Bee na escola. Mais uma vez, OBRIGADA.

SEXTA-FEIRA, 19 DE NOVEMBRO

Bilhete que a sra. Goodyear mandou junto com a Pastinha do fim de semana

Caros pais,
 Andam circulando comentários sobre o acidente ocorrido ontem na hora da saída. Por sorte, ninguém se machucou. Mas

isso nos dá a oportunidade de fazer uma pausa e rever as normas que estão no manual da Galer Street (os itálicos são meus).

Seção 2A. Artigo II. Há duas maneiras de buscar os alunos.
De carro: Dirija o seu veículo até a entrada da escola. Cuidado, por favor, para não bloquear a entrada de carga da Sound Internacional Frutos do Mar.
A pé: Por favor, estacione ao norte e encontre seu filho no caminho do canal. *Dentro do espírito de segurança e eficiência, pedimos aos pais que vierem a pé que não se aproximem da área de embarque e desembarque.*

Sempre me orgulha saber que temos essa maravilhosa comunidade de pais, tão entrosados uns com os outros. Entretanto, a segurança de nossos alunos é a nossa maior prioridade. Então, vamos tomar o que aconteceu com Audrey Griffin como um momento de aprendizado, e lembrar de guardar as nossas conversas para a hora do café, não para a hora de entrada dos carros.

Gentilmente,
Gwen Goodyear,
Diretora

Conta do atendimento de emergência que Audrey Griffin me deu para entregar à mamãe

Nome do paciente: Audrey Griffin
Médico responsável: C. Cassella

Taxa de visitação ao pronto-socorro	900,00
Raio X (opcional, SEM COBERTURA)	425,83
Receita: Vicodin 10 mg (15 comprimidos, sem refil)	95,70
Aluguel de muletas (opcional, SEM COBERTURA)	173,00

Caução das muletas 75,00
TOTAL 1 669,53

Notas: Inspeção visual e exames neurológicos básicos não revelaram ferimentos. Paciente em crise aguda de nervos exigiu a radiografia, o Vicodin e as muletas.

De: Soo-Lin Lee-Segal
Para: Audrey Griffin

Fiquei sabendo que Bernadette tentou te atropelar na hora da saída! Você está BEM? Devo passar aí para levar o jantar? O QUE ACONTECEU?

De: Audrey Griffin
Para: Soo-Lin Lee-Segal

É tudo verdade. Eu precisava falar com a Bernadette sobre as trepadeiras dela, que estão descendo pela sua colina, passando por baixo da minha cerca e invadindo o meu jardim. Fui obrigada a contratar um especialista, que me disse que as trepadeiras de Bernadette vão acabar destruindo a fundação da minha casa.
Naturalmente, eu quis ter uma conversa amistosa com Bernadette. Então, fui até o seu carro enquanto ela estava na fila para pegar a filha. Mea culpa! Mas, se não fosse assim, quando é que eu conseguiria conversar com aquela mulher? Ela é como Franklin Delano Roosevelt. Só é vista da cintura para cima, quando passa dirigindo. Acho que ela não saiu de dentro daquele carro uma vez sequer para levar Bee até a porta da escola.

Eu tentei falar com ela, mas os vidros estavam fechados e ela fingiu não me ver. Ela parecia a primeira-dama da França, com sua echarpe de seda esvoaçante e aqueles óculos escuros enormes. Bati no para-brisa, mas ela arrancou com o carro.

E passou por cima do meu pé! Eu fui direto pro pronto--socorro e peguei um médico incompetente, que se recusou a aceitar que havia alguma coisa errada comigo.

Sinceramente, não sei de quem eu tenho mais raiva, Bernadette Fox ou Gwen Goodyear, por chamar a minha atenção no bilhete que enviou na pastinha de sexta-feira. Parece que fui *eu* quem fez alguma coisa errada! E ainda por cima menciona o meu nome, não o de Bernadette! Eu criei o Conselho da Diversidade. Eu inventei o Rosquinhas para o Papai. Eu inventei a missão da Galer Street, pela qual aquela empresa metida a besta de Portland ia nos cobrar 10 mil dólares.

Talvez a Galer Street esteja satisfeita em alugar um terreno num parque industrial. Talvez a Galer Street não deseje a estabilidade que um novo campus traz. Talvez Gwen Goodyear prefira que eu cancele o Brunch para a Prospecção de Pais. Tenho uma ligação marcada com ela agora. E não estou nem um pouco contente.

O telefone está tocando. É ela.

SEGUNDA-FEIRA, 22 DE NOVEMBRO

Bilhete que a sra. Goodyear enviou no Memorando de Segunda-feira

Caros pais,

Este bilhete é para esclarecer que Bernadette Fox, mãe de Bee Branch, era quem estava dirigindo o veículo que passou por cima do pé de outra mãe. Espero que todos tenham tido um excelente fim de semana apesar da chuva.

Gentilmente,
Gwen Goodyear,
Diretora

Se alguém tivesse me perguntado, eu teria contado o que aconteceu na saída da escola. Demorei um pouco para entrar no carro porque mamãe sempre traz a Picolé e a deixa sentar no banco da frente. Quando essa cachorra pega o banco da frente, ela não abre mão dele tão fácil. Então, a Picolé estava fazendo o que ela sempre faz quando quer que as coisas sejam feitas do seu jeito: estava completamente imóvel, olhando para a frente.

"Mamãe!", eu disse. "Você não devia deixá-la sentar na frente…"

"Ela acabou de pular para cá." Mamãe puxou a Picolé pela coleira e eu a empurrei pela bunda, e depois de um monte de grunhidos, finalmente ela foi pro banco de trás. Mas não ficou sentada no banco como um cachorro normal. Ela sentou no chão, espremida atrás do banco da frente, fazendo uma cara triste, tipo "Olha só o que vocês fizeram comigo".

"Ora, pare de fazer drama", mamãe disse a ela.

Eu pus o cinto de segurança. De repente, Audrey Griffin veio correndo na direção do carro, toda durona e desconjuntada. Dava pra ver que ela não corria havia pelo menos uns dez anos.

"Ai, não", disse mamãe. "O que é agora?"

Audrey Griffin estava com os olhos esbugalhados, dando um sorrisão, como de costume, e agitava um pedaço de papel. Seu cabelo, grisalho, estava preso em um rabo de cavalo, ela usava tamancos e, por baixo do colete, dava pra ver que as pregas do jeans estavam esgarçando. Era difícil não ficar olhando para aquilo.

A Señora Flores, que estava cuidando do tráfego, fez um sinal para que fôssemos em frente, pois havia uma fila enorme de carros e um cara da Sound Frutos do Mar estava filmando o engarrafamento. Audrey fez um sinal para que parássemos.

Mamãe estava usando óculos escuros, como sempre faz, mesmo quando está chovendo. "Se aquela mosca perguntar", mamãe murmurou, "eu não a vi."

Ela arrancou o carro e foi isso. Eu tenho certeza de que não passamos por cima do pé de ninguém. Eu adoro o carro da mamãe, mas andar naquela coisa é tipo A *princesa e a ervilha*. Se mamãe tivesse passado por cima de algo tão grande quanto um pé humano, todos os airbags teriam sido acionados.

TERÇA-FEIRA, 23 DE NOVEMBRO

De: Bernadette Fox
Para: Manjula Kapoor

Aqui vai uma conta escaneada de um atendimento de emergência que, imagino, terei de pagar. Uma das moscas da Galer Street está alegando que eu passei por cima do seu pé com meu carro na saída da escola. Eu até riria da situação, mas estou entediada demais para isso. Sabe, é por isso que eu chamo as outras mães de "moscas". Elas são chatas, mas não o suficiente para te fazer perder tempo com elas. Essas moscas fizeram de tudo para provocar uma briga comigo nos últimos nove anos — eu tenho cada história pra contar! Mas agora que a Bee está se formando e eu consigo ver uma luz no fim do túnel, não vale mais a pena travar uma batalha contra elas. Você poderia dar uma olhada em nossas diversas apólices de seguro para ver se alguma delas cobre essas despesas? Pensando bem, vamos simplesmente pagar essa conta. Elgie não ia querer que o preço do seguro subisse por causa de algo tão insignificante. Ele nunca entendeu minha antipatia em relação a essas moscas.

 Fantástico que você vai poder nos ajudar com toda essa história de Antártida! Reserve para nós dois quartos Queen Classe B. Vou escanear nossos passaportes, nos quais você encontrará nossas datas de nascimento, o jeito certo de escrever nossos nomes e todas essas coisas. Vou mandar também nossas carteiras de motorista e números do seguro social, só por precaução. Você vai ver no passaporte de Bee que seu nome é Balakrishna Branch. (Digamos que eu estava num período de muito estresse e pareceu uma boa ideia na hora.) Ocorreu-me que a passagem de avião deve ser emitida em nome de "Balakrishna", mas em tudo o que for relacionado ao navio — crachá, lista de passageiros etc. —, por favor, faça o possível e o impossível para que ela seja identificada como "Bee".

 Vi que há uma lista de roupas. Por que você não compra três de cada para nós? O meu tamanho é o médio nos padrões femininos, Elgie é extragrande masculino, não por causa de sua circunferência, mas porque ele tem 1,90 metro e nenhum grama de gordura, graças a Deus. Bee é pequena para sua idade, então o ideal seria comprar qualquer coisa que coubesse numa menina de dez anos. Se você ficar em dúvida sobre o tamanho ou o estilo, mande diversas peças para experimentarmos, desde que o processo de devolução não envolva nada além de deixar uma caixa do lado de fora para o rapaz da UPS coletar. Compre, também, todos os livros sugeridos. Elgie e Bee vão devorá-los e eu vou *fazer de conta* que devorei também.

 Eu também gostaria de um colete de pesca, um daqueles cheios de bolsos com zíper. Quando eu ainda gostava de sair de casa, uma vez sentei no avião ao lado de um ambientalista que havia passado a vida inteira perambulando pelo globo. Ele estava com um colete de pesca, em que carregava o passaporte, dinheiro, óculos e potinhos de filme — sim, de filme, faz tanto tempo assim. A parte genial: tudo fica no mesmo lugar, seguro, ao seu alcance, e você ainda pode tirar as coisas do bolso para passar pelo raio X do aeroporto. Eu sempre repito pra mim mesma: da próxima vez que eu viajar, vou comprar um desses. A hora chegou. Melhor comprar logo dois.

Mande entregar tudo na mansão. Você é a melhor do mundo!

De: Manjula Kapoor
Para: Bernadette Fox

Cara sra. Fox,
Recebi suas orientações a respeito da lista de roupas e vou cumpri-las. O que é a mansão? Não encontrei menção a ela em nenhum dos meus arquivos.

Abraços cordiais,
Manjula

De: Bernadette Fox
Para: Manjula Kapoor

Sabe quando você vai à Ikea e não dá pra acreditar que tudo seja tão barato e, mesmo que você não *precise* de cem velinhas decorativas, meu Deus, uma sacola inteira custa apenas 99 centavos? Ou então: Claro, o recheio das almofadas é uma pelota compacta feita de alguma substância tóxica, sem dúvida, mas elas são tão bonitas, e três-por-cinco-dólares, que antes que você perceba já terá gastado quinhentos dólares, não porque precisa dessas porcarias, mas porque elas são tão *baratas*?

Claro que você não sabe. Mas, se você soubesse, entenderia como eu via o mercado imobiliário de Seattle.

Eu vim para cá num impulso, basicamente. Nós morávamos em Los Angeles quando a empresa de animação de Elgie foi comprada pelo Big Brother. Ops! Eu disse Big Brother? Eu quis dizer Microsoft. Mais ou menos na mesma época, uma Coisa Extremamente Horrorosa me aconteceu (e, definitivamente, não precisamos entrar em maiores detalhes). Vamos apenas dizer que foi tão extrema e tão horrorosa que me fez fugir de Los Angeles para nunca mais voltar.

Ainda que Elgie não *precisasse* se mudar para Seattle, o Big Brother recomendou vivamente a mudança. Eu fiquei mais do que feliz de usar isso como desculpa para me escafeder rapidinho da Cidade dos Anjos.

Quando vim a Seattle pela primeira vez, o corretor me pegou no aeroporto e me levou para olhar algumas casas. Na parte da manhã, vimos apenas casas no estilo American Craftsman; era tudo o que eles tinham, se não levarmos em conta a praga dos prédios destruidores de vista que aparecem em amontoados inexplicáveis, como se o responsável pelo plano diretor tivesse dormido na mesa durante as décadas de 1960 e 1970 e deixado o design arquitetônico na mão dos soviéticos.

No mais, havia apenas casas tipo American Craftsman. Casas tipo American Craftsman da virada do século, casas tipo American Craftsman lindamente reformadas, reinterpretações de casas tipo American Craftsman, casas tipo American Craftsman que precisam de carinho, uma releitura moderna de casas tipo American Craftsman. É como se um hipnotizador tivesse posto todos os habitantes de Seattle em um transe coletivo. *Você está ficando com sono. Quando você acordar, só vai querer morar em uma casa tipo American Craftsman, o ano pouco lhe importará. Só lhe importará que as paredes sejam grossas, as janelas minúsculas, os quartos escuros e o forro baixo, e que a casa fique muito mal posicionada no terreno.*

A melhor parte dessa profusão de casas tipo American Craftsman era que, em comparação com o mercado imobiliário de Los Angeles, elas eram como a Ikea!

Ryan, o corretor, me levou para almoçar no centro, num restaurante de Tom Douglas. Tom Douglas é um chef local que tem uma meia dúzia de restaurantes, um melhor que o outro. Comer no Lola — que torta cremosa de coco! Que pasta de alho! — me fez acreditar que eu poderia realmente ter uma vida feliz neste buraco vizinho do Canadá que eles chamam de Cidade Esmeralda. A culpa é sua, Tom Douglas!

Depois do almoço, voltamos ao carro do corretor para a rodada da tarde. Erguendo-se sobre o centro da cidade havia uma colina coberta de, adivinha o quê, casas tipo American Craftsman. No topo dessa colina, à esquerda, dava para ver um prédio de tijolos à vista com um enorme quintal que dava para a Elliott Bay.

"O que é aquilo?", perguntei a Ryan.

"Straight Gate", ele disse. "Era uma escola católica para meninas rebeldes na virada do século."

"E o que é agora?", perguntei.

"Ah, não é nada há muitos anos. De vez em quando alguma empreiteira quer comprar e transformar tudo em prédios."

"Então está à venda?"

"Supostamente, o terreno poderia abrigar *oito* prédios", ele disse. Então seus olhos começaram a dar piruetas, pressentindo uma venda. "A propriedade tem pouco mais de um hectare, e a maior parte do terreno é plana. Além disso, toda a encosta também faz parte dela. Você não pode construir nada, mas terá sua privacidade garantida. A Gatehouse — que é o nome que os empreiteiros deram a ela porque Straight Gate soava homofóbico — tem cerca de mil metros quadrados repletos de charme.

A casa precisa de alguma manutenção, mas estamos falando de uma verdadeira joia."

"Quanto eles estão pedindo?"

Ryan fez uma pausa dramática. "Quatrocentos mil." Ele viu, satisfeito, meu queixo cair. As outras casas que vimos tinham o mesmo preço, e ficavam em terrenos minúsculos.

Acontece que aquele quintal enorme havia sido convertido em área pública por questões tributárias, e a Associação de Moradores de Queen Anne havia tombado Straight Gate como sítio histórico, o que impossibilitava mexer nas suas paredes externas ou internas. Assim, a Escola para Meninas Straight Gate estava presa no limbo do plano diretor.

"Mas é uma área exclusivamente residencial", eu disse.

"Vamos dar uma olhada", Ryan me empurrou para dentro do carro.

Em termos de disposição, o lugar era incrível. O porão — onde as garotas aparentemente ficavam aprisionadas, a julgar pela porta de masmorra que o trancava por fora — certamente era assustador e depressivo. Mas tinha mais de 450 metros quadrados, o que deixava outros seiscentos metros quadrados para a parte de cima, belíssimo tamanho para uma casa. No primeiro andar havia uma cozinha americana que dava para uma sala de jantar — completamente fabulosa —, uma enorme área de recepção que poderia ser a nossa sala de estar e algumas salas menores. No segundo andar havia uma capela com vitrais e uma fileira de confessionários. Perfeitos para uma suíte master e um closet! Os outros aposentos poderiam virar um quarto de criança e um quarto de hóspedes. Ela só precisava de uns pequenos reparos: instalar dispositivos de resistência às intempéries, fazer alguns retoques, uma pintura. Moleza.

Parada no pórtico dos fundos, olhando para o oeste, percebi que algumas balsas deslizavam como lesmas sobre a água.

"Para onde elas estão indo?", perguntei.

"Bainbridge Island", respondeu Ryan. Sem hesitar, ele continuou: "Muita gente tem uma segunda casa lá". Fiquei mais um dia e comprei também uma casa de praia.

De: Manjula Kapoor
Para: Bernadette Fox

Cara sra. Fox,
Os itens da lista de roupas serão entregues no endereço da Gate Avenue.

Abraços cordiais,
Manjula

De: Bernadette Fox
Para: Manjula Kapoor

Ah! Será que você poderia reservar um restaurante para o nosso jantar de Ação de Graças? Você pode ligar para o Washington Athletic Club e marcar uma mesa para três para as dezenove horas. Você *consegue* fazer ligações, certo? Mas é claro que sim, o que eu estou pensando? A Índia não é nada além de uma enorme central telefônica conectada aos Estados Unidos.

Admito que é meio esquisito eu pedir a você que telefone da Índia para fazer reservas em um lugar que eu consigo ver da minha janela, mas olha só: tem esse cara que sempre atende o telefone, "Washington Athletic Club, para onde devo direcionar sua chamada?", e ele sempre diz isso de uma maneira amigável, monótona... canadense. Um dos principais motivos pelos quais eu não gosto de sair de casa é que posso acabar dando de cara com um canadense. Seattle está cheia deles. Provavelmente você deve pensar que os Estados Unidos e o Canadá são a mesma coisa, já que ambos estão cheios de gente branca e morbidamente obesa que fala inglês. Pois bem, Manjula, você não teria como estar mais enganada.

Americanos são truculentos, desagradáveis, neuróticos, grosseiros — em toda e qualquer ocasião —, a catástrofe completa, como diria nosso amigo Zorba. Canadenses não são nada disso. Da mesma forma como *você* provavelmente temeria uma vaca que senta no meio da rua na hora do rush, assim *eu* temo os canadenses. Para os canadenses, todo mundo é igual. Joni Mitchell pode ser facilmente confundida com uma secretária cantando num karaokê. Frank Gehry não é diferente de um picareta projetando megamansões no AutoCAD. John Candy não é mais engraçado que o seu tio Lou depois de umas cervejas. Não é de estranhar que os únicos canadenses dos quais ouvimos falar sejam aqueles que conseguiram sair de lá. Qualquer um com talento que fique será esmagado por uma avalanche de uniformidade. Uma coisa que os canadenses não entendem é que algumas pessoas são extraordinárias e devem ser tratadas como tais.

Pronto, parei.

Se o WAC não tiver mais lugares, o que talvez aconteça, já que faltam apenas dois dias para o dia de Ação de Graças, você pode procurar algum outro lugar na maravilhosa internet.

Estava aqui pensando como é que a gente foi parar no Daniel's Broiler no dia do jantar de Ação de Graças. Naquela manhã eu acordei tarde, e desci as escadas ainda de pijama. Eu sabia que ia chover porque no caminho até a cozinha passei por um patchwork feito de sacolas plásticas e toalhas. Era um sistema que mamãe havia inventado para conter as goteiras.

Primeiro, colocávamos as sacolas debaixo das goteiras e as cobríamos com toalhas ou cobertores. Depois, colocávamos uma espagueteira no centro para armazenar a água. Os sacos são necessários porque pode ser que a goteira fique por horas num mesmo lugar, e depois se desloque uns cinco centímetros. A *pièce de résistance* de mamãe foi colocar uma camiseta velha dentro da panela para abafar o som dos pingos. Sim, porque esse som pode levar à loucura alguém que esteja tentando dormir.

Era uma daquelas raras manhãs em que o papai estava em casa. Ele havia levantado cedo para andar de bicicleta e estava suado, encostado no balcão com as calças fluorescentes de corrida, bebendo o suco verde que ele mesmo havia feito. Estava sem camisa, com um monitor cardíaco preto preso ao peito, além de uma espécie de suporte para os ombros que ele havia inventado, supostamente bom para as suas costas, por manter seus ombros alinhados quando está no computador.

"Bom dia pra você também", ele disse, em tom de desaprovação.

Eu devo ter feito algum tipo de careta. Enfim, sinto muito, mas é estranho descer as escadas e ver seu pai usando um sutiã, ainda que seja bom para a postura.

Mamãe veio da copa carregada de espagueteiras. "Olá, Abelhinha!" Ela largou as panelas no chão, fazendo uma barulheira. "Perdão-perdão-perdão. Estou muito cansada." Mamãe não dorme, às vezes.

Papai atravessou a cozinha sap-sap-sapateando com seus calçados de ciclista e plugou o monitor cardíaco no laptop para baixar os dados da sessão de exercícios.

"Elgie", disse mamãe, "quando tiver um tempo, você deveria experimentar umas galochas para a nossa viagem. Eu trouxe um monte delas pra você escolher."

"Ah, legal!" E foi sap-sapateando até a sala de estar.

Minha flauta estava no balcão, e eu toquei algumas escalas. "Ei", eu perguntei a mamãe, "quando você estudava no Choate, o Mellon Arts Center já existia?"

"Sim", respondeu mamãe, carregada com ainda mais panelas. "Foi lá a primeira e única vez que subi num palco. Eu fui uma das dançarinas em *Guys and Dolls*."

"Quando papai e eu fomos lá visitar o colégio, o guia da excursão disse que a escola tinha uma orquestra de alunos e que, toda sexta-feira, pessoas de Wallingford pagavam para ver os concertos."

"Isso vai ser tão legal pra você", mamãe disse.

"Se eu entrar." Toquei mais algumas escalas, e mamãe largou as panelas no chão mais uma vez.

"Você tem ideia de como estou sendo forte?", ela irrompeu. "De como meu coração está em frangalhos porque você vai para um colégio interno?"

"Você foi para um colégio interno", eu disse. "Se você não queria que eu fosse, não devia ter feito parecer tão divertido."

Papai abriu a porta usando galochas sujas com etiquetas penduradas. "Bernadette", ele disse, "todas essas coisas que você comprou são maravilhosas." Ele pôs o braço em volta dela e lhe deu um abraço. "Você está passando o dia todo na Decathlon?"

"Mais ou menos isso", disse mamãe, e então se virou novamente para mim. "Olha, eu nunca tinha parado pra pensar nas consequências reais de você se matricular em um colégio interno, ou seja: que você nos deixaria. Mas, na verdade, tudo bem por mim se você for embora. Eu ainda a verei todos os dias."

Eu a fitei com um olhar zangado.

"Ah, eu não te contei?", ela disse. "Vou me mudar para Wallingford e alugar uma casa perto do campus. Eu já consegui um emprego trabalhando no refeitório do Choate."

"Nem brinca", eu disse.

"Ninguém vai saber que eu sou sua mãe. Você nem precisa me dizer oi. Eu só quero olhar pra essa sua carinha linda todos os dias. Mas, se você der um tchauzinho de vez em quando, vai aquecer o coração da sua mamãezinha." Essa última parte ela pronunciou como se fosse um duende.

"Mamãe!", eu disse.

"Você não tem escolha", ela disse. "Você é como o Runaway Bunny, aquele coelhinho fujão da história infantil. Você não tem como fugir de mim. Eu estarei à sua espreita, atrás do balcão, com minhas luvas de plástico, servindo hambúrgueres às quartas-feiras, peixes nas sextas-feiras..."

"Papai, manda ela parar."

"Bernadette", ele disse. "Por favor."

"Vocês dois acham que eu estou brincando", ela disse. "Beleza, podem ficar achando."

"O que você vai fazer de jantar hoje à noite?", perguntei.

Os olhos da mamãe brilharam. "Espere aí." Ela saiu pela porta dos fundos.

Peguei o controle da TV. "Os Seahawks não jogam contra o Dallas hoje?"

"Vai passar à uma hora", disse papai. "Por que não vamos ao zoológico e voltamos a tempo de assistir o jogo?"

"Legal! Vamos ver o filhote do canguru arborícola!"

"Quer ir de bicicleta?"

"Você vai com a sua bicicleta reclinada?", perguntei.

"Acho que sim." Papai cerrou os punhos e começou a rodopiá-los. "Essas colinas castigam meus pulsos..."

"Vamos de carro", eu logo disse.

Mamãe voltou. Ela limpou as mãos nas calças e tomou

um fôlego gigantesco. "Esta noite", declarou, "nós vamos ao Daniel's Broiler."

"Daniel's Broiler?", perguntou papai.

"Daniel's Broiler?", repeti. "Você quer dizer aquele lugar totalmente nada a ver no Lake Union que tem todos aqueles ônibus de excursão e que sempre faz propaganda na TV?"

"Esse mesmo", disse mamãe.

Fez-se um silêncio. Que foi quebrado por um imenso "Ha!", proferido por papai. "Nem em um milhão de anos", ele disse, "eu imaginaria que você fosse escolher o Daniel's Broiler para o jantar de Ação de Graças."

"Eu gosto de exercitar a sua imaginação", ela disse.

Usei o telefone do papai para mandar uma mensagem para a Kennedy, que estava com a mãe na Whidbey Island. Ela ficou com muita inveja porque nós íamos ao Daniel's Broiler.

Eles tinham um pianista lá, e reabasteciam sua limonada de graça, e o bolo de chocolate vinha numa fatia enorme, que eles chamavam de Morte por Chocolate, que era ainda maior do que o pedaço colossal que eles servem no P.F. Chang's. Quando eu cheguei na escola, segunda-feira, todo mundo estava, tipo, "Não acredito que você foi no Daniel's Broiler no jantar de Ação de Graças. Isso é tão legal".

SEGUNDA-FEIRA, 29 DE NOVEMBRO

Bilhete de Tom

Audrey,

Eu não preciso de acelga. Eu preciso que você pague sua conta. Caso contrário, vou ter de entrar na justiça.

Bilhete de Audrey Griffin

Tom,
 Acho muito engraçado mesmo que *você* esteja ameaçando entrar na justiça contra *mim*. Meu marido, Warren, que trabalha no Ministério Público, achou especialmente divertido porque *nós* poderíamos levar *você* ao Juizado de Pequenas Causas e vencer com facilidade. Mas, para não termos de chegar a esse ponto, eu botei minha cabeça pra pensar e elaborei uma solução mais amigável. Por favor, faça um orçamento para a remoção das trepadeiras do meu vizinho. Se você precisar de uma dessas máquinas, tudo bem. Faça o que for necessário, contanto que não envolva suínos. Literalmente.
 Assim que tiver esse orçamento em mãos, eu lhe pagarei integralmente seu trabalho. Mas eu vou sediar um brunch escolar muito importante em menos de duas semanas e preciso do meu quintal de volta.

QUARTA-FEIRA, 1º DE DEZEMBRO

Bilhete de Tom

Audrey,
 Para um trabalho desse tamanho você definitivamente vai precisar do aparador. Mas o meu ajudante prefere esperar a temporada de chuva passar antes de começar a usá-lo. Ele não poderia começar antes de maio. Para fazer um orçamento, precisamos ter acesso à propriedade da sua vizinha. Você chegou a falar com ela naquele dia? Você teria o telefone deles?

Bilhete de Audrey Griffin

Tom,

    Parece que estou num hospício. Daqui a dez dias, a elite de Seattle vai baixar em peso na minha casa para um evento escolar importantíssimo, e quero desfrutá-lo no meu quintal. Eu não posso permitir que suas roupas sejam retalhadas por arbustos espinhosos. Maio não é bom. Daqui a um mês não é bom. Não me interessa se você vai ter de alugar um aparador. Eu preciso que você acabe com essas trepadeiras até o dia 11 de dezembro.
    Quanto à necessidade de ter acesso à propriedade da minha vizinha para fazer um orçamento, ela também é muito espinhosa — com o perdão do trocadilho. A minha sugestão é que nos encontremos na minha casa na segunda-feira, às quinze horas em ponto. Estou certa de que nessa hora ela estará na escola, buscando a filha. Então, poderemos passar por um buraco na cerca lateral e dar uma olhada nas trepadeiras.

Fragmento do meu trabalho sobre sir Ernest Shackleton

    A passagem de Drake é um corpo d'água entre o ponto mais ao sul da América do Sul, o cabo Horn, no Chile, e o continente Antártico. A passagem de oitocentos quilômetros foi batizada em homenagem ao explorador do século XVI sir Francis Drake. Não há porções significativas de terra nas latitudes da passagem de Drake, o que gera o fluxo livre e circular da corrente Circumpolar Antártida. Como resultado, a passagem de Drake contém as águas mais temidas e violentas do mundo.

De: Bernadette Fox
Para: Manjula Kapoor

    A gente ouve cada coisa quando faz uma pergunta retórica

para um aluno do nono ano, tipo "O que andam ensinando a vocês na escola hoje em dia?".

Por exemplo, você sabia que a diferença entre a Antártida e o Ártico é que a Antártida possui solo e o Ártico é apenas gelo? Eu sabia que a Antártida era um continente, mas achava que também havia terra lá no norte. Aliás, você sabia que não há ursos-polares na Antártida? Eu não sabia! Eu pensei que nós veríamos do nosso navio os pobres ursos-polares tentando saltar de um iceberg em derretimento pro outro, mas para presenciar esse triste espetáculo é preciso ir até o polo Norte. São os *pinguins* que habitam o polo Sul. Então, se você tinha uma imagem idílica de ursos-polares brincando com pinguins, pode ir perdendo suas ilusões, porque ursos-polares e pinguins estão, literalmente, em lados opostos da Terra. Acho que eu preciso sair de casa um pouco mais.

Isso me leva à próxima coisa que eu não sabia. Você sabia que para chegar à Antártida é necessário atravessar a passagem de Drake? Você sabia que a passagem de Drake é a porção de água mais turbulenta de todo o planeta? Bem, eu sei, porque acabo de passar três horas na internet.

O negócio é o seguinte: você fica enjoada no mar? Pessoas que não enjoam em navios não têm ideia do que é isso. Não é só náusea. É náusea somada à perda da vontade de viver. Eu avisei o Elgie: a única coisa que importa nesses dois dias é que ele mantenha armas de fogo longe do meu alcance. Sofrendo a tortura do enjoo, explodir meus miolos não seria uma escolha difícil.

Dez anos atrás, eu vi um documentário sobre o cerco ao Teatro de Moscou. Depois de apenas 48 horas sendo obrigados pelos terroristas a ficar sentados, sem dormir, com luzes na cara e obrigados a mijar nas calças — muito embora aqueles que quisessem cagar pudessem fazê-lo no fosso da orquestra —, bem, alguns reféns simplesmente se levantaram e caminharam em direção à saída, sabendo que seriam baleados pelas costas. Porque não aguentavam mais.

    Esse é o meu ponto. Estou ficando com muito medo dessa viagem à Antártida. E não só porque odeio pessoas, o que, por sinal, é verdade. Eu só acho que não vou sobreviver à travessia da passagem de Drake. Se não fosse por Bee, eu certamente já teria cancelado essa viagem. Mas eu não posso decepcioná-la. Talvez você consiga me arrumar alguma coisa realmente forte para o enjoo. E eu não estou falando de Dramin. Eu estou falando de alguma coisa *forte*.

    Mudando de assunto: espero demais que você me cobre pelo tempo que leva para ler todos esses meus e-mails desconexos!

Carta de Bruce Jessup,
gerente de admissões no Colégio Choate

Cara Bee,
    Depois de uma análise cuidadosa do excepcional grupo de candidatos que se inscreveu previamente este ano, é nosso grande prazer lhe oferecer uma vaga no Colégio Choate Rosemary.

    Gostamos muito de saber mais do seu desempenho acadêmico e dos seus vários interesses ao longo do nosso processo de seleção. Na verdade, suas notas e avaliações são tão formidáveis que nossa diretora de estudos, Hillary Loundes, enviou uma carta em particular aos seus pais, discutindo condições especiais para a sua matrícula.

    Por ora, gostaríamos de parabenizá-la calorosamente por haver sobrevivido a esse processo extremamente competitivo. Não tenho a menor dúvida de que você achará seus colegas tão estimulantes, desafiadores e comprometidos quanto nós achamos que você é.

Sinceramente,
Bruce Jessup

Carta de Hillary Loundes,
diretora de estudos no Colégio Choate

Caros sr. e sra. Branch,
    Parabéns pela admissão de Bee no Choate Rosemary. Como vocês devem saber melhor do que ninguém, Bee é uma jovenzinha extraordinária. Tão extraordinária que, na verdade, vou recomendar que ela pule o primeiro ano da High School e entre no Choate Rosemary no segundo ano.
    O Choate Rosemary aceitará um em cada dez inscritos. Quase sem exceções, cada um desses candidatos, assim como Bee, teve notas excelentes na prova de admissão e possui médias escolares quase perfeitas. Você pode estar se perguntando como atravessamos esse mar de igualdade acadêmica composto de notas e recomendações elevadas para selecionar os alunos que irão realmente se destacar no Choate Rosemary.
    Desde o final da década de 1990, nosso departamento de admissões vem trabalhando com o Centro PHCE (Psicologia de Habilidades, Competências e Especialidades) de Yale para desenvolver um cálculo preciso das habilidades necessárias para se ajustar aos desafios acadêmicos e sociais impostos por um colégio interno. O resultado desse trabalho é um elemento singular no processo de admissão para o Choate Rosemary, a Autoavaliação de Choate.
    Em sua AC, Bee mostrou que realmente se destaca dos outros. Nesse vocabulário do sucesso, há palavras que gostamos de usar para descrever nosso aluno ideal. Essas palavras são "co-

ragem" e "atitude". Sua filha possui níveis muito elevados de ambas.

Como todos sabemos, a pior coisa que pode acontecer a uma criança superdotada é que ela fique entediada. Por causa disso, acreditamos que ingressar no segundo ano está de acordo com os melhores interesses de Bee.

O custo total de seus estudos é de US$ 47 260. Para assegurar a vaga de Bee, por favor, enviem o contrato de matrícula e façam o depósito até o dia 3 de janeiro.

Não vejo a hora de darmos prosseguimento a esse assunto. Antes de mais nada, bem-vindos ao Choate Rosemary!

Sinceramente,
Hillary Loundes

De: Bernadette Fox
Para: Manjula Kapoor

Deu pra ouvir a choradeira aí na Índia? Bee foi aceita no Choate! Claro, a culpa é minha e de Elgie por termos encantado nossa filha com todas aquelas aventuras de colégio interno. Elgie estudou no Exeter; eu estudei no Choate. Tudo se resumia a uma garotada brilhante indo a shows do Greateful Dead e criando maneiras inovadoras de evitar que os nossos quartos fedessem a maconha: como não gostar disso? Claro que uma enorme parte de mim deseja que minha filha se afaste do provincianismo melancólico de Seattle. E Bee está louca para ir. Então eu não tenho escolha a não ser bancar a durona e fazer de conta que isso não me diz respeito.

Elgie está escrevendo uma carta dizendo que não quer que Bee pule um ano. Mas isso não é problema seu. Por favor, faça o depósito a partir de nossa conta conjunta. Alguma notícia sobre o remédio contra enjoo? Estou meio que surtando aqui.

Nos falamos mais tarde, estou atrasada para buscar Bee e não consigo encontrar a cachorra em lugar nenhum.

"O.k.", disse mamãe aquele dia, assim que entrei no carro, "estamos com um problema. A Picolé entrou no meu armário, a porta se fechou e eu não consigo abrir. Ela está presa."

Se isso soou estranho, saiba que não é. Nossa casa é velha. O dia inteiro e a noite toda ela estala e geme, como se estivesse tentando se acomodar mas não conseguisse, e eu tenho certeza que tem tudo a ver com a tremenda quantidade de água que ela absorve sempre que chove. Já aconteceu outras vezes de uma porta de repente não abrir mais porque a casa se acomodou sobre ela. Mas essa era a primeira vez que a Picolé estava envolvida.

Mamãe e eu voltamos correndo para casa e eu voei escada acima gritando "Picolé, Picolé". No quarto de mamãe e papai há uma fileira de confessionários que eles usam como armários. Suas portas são arredondadas e pontudas na parte de cima. Atrás de uma delas, a Picolé latia. Não era um latido assustado e choroso, mas brincalhão. Com certeza ela estava rindo de nós.

Havia ferramentas espalhadas pelo chão, e também algumas tábuas, que estão sempre à mão caso a gente precise prender algum pedaço de lona no telhado. Girei a maçaneta, mas não aconteceu absolutamente nada.

"Eu tentei de tudo", disse mamãe. "A parte de cima está totalmente podre. Está vendo ali? Como a viga está toda arqueada?" Eu sabia que mamãe tinha reformado casas antes de eu ter nascido, mas ela estava falando como se fosse uma pessoa completamente diferente. Eu não estava gostando daquilo. "Tentei erguer o marco da porta com um macaco", ela disse, "mas não consegui levantar o suficiente."

"Não podemos simplesmente abrir no chute?", perguntei.

"A porta abre para fora…" Mamãe ficou pensando, até que teve uma ideia. "Você está certa. Nós vamos ter de abrir no chute, de dentro para fora. Vamos subir no telhado da casa e entrar pela janela." Isso sim parecia divertido.

Descemos correndo, pegamos uma escada na oficina e a arrastamos pelo gramado úmido até a lateral da casa. Mamãe depositou algumas peças de compensado como base para a escada. "O.k.", ela disse, "você segura. Eu vou subir."

"Ela é minha cachorra", eu disse. "Você segura a escada."

"De jeito nenhum, Bala. É muito perigoso."

Mamãe tirou sua echarpe, enrolou-a em sua mão direita e então começou a subir. Foi engraçado vê-la subindo aquela escada manchada de tinta com seus sapatos belgas e suas calças capri. Ela quebrou o vitral com a mão protegida, destrancou a janela e então entrou por ela. Passou-se uma eternidade.

"Mamãe!", eu fiquei gritando. Aquela pilantra nem sequer enfiou a cabeça para fora. Eu estava tão encharcada e irritada que nem pensei. Comecei a subir pela escada. Era totalmente seguro. Eu subi super-rápido, porque a única coisa que teria me feito perder o equilíbrio seria mamãe me pegando no meio do caminho e gritando. Levei oito segundos, e entrei pela janela sem escorregar.

A Picolé não teve nenhuma reação quando me viu. Ela estava mais interessada em mamãe, que ficava dando uma voadora na porta, e dando outra voadora na porta, e dando mais uma voadora na porta. "Gaah", mamãe gritava toda vez que chutava. Finalmente, a porta se abriu.

"Bom trabalho", eu disse.

Mamãe deu um pulo. "Bee!" Ela estava furiosa, e ficou ainda mais quando ouviu um barulhão vindo de fora. A escada havia caído e estava atirada sobre o gramado.

"Ops", eu disse. Dei um abraço enorme na Picolé e fiquei sentindo seu cheiro azedo pelo maior tempo possível sem desmaiar. "Você é a pior cachorra de todos os tempos."

"Isto chegou para você." Mamãe me entregou uma carta. O endereço de retorno era um carimbo do Choate. "Parabéns."

Mamãe pediu que entregassem o jantar mais cedo, e então fomos de carro encontrar papai para comemorar. Enquanto cruzávamos a ponte flutuante sobre o Lake Washington, meus pensamentos foram tomados por imagens do Choate. Era tudo tão grande e limpo, e os prédios eram tão majestosos, feitos de tijolo vermelho com hera cobrindo as laterais. Era como eu imaginava que a Inglaterra deveria ser. Papai e eu tínhamos visitado o lugar na primavera, quando os galhos das árvores estavam carregados de flores e patinhos deslizavam em lagos cintilantes. Eu nunca tinha visto um lugar tão pitoresco, exceto em quebra-cabeças.

Mamãe se virou para mim. "Você sabe que está autorizada a ficar feliz porque vai embora, né?"

"É que é esquisito."

Eu amo a Microsoft. Minha creche era lá, e depois do sol se pôr eles nos colocavam em uns carrinhos de bebê vermelhos enormes e nos levavam para visitar nossos pais. Papai construiu uma máquina do tesouro. Até hoje ainda não entendo como aquilo funcionava, mas na hora da saída a gente podia colocar uma moeda e a máquina entregava um tesouro, feito especialmente para você. Um menino que gostasse de carros ganharia um Hot Wheels. Não um Hot Wheels qualquer, mas um que ele ainda não tivesse. E se uma menina gostasse de bonecas, a máquina lhe daria uma mamadeira para a boneca. A máquina do tesouro está agora em exposição no Centro de Visitantes porque é uma das primeiras aplicações da tecnologia de reconhecimento facial, que era no que papai trabalhava em L.A. quando a Microsoft comprou a empresa dele.

    Estacionamos num lugar proibido e mamãe atravessou os corredores do shopping da Microsoft, o Commons, carregando as sacolas do delivery. Eu vinha logo atrás. Entramos no prédio de papai. Pendurado sobre a recepcionista, um gigantesco relógio digital fazia uma contagem regressiva:

119 DIAS
2 HORAS
44 MINUTOS
33 SEGUNDOS

    "Isso é o que eles chamam de *relógio de lançamento*", mamãe me explicou. "Mostra quanto tempo falta até o Samantha 2 ser lançado. Eles o colocam aí para motivar as pessoas. Sem comentários."

    O mesmo relógio estava no elevador, nos corredores, e até mesmo nos banheiros. E ele ficou correndo durante toda a refeição no escritório de papai, onde sentamos nas bolas infláveis que ele usa em vez de cadeiras, com nossas caixinhas de comida oscilando de forma precária sobre os joelhos. Eu discorria sobre todos os tipos diferentes de pinguins que nós veríamos em nossa viagem.

    "Sabe qual é a melhor parte?", mamãe entrou na conversa. "O refeitório não tem lugares marcados, e eles têm mesas para quatro. Isso quer dizer que se nós três sentarmos e empilharmos nossas luvas e gorros na cadeira extra, ninguém vai poder sentar conosco!"

    Papai e eu nos entreolhamos, tipo "Ela só pode estar brincando".

    "E os pinguins", mamãe acrescentou rapidamente. "Estou muito empolgada com todos esses pinguins."

Papai deve ter falado para todo mundo que nós viríamos, porque as pessoas passavam olhando pela porta de vidro, mas fazendo de conta que não estavam nem aí. Ser famoso deve ser mais ou menos assim.

"Eu queria que isso fosse mais parecido com uma comemoração", disse papai, olhando seus e-mails. "Mas eu tenho uma videoconferência com Taipé."

"Tudo bem, papai", eu disse. "Você está ocupado."

De papai

Cara sra. Loundes,

Em primeiro lugar, estamos muito emocionados pelo fato de Bee ter sido aceita no Choate. Muito embora eu tenha estudado na Phillips Exeter Academy, minha esposa, Bernadette, sempre disse que passou os dias mais felizes de sua vida no Choate, e Bee quer estudar aí desde que era uma garotinha.

Em segundo lugar, muito obrigado pelas palavras gentis sobre Bee. Nós concordamos, ela é mesmo extraordinária. Todavia, nos opomos fortemente a que ela pule um ano.

Eu examinei sua ficha de inscrição e notei que não havia como vocês saberem algo essencial sobre Bee: ela nasceu com um defeito no coração e precisou fazer seis cirurgias. Por causa disso, ela passou seus primeiros cinco anos de vida entrando e saindo do Hospital Infantil de Seattle.

Bee ingressou no jardim de infância no tempo certo, muito embora seu corpinho tivesse dificuldades em se manter. (Ela estava abaixo da média, tanto na altura quanto no peso, nessa época; e na verdade ainda está tentando se recuperar, como você mesma pôde ver.) Apesar disso, sua inteligência profunda já começava a se manifestar. Professores nos incentivavam a colocar suas capacidades à prova. Mas, na verdade, nem eu nem Bernadette tínhamos interesse na indústria de crianças superdotadas. Talvez porque tenhamos passado por escolas preparatórias e estudado em universidades da Ivy League, não dávamos assim tanta importância para elas quanto outros pais de Seattle. Nossa principal preocupação era que nossa filha vivesse dentro de um mínimo de normalidade depois dos problemas de saúde que ela havia enfrentado nos primeiros cinco anos de vida.

Essa foi uma decisão que a beneficiou muito. Encontramos uma maravilhosa escola de bairro, a Galer Street. Claro, Bee estava "à frente" das outras crianças em sua turma. Em resposta a isso, ela tomou para si a responsabilidade de ensinar as mais lentas a ler e a escrever. Até hoje ela fica até mais tarde na escola e ajuda nas aulas de reforço. Ela também não mencionou nada disso na sua ficha de inscrição.

O Choate tem instalações maravilhosas. Tenho certeza de que Bee vai encontrar mais que o suficiente para impedir que "fique entediada".

Já que estamos falando desse assunto, peço licença para contar a história da primeira e única vez em que Bee disse estar entediada. Bernadette e eu estávamos levando Bee e uma amiguinha, ambas na pré-escola, a uma festa de aniversário. Pegamos um engarrafamento. Grace disse: "Estou entediada".

"É", Bee a imitou, "estou entediada."

Bernadette estacionou o carro, tirou seu cinto de segurança e virou-se para trás. "Muito bem", ela disse às meninas. "Vocês estão entediadas. Então, vou lhes contar um segredinho sobre a vida. Vocês acham que está um tédio agora? Bem, só vai piorar. Quanto antes vocês aprenderem que *são vocês* que têm de tornar a vida interessante, melhor vai ser."

"O.k.", disse Bee, timidamente. Grace começou a chorar e nunca mais pôde sair conosco. Essa foi a primeira e única vez que Bee disse estar entediada.

Estamos ansiosos para encontrá-la no outono, quando Bee chegará junto com seus colegas do primeiro ano.

Sinceramente,
Elgin Branch

Eu não sou doente! Eu nasci com a síndrome da hipoplasia do coração esquerdo, o.k.? É uma condição congênita na qual a válvula mitral, o ventrículo esquerdo, a válvula aórtica e a aorta não se desenvolvem completamente, e que me obrigou a fazer três cirurgias de coração aberto e outras três por causa de complicações. Fiz a última cirurgia quando eu tinha cinco anos de idade. Eu sei que supostamente sou inteligente, mas quer saber? Eu não me lembro de nada disso! E quer saber ainda mais? Estou perfeitamente bem agora, assim como nos últimos *nove anos e meio*. Pare por um instante e pense sobre isso. Em dois terços da minha vida eu fui totalmente normal.

Papai e mamãe me levam ao hospital infantil todos os anos para fazer um ecocardiograma e tirar radiografias. Até mesmo os cardiologistas reviram os olhos para esses exames, porque eles sabem que eu não preciso disso. Enquanto caminha pelos corredores, mamãe sempre parece tipo estar tendo um flashback do Vietnã. Nós passamos por um quadro pendurado numa parede e ela se agarra numa cadeira e diz: "Meu Deus, aquele pôster do Milton Avery". Ou, dando um suspiro profundo: "Aquela figueira tinha garças de origami penduradas naquele Natal horrível". E então ela fecha os olhos enquanto todo mundo fica ali, e papai a abraça bem forte, também com os olhos cheios de lágrimas.

Todos os médicos e enfermeiras saem das salas para me saudar como se eu fosse um herói conquistador, e o tempo todo eu fico pensando: por quê? Eles me mostram fotos de quando eu era um bebê enfiado numa cama do hospital usando uma touquinha, como se eu pudesse me lembrar daquilo. Nem sei direito qual o sentido de tudo isso, exceto pelo fato de eu estar perfeitamente bem agora.

O único problema é que eu sou baixinha e não tenho peito, o que é irritante. E tem também minha asma. Muitos médicos disseram que eu poderia ter asma mesmo que tivesse nascido com um coração saudável. Mas ela não me impede de fazer nada, como dançar ou tocar flauta. E eu não faço aquele barulho na respiração. Faço uma coisa muito mais nojenta: toda vez que eu fico doente, mesmo que seja um vírus estomacal, passo as duas semanas seguintes cheia de catarro, e não há nada a fazer a não ser pôr pra fora tossindo. Não é a coisa mais agradável do mundo para quem está por perto, mas se você quiser saber como eu me sinto com isso, vou te dizer que quase nem percebo.

É ridículo como a enfermeira da escola, a srta. Webb, é totalmente obcecada pela minha tosse. Eu juro que no último dia de aula vou fingir que caí morta na sala dela só para assustá-la. Acho sinceramente que todo dia que a srta. Webb volta para casa e eu não morri sob a sua supervisão, ela sente um tremendo alívio.

Me perdi totalmente. Por que foi que eu comecei a escrever tudo isso? Ah, sim. Eu não sou doente!

QUINTA-FEIRA, 2 DE DEZEMBRO

De: Soo-Lin Lee-Segal
Para: Audrey Griffin

Foi muito gentil de sua parte *não* ter me perguntado como foram as reuniões na Microsoft. Mas tenho certeza de que você deve estar morrendo de curiosidade para saber se eu fui uma das vítimas do enxugamento épico que estão comentando em todos os jornais.

Foi uma redução de pessoal em todos os setores, um corte de dez por cento. Em outras épocas, reestruturar uma empresa significava contratar em massa. Hoje em dia significa demitir. Como eu devo ter te contado, meu projeto estava prestes a ser cancelado, e meu gerente perdeu a cabeça e destratou meia Microsoft. Fiquei checando enlouquecidamente as reservas das salas de reunião e as ofertas de vagas no site para tentar descobrir qualquer coisa sobre o meu futuro. O pessoal que tinha os cargos mais altos na nossa equipe foi trabalhar no Windows Phone e no Bing. Quando perguntei ao meu gerente o que aconteceria comigo, tudo o que ouvi em resposta foi um silêncio aterrador.

Então, na tarde de ontem, uma pessoa do RH me chamou para uma conversa no dia seguinte, na sala de reunião que fica no fim do corredor. (Eu tinha visto que essa sala havia sido reservada, mas não tinha ideia de que era para mim!)

Antes que eu perdesse a cabeça e entrasse numa espiral de autocomiseração, larguei tudo e saí atrás da sede mais próxima do Vítimas Contra a Vitimização, o que me ajudou imensamente. (Eu sei que você é uma cética absoluta em relação ao VCV, mas eles são o meu porto seguro.)

Fui de carro até o trabalho esta manhã porque não queria ser ainda mais humilhada, tendo de levar um monte de caixas dentro do Connector. Entrei na sala de reunião, onde a mulher do RH me informou serenamente que toda a nossa equipe, exceto aqueles que já haviam sido realocados para o Windows Phone e o Bing, seria dispensada.

"Entretanto", ela disse, "você é uma funcionária tão bem cotada que gostaríamos de colocá-la em um projeto especial no Studio C."

Audrey, eu quase desmaiei. O Studio C fica na nova sede de Studio West, e o trabalho que eles fazem lá é o mais cobiçado em toda a Microsoft. A boa-nova: fui *promovida*! A má: o novo produto no qual vou trabalhar está em processo acelerado, portanto esperam que eu trabalhe nos fins de semana. É um projeto secreto. Eu ainda nem sei o nome. A má notícia: talvez eu não consiga ir ao Brunch para a Prospecção de Pais. A boa: definitivamente poderei pagar pela comida.

Nos falamos em breve, e vai, Huskies!

De: Ollie-O
Para: Comitê do Brunch para a Prospecção de Pais

EXTRA! EXTRA! ÚLTIMAS NOTÍCIAS!

Estamos com quase sessenta confirmações! E só pra **jogar um adubo** nessa horta: **Pearl Jam**. Fiquei sabendo que eles têm filhos com idade para entrar no jardim de infância. Se nós conseguirmos um deles — e **nem precisa ser o vocalista** — eu posso fazer a nossa plantação **crescer**!

De: Audrey Griffin
Para: Soo-Lin Lee-Segal

Que ótima essa notícia da promoção! Vou aceitar com prazer sua oferta de pagar pela comida. Eu ainda tenho tomates verdes suficientes na estufa para fritar e servir como aperitivo, além de endro, salsa e coentro para o *aioli*. Também separei cinquenta quilos de maçãs para preparar a minha *tarte tatin* com alecrim para a sobremesa. Para o prato principal, que tal se a gente alugasse um daqueles fornos de pizza portáteis? Podemos montá-lo no quintal, o que liberaria minha cozinha.

Ollie-O estava certo quando disse que o nosso evento se tornaria um viral. Hoje no Whole Foods uma mulher que eu não tenho a menor ideia de quem seja *me* reconheceu e veio dizer que estava ansiosa pelo meu brunch. Julgando pelas compras que estavam em seu carrinho — queijo importado, framboesas orgânicas, spray para lavar frutas —, ela é exatamente o tipo de mãe de que precisamos para a Galer Street. Eu a vi no estacionamento. Ela tem um Lexus. Não é uma Mercedes, mas é quase tão bom quanto!

E você ficou sabendo? Vão mandar uma criança doente para um colégio interno. Por que é que eu não estou surpresa?

Naquele dia, eu tinha uma autorização para sair da sala porque o nosso professor de música, o sr. Kangana, me pediu que acompanhasse os alunos do segundo ano do Ensino Fundamental numa música que eles iam cantar no Dia da Celebração Mundial, e a gente precisava ensaiar. Eu estava pegando minha flauta no armário quando me deparei com Audrey Griffin. Ela vinha carregando uns tapetes para orações que os alunos do quarto ano tinham feito para o leilão de arte.

"Fiquei sabendo que você está indo para um colégio interno", ela disse. "De quem foi essa ideia?"

"Minha", eu disse.

"Eu jamais seria capaz de enviar Kyle para um colégio interno", disse Audrey.

"Acho que você o ama mais do que mamãe me ama", eu disse, e saí pelo corredor, tocando minha flauta.

De: Manjula Kapoor
Para: Bernadette Fox

Cara sra. Fox,
Fiz uma pesquisa sobre medicamentos antienjoo. O remédio

mais forte que pode ser obtido nos Estados Unidos sob prescrição médica chama-se pomada transdérmica ABHR. É uma mistura de Ativan, Benadril, Haldol e Reglan, na forma de uma pomada para aplicação tópica. Ela foi desenvolvida pela Nasa para ser aplicada nos astronautas como forma de combater náuseas no espaço, mas acabou sendo adotada pela comunidade médica para uso em pacientes terminais com câncer. Terei o maior prazer em lhe enviar links para vários fóruns com elogios às qualidades da pomada ABHR. Entretanto, devo lhe avisar que eles contêm imagens de pacientes seriamente doentes, que podem ser bastante perturbadoras. Tomei a iniciativa de pesquisar também as formas de obtenção da pomada. Ela só está disponível em "farmácias de manipulação". Não temos esse tipo de farmácia aqui na Índia, mas, aparentemente, elas são amplamente difundidas nos Estados Unidos. Consegui encontrar um médico que lhe dará uma receita. Por favor, me diga o que você pretende fazer.

Abraços cordiais,
Manjula

Para: Manjula Kapoor
De: Bernadette Fox

Se é bom para astronautas e pacientes com câncer, é bom pra mim! Pode comprar!

Bilhete de Audrey Griffin

Tom,
Aqui está o cheque referente aos seus serviços anteriores. Só para confirmar, vamos nos encontrar na minha casa na tarde de segunda-feira e subir a colina em direção à casa com as trepa-

deiras. Entendo seu receio em relação a entrar na propriedade do vizinho sem ser convidado, mas eu posso garantir que não haverá ninguém lá.

SEGUNDA-FEIRA, 6 DE DEZEMBRO

Naquele dia nós tivemos aula de artes no sexto período, e eu estava com catarro na garganta, então saí da sala para cuspir no chafariz, que era o que eu sempre fazia quando tinha aula de artes. E quem aparece do nada bem quando eu estava tirando o ranho? Srta. Webb, a enfermeira. Ela ficou em pânico porque eu estava espalhando germes, coisa que eu tentei explicar que não estava fazendo, já que o muco branco contém apenas germes *mortos*. Pergunte a um médico de verdade, e não a uma funcionária qualquer cuja única justificativa para se considerar enfermeira não é a passagem pela faculdade de enfermagem, mas sim uma caixa de band-aids que ela guarda na escrivaninha.

"Vou pegar minha mochila", resmunguei.

Gostaria de observar que o sr. Levy, meu professor de biologia, tem uma filha que sofre de asma viral assim como eu, e ela joga hóquei, de modo que ele sabe que minha tosse não é motivo para preocupação. Ele não me mandaria para a sala da srta. Webb nem em um milhão de anos. Quando minha garganta fica cheia de catarro é fácil perceber porque, ao responder uma pergunta, minha voz começa a ficar toda cortada, como numa ligação ruim de celular. O sr. Levy faria aquele negócio de me passar um lenço por trás das costas. Ele é muito engraçado. Ele deixa as tartarugas andando livremente pela sala de aula, e uma vez trouxe nitrogênio líquido e ficou congelando as sobras do nosso almoço.

Não me senti mal por mamãe ter de me pegar mais cedo,

porque eu já estava no sexto período. Mas me senti mal por não poder participar das aulas de reforço. Os alunos do quinto ano estavam organizando um debate e eu andei ajudando. A turma deles estava estudando a China, e o debate seria sobre os *prós e os contras* da ocupação chinesa no Tibete. Você já tinha ouvido uma coisa dessas? A Galer Street é tão ridícula e distorce tanto o conceito de politicamente correto a ponto dos alunos do quinto ano serem obrigados a discutir as *vantagens* do genocídio que a China promove contra o povo tibetano, isso sem falar na destruição da cultura, que é igualmente devastadora. Eu queria que eles dissessem que uma das vantagens era o fato da ocupação chinesa auxiliar no combate à escassez de alimentos no mundo, uma vez que havia agora menos tibetanos para alimentar. Mas a sra. Lotterstein me ouviu e disse que era melhor eu nem pensar naquilo.

Lá estava eu, sentada nos degraus da escada da frente, na chuva. (Não nos deixam mais esperar na diretoria desde o dia em que Kyle Griffin foi mandado pra lá e, quando ninguém estava olhando, vasculhou os arquivos da Galer Street e ligou para todos os pais usando o telefone da escola. Quando os pais olhavam para o celular, havia uma chamada da Galer Street. Eles atendiam e Kyle gritava "Houve um acidente", desligando em seguida. Desde então, todos os alunos precisam esperar do lado de fora.) Mamãe chegou de carro. Ela nem perguntou como eu estava porque sabia como a srta. Webb era. Na volta para casa, comecei a tocar minha nova flauta. Mamãe nunca me deixa tocar no carro porque ela tem medo de que alguém bata na gente e eu seja empalada no banco pela flauta. Eu sempre achei isso ridículo. Como é que uma coisa dessas ia acontecer?

"Bee…", disse mamãe.

"Eu sei, eu sei." E guardei a flauta.

"Não", ela disse. "Essa flauta é nova? Eu nunca tinha visto."

"É uma flauta japonesa chamada *shakuhachi*. O sr. Kangana me emprestou. É da coleção dele. Os alunos do segundo ano vão cantar para os pais no Dia da Celebração Mundial e eu vou acompanhá-los. Semana passada eu fui ao ensaio e eles ficavam lá, parados, cantando. Eu dei a ideia de eles fazerem uma dança do elefantinho, então fiquei responsável por criar a coreografia."

"Eu não sabia que você ia criar uma coreografia para o segundo ano", disse mamãe. "É uma coisa muito importante, Bee."

"Não muito."

"Você precisa me contar essas coisas. Posso ir?"

"Não tenho muita certeza de quando vai ser." Eu sabia que ela não gostava de ir à escola, e que provavelmente não iria de qualquer forma, então por que fingir?

Chegamos em casa, eu fui para o meu quarto e mamãe fez o que ela sempre fazia, que era ir para o Petit Trianon.

Acho que eu ainda não havia mencionado o Petit Trianon. Mamãe gosta de sair de casa durante o dia, especialmente porque Norma e sua irmã vêm fazer a faxina, e elas conversam muito alto enquanto vão passando pelos cômodos. Além disso, os jardineiros vêm remover as ervas daninhas. Então, mamãe comprou um trailer da Airstream e contratou um guindaste para colocá-lo no quintal. É onde fica o seu computador e onde ela passa a maior parte do tempo. Fui eu quem o batizei de Petit Trianon, em homenagem a Maria Antonieta, que mandou construir um palácio em miniatura em Versailles para onde ela pudesse ir quando quisesse dar um tempo do Palácio de Versailles.

Então, era lá que mamãe estava, e eu ia começar a fazer o dever de casa no meu quarto quando a Picolé começou a latir.

Ouvi a voz de mamãe vindo do quintal. "Posso ajudá-la?", ela disse, com a voz impregnada de sarcasmo.

Alguém deu um gritinho meio idiota.

Fui até a janela. Mamãe estava em pé no gramado com Audrey Griffin e um sujeito de botas e macacão.

"Eu achei que você não estaria em casa", gaguejou Audrey.

"Percebi." Mamãe falou num tom ultradebochado. Aquilo tudo era muito engraçado.

Audrey entrou em curto-circuito e começou a falar sobre nossas trepadeiras e sobre o seu jardim orgânico e sobre o cara que tinha um amigo que tinha uma máquina especial e sobre algo que precisava ser feito ainda esta semana. Mamãe ficou só escutando, o que fez com que Audrey falasse ainda mais depressa.

"Ficarei feliz em pagar ao Tom para remover as minhas trepadeiras", finalmente disse mamãe. "Você tem um cartão?" Fez-se um longo e doloroso silêncio enquanto o sujeito procurava em seus bolsos.

"Acho que encerramos aqui", mamãe disse a Audrey. "Então, por que você não volta pelo mesmo buraco na cerca por onde entrou e fica longe dos meus repolhos?" Ela deu meia-volta, marchou de volta para dentro do Petit Trianon e fechou a porta.

Eu fiquei, tipo, "É isso aí, mamãe!". Porque tem uma coisa: não importa o que as pessoas falem sobre mamãe, ela sabe muito bem como deixar a vida mais divertida.

De: Bernadette Fox
Para: Manjula Kapoor

No anexo você encontrará informações a respeito de um camarada que "poda" trepadeiras. (Dá pra acreditar numa coisa dessas?) Entre em contato com ele e responda todos os quem-que-quando-onde-como que ele precisar saber. Pagarei por tudo.

Cinco minutos depois, mamãe mandou uma nova mensagem:

De: Bernadette Fox
Para: Manjula Kapoor

Preciso mandar fazer uma placa. Dois metros e meio de largura por um metro e meio de altura. Eis o que eu quero que ela diga:

> PROPRIEDADE PRIVADA
> PROIBIDA A ENTRADA
> Moscas da Galer Street
> serão presas
> e enviadas para a cadeia das moscas

A placa em si deve ser feita no vermelho mais berrante e hediondo possível, e as letras, no amarelo mais berrante e hediondo possível. Eu quero que ela seja instalada no limite ocidental da minha propriedade, no pé da colina, que será acessível assim que tivermos *podado* as malditas trepadeiras. Certifique-se de que a placa fique virada para o quintal do vizinho.

TERÇA-FEIRA, 7 DE DEZEMBRO

De: Manjula Kapoor
Para: Bernadette Fox

Gostaria de confirmar se a placa que você gostaria de produzir tem mesmo dois metros e meio de largura por um metro e meio de altura. O senhor que contratei comentou que ela é muito grande e parece fora das proporções para uma área residencial.

Abraços cordiais,
Manjula

De: Bernadette Fox
Para: Manjula Kapoor

Pode apostar seu bindi que é desse tamanho que eu quero.

De: Manjula Kapoor
Para: Bernadette Fox

Cara sra. Fox,
A placa foi encomendada e será colocada no mesmo dia em que Tom completar o serviço de poda.
Também estou feliz em informar que encontrei um médico disposto a lhe dar uma receita para a pomada ABHR. A única farmácia de manipulação em Seattle capaz de elaborá-la, infelizmente, não conta com o serviço de delivery. Perguntei sobre a possibilidade de enviar um motoboy, mas a farmácia insistiu que você fosse buscá-la pessoalmente, porque eles são obrigados por lei a falar na sua presença sobre os efeitos colaterais.
No anexo você encontrará o endereço da farmácia e uma cópia da receita.

Abraços cordiais,
Manjula

SEXTA-FEIRA, 10 DE DEZEMBRO

De: Bernadette Fox
Para: Manjula Kapoor

Estou indo à farmácia agora. Não chega a ser terrível ter

de sair de casa enquanto essa máquina infernal cheia de pontas, braços telescópicos e rotores vingativos fica mastigando minha encosta e jogando terra para todos os lados. Tom teve de literalmente se amarrar àquela fera para que ela não saísse correndo por aí sozinha. Eu não ficaria surpresa se ela começasse a cuspir fogo.

Ah, os coletes de pesca chegaram. Obrigada! Já coloquei meus óculos, as chaves do carro e meu celular em um deles. Acho que nunca mais vou tirar essa coisa.

De: Soo-Lin Lee-Segal
Para: Audrey Griffin

Como Ollie-O diria... EXTRA! EXTRA! ÚLTIMAS NOTÍCIAS!

Te contei que me colocaram de assistente administrativa numa nova equipe, né? Pois acabo de descobrir que é a equipe do Samantha 2, comandada por ninguém menos que Elgin Branch!

Audrey, meu corpo está um caldeirão de emoções! Quando Elgin anunciou o Samantha 2 no TED, em fevereiro, ele causou um rebuliço na internet. Em menos de um ano, já é a quarta palestra no TED mais assistida de todos os tempos. Recentemente Bill Gates disse que o seu projeto favorito em toda a empresa é o Samantha 2. Ano passado, Elgin recebeu um Prêmio de Reconhecimento Técnico, a mais alta honraria dentro da Microsoft. Os caras do Samantha 2 e Elgin, em particular, são como *rock stars* por aqui. Você vai até o Studio West e pode dizer pelo jeito que as pessoas andam se elas trabalham ou não no Samantha 2. *Eu* sei que sou boa no que faço, mas se me colocaram no Samantha 2 significa que todo mundo aqui sabe disso também. É uma sensação estonteante.

Mas aí tem Elgin Branch. Sua grosseria e arrogância aquele dia no Connector foram como um tapa na minha cara que ainda dói. Espere só até você ficar sabendo o que aconteceu esta manhã.

Fui ao RH para pegar meu novo crachá e conhecer minhas novas atribuições. (Em dez anos, é a primeira vez que terei um escritório com janela!) Eu estava arrumando minhas fotos, canecas e coleção de bebezinhos natalinos de porcelana na neve sobre a mesa quando vi Elgin Branch atravessando o saguão. Estava sem sapato, só de meia, o que achei estranho. Ele me viu, e eu acenei. Ele esboçou um sorriso e seguiu caminhando.

Eu decidi ser pró-ativa (um dos três Ps que fazem parte da fundação interpessoal no Vítimas Contra a Vitimização) e fui dar início ao nosso primeiro encontro cara a cara em nossos novos papéis de gerente e assistente administrativa.

Elgin estava sentado em sua mesa e suas botas de caminhada estavam com os cadarços amarrados, no chão. Imediatamente, fiquei impressionada pelo número de cubos de patente empilhados de qualquer jeito pelo escritório. (Toda vez que um desenvolvedor registra a patente de alguma coisa, ele recebe um cubo comemorativo, uma coisa bonitinha que fazemos aqui na MS.) Meu último gerente tinha quatro. Só no peitoril da janela de Elgin havia uns vinte, sem contar aqueles que tinham caído no chão.

"Posso fazer alguma coisa por você?", ele disse.

"Bom dia", eu arrumei a postura. "Eu sou Soo-Lin Lee-Segal, a nova assistente administrativa."

"Prazer em conhecê-la." Ele estendeu a mão.

"Na verdade, nós já nos conhecemos. Eu tenho um filho, Lincoln, que estuda na Galer Street, na turma de Bee."

"Perdão", ele disse. "Mas é claro."

O chefe da equipe de desenvolvedores, Pablo, enfiou sua cabeça no cubículo. "Mas que belo dia, vizinho." (Todos na equipe provocam Elgin com referências a Mr. Rogers. É uma tiração de sarro, aparentemente, com o fato de que sempre que chega em algum lugar, Elgin tira os sapatos. Até mesmo na sua palestra no TED, que eu acabei de rever, Elgin está de meias. Na frente de Al Gore e Cameron Diaz!) "Tudo certo para o meio-dia", Pablo continuou. "Temos uma reunião com uns terceirizados em South Lake Union. Que tal transformá-la num almoço no centro? Wild Ginger?"

"Ótimo", respondeu Elgin. "É perto da estação do trem. Eu posso ir direto para o aeroporto." Eu tinha visto no calendário do Samantha 2 que Elgin tinha uma apresentação fora da cidade amanhã.

Pablo virou-se e eu me apresentei a ele. "Viva!", ele disse. "Nossa nova assistente administrativa! Cara, a gente estava morrendo aqui sem você. Que tal se juntar a nós no almoço?"

"Você deve ter ouvido meu estômago roncar", falei timidamente. "Eu tenho carro, podemos ir nele até o centro."

"Vamos pegar o Shuttle 888", disse Elgin. "Eu vou precisar do wi-fi pra mandar alguns e-mails."

"Então vamos de Shuttle 888", eu disse, ofendida pela rejeição, mas um pouco consolada porque o Shuttle 888 é para vice-presidentes e cargos superiores, e essa seria minha primeira oportunidade de andar nele. "Wild Ginger ao meio-dia. Vou fazer a reserva."

E aqui estou eu, morrendo de medo do almoço naquele que deveria ser o dia mais feliz da minha vida. Oh, Audrey, espero que o seu dia esteja sendo melhor do que o meu.

De: Audrey Griffin
Para: Soo-Lin Lee-Segal

Quem quer saber de Elgin Branch? Eu quero saber é de você. Estou tão orgulhosa de tudo que você superou desde o divórcio. Finalmente você está tendo o reconhecimento que merece.

Meu dia está sendo muito bom. Uma máquina está arrancando todas as trepadeiras da colina de Bernadette. Isso me deixou num astral tão bom que estou até conseguindo rir do incidente na escola que, se não fosse por isso, teria me deixado de mau humor.

Gwen Goodyear me pegou pelo braço esta manhã e me chamou para uma conversa em particular no seu gabinete. E quem estava sentado lá dentro, numa enorme cadeira de couro virada de costas para mim? Kyle! Gwen fechou a porta e sentou atrás da mesa. Sentei numa cadeira que estava ao lado de Kyle.

Gwen abriu uma gaveta. "Encontramos uma coisa ontem no armário de Kyle." Ela levantou um frasco de pílulas laranja. Tinha meu nome escrito nele — era o Vicodin que me haviam receitado depois que Nossa Senhora do Straight Gate tentou passar por cima de mim com seu carro.

"O que isso está fazendo aqui?", perguntei.

"Kyle?", perguntou Gwen.

"Eu não sei", disse Kyle.

"A Galer Street tem uma política de tolerância zero com drogas", disse Gwen.

"Mas esse remédio tem receita", eu disse, ainda sem entender qual era o seu ponto.

"Kyle", começou Gwen. "Por que isso estava no seu armário?"

Eu não estava gostando do andamento das coisas. Nem um

pouquinho. Eu disse a ela: "Fui parar numa sala de emergência graças a Bernadette Fox. Tive de usar *muletas*, se você não se lembra. Eu só pedi ao Kyle que ele levasse a minha bolsa e o remédio receitado. Pelo amor de Deus."

"Quando você percebeu que o Vicodin havia desaparecido?", Gwen perguntou.

"Só percebi agora", respondi.

"E por que o frasco está vazio? Deixe Kyle responder essa, Audrey." Ela virou-se para Kyle. "Kyle, por que ele está vazio?"

"Eu não sei", Kyle respondeu.

"Com certeza já estava vazio quando nos deram", eu disse. "Você sabe que estão faltando funcionários lá na Universidade de Medicina de Washington. Provavelmente eles se esqueceram de encher o frasco. Então, é só isso? Talvez você não saiba, mas eu vou dar uma festa amanhã para sessenta pais que estamos prospectando." Levantei e fui embora.

Agora que escrevi isso, eu gostaria de saber o que Gwen Goodyear estava fazendo no armário do Kyle. Não era pra esses troços terem cadeado? Eu pensei que era pra isso que eles serviam.

Todos os nossos armários possuem fechaduras de combinação. É um saco ter de girar os numerozinhos para cima e para baixo milhões de vezes sempre que você precisa pegar alguma coisa. Todo mundo odeia. Mas Kyle e uns outros pivetes descobriram um jeito de burlar o sistema, que é bater nas fechaduras até quebrá-las. O armário do Kyle está permanentemente aberto. Por isso a srta. Goodyear estava mexendo nele.

De: Bernadette Fox
Para: Manjula Kapoor

Foi a primeira vez que fui até o centro este ano. E imediatamente lembrei o porquê: os parquímetros.
Sabe, estacionar em Seattle é um processo em oito passos. Primeiro passo, encontrar um lugar para estacionar (booooa sooooorte!). Segundo passo, estacionar de ré na vaga a 45° (quem quer que tenha inventado *isso* merecia ser preso). Terceiro passo, encontrar um parquímetro que *não esteja* cercado por um mosaico fedorento e ameaçador de pedintes/ mendigos/ viciados/ marginais. O que nos leva ao quarto passo, atravessar a rua. Ah, e ainda por cima esqueci meu guarda-chuva (lá se vai meu cabelo, mas, como parei de me preocupar com ele no final do século passado, essa não conta). Quinto passo, enfiar seu cartão de crédito na máquina (e será um pequeno milagre encontrar uma que não tenha sido lacrada com resina por algum revoltadinho equivocado). Sexto passo, voltar até o seu carro (passando pela caterva pútrida mencionada anteriormente, que vai te xingar porque você não deu dinheiro a eles — ah, e eu cheguei a mencionar que todos esses caras possuem cães assustadores?). Sétimo passo, afixar o tíquete no lugar apropriado no para-brisa (é pra colocar no lado do passageiro quando estacionamos de ré a 45°? Ou no lado do motorista? Eu até leria as instruções nas costas do adesivo, mas não posso, porque QUEM É QUE LEVA SEUS ÓCULOS DE LEITURA PARA ESTACIONAR UM CARRO?). Oitavo passo, peça a um deus no qual você não acredita que você tenha a capacidade mental de lembrar, em primeiro lugar, por que raios você veio até o centro.
A essa altura eu já queria que um rebelde checheno me baleasse pelas costas.
A farmácia de manipulação, cavernosa e revestida de pai-

néis de madeira, abrigava umas poucas prateleiras mal abastecidas. No meio da sala havia um sofá bordado, sobre o qual pendia um lustre feito por Chihuly. O lugar não fazia nenhum sentido, e a essa altura eu já estava completamente acabada.

Aproximei-me do balcão. A garota estava usando um desses negócios na cabeça que parecem um chapéu branco de freira, só que sem as asas. Não tenho a menor ideia de qual etnia isso representa, mas sei que há muitos deles por aqui, especialmente trabalhando em locadoras de carros. Um dia desses ainda vou perguntar.

"Bernadette Fox", eu disse.

Ela me encarou, e então lançou um olhar maroto. "Um momento." Subiu em uma plataforma e cochichou alguma coisa para outro farmacêutico. Ele abaixou seu queixo e me examinou de forma severa por cima dos óculos. Ele e a garota desceram. O que quer que estivesse prestes a acontecer, eles haviam decidido ser trabalho para duas pessoas.

"Recebi a receita do seu médico", disse o cavalheiro. "É um remédio contra enjoo para um cruzeiro que você vai fazer?"

"Vamos para a Antártida no Natal", eu disse, "e teremos de atravessar a passagem de Drake. Você ficaria chocado se eu lhe falasse sobre a velocidade das águas e a altura das ondas, mas eu não posso, porque não tenho boa memória para números. Além disso, estou tentando esquecer esses dados com todas as minhas forças. A culpa é da minha filha. Eu só estou indo por causa dela."

"Sua receita é para ABHR," ele disse. "Basicamente, o ABHR é Haldol com um pouco de Ativan, Benadril e Reglan misturado."

"Pra mim parece bom."

"O Haldol é um antipsicótico." Ele guardou seus óculos bifocais no bolso da camisa. "Foi usado no sistema carcerário soviético para desmotivar os prisioneiros."

"E só agora vocês me contam?", eu disse.

Ou esse cara estava se mostrando imune aos meus encantos, ou talvez eu não tenha encanto algum — provavelmente é esse o caso. Ele prosseguiu: "É um remédio que tem alguns efeitos colaterais bem severos, sendo o pior deles a discinesia tardia, um quadro caracterizado por espasmos faciais incontroláveis, protrusão da língua, estalos com os lábios...".

"Você já viu essas pessoas", disse a Freira sem Asas, num tom grave. Ela ergueu uma mão retorcida na altura do rosto, inclinou a cabeça para o lado e fechou um dos olhos.

"Você obviamente não sofre de enjoo no mar", eu disse. "Porque algumas horas disso aí é um dia na praia, comparativamente."

"A discinesia tardia pode durar para sempre", ele disse.

"Para sempre?", perguntei, bem baixinho.

"A probabilidade é de cerca de quatro por cento", ele disse. "Mas sobe para dez por cento entre mulheres mais velhas."

Suspirei muito alto. "Puxa vida."

"Eu falei com o seu médico. Ele te receitou um adesivo de escopolamina para o enjoo e Xanax para a ansiedade."

Xanax eu tinha! O batalhão de médicos de Bee sempre me mandava pra casa ou com Xanax ou com algum tipo de comprimido para dormir. (Mencionei que eu não durmo?) Eu nunca tomo nada disso, porque na única vez em que tomei, fiquei enjoada e me sentindo como se fosse outra pessoa. (Eu sei, esse bem que poderia ser um argumento a favor. O que posso dizer? Acabei me acostumando comigo mesma.) Mas o problema com o Xanax e as centenas de outros comprimidos que levei para casa é o seguinte: atualmente estão todos misturados em um saquinho ziploc. Por quê? Bem, porque uma vez eu estava pensando em ter uma overdose, então esvaziei todos os frascos de remédios nas mãos — e nem deu pra segurar tudo, de tantos que eu tinha — só para ver se eu seria capaz de engolir todos aqueles comprimidos. Mas aí eu desisti da ideia e coloquei os comprimidos num saquinho plástico, onde eles definham até hoje. "Por que eu quis ter uma overdose?", você deve estar se perguntando. Bem, eu também estou me perguntando! Já nem me lembro.

"Você tem aí algum daqueles cartazes que mostram como são os comprimidos de cada remédio?", perguntei ao farmacêutico. Pensei que com um desses talvez eu pudesse identificar os comprimidos de Xanax e colocá-los de volta no seu frasco. O coitado ficou perplexo. Quem poderia culpá-lo?

"Tá bom", eu disse. "Me dá logo o Xanax e o tal do adesivo."

Recolhi-me ao sofá bordado. Era brutalmente desconfortável. Resolvi esticar minhas pernas por cima dele e me recostei. Agora sim. Foi então que percebi que não era um sofá, e sim um divã, que estava implorando que alguém se deitasse nele. Suspenso sobre mim estava o lustre feito por Chihuly. Suas obras são como os pombos de Seattle. Estão em todos os lugares e, mesmo que em geral não atrapalhem, você não tem como não desenvolver algum tipo de antipatia por elas.

Essa, claro, era toda feita de vidro, branca e desconexa, e cheia de tentáculos. De dentro emanava uma luz azulada e fria, mas não havia uma fonte muito discernível. A chuva, lá fora, era torrencial. O ritmo dos pingos da tempestade só tornava esse monstro de vidro suspenso ainda mais assustador, como se tivesse chegado junto com a chuva ou fosse ele mesmo capaz de fazer chover. Parecia que estava cantando "Chihuly... Chihuly". Nos anos 1970, Dale Chihuly já era um escultor de vidros famoso quando se envolveu em um acidente de carro e perdeu um olho. Mas isso não o deteve. Alguns anos depois, ele teve um acidente surfando e arruinou tanto o ombro que nunca mais pôde segurar os instrumentos de trabalho. Isso também não o deteve. Não acredita? Então pegue um barco no Lake Union e olhe pela janela do seu estúdio. Ele deve estar lá agora, com seu tapa-olho e seu braço inerte, criando as peças mais surreais de sua vida. Eu tive de fechar os olhos.

"Bernadette?", disse uma voz.

Abri os olhos. Eu havia adormecido. Esse é o problema de não dormir nunca. Às vezes você dorme nos piores momentos, como este: em público.

"Bernadette?" Era Elgie. "O que você está fazendo adormecida aqui?"

"Elgie..." Limpei a baba do meu rosto. "Eles não quiseram me dar Haldol, então tive de esperar pelo Xanax."

"O *quê*?" Ele olhou pela janela. Paradas na rua estavam algumas pessoas da Microsoft que eu reconheci vagamente. "O que você está usando?"

Ele estava se referindo ao meu colete de pesca. "Ah, isso. Eu comprei pela internet."

"Será que você poderia, por favor, ficar de pé?", ele disse. "Eu tenho um almoço. Preciso cancelá-lo?"

"Claro que não!", eu disse. "Estou bem. Eu só não dormi na noite passada e apaguei. Vá fazer as suas coisas."

"Vou estar em casa na hora do jantar. Vamos comer fora hoje à noite?"

"Você não estava indo para D.C...."

"Isso pode esperar", ele disse.

"Claro, com certeza", eu disse. "Abelhinha e eu vamos escolher um lugar."

"Só eu e você." Ele saiu.

E foi aí que comecei a entender: eu podia jurar que uma daquelas pessoas esperando do lado de fora era uma mosca da Galer Street. Não aquela que está nos *perturbando* por causa das nossas trepadeiras, mas um dos seus macaquinhos amestrados. Apertei os olhos para ver melhor, mas Elgie e seu grupo tinham sido absorvidos pela multidão da hora do almoço.

Meu coração estava batendo muito forte. Eu devia ter ficado e tomado um Xanax. Mas eu não aguentava mais ficar naquela farmácia de manipulação, com aquela sensação ruim. A culpa é sua, Dale Chihuly!

Fugi. Não tenho ideia da direção que segui, nem para onde eu estava indo. Mas devo ter subido a Quarta Avenida, porque quando dei por mim estava na frente da biblioteca pública do Rem Koolhaas.

Parei, aparentemente, porque um cara se aproximou de mim. Parecia um universitário, totalmente tranquilo. Não havia nele nada de ameaçador ou perigoso.

Mas ele me reconheceu.

Manjula, não sei como. Minha única foto que circula por aí foi tirada vinte anos atrás, pouco antes da Coisa Extraordinariamente Horrorosa. Eu estou linda, meu rosto irradiando autoconfiança, meu sorriso empolgado com o futuro que eu tinha para traçar.

"Bernadette Fox", eu deixei escapar.

Estou com cinquenta anos, enlouquecendo aos poucos.

Acho que isso não faz sentido para você, Manjula. Não precisa fazer. Mas você viu o que acontece quando eu entro em contato com as pessoas? Não estou com um bom pressentimento sobre essa coisa toda de Antártida.

Mais tarde, naquele dia, mamãe me buscou na escola. Talvez ela estivesse meio quieta, mas isso acontece às vezes, porque no caminho para a escola ela escuta O *Mundo* na Rádio Pública Internacional, que quase sempre é um programa depressivo — e naquele dia não foi diferente. Entrei no carro. Na rádio estava passando uma reportagem terrível sobre a guerra na República Democrática do Congo, e sobre como o estupro vinha sendo usado como arma por lá. Todas as mulheres estavam sendo estupradas, de bebezinhas de seis meses a vovós de oitenta anos, e todas as idades intermediárias. Mais de mil mulheres e garotas eram estupradas *por mês*. Isso vinha acontecendo havia *vinte anos* e ninguém fazia nada a respeito. Hillary Clinton tinha ido até lá e prometido ajudar, o que deu esperanças a todos, mas acabou que tudo o que ela fez foi dar dinheiro ao governo corrupto.

"Não consigo ouvir isso!" Desliguei o rádio num golpe.

"Eu sei que é horrível", disse mamãe. "Mas você já tem idade suficiente. Nós vivemos uma vida de privilégios em Seattle. Isso não quer dizer que podemos literalmente nos desligar dessas mulheres, cujo único erro foi ter nascido no Congo durante uma guerra civil. Nós temos de ser testemunhas." Ela ligou o rádio de novo.

Empoleirei-me no meu banco e fechei a cara.

"A guerra no Congo prossegue sem um final à vista", disse o locutor. "E agora chegam boatos de um novo esforço dos soldados para encontrar as mulheres que eles já estupraram para estuprá-las novamente."

"Jesus Cristo!", disse mamãe. "Aí passou dos meus limites." E desligou o rádio.

Ficamos sentadas em silêncio. Então, às dez pras quatro, tivemos de ligar o rádio de novo, porque nas sextas-feiras às dez pras quatro é quando ouvimos a nossa pessoa favorita em todo o mundo, Cliff Mass. Se você não sabe quem é Cliff Mass, bem, é essa coisa que eu e mamãe compartilhamos, esse meteorologista obcecado maravilhoso que ama tanto a meteorologia que você não tem escolha a não ser amá-lo de volta.

Uma vez, acho que eu tinha uns dez anos, fiquei em casa com uma babá enquanto mamãe e papai foram até a prefeitura assistir uma palestra. Na manhã seguinte, mamãe me mostrou uma foto em sua câmera digital. "Eu e adivinha quem?" Eu não tinha a menor ideia. "Você vai ficar com tanta inveja quando descobrir." Armei uma carranca para ela. Mamãe e papai chamavam de minha cara de Kubrick quando eu lançava esse mesmo olhar furioso que eu fazia quando era bebê. Finalmente, mamãe gritou: "Cliff Mass!".

Meu Deus, será que alguém pode me parar antes que eu escreva ainda mais sobre Cliff Mass?

Meu ponto é: em primeiro lugar, por causa do estupro repetido, em segundo, porque eu e mamãe éramos tão apaixonadas por Cliff Mass, claro que não conversamos muito no caminho para casa naquele dia, então eu não tinha como saber que ela estava traumatizada. Estacionamos na entrada de casa. Havia um monte de caminhões gigantes na rua de baixo, e um deles estava parado na nossa entrada para manter o portão aberto. Operários caminhavam em todas as direções. Era difícil entender exatamente o que estava acontecendo olhando pelo para-brisa molhado de chuva.

"Nem pergunte", disse mamãe. "Audrey Griffin exigiu que nos livrássemos de nossas trepadeiras."

Quando eu era pequena, mamãe me levou para ver *A Bela Adormecida* no Pacific Northwest Ballet. No espetáculo, um ser malvado põe uma maldição na princesa que a faz adormecer por cem anos. Uma fada bondosa protege a princesa escondendo-a numa floresta de sarças. Ao longo do balé, a princesa está dormindo enquanto galhos espinhosos vão crescendo ao seu redor. Era assim que eu me sentia no meu quarto. Eu sabia que nossas trepadeiras estavam deformando o piso da biblioteca, fazendo uns calombos esquisitos no carpete e estilhaçando as janelas do porão. Mas eu gostava daquilo, porque, enquanto eu dormia, havia uma força me protegendo.

"Não de *todas*", eu gritei. "Como é que você pôde?"

"Não precisa ficar nervosa", ela disse. "Sou eu quem vai te levar até o polo Sul."

"Mamãe", eu disse. "Nós não vamos até o polo Sul."

"Peraí, nós não vamos?"

"O único lugar aonde os turistas vão é a península Antártica, que são como as Florida Keys da Antártida." É chocante, mas mamãe parecia realmente não saber disso. "Ainda assim, é abaixo de zero", eu continuei. "Mas é só um pedacinho da Antártida. É como alguém dizer que está indo passar o Natal no Colorado e você perguntar 'como estava Nova York?'. Claro, é tudo nos Estados Unidos. Mas isso é ser muito ignorante. Por favor, mamãe, me diga que você sabia disso, mas esqueceu porque está cansada."

"*Estou* cansada e *sou* ignorante", ela disse.

De: Soo-Lin Lee-Segal
Para: Audrey Griffin

Antes que você decida nunca mais falar comigo por eu ser a Garota que Fala EXTRA! EXTRA! ÚLTIMAS NOTÍCIAS, escuta esta:

Como eu te disse, Elgin, Pablo e eu marcamos um almoço de negócios no centro. Elgin insistiu para que pegássemos o 888 Shuttle. Estavam fazendo alguma obra no centro, então quando chegamos na esquina da Quinta Avenida com a Seneca Street, o trânsito parou completamente. Elgin disse que seria mais rápido caminhar. Chovia canivetes, mas como eu não estava em posição de discutir, acompanhei os dois para fora do ônibus.

Agora, Audrey, você está sempre falando sobre o plano de Deus. Pela primeira vez, eu entendi o que você quer dizer. Eu tinha pensado que Deus havia me abandonado quando me fez andar três quadras na chuva torrencial. Mas acontece que havia algo naquela terceira quadra que Deus queria que eu visse.

Elgin, Pablo e eu estávamos correndo pela Quarta Avenida com a cabeça abaixada, puxando o capuz com as mãos para proteger o rosto. Dei uma olhadinha para cima e o que eu vi? Bernadette Fox dormindo dentro de uma farmácia.

Vou repetir: Bernadette Fox estava deitada num sofá com os olhos fechados, no meio de uma farmácia de manipulação. Ela poderia muito bem estar na vitrine da Nordstrom, para que Seattle toda pudesse vê-la. Ela estava de óculos escuros, calças e mocassins, uma camisa masculina com abotoaduras prateadas e algum tipo de colete por baixo da capa de chuva. Estava ainda agarrada numa bolsa toda fresca, com uma de suas echarpes de seda amarrada.

Pablo e Elgin estavam mais para a frente, olhando para todos os lados, tentando descobrir onde eu tinha me enfiado. Elgin me viu e marchou na minha direção, parecendo furioso.

"Me...", gaguejei, "me desculpe..." Era o meu primeiro dia no trabalho. O que quer que estivesse acontecendo com Bernadette, eu não queria me envolver. Corri para alcançá-los, mas era tarde demais. Elgin já havia olhado pela janela. Ele ficou branco. Abriu a porta e entrou.

A essa altura, Pablo já tinha vindo em nossa direção. "A mulher de Elgin está dormindo lá dentro", expliquei.

"O céu vai desabar", ele disse. Sorriu e recusou-se a virar a cabeça em direção à farmácia.

"Já sei o que vou pedir de almoço", eu disse. "A lula no sal e pimenta. Não está no cardápio, mas eles fazem se você pedir."

"Parece bom", ele disse. "Mas talvez eu tenha de olhar o cardápio antes de pedir."

Finalmente, Elgin apareceu. Ele estava trêmulo. "Mude o meu voo para D.C.", ele disse. "Quero ir amanhã de manhã."

Eu não estava totalmente por dentro da agenda de Elgin,

mas sabia que sua apresentação em D.C. era às quatro da tarde. Abri minha boca para explicar que, devido ao fuso horário...
"Só...", ele disse.
"Certo."
Então, claro, um Connector da Microsoft passou por nós. Elgin se enfiou no meio dos carros e o fez parar. Conversou com o motorista, então me acenou para vir. "Ele vai levar você de volta a Redmond", disse Elgin. "Mande meu novo itinerário por e-mail."
Que escolha eu tinha? Entrei no ônibus. Pablo chegou a me trazer a lula no sal e pimenta, mas ela não resistiu muito bem à viagem.

De: Audrey Griffin
Para: Soo-Lin Lee-Segal

Terei de ser breve porque estou totalmente soterrada pelos preparativos para a festa. A verdadeira "notícia extraordinária" aqui é que você está começando a entender que Deus está dirigindo o ônibus. (No seu caso, literalmente. Bi-bi!) Eu adoraria conversar mais com você sobre isso uma hora dessas. Um café, quem sabe? Eu posso passar aí na Microsoft.

E-mail do cara do lado de fora da biblioteca para seu professor de arquitetura na Universidade do Sul da Califórnia

De: Jacob Raymond
Para: Paul Jellinek

Caro sr. Jellinek,
Você se lembra de quando eu disse que estava indo a Seattle

numa peregrinação para ver a biblioteca pública, e brinquei que eu o avisaria caso visse Bernadette Fox? Bem, adivinha só quem encontrei do lado de fora da biblioteca?

Bernadette Fox! Ela está com uns cinquenta anos, os cabelos castanho escuros e selvagens. Só dei uma segunda olhada porque ela estava usando um colete de pesca, uma coisa que logo se nota.

Tem aquela foto de Bernadette Fox tirada cerca de vinte anos atrás, quando ela ganhou o prêmio. E a gente ouve todos esses rumores sobre ela, sobre como ela se mudou para Seattle e virou reclusa, ou enlouqueceu. Tive uma sensação muito forte de que era ela. Antes que eu dissesse qualquer coisa, ela mesma se acusou, dizendo abruptamente "Bernadette Fox".

Eu tive um troço. Falei pra ela que eu era aluno da USC, que tinha visitado o Beeber Bifocal todas as vezes em que ele foi aberto ao público, e que o nosso projeto para o próximo semestre era um concurso de releituras da Casa das Vinte Milhas.

Foi quando notei que eu tinha falado demais. Seu olhar ficou vazio. Havia alguma coisa muito errada com ela. Eu queria ter tirado uma foto ao lado da escorregadia Bernadette Fox (já pensou, essa foto no meu perfil?). Mas aí pensei melhor. Essa mulher já havia me dado tanta coisa. Depois de uma relação de mão única por todo esse tempo, eu ainda queria *mais*? Eu me curvei a ela com as mãos em posição de prece e entrei na biblioteca, deixando-a lá fora, parada no meio da chuva.

Fiquei mal porque acho que posso ter mexido com a sua cabeça. Enfim, caso você esteja querendo saber: Bernadette Fox está perambulando por Seattle no meio do inverno com um colete de pesca.

Vejo você na aula,
Jacob

Mamãe e papai foram jantar aquela noite sem mim, num restaurante mexicano em Ballard, e tudo bem, porque sexta-feira é dia do Grupo de Jovens, onde sempre tem uma galera, e lá eles têm camarão frito, e sempre nos deixam assistir um filme, que dessa vez era *Up — Altas aventuras*.

Papai saiu de casa às cinco da manhã para pegar seu voo porque tinha uma reunião sobre o Samantha 2 no Walter Reed.* Claire Anderssen estava dando uma festa na Bainbridge Island e eu queria ir para a nossa casa lá, e também queria que Kennedy fosse junto e passasse a noite comigo. Kennedy irrita o papai, e não teria a menor chance de ela dormir em casa se ele também estivesse lá, então eu estava bem feliz que ele tinha ido viajar.

Mamãe e eu tínhamos um plano. Nós pegaríamos a balsa das 10h10 para Bainbridge, e Kennedy pegaria a balsa de passageiros depois da aula de ginástica — da qual ela tentou escapar, mas sua mãe não deixou.

SÁBADO, 11 DE DEZEMBRO

Post no blog de Cliff Mass

Esta tempestade está se transformando num complexo even-

---

* Não estou divulgando nenhuma informação confidencial da Microsoft quando digo isso. A Microsoft é feita de ideias, e não se pode simplesmente sair por aí falando sobre essas ideias, nem mesmo aos familiares, porque eles podem acabar falando pra Kennedy, que pode falar para o pai dela, e mesmo que ele trabalhe na Amazon, ele já trabalhou na Microsoft, conhece gente lá, para quem ele acaba falando essas coisas, então papai fica sabendo e aprende-se a lição. Normalmente eu jamais diria que papai tinha uma reunião, mas eu procurei na internet e vi que tem um vídeo da sua apresentação no Hospital Walter Reed naquela tarde, então é tudo público.

to climático. Vou precisar de algum tempo para descrevê-lo, porque a mídia não está compreendendo inteiramente suas implicações. A formação de nuvens que precede o sistema climático a se aproximar atingiu o oeste de Washington na tarde de ontem. As mais recentes projeções computadorizadas em alta resolução indicaram ventos constantes de sessenta a oitenta quilômetros por hora com rajadas de cento e dez a cento e trinta quilômetros por hora, e o centro da tempestade indo na direção norte, em vez da trajetória sul anteriormente prevista.

Ontem, no rádio, expressei minha profunda desconfiança em relação à projeção feita para a trajetória do centro da tempestade, e as fotos de satélite mais recentes confirmam que o centro vai cruzar o sul da Vancouver Island em direção à British Columbia. Essa posição permite que o ar quente e úmido penetre no oeste de Washington, com potencial de trazer chuvas intensas.

Ontem a mídia ignorou os alertas sérios que fiz para o clima de Seattle, tratando-os como se fossem um alarme falso. *Isto não é um alarme falso.* A trajetória inesperada da tempestade possibilitou que um sistema de baixa pressão se deslocasse para o norte de Puget Sound, elevando as temperaturas.

Em Seattle, temperaturas elevadas associadas à alta umidade já produziram cinco centímetros de chuva entre as dezenove horas de ontem e as sete horas de hoje. Indo na contramão de tudo o que estão dizendo, prevejo que esse sistema vai estacionar sobre Puget Sound, e o dilúvio continuará por horas. Estamos no meio de um dos espetáculos meteorológicos mais fantásticos que existem.

Viu? Era isso que eu estava querendo dizer sobre Cliff Mass. Porque, basicamente, tudo o que ele está dizendo é que vai chover.

De: Ollie-O
Para: Comitê do Brunch para a Prospecção de Pais

EXTRA! EXTRA! ÚLTIMAS NOTÍCIAS!
Chegou o dia do BPP. Infelizmente, nosso principal convidado, **o sol**, confirmou sua ausência. Ha-ha. Esse é o tipo de piada que eu costumo fazer.

É imprescindível que tudo seja **impecável**. Seria **fatal** para a Galer Street se os pais sentissem que seu tempo está sendo desperdiçado, especialmente durante a **temporada de compras de final de ano**. Nosso objetivo é fazer com que os **Pais Mercedes** vejam e sejam vistos, e depois liberá-los para que tomem de assalto a U Village para aproveitar as espetaculares **liquidações de cinquenta por cento de desconto em todos os departamentos**.

10h-10h45 — Chegada dos PMs. Serviço de comida e bebida.

10h45 — O sr. Kangana e a mãe Helen Derwood chegam com os alunos do jardim de infância, que entram quietos como **ratinhos de igreja** pela porta lateral e se posicionam para a apresentação de marimba.

10h55 — Gwen Goodyear faz um breve discurso de boas-vindas, e então conduz os PMs para o jardim de inverno, onde o sr. Kangana rege os alunos do jardim de infância em sua apresentação de marimba.

11h15 — Considerações finais.

Gwen Goodyear ficará na porta, **dando *adieux*** e distribuindo brindes da Galer Street. Não há como enfatizar a importância desse ato. Só porque eles são **Pais Mercedes** não quer dizer que não são altamente receptivos a **qualquer merda grátis** (Ecscuzê-muá!).

Saudações!

De: Soo-Lin Lee-Segal
Para: Audrey Griffin

> BOA SORTE HOJE! Acabei de falar com a Pizza Nuovo. A chuva não afeta o forno à lenha. Eles vão montar uma barraquinha no seu quintal. Estou presa aqui em Redmond porque Elgin está fazendo uma apresentação em outra cidade e quer que eu fique na minha mesa para ajudar a resolver qualquer problema que possa surgir. Sem comentários.

De: Ollie-O
Para: Comitê do Brunch para a Prospecção de Pais

> **Crise**. Há uma placa enorme virada para a casa de Audrey. Foi instalada na noite passada pela **vizinha maluca**. (Seus filhos vão à Galer Street?) Audrey está histérica. Seu marido está ligando para o fiscal da prefeitura. Não trabalhamos com **Cisnes negros**.

De: Helen Derwood, Ph.D.
Para: Associação de Pais do Jardim de Infância da Galer Street
CC: Lista da Escola Galer Street

Caros pais,

Imagino que seus filhos tenham lhes contado alguma coisa sobre os eventos chocantes ocorridos no brunch de hoje. Tenho certeza de que vocês estão preocupados e confusos. Como eu era a única mãe presente que tem filhos no jardim de infância, fui soterrada por ligações querendo saber o que realmente aconteceu.

Como muitos de vocês sabem, sou consultora do Swedish Medical Center, especializada em Transtorno de Estresse Pós-Traumático (TEPT). Estive em New Orleans depois do Katrina e ainda vou com frequência ao Haiti. Com a permissão da diretora Goodyear, escrevo agora a vocês tanto como mãe quanto como consultora de TEPT.

É importante basear nossa discussão nos fatos. Vocês deixaram seus filhos na frente da Galer Street. De lá, nós embarcamos no ônibus e o sr. Kangana nos levou até Queen Anne, onde fica a casa de Audrey e Warren Griffin. Apesar da chuva, tudo estava maravilhoso. O jardim estava cheio de flores coloridas e o cheiro da lenha queimando permeava o ar.

Um cavalheiro chamado Ollie-O nos recebeu e conduziu à entrada lateral, onde pediu que tirássemos a capa de chuva e as galochas.

O brunch estava a todo vapor. Havia aproximadamente cinquenta convidados, e todos pareciam estar se divertindo bastante. Percebi uma tensão evidente em Gwen Goodyear, Audrey Griffin e Ollie-O, mas nada que um aluno do jardim de infância fosse capaz de detectar.

Levaram-nos até o jardim de inverno, onde o sr. Kangana havia posicionado suas marimbas na noite anterior. As crianças que precisavam ir ao banheiro o fizeram, e em seguida se ajoelharam na frente de seus instrumentos. As persianas estavam fechadas, deixando a sala um pouco escura. Como as crianças estavam tendo dificuldades para encontrar suas baquetas, comecei a abrir as persianas.

Ollie-O apareceu do nada e segurou minha mão. "Nem pensar. Vai estragar a surpresa." Ele acendeu as luzes.

Os convidados chegaram para assistir à apresentação. Depois de uma pequena introdução feita por Gwen Goodyear, as crianças começaram a tocar "My Giant Carp". Vocês ficariam tão orgulhosos! Tudo estava correndo maravilhosamente bem. Com mais ou menos um minuto de apresentação, entretanto, começou um tumulto no quintal, onde estavam os garçons.

"P… que pariu!", gritou alguém lá fora.

Alguns convidados reagiram com risadinhas descontraídas. As crianças mal perceberam, de tão concentradas que estavam. A música chegou ao fim. Todos aqueles olhinhos estavam voltados para o sr. Kangana, que fez a contagem para a próxima música, "Um, dois, três…"

"C…!", outra pessoa gritou.

Isso não foi legal. Atravessei correndo a lavanderia em direção à porta dos fundos, com a intenção de repreender os garçons baderneiros. Girei a maçaneta. Uma pressão intensa, gradual e *consistente* empurrou a porta pra cima de mim. Sentindo imediatamente a terrível força da natureza do outro lado, tentei fechar a porta. Aquela força desumana não permitiu. Tentei segurar a porta com o pé. Ouvi um rangido apavorante. As dobradiças começaram a se soltar da porta.

Antes que eu pudesse entender o que estava acontecendo, o som das marimbas parou, de repente. Uma série de estalos e tinidos começou a vir do jardim de inverno. Uma criança deu um grito de aflição.

Abandonei a ameaça da porta e corri até o jardim de inverno, onde vi o vidro se estilhaçando. As crianças deixavam seus instrumentos para trás e corriam, aos gritos. Sem os pais para confortá-las, buscaram refúgio na multidão de pais prospectivos que, por sua vez, se espremiam para sair por uma pequena porta que levava à sala de estar. Foi um milagre ninguém ter sido pisoteado.

Minha filha, Ginny, correu na minha direção e abraçou as minhas pernas. Suas costas estavam molhadas… e enlameadas.

Olhei para cima. Estranhamente, agora as persianas estavam abertas, e pareciam ter ganhado vida.

Então veio a lama. Lama espessa, aguada, cheia de pedras, com cacos pontiagudos de vidro, pedaços de janela, grama, utensílios de churrasqueira e um bebedouro para pássaros. Em um piscar de olhos, as janelas do jardim de inverno haviam desaparecido, deixando em seu lugar um enorme buraco sujo de lama.

Adultos, crianças, todo mundo tentava escapar dos destroços, que agora incluíam também os móveis. Eu fiquei para trás, junto com o sr. Kangana, que tentava resgatar as marimbas trazidas por ele quando emigrou, ainda criança, de sua amada Nigéria.

Então, assim como começou, a enxurrada de lama parou, repentinamente. Eu me virei. Uma placa de cabeça para baixo havia ficado presa no vão das janelas do jardim de inverno, funcionando como uma espécie de represa. Eu não sei de onde aquela placa saiu, mas era de um vermelho berrante e grande o bastante para cobrir o que havia sido uma parede de janelas.

PROPRIEDADE PRIVADA

PROIBIDA A ENTRADA

Moscas da Galer Street

serão presas

e enviadas para a cadeia das moscas

A essa altura, os convidados estavam voando até os carros e cantando pneus na arrancada. Cobertos de lama, os garçons e pizzaiolos corriam e gritavam como se aquela fosse a coisa mais engraçada que eles já tinham visto. O sr. Kangana seguia nadando na lama, desenterrando marimbas. Gwen Goodyear estava na saída, tentando manter a compostura enquanto distribuía brindes da Galer Street. Ollie-O estava em um estado semicatatônico, proferindo frases desconexas como "Isto não é biodegradável... As implicações na recepção do produto serão enormes... O cenário indica dificuldades para atingir o objetivo... Sempre em frente...", até empacar nas palavras "fracasso épico", que ficou repetindo.

O mais inacreditável, talvez, tenha sido a visão de Audrey Griffin correndo rua abaixo, *fugindo* de sua casa. Eu a chamei, mas ela já tinha virado a esquina.

Fiquei sozinha, tomando conta de trinta alunos do jardim de infância traumatizados.

"Muito bem", comecei. "Vamos todos procurar nossas galochas e capas!" Reconheço agora que não foi a melhor coisa a dizer, já que isso apenas chamou a atenção para a impossibilidade da tarefa. Além disso, as crianças estavam só de meias, algumas até de pés descalços, e havia cacos de vidro por toda parte.

"Ninguém se mexe." Peguei todas as almofadas que encontrei e fiz uma trilha da porta da frente até a calçada. "Andem sobre estas almofadas e façam uma fila ao lado da cerca viva."

Se tem uma coisa que um aluno do jardim de infância sabe fazer é fila. Uma a uma, carreguei todas as crianças rua abaixo, até o ônibus, que dirigi de volta à Galer Street.

Foi por isso que seus filhos voltaram para casa descalços, sem capa, cobertos de lama e cheios de histórias fantásticas.

Agora, permitam-me falar como especialista em TEPT.

"Trauma" pode ser descrito vagamente como qualquer evento que uma pessoa experimenta e que é percebido como uma ameaça à sua vida. Esse evento pode durar menos de 1/18 de segundo. Como consequência imediata desse trauma, uma criança pode demonstrar medo ou confusão. Eu me dei ao trabalho de levar cada criança até o ônibus, pois isso me daria oportunidade de ter contato físico com cada uma delas. Pesquisas já demonstraram que o contato físico imediatamente depois do trauma tem poder curativo, especialmente entre crianças.

Durante a caminhada até o ônibus, eu pude ouvi-los, demonstrar curiosidade e simplesmente "estar" com cada um deles. Também pude examiná-los em busca dos primeiros indícios de TEPT. Fico feliz de poder informá-los que aparentemente seus filhos estão lidando muito bem com a situação. A maior preocupação deles era se teriam suas capas e galochas de volta, e como elas seriam devolvidas. Respondi a todas as perguntas da forma mais honesta possível. Disse que faríamos o possível para recuperar suas coisas, que provavelmente estariam sujas, mas então cada mãe faria o possível para limpá-las.

A boa notícia é que esse foi um incidente traumático único, de modo que o risco de desenvolver TEPT a partir dele é mínimo. A má notícia é que o TEPT pode levar meses ou até anos para se manifestar. Sinto que é minha responsabilidade como médica alertá-los sobre os sintomas de TEPT que podem se apresentar em seus filhos:

- medo de morrer
- xixi na cama, pesadelos, insônia
- retorno à sucção do polegar, fala de bebê e uso de fraldas
- desconfortos físicos por trás dos quais não há uma causa física
- afastamento da família e dos amigos
- recusa a ir à escola
- comportamento violento e cruel

Se você perceber qualquer um desses sintomas agora ou dentro dos próximos anos, é importante que você contate imediatamente um especialista e conte a ele sobre os eventos ocorridos na casa de Audrey Griffin. Não estou dizendo que isso vai acontecer. O risco é muito pequeno.

Ofereci os meus serviços a Gwen Goodyear para ambas as turmas do jardim de infância. Ainda estamos decidindo se faremos uma reunião com todos os membros do conselho escolar, apenas com aqueles ligados ao jardim de infância, ou um fórum de pais em que poderíamos tratar coletivamente desse evento traumático. Gostaria de ouvir suas considerações.

Sinceramente,
Helen Derwood, Ph.D.

Só para você entender bem, o tempo desta manhã estava tão bizarro que foi a primeira vez que suspenderam o serviço de balsas desde o Onze de Setembro.

Mamãe e eu tomamos café na Macrina, depois fomos até o Pike Place Market para nossas compras tradicionais de sábado. Mamãe me esperou no carro enquanto eu fui no cara do peixe-voador comprar salmão, na Beecher's comprar queijo e no açougue pegar uns ossos para a cachorra.

Eu estava numa fase *Abbey Road*, porque tinha acabado de ler um livro sobre os últimos dias dos Beatles, e passei a maior parte do café contando o que aprendi para mamãe. Por exemplo, aquele *medley* no lado B foi concebido originalmente como uma série de músicas separadas. Foi ideia do Paul juntá-las no estúdio. Outra coisa é que Paul sabia exatamente o que estava rolando quando escreveu "Boy, you're going to carry that weight". É sobre John querendo acabar com os Beatles, e Paul não. Paul escreveu "Boy, you're going to carry that weight" como um recado direto para o John. Ele estava dizendo "Nós temos uma coisa boa aqui. Se esta banda acabar, a culpa será sua. Você tem certeza de que quer viver com esse peso?". E a faixa instrumental do fim, na qual os Beatles se revezam na guitarra principal, e que traz o único solo de bateria de Ringo? Sabe quando parece que ela é uma espécie de despedida intencional e trágica para os fãs, e você fica imaginando os Beatles vestidos de hippies, tocando aquela última parte do *Abbey Road*, olhando uns pros outros, e pensa "Cara, eles devem ter chorado muito essa hora"? Bem, a faixa foi toda montada por Paul, no estúdio, depois do fim da banda, então isso não passa de sentimentalismo barato.

De qualquer forma, quando chegamos nas docas, a fila ia até a área de carga, debaixo do viaduto, do outro lado da Primeira Avenida. Nunca tínhamos visto aquela fila tão grande. Mamãe parou, desligou o carro e enfrentou a chuva até a bilheteria. Ela voltou e disse que um bueiro no lado de Bainbridge havia inundado o terminal. Três balsas estavam voltando, cheias de carros para desembarcar. Parecia o caos completo, mas quando se trata de balsas, tudo o que se pode fazer é entrar na fila e torcer pelo melhor.

"Quando é aquela apresentação de flauta?", perguntou mamãe. "Eu quero ver você."

"Eu não quero que você vá." Eu tinha esperança de que ela tivesse esquecido. Seu queixo despencou.

"A letra da música é fofinha demais", expliquei. "Pode ser que você acabe morrendo de tanta fofura."

"Mas eu quero morrer de tanta fofura! É o que eu mais quero, morrer de tanta fofura!"

"Não vou te contar quando é."

"Como você é cruel", ela disse.

Coloquei pra tocar o CD de *Abbey Road* que eu tinha gravado esta manhã. Liguei apenas os alto-falantes da frente, já que a Picolé dormia no banco de trás.

A primeira música, claro, é "Come Together". Começa com aquele "shoomp" esquisito e depois entra o baixo. Mas, quando John começou a cantar "Here come old flat-top...", descobri que mamãe sabia cantar a música inteira! Ela não apenas sabia toda a letra como também a cadência. Ela cantou todos os "all right!" e "aww!" e "yeaaaaah". E continuou desse jeito, uma música atrás da outra. Quando "Maxwell's Silver Hammer" começou, ela disse, "Blé, eu sempre achei essa música muito infantil". E mesmo assim, sabe o que ela fez? Cantou cada palavra dessa música também.

Apertei o pause. "Como é que você sabe as letras?", perguntei.

"*Abbey Road*", ela deu de ombros. "Sei lá como, eu simplesmente sei." Ela tirou o CD do pause.

Quando "Here Comes the Sun" começou, sabe o que aconteceu? Não, o sol não saiu, mas *mamãe* se abriu como a luz do sol atrás de uma barreira de nuvens. Sabe quando, nas primeiras notas dessa música, alguma coisa na guitarra do George soa tão otimista? Era como mamãe cantando. Ela também transbordava otimismo. E acertou até mesmo as palmas fora do tempo durante o solo de guitarra. Quando a música chegou ao fim, ela pausou o CD.

"Oh, Bee", ela disse. "Essa música me faz lembrar de você." Ela tinha lágrimas nos olhos.

"Mamãe!" É por isso que eu não quero que ela vá à dança do elefante do segundo ano. Porque as coisas mais aleatórias fazem com que ela fique assim, transbordando de amor.

"Eu preciso que você saiba o quanto é difícil pra mim às vezes." Mamãe segurou minha mão.

"O que é difícil?"

"A banalidade da vida", ela disse. "Mas isso não vai me impedir de levá-la ao polo Sul."

"Nós não vamos ao polo Sul."

"Eu sei. Faz cem graus abaixo de zero no polo Sul. Só cientistas vão ao polo Sul. Eu comecei a ler um daqueles livros."

Soltei a minha mão da dela e apertei o play. E aqui vem

uma parte engraçada. Quando queimei o CD, eu não desmarquei aquela opção do iTunes de fazer um intervalo de dois segundos entre as músicas. Então, quando chegou no *medley* sensacional, mamãe e eu cantamos "You Never Give Me Your Money", e depois "Sun King", cuja letra ela sabia, até mesmo a parte em espanhol, e isso que ela nem fala espanhol; ela fala francês.

Então, começaram os intervalos de dois segundos.

Se você não entende o quanto isso é trágico e irritante, sério, comece a cantar "Sun King". Perto do final, você estará cantando num espanhol sonolento, se preparando para começar a agitar com "Mean Mr. Mustard", porque o que torna o fim de "Sun King" *tão maravilhoso* é que você vai no embalo, mas, ao mesmo tempo, já está antecipando a bateria do Ringo, que entra em "Mean Mr. Mustard" pra deixar tudo num clima funky. Mas se você *não* desmarca a caixinha no iTunes, você chega ao fim de "Sun King" e aí...

DOIS SEGUNDOS DE SILÊNCIO DIGITAL SEVERO

E durante "Polythene Pam", logo depois do "look out" — INTERVALO — antes de começar "She Came in Through the Bathroom Window". Sério, é uma tortura. Sempre que isso acontecia, eu e mamãe gemíamos. Por fim, o CD terminou.

"Eu te amo, Bee", disse mamãe. "Estou tentando. Às vezes dá certo, às vezes não dá." A fila da balsa não tinha andado. "Acho melhor voltarmos para casa", eu disse. Era uma pena, porque a Kennedy nunca queria dormir na nossa casa em Seattle; nossa casa a assustava. Ela jurava que, uma vez, tinha visto um calombo se movendo debaixo de um dos tapetes. Eu disse a ela que era apenas uma trepadeira crescendo debaixo das tábuas do assoalho, mas ela estava convencida de que era o fantasma de uma das meninas do Straight Gate.

Mamãe e eu começamos a subir em direção a Queen Anne Hill. Uma vez ela disse que a fiação suspensa dos ônibus elétricos era como uma escada de Jacó. Sempre que dirigíamos por ali, eu me imaginava passando os dedos bem abertos por aquela teia e erguendo os fios por cima dos telhados, como numa brincadeira de cama de gato.

Nos aproximamos da entrada da garagem. Quando metade do carro já tinha atravessado o portão, eis que surge Audrey Griffin caminhando em nossa direção.

"Ah, putz", disse mamãe. "Estou tendo um déjà vu. O que ela quer agora?"

"Cuidado com o pé dela", eu disse, brincando.

"Essa não!" Mamãe meio que vomitou as palavras. Ela cobriu o rosto com as mãos.

"O que foi?", perguntei. "O que foi?"

Audrey Griffin estava sem casaco. Suas calças estavam cobertas de lama até a altura dos joelhos, e ela estava descalça. Também havia lama em seu cabelo. Mamãe abriu a porta sem nem desligar o carro. Quando eu saí, Audrey Griffin estava gritando.

"Sua encosta simplesmente desmoronou em cima da minha casa!"

Eu fiquei, tipo, *hã?* Nosso quintal era tão grande, e o fim do nosso gramado tão longe, que eu simplesmente não conseguia entender do que ela estava falando.

"Durante uma festa", Audrey continuou, "para pais que estávamos prospectando para a Galer Street."

"Eu não fazia ideia…" Mamãe estava com a voz trêmula.

"*Nisso* eu acredito", disse Audrey, "porque você não se envolve com absolutamente nada na escola. As duas turmas do jardim de infância estavam lá!"

"Alguém se machucou?", mamãe perguntou.

"Graças ao bom Senhor, não." Audrey tinha um sorriso mórbido no rosto. Mamãe e eu temos a mesma fascinação por aquilo que chamamos de pessoas felizes-zangadas. Essa demonstração de Audrey Griffin tinha acabado de se tornar o melhor exemplo de todos os tempos.

"Que bom. Isso é bom." Mamãe deixou escapar um enorme suspiro. "Que bom." Dava pra ver que ela estava tentando convencer a si mesma daquilo.

"Bom?!", gritou Audrey. "Meu quintal está debaixo de dois metros de lama. Sua encosta quebrou janelas, destruiu plantas, árvores, pisos de madeira de lei e arrancou minha máquina de lavar e secar da parede!" Audrey falava muito rápido, e parava pra tomar fôlego o tempo todo. A cada coisa que ela citava, parecia que o ponteiro no seu medidor de feliz-zangada ficava mais para a direita. "Minha grelha foi destruída. Minhas cortinas foram arrebentadas. Minha estufa foi esmigalhada. Minhas mudas foram assassinadas. Macieiras que levaram *vinte e cinco anos* para vingar foram arrancadas pela raiz. O bordo japonês foi esmagado. Roseiras seculares arruinadas. A churrasqueira que eu mesma decorei com azulejos foi aniquilada!"

Mamãe estava sugando os cantos da boca para evitar a formação de um sorriso. Eu tive de desviar o olhar para não começar a rir. Mas qualquer humor perverso que estivéssemos vendo na situação sumiu de repente.

"E aquela placa!", Audrey rosnou.

Mamãe ficou com a cara no chão. Ela mal conseguiu balbuciar as palavras "A placa".

"Que placa?", perguntei.

"Que tipo de pessoa instala uma placa daquelas?", disse Audrey.

"Vou mandar tirá-la hoje", disse mamãe.

"Que placa?", repeti.

"A lama já cuidou disso por você", Audrey disse a mamãe. Eu nunca tinha percebido como os olhos de Audrey Griffin eram verde-claros, até eles se esbugalharem pra cima de mamãe.

"Eu vou pagar por tudo", disse mamãe.

Eis uma verdade sobre mamãe: ela lida muito mal com pequenos incômodos, mas é muito boa diante de uma crise. Se um garçom não traz sua água depois que ela já pediu três vezes, ou quando ela esquece seus óculos escuros num dia de sol, sai de baixo! Mas quando algo realmente ruim acontece, mamãe entra nesse estado de calma suprema. Acho que ela desenvolveu isso graças a todos aqueles anos vivendo metade do tempo no hospital por minha causa. O fato é que quando as coisas dão errado, não tem ninguém melhor para estar ao seu lado do que mamãe. Porém, essa calma dela só parecia deixar Audrey Griffin ainda mais irritada.

"Tudo pra você sempre se resume a isso?! Dinheiro?!" Quanto mais furiosa Audrey ficava, mais seus olhos brilhavam. "Você fica aí em cima, na sua casa gigantesca, desprezando a todos nós, assinando cheques, mas nunca se dignará a descer do seu trono e nos honrar com a sua presença?"

"Obviamente, você está muito nervosa", disse mamãe. "Mas você precisa lembrar que eu só mexi na minha encosta por insistência sua, Audrey. Eu usei o cara que você indicou, e ele trabalhou no dia em que você determinou."

"Então quer dizer que nada disso é culpa sua?", Audrey cacarejou. "Que conveniente. E quanto à placa? Também fui eu que pedi que você a colocasse? Sério, estou curiosa."

"Que placa?!" Comecei a ficar assustada com toda essa história de placa.

"Abelhinha", mamãe virou-se para mim. "Eu fiz uma coisa muito idiota. Depois te conto."

"Coitada dessa criança", Audrey disse amargamente. "Tudo que ela já teve de passar..."

"O quêêêê...?", eu disse.

"Eu realmente sinto muito pela placa", mamãe disse a Audrey, enfaticamente. "Eu a encomendei num impulso, naquele dia em que encontrei você e o seu jardineiro no meu quintal."

"Você está botando a culpa em *mim*?", perguntou Audrey. "Mas isso é fascinante!" Era como se o ponteiro alegre dela tivesse atravessado toda a zona de perigo e entrasse agora em um território desconhecido, aonde nenhuma outra pessoa feliz-zangada havia ousado ir. Eu, de minha parte, fiquei apavorada.

"Estou botando a culpa em mim", disse mamãe. "Só estou dizendo que há um contexto maior por trás do que aconteceu hoje."

"Então você acha que um senhor ir até a sua casa para fazer um orçamento do serviço que ele fará no seu quintal, o que é uma exigência legal dentro do código do município, é a mesma coisa que erguer uma placa, traumatizar as duas turmas do jardim de infância, prejudicar o evento da escola e destruir a minha casa?"

"A placa foi uma reação a isso", disse mamãe. "Sim."

"Uaaaaauuu", disse Audrey Griffin, espichando a palavra para cima e para baixo, como se estivesse numa montanha-russa. Sua voz estava tão carregada de ódio e loucura que chegou a perfurar minha pele. Meu coração batia de um jeito assustador, como nunca tinha batido antes.

"Isso é muito interessante." Os olhos de Audrey se arregalaram. "Então *você* acha que erguer uma placa agressiva é uma reação *apropriada* para alguém que recebeu um orçamento para um serviço de jardinagem?" Ela apontou para oito direções diferentes nessa última frase. "Acho que entendi."

"Foi uma reação exagerada", disse mamãe, com sua calma renovada. "Não vamos esquecer que você estava invadindo a minha propriedade."

"Então, basicamente", Audrey explodiu, "você é maluca!" Seus olhos tremulavam em espasmos. "Puxa, eu vivia me perguntando. Agora eu sei a resposta." Seu rosto congelou em uma expressão de espanto demente e ela começou a bater palmas, de modo muito rápido e curtinho.

"Audrey", disse mamãe. "Não fique aí fingindo que você não estava fazendo esse mesmo joguinho."

"Eu não faço joguinhos."

"E aquele e-mail que você fez Gwen Goodyear mandar dizendo que eu tinha atropelado seu pé? O que foi aquilo?"

"Oh, Bernadette", disse Audrey, sacudindo tristemente a cabeça. "Você precisa mesmo parar de ser tão paranoica. Talvez se você interagisse mais com as pessoas saberia que não somos um bando de bichos-papões querendo pegar você." Ela ergueu as duas mãos em forma de garra e arranhou o ar.

"Acho que encerramos aqui", disse mamãe. "Mais uma vez, quero me desculpar pela placa. Foi um erro estúpido e eu pretendo assumir total responsabilidade sobre ela do ponto de vista financeiro e perante Gwen Goodyear e a Galer Street." Mamãe virou as costas e contornou a frente do carro. Quando estava prestes a entrar nele, Audrey Griffin começou de novo, como um daqueles monstros que ressuscitam nos filmes.

"Bee jamais teria sido aceita na Galer Street se soubessem que ela mora nessa casa", disse Audrey Griffin. "Pergunte a Gwen. Ninguém se deu conta de que vocês eram as pessoas que vieram de L.A. para Seattle e compraram um prédio de mil metros quadrados bem no meio desse bairro encantador e chamaram-no de lar. Você sabe onde estamos agora? Num raio de seis quilômetros estão as casas em que *eu* me criei, *minha mãe* se criou e *minha avó* se criou."

"Nisso eu acredito", disse mamãe.

"Meu bisavô era caçador de peles no Alasca", disse Audrey. "O bisavô de Warren comprava peles dele. O que eu estou querendo dizer é que você vem até aqui com seu dinheiro da Microsoft e acha que pertence a este lugar. Mas você não pertence. Nem nunca vai pertencer."

"Amém."

"Nenhuma das outras mães gosta de você, Bernadette. Você sabia que fizemos um encontro de mães e filhas no dia de Ação de Graças na Whidbey Island e não convidamos você e a Bee? Mas eu fiquei sabendo que vocês tiveram uma noite incrível no Daniel's Broiler!"

Foi aí que eu meio que parei de respirar. Eu estava ali de pé, mas foi como se Audrey Griffin tivesse tirado todo o ar dos meus pulmões. Fui na direção do carro para me recobrar.

"Chega, Audrey." Mamãe deu uns cinco passos em sua direção. "Vai se foder."

"Que bonito", disse Audrey. "Soltando um palavrão na frente de uma criança. Tomara que isso faça você se sentir poderosa."

"E eu vou dizer mais uma vez", disse mamãe. "Vai se foder por ter metido Bee nessa história."

"Nós amamos a Bee", disse Audrey Griffin. "Ela é uma aluna espetacular e uma menina maravilhosa. E é um bom exemplo de como crianças são capazes de superar adversidades, já que ela se saiu tão bem apesar de tudo. Se Bee fosse minha filha, e eu sei que estou falando por todas as mães que estavam na Whidbey Island, eu jamais a enviaria para um colégio interno."

Finalmente tomei fôlego suficiente para dizer "Eu quero ir para um colégio interno!".

"Claro que você quer", Audrey me disse, cheia de pena.

"Foi minha ideia!", gritei, de tão furiosa que estava. "Eu já te disse isso!"

"Deixa pra lá, Bee", disse mamãe. Ela nem estava olhando pra mim. Só ergueu a mão na minha direção. "Não vale a pena."

"É claro que a ideia foi sua", Audrey Griffin me disse, apontando o queixo para mamãe e esbugalhando os olhos. "Claro que você quer ir embora. Quem poderia culpá-la por isso?"

"Não fale comigo desse jeito!", eu gritei. "Você não me conhece." Eu estava ensopada, e o carro ficou ligado esse tempo todo, desperdiçando gasolina, e as duas portas estavam abertas, de modo que a chuva estava destruindo o couro, e nós tínhamos parado bem no meio do portão, que ficava tentando fechar, mas acabava abrindo de novo, e eu comecei a ficar preocupada que o motor pudesse pegar fogo, e a Picolé ficou lá, bem bobalhona, assistindo a tudo aquilo do banco traseiro com a boca aberta e a língua pra fora, como se ela nem tivesse se dado conta de que nós estávamos precisando que ela nos protegesse, e além disso no rádio estava tocando "Here Comes the Sun", que era a música que mamãe havia dito fazê-la lembrar de mim, e eu sabia que nunca mais ouviria *Abbey Road* novamente.

"Meu Deus, Bee, o que foi?", mamãe havia se virado e percebido que havia alguma coisa errada comigo. "Fale comigo, Abelhinha. É o seu coração?"

Tirei mamãe da minha frente e dei um tapa bem no meio da cara molhada de Audrey Griffin. Sim, eu sei! Mas é que eu fiquei tão puta!

"Vou rezar por você", disse Audrey.

"Reze por você", eu disse. "Minha mãe é boa demais pra você e pra essas outras mães. É de *você* que ninguém gosta. O Kyle é um pivete que não pratica esportes e não faz nenhuma outra atividade extracurricular. Ele só tem amigos por causa das drogas que ele arranja, e porque pode ser bem engraçado quando tira sarro de você. E o seu marido é um bêbado que já foi pego dirigindo alcoolizado três vezes, mas sempre escapa porque é amigo do juiz, e você só se preocupa que ninguém saiba de nada, mas é tarde demais porque o Kyle já contou tudo pra todo mundo lá na escola."

Rapidamente, Audrey disse: "Sou uma mulher cristã e, portanto, vou perdoá-la por isso".

"Dá um tempo", eu disse. "Cristãos não falam do jeito que você falou com a minha mãe."

Entrei no carro, fechei a porta, desliguei o som e comecei a chorar. Eu estava sentada numa poça d'água, mas nem liguei. O motivo pelo qual eu estava tão assustada não tinha nada a ver com a placa, com um deslizamento idiota, ou com o fato de mamãe e eu não termos sido convidadas para um encontro idiota na Whidbey Island, tipo, como se a gente quisesse ir a algum lugar com aqueles babacas, mas porque eu sabia que, a partir de agora, tudo ia ser diferente.

Mamãe entrou no carro e fechou a porta. "Você é demais", ela disse. "Você sabe disso, né?"

"Eu odeio ela", eu disse.

O que não cheguei a dizer, talvez porque nem precisasse, já que estava implícito e, sério, não sei nem explicar por quê, já que nunca tínhamos guardado segredo dele antes, mas eu e mamãe simplesmente sabíamos que não íamos contar nada para o papai.

Mamãe nunca mais foi a mesma depois daquilo. Não foi o dia na farmácia de manipulação. Daquilo ela se recuperou. Eu estava ali, no carro, com ela, cantando *Abbey Road*. Não me importa o que papai ou os médicos ou a polícia ou qualquer pessoa diga, foi Audrey Griffin gritando com mamãe que fez com que ela jamais fosse a mesma novamente. E caso vocês não acreditem em mim:

E-mail enviado cinco minutos depois

De: Bernadette Fox
Para: Manjula Kapoor

Ninguém pode dizer que não tentei. Mas eu simplesmente

não posso ir adiante com isso. Eu não posso ir para a Antártida. Como é que vou escapar dessa, eu ainda não sei. Mas eu tenho fé em nós, Manjula. Juntas, nós podemos fazer qualquer coisa.

De papai para a dra. Janelle Kurtz, psiquiatra de Madrona Hill

Cara dra. Kurtz,
    Minha amiga Hannah Dillard falou muito bem de você por causa do seu tratamento ao marido dela, Frank, quando ele ficou internado no Madrona Hill. Até onde sei, Frank lutava contra a depressão. O tratamento que ele fez sob a sua supervisão no Madrona Hill operou maravilhas.
    Escrevo porque eu também estou profundamente preocupado com a minha esposa. Seu nome é Bernadette Fox, e eu temo que ela esteja muito doente.
    (Perdoe minha caligrafia estrambólica. Estou num avião e a bateria do meu laptop morreu, então estou usando uma caneta pela primeira vez em muitos anos. Mas vou continuar, pois acho importante escrever enquanto ainda está tudo fresco na memória.)
    Vou começar dando uma ideia geral da história. Bernadette e eu nos conhecemos cerca de 25 anos atrás, em Los Angeles, quando a firma de arquitetura para a qual ela trabalhava reformou a empresa de animação para a qual eu trabalhava. Nós dois éramos da Costa Leste e tínhamos estudado em colégios internos. Bernadette estava no seu auge. Fiquei encantado por sua beleza, sociabilidade e seu charme despreocupado. Nós nos casamos. Minha empresa foi comprada pela Microsoft. Bernadette teve um problema com uma casa que estava construindo e, abruptamente, retirou-se da cena arquitetônica de Los Angeles.

Para minha surpresa, ela foi o motor por trás de nossa mudança para Seattle.

Bernadette viajou até lá para ver umas casas. Ela me ligou pra dizer que havia encontrado o lugar perfeito, a Escola para Meninas Straight Gate, em Queen Anne. Para qualquer outra pessoa, uma escola caindo aos pedaços talvez fosse um lugar muito estranho para chamar de lar. Mas estamos falando de Bernadette, e ela tinha se apaixonado pelo lugar. A relação que Bernadette tem com suas paixões é a mesma que um hipopótamo tem com a água: fique entre os dois e você será pisoteado até a morte.

Mudamos para Seattle. Fui completamente absorvido pela Microsoft. Bernadette ficou grávida e sofreu o primeiro de uma série de abortos. Depois de três anos de tentativas, conseguiu passar do primeiro trimestre. No começo do segundo trimestre, os médicos recomendaram repouso. A casa, que era como uma tela em branco em que Bernadette criava sua arte, definhou compreensivelmente. Apareceram goteiras, uns ventos encanados esquisitos, e de vez em quando uma planta crescia por entre as tábuas do assoalho. Fiquei preocupado com a saúde de Bernadette — ela não precisava passar pelo estresse de uma reforma, precisava era ficar parada —, então nós usávamos parcas dentro de casa, colocávamos panelas de espaguete para conter as goteiras quando chovia, e deixávamos uma tesoura de podar num vaso da sala. Era romântico.

Nossa filha, Bee, nasceu prematuramente. Ela nasceu azul, e foi diagnosticada com síndrome da hipoplasia do coração esquerdo. Imagino que ter um filho doente pode tanto aproximar quanto separar um casal. No nosso caso, não aconteceu nenhuma das duas coisas. Bernadette mergulhou tão fundo na recuperação de Bee que aquilo passou a ser a sua própria essência. Eu comecei a fazer hora extra e encarei aquilo como uma parceria: Bernadette daria as ordens; eu entraria com a grana.

Quando entrou no jardim de infância, Bee já estava curada. Era apenas estranhamente pequena para a sua idade. Sempre achei que esse seria o momento em que Bernadette voltaria para a arquitetura, ou, no mínimo, consertaria a nossa casa. Mas as goteiras se transformaram em buracos no telhado; janelas com pequenas rachaduras viraram painéis de papelão e fita adesiva. Uma vez por semana, o jardineiro arrancava as plantas que tinham crescido por debaixo dos tapetes.

Nossa casa estava, literalmente, retornando à natureza. Bee tinha cinco anos e um dia eu estava no seu quarto, brincando de restaurante, quando ela, depois de anotar meu pedido e realizar uma atividade intensa na sua cozinha em miniatura, trouxe meu "almoço". Era úmido e marrom. Tinha cheiro de terra, mas era menos compacto. "Tirei com a colher", ela disse orgulhosa, e apontou para o chão de madeira. A umidade dos anos de chuva era tanta que Bee pôde literalmente tirar um pedaço do piso com uma colher.

Desde o momento em que Bee se firmou no jardim de infância, Bernadette não demonstrou nenhum interesse em consertar nossa casa ou em realizar algum outro tipo de trabalho. Toda a energia que um dia ela havia canalizado corajosamente para a arquitetura agora estava voltada para falar mal de Seattle, na forma de discursos selvagens que precisavam de pelo menos uma hora para ser concluídos.

Por exemplo, cruzamentos de trânsito. Na primeira vez em que Bernadette fez um comentário sobre a abundância de cruzamentos de cinco vias em Seattle, pareceu perfeitamente relevante. Eu não tinha percebido, mas, realmente, há muitos cruzamentos com uma rua extra, o que faz com que você tenha de esperar pelo ciclo de mais um semáforo. Certamente valia uma conversa entre marido e mulher. Na segunda vez em que Bernadette falou sobre o assunto, eu fiquei pensando: será que ela tem alguma coisa *nova* para acrescentar? Mas não, ela apenas reclamou das mesmas coisas com ainda mais veemência. Um dia ela me pediu que perguntasse ao Bill Gates por que ele continuava morando numa cidade com tantos cruzamentos ridículos. Voltei para casa e ela me perguntou se eu já havia perguntado a ele. Outro dia ela pegou um mapa antigo de Seattle e me explicou que a cidade originalmente era dividida em seis áreas que, ao longo do tempo, foram se juntando sem o controle de um plano diretor. Uma noite, a caminho de um restaurante, ela fez um desvio de quilômetros na rota só para me mostrar onde três dessas áreas se encontravam, num cruzamento composto de sete ruas. Depois, ela cronometrou o tempo que perdemos esperando nos semáforos. O traçado confuso das ruas de Seattle era um dos tópicos preferidos de Bernadette.

Uma noite eu estava na cama, dormindo. "Elgie", ela disse, "você está acordado?"

"Agora estou."

"O Bill Gates não conhece o Warren Buffet?", ela perguntou. "E o Warren Buffet não é o dono da See's Candy?"

"Acho que sim."

"Ótimo. Porque ele precisa saber o que está acontecendo no Westlake Plaza. Você sabia que a See's Candy tem uma política de distribuição de amostras grátis? Pois bem, parece que todos os marginais já descobriram. Hoje eu tive de esperar meia hora, numa fila do lado de fora da loja, atrás de mendigos e viciados que não compraram nada, só pediram sua amostra grátis e depois voltaram pro fim da fila pra ganhar mais uma."

"Então não vá mais à See's Candy."

"Pode ter certeza de que não vou. Mas se você vir Warren Buffet pela Microsoft, você devia falar isso pra ele. Ou me avise quando ele estiver lá, eu mesma falo pra ele."

Tentei confrontá-la, ignorá-la, pedir que parasse. Nada disso funcionava, especialmente pedir que ela parasse, que só aumentava em dez minutos aquele discurso em particular. Comecei a me sentir como um animal perseguido: encurralado e sem ter como me defender.

Lembre-se de que, durante os primeiros anos em que moramos em Seattle, ou Bernadette estava no começo da gravidez, ou havia acabado de perder um bebê. Para mim, ou suas atitudes estavam relacionadas a variações hormonais, ou eram uma forma de lidar com a dor da perda.

Eu tentava incentivá-la a fazer amigos, mas isso só a fazia proferir um discurso violento sobre como ela havia tentado, mas ninguém gostava dela.

Dizem que Seattle é uma das cidades onde é mais difícil fazer amigos. Eles até deram um nome ao fenômeno, o "Gelo de Seattle". Eu, particularmente, nunca passei por isso, mas alguns colegas de trabalho atestam que é real, e tem alguma coisa a ver com o sangue escandinavo do povo daqui. Talvez tenha sido difícil para Bernadette se adaptar, no começo. Mas seguir cultivando um ódio irracional contra uma cidade inteira depois de dezoito anos?

Eu tenho um trabalho estressante, dra. Kurtz. Há manhãs em que chego à minha mesa profundamente esgotado por ter tido de aturar Bernadette e seus discursos. Nos últimos tempos, comecei a pegar o Microsoft Connector para ir até o escritório. É uma desculpa para sair de casa uma hora mais cedo e fugir do sermão matinal.

Eu não esperava que esta carta ficasse tão grande, mas olhar pelas janelas de um avião sempre me deixa sentimental. Vou pular para os incidentes ocorridos ontem, que me levaram a escrever.

Eu estava indo almoçar com alguns colegas quando um deles encontrou Bernadette dormindo em um sofá numa farmácia.

Por algum motivo, ela usava um colete de pesca. Isso é especialmente estranho porque Bernadette insiste em usar roupas estilosas em protesto contra o gosto terrível que todas as demais pessoas têm para a moda (vou poupá-la dos detalhes desse seu maravilhoso discurso). Entrei correndo na farmácia. Quando finalmente consegui acordá-la, Bernadette disse de modo bastante casual que estava esperando pelo Haldol que lhe havia sido receitado.

Dra. Kurtz, eu não preciso lhe dizer que o Haldol é um antipsicótico. Minha mulher está se consultando com um psiquiatra que está receitando Haldol para ela? Ou será que ela está comprando ilegalmente? Eu não faço a mais remota ideia.

Fiquei tão assustado que remarquei minha viagem de negócios para que pudéssemos jantar, só nós dois. Nos encontramos em um restaurante mexicano. Depois que fizemos nossos pedidos, introduzi imediatamente o assunto do Haldol. "Fiquei surpreso ao te encontrar na farmácia, hoje", eu disse.

"Shhh!" Ela estava ouvindo a conversa da mesa atrás de nós. "Eles não sabem a diferença entre um burrito e uma enchilada!" O rosto de Bernadette ficava todo tensionado à medida que ela se espichava para ouvir. "Ai, meu Deus", ela sussurrou. "Eles nunca ouviram falar em *mole*. Como eles são? Eu não quero me virar."

"São pessoas normais..."

"O que você quer dizer? Que tipo de..." Ela não conseguiu se conter, e virou rapidamente. "Eles são todos tatuados! O quê, você é tão legal que riscou seu corpo dos pés à cabeça, mas não sabe a diferença entre uma enchilada e um burrito?"

"Sobre hoje...", comecei.

"Ah, sim", ela disse. "Era uma das moscas que estava junto com você? Da Galer Street?"

"Soo-Lin é a nova assistente administrativa", eu disse. "Ela tem um filho na mesma turma de Bee."

"Puxa vida", ela disse. "Estão sempre no meu pé."

"Quem está sempre no seu pé?"

"Aquelas moscas sempre me odiaram. Ela vai botar você contra mim."

"Isso é ridículo", eu disse. "Ninguém odeia você…"

"Shh!", ela disse. "O garçom. Ele vai anotar o pedido deles." Ela se inclinou para trás e para a esquerda, mais perto, mais perto, cada vez mais perto, retorcendo seu corpo como o pescoço de uma girafa, até que a cadeira escorregou e ela caiu no chão. O restaurante inteiro se virou pra olhar. Eu corri para ajudá-la. Ela se levantou, ajeitou-se na cadeira e começou de novo. "Você viu a tatuagem que um deles tem no lado de dentro do braço? Parece um rolo de fita adesiva."

Tomei um gole da minha margarita e me conformei com a minha segunda opção, que era esperá-la terminar de falar.

"Sabe o que um daqueles caras que trabalham no drive-thru do Starbucks tem tatuado no antebraço?", perguntou Bernadette. "Um *clipe de papel*! Antigamente, era tão ousado fazer uma tatuagem, mas hoje em dia as pessoas estão tatuando *suprimentos de escritório* no corpo. Sabe o que eu acho disso?" Claro que era uma pergunta retórica. "Acho que ousado é *não ter* uma tatuagem." Ela virou-se mais uma vez, e quase engasgou. "Oh, meu Deus. Não é um rolo de fita adesiva *qualquer*. É literalmente um rolo de fita adesiva da Scotch, com o xadrez verde e preto. Isso é hilário. Se você vai tatuar uma fita adesiva no seu braço, pelo menos faça um daqueles suportes genéricos antigos! O que você acha que aconteceu? Que um catálogo da Scotch foi enviado para o estúdio de tatuagem naquele dia?" Ela enfiou um nacho no guacamole, e ele quebrou com o peso. "Puxa, eu odeio os nachos daqui." Ela mergulhou um garfo no guacamole e o levou à boca. "O que você estava dizendo?"

"Estou curioso sobre o remédio que eles se recusaram a te vender na farmácia."

"Sim", ela disse. "Um médico me prescreveu uma receita, e no fim das contas era para Haldol."

"É a sua insônia?", perguntei. "Você não tem conseguido dormir?"

"Dormir?", ela perguntou. "O que é isso?"

"Para o que era a receita?"

"Ansiedade", ela disse.

"Você anda se consultando com um psiquiatra?", perguntei.

"Não!"

"Você quer se consultar com um psiquiatra?"

"Não, pelo amor de Deus!", ela disse. "Só estou ansiosa com a viagem."

"Com o quê, especificamente, você está tão ansiosa?"

"A passagem de Drake, as pessoas. Você sabe como é."

"Na verdade", eu disse, "não sei."

"Vai ter um monte de gente. Eu não me dou bem quando estou num monte de gente."

"Acho que precisamos encontrar alguém com quem você possa conversar."

"Estou conversando com você, não estou?"

"Um profissional", eu disse.

"Eu já tentei isso uma vez. Foi uma perda de tempo." Ela se inclinou e sussurrou: "O.k., tem um cara de terno parado na janela. Essa é a quarta vez que eu o vejo nos últimos três dias. E eu juro que se você olhar agora ele não estará mais lá".

Eu me virei. Um homem de terno sumiu rua abaixo.

"O que foi que eu disse?", ela perguntou.

"Você está querendo dizer que está sendo seguida?"

"Ainda não ficou claro."

Coletes de pesca, cochilo em público, medicação antipsicótica, e agora homens a segui-la?

Quando Bee tinha dois anos, ela desenvolveu uma ligação

estranha com um livro que eu e Bernadette havíamos comprado muitos anos antes de um vendedor de rua em Roma.

O passado e o presente de Roma:
Um guia do monumental centro da Roma antiga
com reconstruções dos monumentos

O livro trazia fotos atuais das ruínas sobrepostas por imagens dos monumentos tais como eram em seu apogeu. Bee ficava sentada na sua cama de hospital, conectada aos monitores, e folheava as páginas para a frente e para trás. O livro tinha uma capa fofinha de plástico vermelho que ela gostava de morder.

Foi então que percebi que eu estava olhando para o passado e o presente de Bernadette. Havia um abismo tremendo entre a mulher por quem eu me apaixonei e essa outra, desgovernada, sentada ali na minha frente.

Voltamos para casa. Enquanto Bernadette dormia, eu abri seu armário de remédios. Estava cheio de frascos de remédios como Xanax, Rivotril, Ambien, Halcion, trazodona e vários outros, receitados por diversos médicos. Todos os frascos estavam vazios.

Dra. Kurtz, eu não estou entendendo o que está acontecendo com Bernadette. Ela está deprimida? Maníaca? Viciada em comprimidos? Paranoica? Eu não sei o que caracteriza um colapso mental. Chame do que quiser, mas acho que dá pra dizer com segurança que minha mulher está precisando de ajuda médica.

Hannah Dillard falou tão bem de você, dra. Kurtz, e de tudo o que você fez para ajudar Frank a atravessar sua fase difícil. Se bem me lembro, no começo ele estava resistente ao tratamento, mas logo acabou abraçando o seu programa. Hannah ficou tão impressionada que é agora membro de sua equipe.

Bernadette, Bee e eu temos uma viagem para a Antártida

marcada para daqui a duas semanas. Bernadette obviamente não quer ir. Agora estou achando que seria melhor que eu e Bee fôssemos à Antártida, só nós dois, enquanto Bernadette fica internada em Madrona Hill. Não imagino que ela vá gostar muito da ideia, mas para mim está claro que ela precisa repousar e relaxar sob a supervisão de alguém. Estou ansioso para saber a sua opinião.

Sinceramente,
Elgin Branch

PARTE DOIS

Bernadette: passado e presente

Competição de arquitetura patrocinada pela Green Builders of America

PARA DIVULGAÇÃO IMEDIATA

A Green Builders of America e a Fundação Turner anunciam:

> 20 X 20 X 20: A Casa das Vinte Milhas
> Vinte anos mais tarde
> Vinte anos a partir de agora

Inscrições: até 1º de fevereiro.

A Casa das Vinte Milhas de Bernadette Fox não existe mais. Existem poucas fotos de sua obra e, supostamente, a sra. Fox destruiu todas as suas plantas. Apesar disso, sua relevância só aumenta a cada ano que passa. Para celebrar o vigésimo aniversário da Casa das Vinte Milhas, a Green Builders of America, em parceria com a Fundação Turner, convida arquitetos, estudantes e engenheiros a enviarem seus projetos de reinvenção e reconstrução da Casa das Vinte Milhas, e assim dá início a um diálogo sobre a importância de uma "arquitetura sustentável" pelos próximos vinte anos.

O desafio: projetar uma casa isolada de 390 metros quadrados, com três quartos, localizada no número 6528 da Mulholland Drive, em Los Angeles.

A única restrição é aquela que a sra. Fox impôs a si mesma: *Todo o material utilizado deve vir de um raio de vinte milhas do local da construção.*

O vencedor: Será anunciado no jantar de gala da GBA/AIA no Getty Center, e receberá um prêmio de 40 mil dólares.

SÁBADO, 11 DE DEZEMBRO

De Paul Jellinek, professor de arquitetura na Universidade do Sul da Califórnia, para o cara que mamãe encontrou do lado de fora da biblioteca

Jacob,

Já que você demonstrou interesse por Bernadette Fox, há uma espécie de hagiografia dela na edição de fevereiro da *Artforum*. Eles me pediram pra dar uma olhada e ver se tinha algum erro muito crasso. Caso você tenha vontade de entrar em contato com o autor da matéria para falar sobre o seu encontro com Bernadette Fox, por favor, não faça isso. Obviamente, Bernadette escolheu sumir do mapa, e eu acho que deveríamos respeitar a sua vontade.

Paul

PDF do artigo da *Artforum*

"Santa Bernadette: A arquiteta mais influente de quem você nunca ouviu falar"

A Associação de Arquitetos e Construtores da América perguntou recentemente a trezentos estudantes de arquitetura quais eram os arquitetos mais admirados por eles. A lista é a esperada — Frank Lloyd Wright, Le Corbusier, Mies van der Rohe, Louis Kahn, Richard Neutra, Rudolf Schindler —, com uma exceção. Entre esses grandes homens há uma mulher virtualmente desconhecida.

Bernadette Fox é extraordinária por muitos motivos. Era uma mulher jovem, atuando sozinha em um meio dominado por homens; recebeu uma bolsa MacArthur aos 22 anos de idade; seus móveis feitos à mão fazem parte do acervo permanente do Museu de Arte Popular Americana; é considerada pioneira no movimento da arquitetura sustentável; a única casa construída por ela já não existe mais; Fox abandonou a arquitetura há vinte anos e não projetou mais nada desde então.

Um desses atributos já seria, por si só, suficiente para tornar um arquiteto digno de nota. Quando juntamos todos eles, temos a criação de um mito. Mas quem foi Bernadette Fox? Alguém que abriu caminho para uma nova geração de jovens mulheres arquitetas? Um gênio? Alguém que trabalhava com sustentabilidade quando esse conceito ainda nem existia? Onde ela está agora?

A *Artforum* conversou com várias pessoas que trabalharam ao lado de Bernadette Fox.

Na metade dos anos 1980, Princeton era a linha de frente na batalha pelo futuro da arquitetura. A escola modernista estava fir-

memente estabelecida; seus seguidores eram aclamados e influentes. Os pós-modernistas, liderados por Michael Graves, membro da faculdade de Princeton, despontavam como sérios competidores. Graves havia acabado de construir seu prédio para o Serviço Público de Portland. Sua perspicácia, seus ornamentos e seu ecletismo representavam uma rejeição vigorosa à formalidade minimalista e austera do modernismo. Enquanto isso, os desconstrutivistas, uma facção mais combativa, estavam se organizando. Liderados por Peter Eisenman, que havia sido professor em Princeton, os membros do movimento rejeitavam tanto o modernismo quanto o pós-modernismo, em favor da fragmentação e da imprevisibilidade geométrica. Na época, esperava-se que os alunos de Princeton escolhessem o seu lado, pegassem em armas e derramassem sangue. Ellie Saito estava na mesma turma que Bernadette em Princeton.

ELLIE SAITO: Para a minha tese, projetei uma casa de chá para o centro de visitantes que fica no monte Fuji. Basicamente, era uma flor de cerejeira aberta ao meio, feita de velas cor-de-rosa. Eu estava defendendo meu projeto e sendo criticada de todos os lados. Então, Bernadette tirou os olhos do seu tricô e perguntou "Onde é que as pessoas vão deixar seus sapatos?". Todos olharam para ela. "As pessoas não tiram os sapatos para entrar numa casa de chá?", ela perguntou. "Onde é que vão deixá-los?"

A preocupação de Fox com o prosaico chamou a atenção do professor Michael Graves, que a contratou para trabalhar com ele em seu escritório de Nova York.

ELLIE SAITO: Bernadette foi a única em toda a turma a ser contratada. Foi um grande choque.

MICHAEL GRAVES: Eu não vou contratar um arquiteto que

tenha um ego enorme e grandes ideias. Eu é que tenho o ego enorme e as grandes ideias. Quero alguém que tenha a habilidade de executar minhas ideias e resolver os problemas que eu for jogando. O que me chamou a atenção em Bernadette foi o prazer que ela sentia durante a execução de tarefas que a maioria dos estudantes achava que não estavam à sua altura. Geralmente, não são os trabalhadores braçais sem ego que escolhem a arquitetura como profissão. Então, quando você está procurando alguém para contratar e encontra alguém talentoso, não pode deixar escapar.

Fox era a mais jovem integrante de um grupo responsável pelo prédio das empresas Disney em Burbank. Sua primeira tarefa era uma daquelas que tipicamente provocam resmungos: projetar os banheiros da ala dos executivos.

MICHAEL GRAVES: Bernadette estava deixando todo mundo maluco. Ela queria saber quanto tempo os executivos passavam no escritório, com que frequência iam a reuniões, a que hora do dia, com quantas pessoas, a proporção entre homens e mulheres. Liguei pra ela e perguntei que diabos estava fazendo.

Ela explicou: "Preciso saber que problemas estou resolvendo com o meu projeto".

Eu disse a ela: "Michael Eisner precisa mijar e não quer que todo mundo fique sabendo".

Gostaria de dizer que eu a mantive por perto porque reconheci seu potencial. Mas, sério, eu gostava dos suéteres. Ela tricotou quatro suéteres para mim, e eu ainda tenho todos eles. Meus filhos tentam roubá-los, minha mulher quer doá-los para instituições de caridade. Mas eu não vou me separar deles.

As obras no prédio da Disney foram atrasadas repetidas vezes por causa do processo de licenciamento. Numa reunião com toda a firma, Fox apresentou um fluxograma mostrando como driblar o departamento de obras. Graves enviou-a para Los Angeles, para trabalhar no canteiro de obras.

MICHAEL GRAVES: Eu fui o único que lamentou a sua partida.

Em seis meses, o trabalho no prédio da Disney chegou ao fim. Graves ofereceu de volta a Bernadette Fox seu antigo cargo em Nova York, mas ela tinha gostado da liberdade da cena de arquitetura de Los Angeles. Com uma recomendação de Graves, Fox foi contratada pela firma de Richard Meier, que já estava trabalhando no Getty Center. Ela era uma entre a meia dúzia de arquitetos encarregados de contratar, importar e conferir a qualidade das 16 mil toneladas de travertino que viriam diretamente da Itália para revestir o museu.

Em 1988, Fox conheceu Elgin Branch, que trabalhava com animação digital. Eles se casaram no ano seguinte. Fox queria construir uma casa. Judy Toll era sua corretora.

JUDY TOLL: Eles formavam um casalzinho adorável, os dois muito espertos e atraentes. Tentei convencê-los a comprar uma casa em Santa Mônica ou nas Palisades, mas Bernadette estava decidida a comprar um terreno onde pudesse construir algo projetado por ela mesma. Mostrei a eles uma fábrica abandonada em Venice Beach que estava à venda pelo preço do terreno.
Ela deu uma olhada e disse que era perfeito. Para minha surpresa, ela estava falando do prédio em si. A única pessoa que ficou mais surpresa que eu foi seu marido. Mas ele confiava nela. De qualquer maneira, quem sempre decide é a esposa.

Fox e Branch compraram a antiga fábrica da Beeber Bifocal. Pouco tempo depois, eles foram a um jantar onde conheceram as duas pessoas mais importantes para a vida profissional de Fox: Paul Jellinek e David Walker. Jellinek era arquiteto e professor da Faculdade de Arquitetura da Universidade do Sul da Califórnia.

PAUL JELLINEK: Foi no mesmo dia em que ela e Elgie fecharam negócio com a Beeber Bifocal. Seu entusiasmo com aquilo contagiou a todos que estavam na festa. Ela disse que a fábrica estava cheia de caixas com óculos velhos e máquinas, e que ela queria "fazer alguma coisa com aquilo". Do jeito que ela falava, toda malucona e despachada, eu jamais diria que era uma arquiteta formada, muito menos a queridinha de Graves.

David Walker era um empreiteiro.

DAVID WALKER: Na hora da sobremesa, Bernadette me convidou para trabalhar com ela. Eu disse que ia lhe passar algumas referências, mas ela disse "Não precisa, eu gostei de você", e me pediu para aparecer no sábado com meu pessoal.

PAUL JELLINEK: Quando Bernadette disse que estava trabalhando com o travertino do Getty, entendi tudo. Um amigo meu também estava envolvido nisso. Eles tinham pegado todos esses arquitetos talentosos e os haviam reduzido a meros inspetores numa linha de montagem. Um trabalho capaz de destruir uma alma. Trabalhar no Beeber foi a maneira que Bernadette encontrou para se reconectar com aquilo que ela mais amava na arquitetura: construir coisas.

A fábrica da Beeber Bifocal era uma caixa de concreto de trezentos metros quadrados, com um pé-direito de três metros e um clerestório. No teto havia uma série de claraboias. Transformar esse espaço industrial em uma casa consumiria os próximos dois anos da vida de Fox. O empreiteiro David Walker esteve lá todos os dias.

DAVID WALKER: Olhando de fora, parecia uma velharia. Mas, ao entrar, tudo era tão cheio de luz. Apareci naquele primeiro sábado com o meu pessoal, como Bernadette me pediu. Ela não tinha nem plantas nem licenças. Em vez disso, havia levado vassouras e rodos, e nós tivemos de varrer o chão e limpar as janelas e as claraboias. Perguntei se deveríamos pedir uma caçamba, e ela praticamente gritou "Não!".

Ela passou as duas semanas seguintes pegando tudo que havia no prédio e estendendo no chão. Eram milhares de armações de óculos, caixas de lentes e pilhas de caixas de papelão dobradas, além de todo o maquinário para cortar e polir lentes.

Sempre que eu aparecia, ela já estava lá. Estava sempre com uma mochila abarrotada de lã pra poder tricotar enquanto pensava. E ficava ali, tricotando e olhando para todas aquelas coisas no chão. Aquilo me lembrava de quando eu era criança e esparramava todos aqueles blocos de Lego no carpete. Ficava ali sentado, olhando, antes de ter alguma ideia do que fazer.

Naquela sexta-feira, ela levou para casa uma caixa cheia de armações. Quando as trouxe de volta, na segunda-feira, todas as armações tinham sido costuradas umas às outras com arame. O resultado era uma cota de malha espetacular, com óculos embutidos. E, ainda por cima, muito resistente! Então, Bernadette botou meu pessoal para trabalhar com tesouras e alicates, transformando milhares de armações antigas nessas malhas, que ela usou como divisórias internas.

Era hilário ver aqueles machões mexicanos sentados em cadeiras, costurando ao sol. Mas eles adoravam. Deixavam sua *ranchera* tocando no rádio e fofocavam como um bando de senhorinhas.

PAUL JELLINEK: A Beeber Bifocal foi meio que evoluindo. Não é como se Bernadette tivesse partido de uma grande ideia inicial. Tudo começou com os óculos costurados. Depois, vieram os tampos das mesas feitos com as lentes. Depois, as bases para as mesas feitas de peças do maquinário. Aquilo era bom pra caralho. Eu levava meus alunos até lá e dava créditos extras para quem ajudasse.

Havia uma sala, nos fundos, repleta de pilhas de catálogos que iam até o teto. Bernadette colou todas as páginas até que virassem cubos de um metro por um metro. Uma noite, ficamos bêbados e usamos uma serra elétrica para cortá-los na forma de poltronas. Eles acabaram virando a mobília da sala de estar.

DAVID WALKER: Não demorou muito para ficar claro que a ideia era evitar ir até uma ferragem; a ideia era usar apenas o que estivesse ao nosso alcance. Virou uma espécie de jogo. Eu não sei se dá pra chamar aquilo de arquitetura, mas certamente era divertido.

PAUL JELLINEK: Naquela época, o que mandava na arquitetura era a tecnologia. Todo mundo estava trocando suas pranchetas pelo AutoCAD; todo mundo só falava em casas pré-fabricadas. As pessoas estavam demolindo casas históricas para construir megamansões. Então, aquilo que Bernadette estava fazendo era totalmente fora dos padrões. De certa forma, as raízes da Beeber Bifocal estão na arte marginal. É uma casa muito artesanal. As feministas vão me matar por dizer isso, mas Bernadette Fox é uma arquiteta muito feminista. Quando você entra na Beeber Bifocal, você é fortemente afetado por todo o carinho e paciência que foram postos ali. É como receber um enorme abraço.

Em seu trabalho no Getty, Fox ficava cada vez mais indignada com o desperdício envolvido em importar toneladas e mais toneladas de travertino italiano apenas para que fossem recusadas pelos seus superiores por pequenas inconsistências.

PAUL JELLINEK: Um dia eu comentei com ela que a Secretaria de Cultura havia comprado um terreno ao lado das Watts Towers, e que eles estavam selecionando arquitetos para projetar um centro de visitantes.

Fox passou um mês projetando secretamente uma fonte, um museu e uma série de mirantes feitos com o travertino rejeitado pelo Getty.

PAUL JELLINEK: Ela fez essa ligação porque as Watts Towers tinham sido construídas usando o lixo de outras pessoas. Bernadette projetou mirantes inspirados em conchas, o que combinava tanto com os fósseis que havia no travertino quanto com as espirais que circundam as torres.

Quando Fox apresentou sua ideia para a diretoria do Getty, eles a recusaram imediatamente, sem nem pensar.

PAUL JELLINEK: O pessoal do Getty só estava interessado em uma coisa: construir o prédio do Getty. Eles não queriam um funcionário pé-rapado dizendo a eles o que fazer com o material que sobrasse. Além disso, você já parou pra pensar no que sairia na imprensa? Não é bom o suficiente para o Getty, mas é bom para a South Central de Los Angeles? Quem vai querer essa dor de cabeça?

O escritório de Richard Meier não conseguiu localizar os projetos de Fox nos arquivos do Getty Center.

Tenho certeza de que Bernadette simplesmente os jogou

fora. Mas o que realmente importava naquilo — e ela sabia disso — era o fato de que ela havia criado um ponto de vista diferente, que era, simplesmente, não desperdiçar nada.

Fox e Branch mudaram-se para a Beeber Bifocal em 1991. Fox mal podia esperar para começar a trabalhar em um novo projeto.

JUDY TOLL: Bernadette e seu marido tinham investido tudo naquela fábrica de óculos em que foram morar, de modo que ela não tinha muito dinheiro para gastar. Eu arranjei um terreno meio acabado para ela, em Mulholland, Hollywood, perto do Runyon Canyon. Tinha uma boa área plana e uma ótima vista para a cidade. O terreno ao lado também estava à venda. Sugeri que eles também o comprassem, mas eles não podiam pagar.

Fox se comprometeu a construir uma casa usando apenas materiais que pudessem ser encontrados em um raio de vinte milhas. Aquilo não significava ir até uma Home Depot na vizinhança e comprar aço importado da China. Todos os materiais deveriam ser produzidos no local.

DAVID WALKER: Ela me perguntou se eu aceitaria o desafio. Eu disse "claro".

PAUL JELLINEK: Uma das coisas mais espertas que Bernadette fez foi contratar o Dave. A maioria dos empreiteiros não consegue trabalhar sem plantas, mas ele consegue. Se a Casa das Vinte Milhas prova alguma coisa, é que Bernadette era um gênio para obter alvarás.

Quando o assunto é Bernadette, todo mundo ensina sobre a Beeber e a Vinte Milhas. Eu ensino os seus alvarás. É impossível olhar para as plantas que ela enviou para aprovação sem cair na gargalhada. São páginas e mais páginas de documentação, que parecem muito oficiais, mas não contêm nenhuma informação de verdade. Era diferente naquela época, antes do boom da construção, antes do terremoto. Era só ir até o departamento de obras e conversar com o chefão.

Ali Fahad era o chefão do Departamento de Obras de Los Angeles.

ALI FAHAD: Claro que eu me lembro de Bernadette Fox. Ela era encantadora. Não falava com mais ninguém, só comigo. Eu e minha esposa tínhamos acabado de ter gêmeos, e Bernadette apareceu com cobertores e toucas tricotados à mão para cada um deles. Ela sentava, nós tomávamos um chá, ela me explicava o que queria fazer na sua casa e eu dizia como fazê-lo.

PAUL JELLINEK: Viu? Só uma mulher poderia fazer algo desse tipo.

A arquitetura sempre foi uma profissão dominada pelos homens. Até o surgimento de Zaha Hadid em 2005, era muito difícil citar uma arquiteta famosa. Eileen Gray e Julia Morgan às vezes são mencionadas. Mas, basicamente, a maioria das arquitetas costumava ficar na sombra de seus parceiros famosos: Anne Tyng e Louis Kahn; Marion Griffin e Frank Lloyd Wright; Denise Scott Brown e Robert Venturi.

ELLIE SAITO: Era isso que me deixava louca em relação a Bernadette em Princeton. Você é uma das duas mulheres em todo o departamento de arquitetura e fica o tempo todo tricotando? Era tão ruim quanto chorar no meio de uma prova. Eu sentia que era importante, como mulher, estar ombro a ombro com os homens. Mas sempre que eu tentava falar sobre isso com Bernadette, ela não demonstrava o menor interesse.

DAVID WALKER: Se nós precisávamos soldar alguma coisa, eu chamava um cara e Bernadette explicava a ele o que ela queria. Então, o cara respondia para *mim*. Mas isso nunca a incomodou. Bernadette queria ver sua casa pronta, e se para isso fosse preciso ser desrespeitada por alguns dos operários, por ela tudo bem.

PAUL JELLINEK: Por isso Dave era tão importante. Se Bernadette fosse apenas uma mulher no canteiro de obras tentando pedir que alguém soldasse metal, ela teria sido comida viva. E, não vamos esquecer, ela tinha trinta anos. A arquitetura é uma das poucas profissões nas quais idade e experiência são realmente vistas como qualidades. Uma mulher, jovem, sozinha, construindo uma casa praticamente sem plantas, bem, era o tipo de coisa que não dava pra fazer. Sabe, até o arquiteto da Ayn Rand era um homem.

Depois de conseguir uma licença para construir uma caixa de metal e vidro de 370 metros quadrados com três quartos, uma garagem e uma casa de hóspedes à parte, Fox deu início às obras na Casa das Vinte Milhas. Uma fábrica em Gardena forneceu a argamassa, que Fox transformou em cimento em seu próprio canteiro de obras. Quanto ao aço, um ferro-velho em Glendale fazia contato com ela toda vez que aparecia alguma coisa. (Materiais que viessem de um ferro-velho poderiam ser usados mesmo que originalmente tivessem sido produzidos fora do raio de vinte milhas.) Uma casa no fim da rua estava sendo demolida; a caçamba em frente era uma excelente fonte de materiais. Suas vigas forneceram a madeira que foi usada para construir armários, o piso e alguns móveis.

ELLIE SAITO: Eu estava em L.A., a caminho de Palm Springs, para me encontrar com alguns produtores de casas pré-fabricadas, e parei na frente da Casa das Vinte Milhas. Bernadette estava morrendo de rir, vestida num macacão e um cinto de ferramentas, conversando num espanhol todo errado com um bando de obreiros. Aquilo era contagiante. Arregacei as mangas do meu Issey Miyake e ajudei a cavar um fosso.

Um dia, um comboio de caminhões parou no terreno ao lado. A propriedade havia sido comprada por Nigel Mills-Murray, o magnata da TV inglesa, mais conhecido pelo game show incrivelmente popular Pegou, é seu. *Murray tinha contratado um arquiteto britânico para projetar uma mansão de mármore branco em estilo Tudor de 1300 metros quadrados, que Fox chamava de White Castle. No começo, a relação entre os dois grupos de obreiros era cordial. Fox ia até o White Castle e pegava emprestado um eletricista por uma hora. Um inspetor estava prestes a revogar as licenças relativas à fundação da obra do White Castle, mas Fox o convenceu a não fazê-lo.*

DAVID WALKER: A construção do White Castle parecia um filme acelerado. Centenas de pessoas trabalhando, literalmente, o tempo inteiro. Três equipes por dia, cada uma trabalhando em turnos de oito horas.

Dizem que, durante as filmagens de *Apocalypse Now*, Francis Ford Coppola colocou um cartaz no seu trailer dizendo: "Rápido, Bom e Barato: Escolha Dois". É assim que funciona com a construção de uma casa. Eu e Bernadette, definitivamente, escolhemos "barato" e "bom". Mas, cara, como éramos lentos. O White Castle, bem, eles escolheram "rápido" e "rápido".

O White Castle estava pronto para ser habitado antes que Fox e Walker tivessem conseguido subir as paredes da Casa das Vinte Milhas.

DAVID WALKER: O cara do *Pegou, é seu* começa a aparecer e passear pela casa com seu decorador. Um dia ele decide que não gostou das peças de bronze e manda trocar todos os puxadores, maçanetas, dobradiças e metais do banheiro. Para nós, foi como se o Natal tivesse chegado mais cedo. No dia seguinte, Bernadette estava literalmente dentro da caçamba do White Castle quando o inglesinho chegou no seu Rolls-Royce.

Nigel Mills-Murray não respondeu a nenhum dos diversos pedidos de entrevista. Mas seu gerente de negócios respondeu.

JOHN L. SAYRE: Quem é que gosta de chegar em casa e encontrar um vizinho revirando seu lixo? Eu vou te dizer quem: ninguém. Meu cliente teria tido prazer em negociar um preço justo pelos seus acessórios. Mas a mulher nem pediu. Ela simplesmente invadiu sua propriedade e o roubou. Da última vez que eu verifiquei, isso ainda era ilegal.

Ao longo daquela noite, Mills-Murray levantou uma cerca de arame farpado e colocou uma guarita de segurança 24 horas na entrada da garagem. (O White Castle e a Casa das Vinte Milhas compartilhavam da mesma entrada para a garagem. Tecnicamente, o dono do White Castle tinha a servidão de passagem pelo terreno da Casa das Vinte Milhas, o que viria a ser um elemento importante no ano seguinte.)
Fox ficou obcecada pela ideia de pegar os acessórios descartados. Quando um caminhão apareceu no White Castle para levar a caçamba embora, ela entrou no seu carro e o seguiu até um semáforo. Ela ofereceu cem pratas ao motorista para recuperar os acessórios de Mills-Murray.

DAVID WALKER: Ela achava aquelas coisas muito cafonas para usar dentro da casa, então decidiu costurar todas as peças com arame, como nos velhos tempos, e transformar aquilo no seu portão de entrada.

Mills-Murray chamou a polícia, mas não prestou nenhuma queixa. No dia seguinte, o portão havia sumido. Fox estava convencida de que Mills-Murray o havia roubado, mas ela não tinha provas. Como sentia cada vez menos interesse em seu trabalho no Getty, Fox pediu demissão e concentrou todas as suas energias na Casa das Vinte Milhas.

PAUL JELLINEK: Eu percebi claramente uma energia diferente assim que Bernadette pediu demissão. Eu aparecia com meus alunos e ela só falava do White Castle, de como ele era feio, do quanto eles desperdiçavam. Era tudo verdade, mas aquilo não tinha nada a ver com arquitetura.

O White Castle finalmente foi concluído. A cereja no topo do bolo foi o equivalente a 1 milhão de dólares em palmeiras da Califórnia, que chegaram de helicóptero e foram plantadas ao longo da entrada compartilhada. Fox ficou furiosa porque sua entrada agora parecia com a de um hotel Ritz-Carlton. Ela reclamou, mas Mills-Murray enviou um documento que dizia muito claramente que a servidão de passagem pela propriedade dela era para "ingressão e egressão" e "decisões sobre paisagismo e manutenção".

DAVID WALKER: Vinte anos depois, sempre que ouço as palavras "servidão", "ingressão" ou "egressão", sinto meu estômago embrulhar. Bernadette não parava de reclamar daquilo. Eu comecei a usar um walkman para dessintonizá-la.

Mills-Murray decidiu inaugurar a nova casa torrando muito dinheiro numa festa pós-cerimônia do Oscar. Ele contratou o Prince para tocar no quintal. A escassez de lugares para estacionar sempre foi um problema na Mulholland Drive, de modo que Mills-Murray contratou manobristas. Um dia antes da festa, Fox entreouviu uma assistente de Mills-Murray conversando com o chefe dos manobristas. Eles estavam caminhando pela entrada compartilhada, tentando pensar como acomodariam uma centena de carros. Fox alertou diversos serviços de reboque para o fato de que dezenas de carros estariam estacionados ilegalmente na entrada de sua casa.

No meio da festa, quando os manobristas se embrenharam até o quintal para ver o Prince tocando "Let's Go Crazy", Fox chamou a frota de reboques, que já estava à espera. Em um piscar de olhos, vinte carros foram guinchados. Quando Mills-Murray veio confrontá-la, furioso, ela apresentou calmamente a escritura da propriedade, que dizia que a entrada compartilhada era para "ingressão e egressão", não para estacionar carros.

PAUL JELLINEK: Elgie e Bernadette estavam morando na Beeber Bifocal naquela época, com a ideia de se mudar para a Casa das Vinte Milhas e constituir uma família. Mas Elgie estava ficando cada vez mais perturbado com os efeitos daquela briga de vizinhos sobre Bernadette. Não havia a menor chance de ele se mudar para aquela casa. Eu disse para ele ter paciência, que as coisas talvez se acalmassem.

Numa manhã de abril de 1992, Fox recebeu uma ligação. "Você é Bernadette Fox?", perguntou a voz. "Você está sozinha?"

A pessoa que ligou disse que ela havia ganhado uma bolsa MacArthur na categoria "gênio", honraria que jamais havia sido concedida a um arquiteto. As bolsas, de 500 mil dólares, são ofere-

cidas a "indivíduos talentosos que demonstraram originalidade e dedicação extraordinárias em seus esforços criativos, além de uma acentuada capacidade de autossuficiência".

PAUL JELLINEK: Um amigo de Chicago ligado à MacArthur Foundation — e eu nem sei como, a coisa toda é tão misteriosa — me perguntou qual era a coisa mais vibrante acontecendo na arquitetura naquele momento. Eu lhe disse a verdade: a casa de Bernadette Fox. Eu não sabia que diabos ela era, exatamente — uma arquiteta, uma artista intuitiva, uma mulher que gostava de trabalhar com as mãos, uma vasculhadora de caçambas —, só sabia que você se sentia bem quando entrava numa de suas casas.

Era 1992, e já se falava de arquitetura sustentável, mas isso foi antes do LEED, do Conselho de Construção Ecológica, uma década antes da *Dwell*. Tudo bem, a arquitetura sustentável já está aí há décadas, mas a beleza não era uma de suas prioridades.

Meu amigo de Chicago foi até lá, levando um grande grupo com ele. Certamente eles esperavam encontrar um barraco horroroso feito de placas de automóveis e pneus. Mas, quando entraram na Casa das Vinte Milhas, eles começaram a rir, de tão maravilhosa que era. Uma caixa de vidro reluzente, com linhas limpas, nenhum centímetro de reboco ou tinta. Os pisos eram feitos de concreto; as paredes e o teto, de madeira; os balcões, de granilite, com caquinhos de vidro para dar uma cor translúcida. Mesmo com todos aqueles materiais quentes, o lado de dentro parecia mais leve que o de fora.

Naquele dia, Bernadette estava construindo a garagem, despejando concreto em algumas formas para fazer paredes pré-moldadas. Os caras da MacArthur tiraram o paletó, arregaçaram as mangas e foram ajudar. Ali eu soube que ela tinha ganhado a bolsa.

O recebimento desse prêmio permitiu que Fox desistisse de morar na Casa das Vinte Milhas e a colocasse à venda.

JUDY TOLL: Bernadette me disse que queria pôr a casa à venda e procurar por algum terreno que não tivesse uma entrada de garagem compartilhada. Ter Nigel Mills-Murray como vizinho de porta seria bom para o valor de sua propriedade. Tirei algumas fotos e disse a ela que ia dar uma pesquisada em outras casas nessa faixa de preço no mercado.

Quando cheguei no escritório, havia uma mensagem na secretária eletrônica. Era de um gerente de negócios com quem eu trabalhava com frequência, que tinha ouvido falar que a casa estava à venda. Eu disse a ele que nós ainda levaríamos alguns meses para listar a propriedade na corretora, mas ele era tarado por arquitetura e queria ser o dono da casa que tinha ganhado o "Prêmio de Genialidade".

Fomos comer no Spago para comemorar, eu, Bernadette e o querido do seu marido. Você precisava ver aqueles dois. Ele tinha tanto orgulho dela. Ela havia acabado de ganhar um prêmio e feito uma fortuna vendendo a casa. Que marido não estaria orgulhoso? Na hora da sobremesa, ele pegou uma caixinha e deu a Bernadette. Dentro dela havia um pingente de prata que, quando se abria, revelava uma fotografia amarelada de uma garota severa e perturbada.

"Esta é santa Bernadete", disse Elgie. "Nossa Senhora de Lourdes. Ela teve visões, dezoito ao todo. A primeira visão que você teve foi a Beeber Bifocal. A segunda foi a Casa das Vinte Milhas. Isto aqui é pelas próximas dezesseis."

Bernadette começou a chorar. Eu comecei a chorar. Ele começou a chorar. Estávamos debruçados sobre uma poça quando o garçom trouxe a conta.

Foi naquele almoço que eles decidiram ir à Europa. Eles

queriam conhecer Lourdes, o lar de santa Bernadete. Era tão bonitinho. Eles tinham o mundo inteiro pela frente.

    Bernadette ainda precisava fotografar a casa para incluir no seu portfólio. Se esperasse mais um mês, o jardim teria florescido. Então, ela resolveu tirar as fotos quando voltassem. Liguei para o comprador e perguntei se isso seria aceitável. Ele disse que "sim, é claro".

    PAUL JELLINEK: Todo mundo pensa que eu era muito íntimo de Bernadette, mas na verdade nós não conversamos muitas vezes. Era o começo do semestre e eu tinha uma turma nova. Queria mostrar a Casa das Vinte Milhas a eles. Eu sabia que Bernadette estava na Europa. Mesmo assim, fiz o que eu sempre fazia: deixei uma mensagem dizendo que passaria na Casa das Vinte Milhas com a minha turma. Eu tinha uma chave.

    Entrei na Mulholland e vi que o portão de Bernadette estava aberto — a primeira coisa estranha. Dirigi até lá e saí do carro. Levei um segundo para entender o que eu via: uma escavadeira estava demolindo a casa. Na verdade, eram três escavadeiras atravessando paredes, quebrando vidros, triturando vigas e simplesmente destruindo e amassando os móveis, luzes, janelas, armários. Era uma barulheira fodida, o que só deixava tudo ainda mais incompreensível.

    Eu não tinha a menor ideia do que estava acontecendo. Eu nem sequer sabia que ela havia vendido a casa. Fui até uma das escavadeiras e literalmente arranquei o cara de dentro gritando "Que porra é essa que você está fazendo?". Mas ele não falava inglês.

    Não existiam celulares naquela época. Pedi aos meus alunos que fizessem uma corrente na frente das escavadeiras e dirigi o mais rápido que pude até a Hollywood Boulevard, em busca do orelhão mais próximo. Eu liguei para Bernadette e quem atendeu foi sua secretária eletrônica. "Que porra é essa que você está fazendo?", eu gritei. "Não acredito que você não me disse nada. Você não pode simplesmente ir para a Europa e destruir a sua casa!"

Jellinek não estava no escritório duas semanas depois, quando Fox deixou a seguinte mensagem, que ele guarda até hoje e tocou para que eu ouvisse. "Paul", diz uma mulher. "O que está acontecendo? Do que você está falando? Nós voltamos. Me liga." Fox, então, ligou para sua corretora.

JUDY TOLL: Ela perguntou se havia alguma coisa errada com a casa. Eu disse a ela que não sabia se Nigel tinha feito algo. Ela perguntou "Quem?". Eu disse "Nigel". Novamente, ela perguntou "Quem?!", dessa vez, berrando. Eu disse: "O cavalheiro que comprou sua casa. Seu vizinho, Nigel, daquele programa de TV no qual eles jogam coisas caras de cima de uma escada e, o que você conseguir pegar, fica pra você. Ele é inglês".

"Pera lá um pouquinho", disse Bernadette. "Foi um amigo seu chamado *John Sayre* quem comprou a minha casa."

Foi aí que eu me dei conta, claro, ela não sabia! Enquanto ela estava na Europa, o gerente de negócios me pediu para transferir a casa para Nigel Mills-Murray. Eu não fazia ideia, mas na verdade o gerente de negócios estava comprando aquela casa em nome do seu cliente, Nigel Mills-Murray. Isso acontece o tempo todo, celebridades compram casas em nome dos seus gerentes de negócios e depois transferem a escritura. Por uma questão de privacidade, você sabe.

"Nigel Mills-Murray era o comprador desde o começo", eu disse a Bernadette.

Fez-se um silêncio, e então ela desligou o telefone.

A Casa das Vinte Milhas, que levou três anos para ser concluída, foi demolida em apenas um dia. As únicas fotos que existem são aquelas tiradas pela corretora Judy Toll na sua câmera automática. As únicas plantas são aquelas mesmas incompletas e cômicas que Fox enviou ao departamento de obras.

PAUL JELLINEK: Eu sei que ela é considerada a grande vítima em toda essa história, mas a destruição da Casa das Vinte Milhas é de responsabilidade exclusiva de Bernadette.

Houve uma comoção generalizada no mundo da arquitetura à medida que ia circulando a notícia de que a casa havia sido demolida.

PAUL JELLINEK: Bernadette desapareceu. Eu consegui que uma porrada de arquitetos assinassem uma carta que foi publicada nos jornais. Nicolai Ouroussoff escreveu um belo editorial. A Secretaria de Patrimônio Histórico passou a levar mais a sério a preservação da arquitetura moderna. Pelo menos isso foi uma coisa boa que surgiu daí.

Tentei ligar para ela, mas Bernadette e Elgie venderam a Beeber Bifocal e deixaram a cidade. Não dá pra acreditar. Simplesmente não dá pra acreditar. Eu me sinto mal só de pensar. Eu ainda passo de carro ali na frente. Não tem mais nada lá.

Bernadette Fox nunca construiu outra casa. Ela se mudou para Seattle com seu marido, que conseguiu um emprego na Microsoft. Quando o Instituto Americano de Arquitetos fez de Fox um de seus membros, ela não compareceu à cerimônia.

PAUL JELLINEK: Eu fico numa posição esquisita no que diz

respeito a Bernadette. Todo mundo olha pra mim porque eu estava lá e nunca deixei que ela me alienasse. Mas ela construiu apenas duas casas, ambas para si mesma. Eram excelentes construções, não é disso que eu estou falando. O que estou falando é que uma coisa é você construir uma casa sem cliente, sem orçamento e sem restrições de tempo. Mas e se ela tivesse de projetar um prédio de escritórios ou uma casa para outra pessoa? Eu não acho que ela teria temperamento para isso. Ela não se dá bem com a maioria das pessoas. Que tipo de arquiteta ela seria?

Só podemos canonizá-la porque ela produziu tão pouco. Santa Bernadette! Ela era uma mulher jovem em um mundo masculino! Fazia projetos sustentáveis antes desse conceito existir! Projetava móveis com maestria! Era uma escultora! Deu um puxão de orelhas no Getty porque eles estavam desperdiçando! Fundou o movimento "Faça você mesmo"! Podem dizer o que quiserem, mas como provar o contrário?

Sair de cena quando ela saiu foi, provavelmente, a melhor coisa que ela poderia ter feito por sua reputação. As pessoas dizem que quando Nigel Mills-Murray destruiu a Casa das Vinte Milhas, Bernadette ficou louca. Eu digo, Ahã, ficou louca. Louco sou eu.

Uma busca na internet não revela nenhuma pista sobre o que Bernadette possa estar fazendo atualmente. Cinco anos atrás, apareceu um item de leilão num panfleto de uma escola particular em Seattle chamada Galer Street. Dizia: "CASA NA ÁRVORE SOB MEDIDA: Bernadette Fox, mãe de uma aluna do terceiro ano, projetará, fornecerá todos os materiais e construirá uma casa na árvore para o seu filho". Entrei em contato com a diretora da escola para falar sobre esse item. Ela respondeu meu e-mail dizendo: "De acordo com os nossos registros, esse item não recebeu nenhuma oferta e, portanto, não foi vendido".

SEGUNDA-FEIRA, 13 DE DEZEMBRO
De mamãe para Paul Jellinek

Paul,
   Saudações da ensolarada Seattle, onde mulheres são "moçoilas", pessoas são "povo", um pouquinho é "um cadinho", se você está cansado você está "chumbado", se uma coisa é ligeiramente malfeita, ela é "tosca", você não pode sentar de perna de índio, mas pode sentar "de pernas cruzadas", quando o sol aparece ele nunca é chamado de "sol", sempre de "luz do sol", namorados e namoradas são chamados de "parceiros", ninguém xinga, mas às vezes alguém "deixa escapar um palavrão", você pode tossir, mas só se cobrir a boca com o cotovelo, e qualquer pedido, seja razoável ou não, sempre tem como resposta um "pode deixar".
   Já mencionei o quanto eu odeio isto aqui?
   Mas trata-se da capital mundial da tecnologia, e nós temos uma coisa chamada "a internet" que nos permite fazer algo chamado "uma busca no Google", de modo que, se topamos com uma pessoa aleatória do lado de fora da biblioteca pública e ela começa a falar sobre uma competição de arquitetura em L.A. inspirada em, digamos, *nós mesmos*, podemos usar essa informação para realizar algo anteriormente mencionado como "busca no Google" para saber mais.
   Paul, seu pilantra. Essa releitura da Casa das Vinte Milhas só pode ser coisa sua. Por que você me ama tanto? Eu não entendi o que você viu em mim, seu troglodita.
   Imagino que eu devesse estar me sentindo honrada ou furiosa, mas na verdade a melhor palavra para isso seria *perplexa*. (Acabo de olhar essa palavra no dicionário, e sabe o que é engraçado? A primeira definição é "indeciso". A segunda definição é "espantado". Não é de estranhar que eu nunca saiba como usá-la! Nesse caso, estou usando o seu segundo significado.)

Paul Jellinek. Como é que você está? Você está zangado comigo? Sentindo saudades porque a vida simplesmente não é a mesma coisa sem mim? Perplexo, seja no primeiro ou no segundo sentido da palavra?

Acho que estou te devendo um telefonema de resposta.

Você deve estar se perguntando o que eu andei fazendo nos últimos vinte anos. Pois bem, eu estive trabalhando na resolução do conflito entre os espaços público e privado em unidades de habitação familiares.

Estou brincando! Eu estive comprando um monte de porcaria na internet!

A essa altura do campeonato você já percebeu que nos mudamos para Seattle. Elgie foi contratado pela Microsoft. MS, como eles dizem por lá. Nunca vi uma empresa tão contente com a própria sigla quanto a Microsoft.

Minha intenção nunca foi envelhecer nesse canto sombrio dos Estados Unidos. Eu só queria, num ímpeto de fúria, sair de L.A., lamber as feridas consideráveis do meu ego e então, quando eu achasse que todo mundo já tinha sentido pena de mim por tempo suficiente, desfraldar minha capa e voltar com tudo para o meu segundo ato, só para mostrar para esses filhos da puta a maldita deusa da arquitetura que eu realmente sou.

Mas aí: o Elgie acabou adorando isso aqui. Quem poderia imaginar que o nosso Elgin tinha um alter ego esperando para despertar, que anda de bicicleta, dirige um Subaru e compra sapatos da Keen? E como esse alter ego despertou, na Microsoft, que é essa utopia maravilhosa para pessoas com Q.I. de gênio! Espera, eu disse que a Microsoft é maravilhosa e utópica? Eu quis dizer sinistra e perversa.

Eles têm salas de reunião por toda parte, mais salas de reunião do que escritórios, que são todos minúsculos. A primeira vez que eu vi o escritório de Elgie, fiquei sem ar. Era pouca coisa maior do que sua mesa. Agora ele é um dos caras mais importantes de lá, mas seu escritório ainda é minúsculo. Quase não cabe um sofá grande o suficiente para que você possa tirar um cochilo, e aí eu me pergunto: que tipo de escritório é esse? Outra coisa estranha: ninguém tem secretária. Elgie é o chefe de uma equipe de 250 pessoas, e todos eles compartilham a mesma secretária. Ou, como elas são chamadas lá, assistentes administrativas, com foco no "ad". Em L.A., alguém que tivesse a metade da importância do Elgie teria duas secretárias, e cada secretária também teria as *suas* secretárias, até que cada filho ou filha de qualquer um que morasse a oeste da rodovia 405 estivesse na folha de pagamento. Mas não na Microsoft. Eles fazem tudo sozinhos usando portais com códigos especiais.

O.k., o.k., calma, vou lhe falar mais sobre as salas de reunião. Há mapas em todas as paredes, o que é perfeitamente normal, empresas colocam mapas em suas paredes mostrando seus territórios e suas rotas de distribuição, não é mesmo? Pois bem, nas paredes da Microsoft há mapas do mundo, e caso alguém ainda esteja em dúvida sobre o alcance da empresa, abaixo desses mapas está escrito: O MUNDO. No dia em que percebi que o objetivo deles era a DOMINAÇÃO MUNDIAL eu estava em Redmond, almoçando com Elgie.

"Qual é a missão da Microsoft, afinal?", perguntei, enquanto devorava um pedaço do bolo de aniversário da varejista Costco. Eles estavam fazendo uma promoção na MS, dando descontos às pessoas que se inscreviam no programa de membros e distribuindo fatias de bolo como chamariz na sede da empresa; era o Dia Costco. Não é de estranhar que eu me confunda e às vezes ache que esse lugar é mesmo uma maravilhosa utopia.

"Por muito tempo", Elgie respondeu, sem comer bolo porque ele é muito disciplinado, "nossa missão foi colocar um computador pessoal em todas as casas do mundo. Mas podemos dizer que já cumprimos essa missão há alguns anos."

"Então qual é a missão de vocês agora?", perguntei.

"É..." Ele me olhou cautelosamente. "Bem", ele disse, olhando em volta. "Não costumamos falar sobre isso."

Viu? Uma conversa com alguém da Microsoft sempre termina de duas maneiras. Essa é a primeira delas — paranoia e desconfiança. Eles têm medo até da própria esposa! Isso porque, como eles gostam de dizer, a Microsoft é uma empresa baseada em informação, que é o tipo de coisa que pode simplesmente sair porta afora.

Eis a segunda maneira que uma conversa com um funcionário da MS termina (MS — meu Deus, eu também estou falando assim!). Digamos que eu esteja nos brinquedos da pracinha com a minha filha. Estou distraída, empurrando-a no balanço, e no balanço ao lado está um pai desses que gostam de atividades ao ar livre — até porque aqui todos os pais têm o mesmo estilo, que é gostar de atividades ao ar livre. Ele vê a bolsa de fraldas que estou carregando, que nem sequer é uma bolsa de fraldas, mas sim um dos intermináveis "brindes promocionais" com o logo da Microsoft que Elgie traz para casa.

PAPAI QUE CURTE O AR LIVRE: Você trabalha na Microsoft?

EU: Ah, não, é o meu marido quem trabalha lá. (Já prevendo sua próxima pergunta.) No setor de robótica.

PAPAI QUE CURTE O AR LIVRE: Eu também trabalho na Microsoft.

EU: (Fingindo interesse, já que, na verdade, estou pouco me fodendo, mas puxa, como esse cara fala.) Ah, é? O que você faz?

PAPAI QUE CURTE O AR LIVRE: Eu trabalho no Messenger.

EU: O que é isso?

PAPAI QUE CURTE O AR LIVRE: Sabe o Windows Live?

EU: Hummm...

PAPAI QUE CURTE O AR LIVRE: Sabe a capa do site da MSN?

EU: Mais ou menos...

PAPAI QUE CURTE O AR LIVRE: (Perdendo a paciência.) Quando você liga seu computador, o que aparece?

EU: O site do *New York Times*.

PAPAI QUE CURTE O AR LIVRE: Bem, é que tem uma página inicial do Windows que deveria aparecer.

EU: Você está falando daquela coisa que vem instalada quando você compra um PC? Perdão, eu tenho um Mac.

PAPAI QUE CURTE O AR LIVRE: (Começa a ficar na defensiva, porque todo mundo é louco pra ter um iPhone, mas existem rumores de que se Balmer vir você com um, você será demitido. Muito embora isso ainda não tenha se provado verdadeiro, também *nunca se provou falso*.) Estou falando do Windows Live. É a home page mais visitada do mundo.

EU: Acredito em você.

PAPAI QUE CURTE O AR LIVRE: Que mecanismo de busca você usa?

EU: Google.

PAPAI QUE CURTE O AR LIVRE: O Bing é melhor.

EU: Ninguém disse o contrário.

PAPAI QUE CURTE O AR LIVRE: Se alguma vez na sua vida você acessou o Hotmail, Windows Live, Bing ou MSN, você deve ter visto uma aba no topo da página que diz "Messenger". É nisso que eu trabalho.

EU: Legal. O que você faz no Messenger?

PAPAI QUE CURTE O AR LIVRE: Minha equipe está trabalhando numa interface para o usuário baseada em C Sharp e HTML5...

E a partir daí meio que não dá mais pra entender, porque sempre existe um ponto em toda conversa desse tipo que simplesmente não tem como simplificar, por mais inteligente que você seja.

Aparentemente, durante todo o tempo que passou em L.A., Elgie era apenas um cara de meias procurando por um corredor acarpetado e iluminado por luzes fluorescentes onde ele pudesse perambular a noite inteira. Na Microsoft, ele encontrou seu habitat ideal. Era como quando ele estava no MIT virando madrugadas, arremessando lápis contra o forro e jogando o Space Invaders clássico com programadores de sotaque estrangeiro. Quando a Microsoft construiu seu mais novo prédio, eles puseram a equipe de Elgie lá. No saguão desse prédio há uma lanchonete com um cartaz que diz AQUI SERVIMOS O MELHOR EMBUTIDO DE CABEÇA DE JAVALI. No momento em que eu li aquilo, soube que nunca mais o veria novamente.

Então aqui estamos, em Seattle.

Pra começar, quem projetou esta cidade nunca encontrou um cruzamento de quatro ruas que não pudesse transformar em um de cinco. Nunca encontrou uma rua de mão dupla que não pudesse transformar, do nada e sem nenhum motivo, em uma rua de mão única. Nunca encontrou uma belíssima vista que não pudesse ser bloqueada por um asilo de vinte andares sem nenhuma integridade arquitetônica. Espera, acho que essa foi a primeira vez que a expressão "integridade arquitetônica" foi usada numa fala sobre Seattle.

Os motoristas daqui são horríveis. E quando digo horríveis, quero dizer que eles parecem nunca se dar conta de que eu preciso chegar em algum lugar. São os motoristas mais lentos que eu já vi. Se eles estão num cruzamento de cinco ruas, envelhecendo enquanto esperam que o semáforo fique verde, e finalmente, finalmente é hora de andar, você sabe o que eles fazem? Eles arrancam, e então pisam no freio bem no meio do cruzamento. Você fica torcendo para que eles tenham deixado metade de um sanduíche cair embaixo do banco e estejam procurando por ele, mas não. Eles só estão diminuindo a velocidade porque, ei, *ainda* é um cruzamento.

Às vezes esses carros têm placas do Idaho. E eu fico pensando, mas que diabos um carro do Idaho está fazendo aqui? Daí eu me lembro, É claro, nós *fazemos fronteira* com Idaho. Mudei-me para um estado que faz fronteira com o Idaho. E qualquer resto de vida que ainda pudesse haver em mim meio que "puf". Desaparece.

Minha filha fez um projeto artístico chamado "livro de escala", que começou com o universo, abriu-se para revelar o sistema solar, depois a Terra, depois os Estados Unidos, depois o estado de Washington, depois Seattle — e eu fiquei pensando, sinceramente, "Mas o que o estado de Washington tem a ver com isso?". E eu lembrei, claro, nós *vivemos* aqui. Puf.

Seattle. Eu nunca tinha visto uma cidade tão infestada de marginais, viciados e mendigos. Pike Market Place: eles estão por toda parte. Pioneer Square: repleta deles. Na sede da Nordstrom: é preciso passar por cima deles para entrar. No primeiro Starbucks: um deles tomou conta do balcão do leite e começou a jogar a canela que era distribuída de graça em sua própria cabeça. Ah, e todos têm pit bulls, e vários deles levam pendurados cartazes escritos à mão com dizeres espirituosos como APOSTO UM DÓLAR QUE VOCÊ VAI LER ESTE CARTAZ. E por que é que todo pedinte tem que ter um pit bull? Ah, você não sabe? É que eles são *fodões*, e você não deve se esquecer disso.

Um dia eu estava no centro de manhã bem cedo e percebi que as ruas estavam cheias de gente puxando malas com rodinhas. E eu pensei, Uau, esta é uma cidade cheia de gente empreendedora. Mas aí eu me dei conta de que não, de que todas aquelas pessoas eram mendigos sem teto que haviam passado a noite em algum lugar e agora estavam juntando suas coisas antes de serem expulsos. Seattle é a única cidade no mundo em que você pisa na merda e fica rezando, Deus, por favor, que seja de cachorro.

Sempre que você expressar consternação com o fato de que a cidade americana com mais milionários per capita se permite ser assolada por mendigos, você ouvirá a mesma resposta: "Seattle é uma cidade compassiva".

Um cara chamado O Homem da Tuba, uma amada instituição local que tocava seu instrumento nos jogos dos Mariners, foi brutalmente assassinado por uma gangue de rua perto do Seattle Center. A reação? Não foi *reprimir as gangues* nem nada do tipo. Não seria compassivo. Em vez disso, eles redobraram seus esforços para "chegar à raiz da violência provocada pelas gangues". As pessoas daquele bairro organizaram uma "Corrida pela Raiz" para arrecadar dinheiro para essa campanha imbecil. É claro que a "Corrida pela Raiz" foi um triátlon, porque Deus nos livre de pedir a um desses atléticos benfeitores que pratique apenas *um* esporte por domingo.

Até o prefeito embarcou nessa. Uma loja de quadrinhos no meu bairro demonstrou muita coragem ao colocar um cartaz na janela dizendo que não seria permitida a entrada de ninguém com as calças abaixo da linha das nádegas. E o prefeito disse que queria chegar *à raiz* das razões pelas quais os adolescentes usam suas calças tão baixas. A porra do prefeito.

Nem vou começar a falar dos canadenses. É um capítulo à parte.

Lembra quando os policiais federais invadiram aquele culto poligâmico mórmon no Texas uns anos atrás? Lembra que as dezenas de esposas desfilaram na frente das câmeras? E que todas tinham aquele mesmo cabelo comprido cor de rato com mechas grisalhas, sem nenhum tipo de corte, sem maquiagem, com a pele acinzentada, pelos faciais dignos de uma Frida Kahlo e roupas nada favorecedoras? E que quando cortou de volta pra plateia da *Oprah*, todo mundo estava chocado e horrorizado? Pois bem, eles nunca estiveram em Seattle.

Só há dois cortes de cabelo aqui: cabelo grisalho curto e cabelo grisalho comprido. Se você entra num salão e pede que pintem seu cabelo, eles agitam os braços e cacarejam de alegria: "Oh, que maravilha, a gente nunca faz isso!".

Mas o que realmente aconteceu foi que eu vim para cá e tive quatro abortos espontâneos. Por mais que eu tenha tentado, é difícil jogar essa culpa no Nigel Mills-Murray.

Ah, Paul. Aquele último ano em L.A. foi tão horrível. Estou muito envergonhada pelo meu comportamento. Trago comigo até hoje o asco que sinto por ter me tornado tão desprezível, e tudo por causa de uma casa idiota. Nunca parei de pensar nisso. Mas antes de me autoimolar completamente, eu penso em Nigel Mills-Murray. Será que eu era realmente tão perversa que merecia ter *três anos da minha vida* destruídos pelos caprichos daquele riquinho? Tudo bem, eu mandei rebocar alguns carros. Eu fiz um portão com maçanetas que estavam no lixo. Mas eu ganhei uma bolsa MacArthur, puta que pariu. Por que não me dão um tempo? Quando eu assisto TV e leio o nome de Nigel Mills-Murray nos créditos, fico louca. Ele consegue continuar produzindo, e eu ainda estou arrasada?

Vamos fazer uma lista de tudo que há na minha caixa de brinquedos: vergonha, raiva, inveja, infantilidade, autocensura, pena de mim mesma.

O AIA me concedeu uma bela honraria anos atrás, tem esse lance do 20 x 20 x 20, um repórter da *Artforum* tentou me entrevistar para um artigo. Essas coisas só deixam tudo pior, sabe?

São prêmios de consolação, porque todo mundo sabe que eu sou uma artista que nunca foi capaz de superar o fracasso.

Noite passada eu levantei para fazer xixi. Estava meio dormindo, sem ter muita consciência de quem eu era, deu branco, mas aí as informações começaram a carregar — *Bernadette Fox* — *Casa das Vinte Milhas destruída* — *Eu mereci* — *Sou um fracasso*. O fracasso cravou seus dentes em mim e não quer parar de sacudir.

Pergunte-me hoje sobre a Casa das Vinte Milhas e eu serei um turbilhão de indiferença. *Aquela velharia? Quem liga?* É a minha máscara, e vou seguir me escondendo atrás dela.

Quando os abortos começaram, Elgie estava ao meu lado.

"É tudo culpa minha", eu disse.

"Não, Bernadette", ele disse. "Não é culpa sua."

"Eu mereço isso", eu disse.

"Ninguém merece uma coisa dessas."

"Não consigo fazer nada que eu não destrua", eu disse.

"Por favor, Bernadette, isso não é verdade."

"Eu sou um monstro", eu disse. "Como é que você consegue me amar?"

"Eu vou te amar para sempre."

O que Elgie não sabia é que eu estava usando suas palavras para me recuperar de uma dor ainda mais profunda do que a dos abortos, uma dor que eu não conseguia admitir: a dor que eu sentia pela Casa das Vinte Milhas. Elgie não sabe disso até hoje. O que aumenta ainda mais minha vergonha turbulenta e sem fim por haver ficado tão demente e desonesta, uma estranha para os homens mais brilhantes e honrados que eu já conheci.

A única coisa pela qual dá pra culpar o Elgie é que ele faz a vida parecer simples demais: faça o que você ama. No caso dele, isso quer dizer trabalhar, passar tempo com a família e ler biografias de presidentes.

Sim, eu arrastei minha carcaça imprestável até um analista. Eu fui num cara aqui, o melhor de Seattle. Levei cerca de três sessões para mastigar o pobre-diabo inteirinho e depois cuspi-lo fora. Ele se sentiu terrivelmente mal por ter fracassado comigo. "Desculpe", ele disse, "mas os psiquiatras daqui não são muito bons."

Comprei uma casa quando chegamos aqui. Era um reformatório maluco para meninas que tinha todo tipo de restrição possível. Para fazer qualquer coisa ali você precisaria de alguém com uma ingenuidade digna de um espetáculo de Harry Houdini. Isso, é claro, me atraía. Eu realmente pretendia me recuperar do golpe da Casa das Vinte Milhas construindo uma casa para mim, Elgie e o bebê que estava sempre na minha barriga. Mas aí eu ia ao banheiro, me sentava e olhava para baixo, a parte superior do meu corpo na forma de um C maiúsculo, e lá estava ele, o sangue nas minhas calcinhas, e eu chorava tudo de novo para Elgie.

Quando eu finalmente segurei a gravidez, o coração da nossa filha não se desenvolveu completamente, de modo que precisou ser reconstituído numa série de operações. Suas chances de sobrevivência eram mínimas, especialmente na época. No momento em que nasceu, aquele meu peixinho azul foi levado, contorcendo-se, direto para a mesa de cirurgia, sem que eu pudesse sequer tocá-lo.

Cinco horas depois a enfermeira veio me dar a injeção que secaria o meu leite. A cirurgia não tinha dado certo. Nosso bebê não seria forte o suficiente para aguentar uma segunda operação.

Eis uma representação do inconsolável: eu, sentada no meu carro, no estacionamento do hospital infantil, com todas as janelas fechadas, usando meu camisolão do hospital, trinta centímetros de almofadas entre as minhas pernas, a parca de Elgie sobre os meus ombros. Elgie lá fora, parado, no escuro, ao lado do carro, tentando me enxergar através das janelas embaçadas. Eu era pura tortura e adrenalina. Não tinha pensamentos ou emoções. Havia algo tão horrível dentro de mim que Deus sabia que ele tinha de manter meu bebê vivo, ou essa minha torrente seria desencadeada contra o universo.

Às dez da manhã, uma batida no para-brisa. "Podemos vê-la agora", disse Elgie. Foi aí que eu conheci Bee. Ela dormia tranquilamente na incubadora, um pãozinho azul com uma touquinha amarela, os lençóis perfeitamente esticados sobre o peito. Havia fios e tubos saindo de todas as partes do seu corpo. Ao seu lado havia uma prateleira com treze monitores. Ela estava conectada a cada um deles. "Sua filha", disse a enfermeira. "Ela já passou por muita coisa."

Foi aí que eu entendi que Bee era *diferente*, e que ela havia sido confiada a mim. Sabe esses pôsteres de Krishna bebê, "Balakrishna", como ele é conhecido, a encarnação de Vishnu, o criador e destruidor, e ele está sempre gordo, feliz e *azul*? Era isso que ela era, a criadora e a destruidora. Aquilo era tão óbvio.

"Ela não vai morrer", eu disse para as enfermeiras, como se elas fossem as pessoas mais imbecis do mundo. "Ela é Balakrishna." O nome foi colocado em sua certidão de nascimento. O único motivo pelo qual Elgie me deixou fazer isso foi porque ele sabia que tínhamos um encontro com um especialista em luto dentro de uma hora.

Eu pedi para ser deixada a sós com a minha filha. Uma vez, Elgie me deu um pingente de santa Bernadete, que teve dezoito visões. Ele disse que a Beeber Bifocal e a Casa das Vinte Milhas tinham sido minhas duas primeiras visões. Eu caí de joelhos na frente da incubadora de Bee e peguei meu pingente. "Nunca mais vou construir nada", eu disse a Deus. "Eu renuncio às minhas outras dezesseis visões se você deixar meu bebê viver." Funcionou.

Ninguém em Seattle gosta de mim. No dia em que eu cheguei aqui, fui até a Macy's para comprar um colchão. Perguntei se alguém poderia me ajudar. "Você não é daqui, é?", disse a moça. "Dá pra sentir pela sua energia." De que energia ela estava falando? De pedir ajuda a uma vendedora na seção de colchões?

Nem te conto quantas vezes estive no meio de uma conversa superficial em que alguém falou "Diga-nos o que você *realmente* pensa". Ou "Talvez você devesse mudar para o descafeinado". Pra mim, a culpa é da proximidade com o Canadá. Mas vamos parar por aí; caso contrário, vou ter de entrar no tópico dos canadenses, e eu realmente não tenho tempo para isso.

Ainda assim, eu fiz uma amiga recentemente, uma mulher chamada Manjula, que, lá da Índia, cuida de todas as minhas coisas. É só uma amiga virtual, mas já é um começo.

O lema desta cidade deveriam ser as palavras imortais pronunciadas por aquele marechal de campo francês durante o cerco a Sebastopol, *"J'y suis, j'y reste"* — "Aqui estou, aqui ficarei". As pessoas nascem aqui, crescem aqui, vão para a Universidade de Washington, trabalham aqui, morrem aqui. Ninguém tem a menor vontade de ir embora. Se você pergunta "Então, do que mesmo você gosta tanto em Seattle?", eles respondem: "Nós temos tudo aqui. As montanhas e a água". Essa é a explicação que eles te dão, montanhas e água.

Por mais que eu tente não abordar as pessoas na fila do caixa do mercado, eu não consegui resistir um dia desses quando escutei alguém se referindo a Seattle como "cosmopolita". Me enchi de coragem e perguntei: "Mesmo?". Ela disse, "Claro, em Seattle há pessoas de todos os lugares". "Tipo de onde?" Sua resposta: "Alasca. Eu tenho um monte de amigos do Alasca". Mas que beleza!

Vamos fazer uma brincadeira. Eu digo uma palavra e você diz a primeira coisa que vem à sua cabeça. Pronto?

EU: Seattle.
VOCÊ: Chuva.

O que você ouviu sobre a chuva: é tudo verdade. Você imagina que ela já deveria ter sido totalmente incorporada à rotina, especialmente entre os nativos. Mas *toda vez que chove* e você precisa interagir com alguém, isso é o que eles dizem: "Dá pra acreditar nesse tempinho?". E você quer dizer: "Sim, dá pra acreditar nesse tempinho. Só não dá pra acreditar que eu estou realmente tendo uma conversa sobre esse tempinho". Mas eu não digo isso, sabe, porque isso acabaria provocando uma briga, algo que eu procuro evitar ao máximo, obtendo resultados variados.
 Entrar numa briga com alguém acelera o meu coração. *Não* entrar numa briga com alguém também acelera o meu coração. Até dormir acelera o meu coração. Estou deitada na minha cama quando as palpitações começam, como se um invasor estrangeiro estivesse se aproximando. É uma massa escura e horrível, como o monolito em 2001 — *Uma odisseia no espaço*, auto-organizado mas completamente incompreensível, e ela entra no meu corpo e produz adrenalina. Como um buraco negro, ela atrai qualquer pensamento benigno que estiver passando pelo meu cérebro e acrescenta um pânico visceral a ele. Por exemplo, durante o dia, pode ser que tenha me passado pela cabeça que, Ei, eu deveria ter colocado mais frutas na lancheira de Bee. Naquela noite, com a chegada das palpitações, isso se transformaria em TENHO QUE COLOCAR MAIS FRUTAS NA LANCHEIRA DE BEE!!! Posso sentir a irracionalidade e a ansiedade sugando toda a minha energia como um carrinho movido à pilha encurralado no canto de uma parede. Eu precisava daquela energia para enfren-

tar o dia seguinte. Mas eu só ficava deitada na cama e via a tal energia se queimar e, junto com ela, qualquer esperança de ter um amanhã produtivo. A louça ia ficando pra lá, o mercado ia ficando pra lá, o exercício ia ficando pra lá, colocar o lixo na rua ia ficando pra lá. Um mínimo de gentileza humana ia ficando pra lá. Eu acordava tão suada que costumava deixar uma jarra d'água do lado da cama para não morrer desidratada.

Ah, Paul, você se lembra daquele lugar no fim da rua da Casa das Vinte Milhas, no LaBrea, que tinha aquele sorvete de água de rosas, e eles nos deixavam fazer reuniões lá e usar o telefone deles? Eu adoraria que você conhecesse a Bee.

Eu sei o que você deve estar pensando: quando é que ela tem tempo de tomar banho? Eu não tomo! Posso passar dias sem tomar. Eu sou um desastre, não sei o que tem de errado comigo. Entrei numa briga com uma vizinha — sim! de novo! — e, dessa vez, em retaliação, mandei instalar uma placa e acabei destruindo sua casa sem querer. Dá pra acreditar numa merda dessas?

Esta fábula angustiante começa no jardim de infância. A escola que Bee frequenta tem uma política agressiva em relação ao envolvimento dos pais. Estão sempre querendo que participemos de comitês. Eu nunca participo, é claro. Uma das mães, Audrey Griffin, me abordou no saguão um dia.

"Estou vendo que você não se inscreveu em nenhum comitê", ela disse, toda sorrisos e punhais.

"Não sou muito chegada em comitês", eu disse.

"E quanto ao seu marido?", ela perguntou.

"Ele é ainda menos chegado do que eu."

"Então nenhum de vocês acredita na comunidade?", ela perguntou.

A essa altura, um bando de mães já nos circundava, saboreando esse confronto com a mãe antissocial da garotinha doente, adiado havia muito tempo. "Eu não sei se não fazer parte da comunidade significa não *acreditar* na comunidade", eu respondi.

Algumas semanas depois, fui à sala de aula de Bee e lá havia uma coisa pendurada na parede que se chamava Quadro das Perguntas. No Quadro das Perguntas, as crianças escreviam coisas como "O que será que as crianças na Rússia comem no café da manhã?" ou "O que será que faz uma maçã ser vermelha ou verde?". Eu estava quase explodindo de tanta fofura quando me deparei com a seguinte pergunta: "Por que será que todos os pais são voluntários menos os de uma pessoa na sala?". Escrito por Kyle Griffin, o filho da pentelha.

Nunca gostei desse menino, o Kyle. No jardim de infância, Bee tinha uma tremenda de uma cicatriz que atravessava toda a extensão do seu peito. (Foi desaparecendo com o tempo, mas na época era uma coisa.) Um dia, Kyle viu a cicatriz de Bee e a chamou de "Lagarta". Não fiquei nada feliz quando Bee me contou, é claro, mas crianças são cruéis, e Bee nem tinha se aborrecido com aquilo. Deixei para lá. A diretora, que sabia que esse menino era uma maçã podre, usou Bee como desculpa para convocar uma reunião sobre bullying.

Um ano depois, ainda meio chateada com o Quadro das Perguntas, passei por cima do meu lado mau e me inscrevi para o meu primeiro trabalho voluntário, como motorista em uma visita que a escola faria à Microsoft. Eu estava encarregada de quatro crianças: Bee e outras três, incluindo esse menino, Kyle Griffin. Passamos perto de algumas máquinas de doces. (Na Microsoft há máquinas de doces por toda parte, programadas de uma maneira que não é preciso botar dinheiro nelas, basta apertar um botão e o doce será entregue.) O Jovem e Bondoso Griffin, que tem por natureza a destruição em pequena escala, bateu numa delas. A máquina cuspiu um chocolate. Daí ele começou a fazer aquela merda toda sair das máquinas, e todas as crianças se juntaram a ele, incluindo a Bee. Chocolates e refrigerantes despencavam no chão, as crianças gritavam e pulavam. Era uma cena fabulosa, um negócio meio *Laranja mecânica*. Foi aí que um outro grupo de crianças guiado pela própria diretora apareceu, bem no meio do alvoroço dos nossos minidrugues. "Quem de vocês começou?", ela perguntou.

"Ninguém começou", eu disse. "Foi minha culpa."

E o que é que o Kyle faz? Levanta sua mão e se entrega. "Fui eu." Sua mãe, Audrey, me odeia desde então, e ela já recrutou outras mães para fazerem o mesmo.

Por que eu não troquei Bee de escola? As outras escolas boas em que poderíamos matriculá-la... bem, para chegar até elas eu teria de passar na frente de um Buca di Beppo. Eu já odeio a minha vida o suficiente sem ter de passar na frente de um Buca di Beppo quatro vezes por dia.

Você já está entediado? Nossa, eu estou.

Resumindo: Uma vez, quando eu era criança, houve uma caça aos ovos no country club numa Páscoa, e eu encontrei um ovo de ouro, que me deu direito a um filhote de coelho. Meus pais não ficaram muito satisfeitos. Mas, mesmo de mau humor, eles compraram uma gaiola e nós levamos o coelho para o nosso apartamento na Park Avenue. Eu o batizei de Marujo. Naquele verão, fui para o acampamento de férias e meus pais partiram em direção a Long Island, deixando Marujo no apartamento com instruções para que a empregada o alimentasse. Voltamos no final de agosto e descobrimos que Gloria tinha fugido havia dois meses, levando a nossa prataria e as joias de mamãe. Corri até a gaiola para ver se Marujo tinha sobrevivido. Ele estava acuado no canto, tremendo, na mais miserável das condições. O coelho estava tão desnutrido que seu pelo estava terrivelmente longo, numa tentativa do organismo de compensar seu metabolismo lento e a baixa temperatura. Suas garras estavam enormes, e pior: seus dentes da frente haviam se curvado sobre o lábio inferior, de modo que ele quase não conseguia abrir a boca. Aparentemente, coelhos precisam estar sempre roendo coisas duras como cenouras, ou seus dentes irão crescer. Aterrorizada, abri a porta da gaiola para abraçar o Marujo, mas, num espasmo de fúria, ele começou a arranhar meu rosto e pescoço. Eu ainda tenho as cicatrizes. Sem ninguém para cuidar dele, o coelho acabou regredindo à selvageria.

Foi o que aconteceu comigo em Seattle. Venha até mim, mesmo que seja trazendo amor, e eu vou te estraçalhar de arranhões. Que destino sorumbático sobreveio a um gênio da MacArthur, não é mesmo? Puf.

Mas eu amo você mesmo assim,
Bernadette

TERÇA-FEIRA, 14 DE DEZEMBRO
de Paul Jellinek

Bernadette,

Já terminou? Sinceramente, você não pode acreditar nessa baboseira. Pessoas como você precisam criar. Se você não criar, Bernadette, vai se tornar uma ameaça para a sociedade.

Paul

PARTE TRÊS

Ameaça para a sociedade

TERÇA-FEIRA, 14 DE DEZEMBRO

Cartão de Natal da família Griffin

    A uma semana do Natal
    Por nossa casa passou
    Um rio de lama enorme
    E nossas coisas arruinou

    Mudamos para o Westin
    Mas não passamos aflição
    Quando vimos nossos quartos
    Não tinham nem comparação

    Warren veste um bom roupão,
    Eu, a touca, alegremente
    À tarde vamos à piscina
    E nadamos longamente

De noite deitamos juntinhos
Em nossa cama, o acalento
Sonhos com o serviço de quarto
Dançam em nosso pensamento

Então, o que quer que tenha ouvido
E que tenha te assustado
Os Griffin estão bem
Tenha um Natal bem animado!

De: Soo-Lin Lee-Segal
Para: Audrey Griffin

Audrey,

Eu quase tive um colapso nervoso tentando te encontrar desde que fiquei sabendo do deslizamento de lama. Mas acabo de receber seu incrível cartão de Natal. É por isso que você andava tão quieta! Você estava ocupada transformando limões em limonada!

Quem diria que o Westin seria tão luxuoso? Eles devem ter passado por uma reforma desde a última vez em que estive aí. Se algum dia você se cansar daí, faço questão de que se mude para a minha casa. Depois do divórcio, eu transformei o escritório do Barry em um quarto de visitas e coloquei uma cama embutida, na qual você e Warren podem dormir (embora fique meio apertado por causa da minha nova esteira). Kyle pode dividir o quarto com Lincoln e Alexandra. Mas já aviso: todos nós teremos de dividir o mesmo banheiro.

O Samantha 2 será lançado em dois meses, então é claro que Elgin Branch decidiu que esse é o melhor momento para viajar para a Antártida, o único lugar no planeta que não tem internet. Será minha responsabilidade garantir que as coisas aconteçam sem problemas enquanto ele está fora do mapa. Mesmo assim, preciso admitir que tem algo de excitante em permanecer completamente serena em meio a todas essas demandas imprevisíveis.

Você precisava vê-lo hoje de manhã. Ele passou uma descompostura numa dessas mulheres do marketing. Particularmente, não sou fã dessas moçoilas do marketing, que ficam peruando pelo mundo e se hospedando em hotéis cinco estrelas. Mesmo assim, chamei Elgin de canto pra conversar depois daquilo.

"Tenho certeza de que você andou bastante ocupado em casa este final de semana", eu disse. "Mas você precisa lembrar que todos nós estamos trabalhando pelo mesmo objetivo." Rapaz, aquilo o calou na hora. Um a zero pra nós, Audrey!

QUARTA-FEIRA, 15 DE DEZEMBRO

De: Audrey Griffin
Para: Soo-Lin Lee-Segal

Oh, Soo-Lin!
Preciso confessar que o Westin não tem nada a ver com aquilo que eu descrevi no meu poema natalino. Por onde começar? Toda noite as portas automáticas se fecham batendo com força, o encanamento faz uma barulheira sempre que alguém puxa a descarga e toda vez que alguém toma banho parece que tem uma chaleira apitando no meu ouvido. Famílias de turistas estrangeiros deixam para conversar quando chegam na frente da porta do meu quarto. O frigobar treme e zune tanto que parece que vai ganhar vida a qualquer momento. Caminhões de lixo chegam guinchando e coletam caçambas cheias de garrafas à uma da

manhã. Quando os bares fecham, as ruas ficam cheias de pessoas gritando umas com as outras num tom rouco e bêbado. Todas as conversas envolvem carros. "Entra no carro." "Não vou entrar nesse carro." "Cala essa boca, ou você não vai entrar no carro." "Ninguém me diz que eu não posso entrar no meu próprio carro."

Mas isso é cantiga de ninar comparando ao despertador. A arrumadeira deve passar o pano por cima dele quando limpa o quarto, porque ele desperta todo dia num horário diferente, bem no meio da madrugada. Acabamos tirando aquela porcaria da tomada.

Então, na noite passada, às 3h45, o *alarme de incêndio* começou a tocar. Ninguém conseguia encontrar o cara da manutenção. Quando estávamos começando a nos acostumar com aquele barulho enervante, o rádio relógio do *quarto ao lado* despertou! A todo o volume! Metade era estática, metade uma estação mexicana. Se algum dia você já se perguntou do que as paredes do Westin são feitas, eu tenho a resposta: lenços de papel. Como Warren dorme que nem uma pedra, ele não me servia de nada.

Resolvi me vestir e sair à caça de alguém, qualquer um que pudesse me ajudar. A porta do elevador se abriu. Você não acreditaria no bando de degenerados que saiu lá de dentro. Pareciam aqueles marginais horrorosos que se aglomeram ali perto do Westlake Center. Tinha uma meia dúzia deles, cheios de piercings indescritíveis, com os cabelos raspados em tufos medonhos e pintados de cores fluorescentes e cobertos de tatuagens desbotadas da cabeça aos pés. Um camarada tinha tatuado uma linha em volta do pescoço com as palavras CORTE AQUI. Uma moçoila estava vestindo uma jaqueta de couro que trazia nas costas, preso com alfinetes, um ursinho de pelúcia segurando a cordinha de um absorvente interno manchada de sangue. É o tipo de coisa que eu não poderia estar inventando.

Finalmente encontrei o gerente noturno e expressei minha

insatisfação com os elementos repugnantes que eles deixam entrar no seu estabelecimento.

O coitado do Kyle, que dorme em outro quarto, está sofrendo com todo esse estresse. Sempre com os olhos vermelhos porque passa as noites em claro. A gente devia ser sócio do fabricante do colírio!

E, ainda por cima, Gwen Goodyear está querendo arrastar a mim e ao Warren para mais uma reunião de cúpula sobre o Kyle. Considerando as circunstâncias, era de se esperar que ela nos desse uma trégua antes de colocar aquele velho disco arranhado para tocar. Eu sei que o Kyle não tem lá muita inclinação acadêmica, mas Gwen vem pegando no seu pé desde aquele incidente com a máquina de doces.

Ah, Soo-Lin, só de escrever essas linhas eu já me transportei para aqueles dias felizes em que colecionávamos fofocas sobre Bernadette. Tudo era tão mais simples.

De: Soo-Lin Lee-Segal
Para: Audrey Griffin

Quer ser levada de volta ao passado? Bem, Audrey, aperte o cinto de segurança. Acabo de ter uma conversa devastadora com Elgie Branch, e você vai ficar chocada quando souber o que ele me disse.

Eu tinha deixado Elgie numa sala de conferências às onze da manhã, para uma reunião com toda a diretoria. Eu estava correndo de um lado para o outro, aprovando solicitações de laptops, acelerando processos de troca de móveis, autorizando pedidos de compra de baterias. Até tinha encontrado uma bolinha do jogo de pebolim que estava perdida. Tudo que eu posso dizer sobre a vida aqui na Mister Softy é o seguinte: quando o bicho pega, é pra valer. Quando cheguei ao meu escritório — eu já falei que finalmente tenho um escritório com janela? —, nada menos do que seis colegas me disseram que Elgie tinha vindo pessoalmente atrás de mim. Ele deixou um bilhete na minha porta para que todos vissem, me convidando para um almoço. Ele assinou EB, mas algum engraçadinho veio e mudou para "E-Dawg", um de seus muitos apelidos.

Quando eu estava prestes a sair, ele apareceu na minha porta, calçando sapatos.

"Pensei que poderíamos pedalar um pouco", ele disse. Estava um dia tão bonito, resolvemos pegar uns sanduíches na lanchonete do primeiro andar e pedalar até um lugar legal afastado da sede da empresa.

Como sou nova no Samantha 2, eu não sabia que tínhamos direito a uma frota exclusiva de bicicletas. Elgie é quase um acrobata. Ele coloca o pé num dos pedais, dá um impulso e passa a outra perna por cima do banco. Fazia tempo que eu não andava de bicicleta, e acho que isso ficou meio evidente.

"Algum problema?", disse Elgie, quando eu saí do caminho e passei por cima do gramado.

"Acho que tem uma folga no guidão." Era terrível! Eu não conseguia manter a bicicleta apontada pra frente! Quando voltei a pedalar, Elgie subiu na bicicleta com os dois pés ao mesmo tempo e deu uma balançadinha para não cair. Você acha que é fácil fazer isso? Tente, uma hora dessas.

Acabei pegando o jeito da coisa e consegui alcançá-lo. Eu tinha esquecido como andar de bicicleta dá uma sensação de liberdade. Uma brisa fresca batia no meu rosto, o sol brilhava, as árvores ainda estavam pingando depois da tempestade. Passamos pelo Commons, onde as pessoas estavam almoçando, do lado de fora, apreciando a luz do sol e as cheerleaders do Seahawks, que faziam uma demonstração no campo de futebol. Eu podia sentir os olhares de estranhamento sobre mim. Quem é aquela? O que *ela* está fazendo com Elgin Branch?

Cerca de um quilômetro adiante, Elgin e eu encontramos uma igreja. No pátio havia uma fonte encantadora e alguns bancos. Desembrulhamos nossos sanduíches.

"O motivo pelo qual te convidei para o almoço", ele disse, "foi você ter dito esta manhã que eu ando muito ocupado em casa. Você estava falando de Bernadette, não é?"

"Oh..." Eu fiquei chocada. Trabalho é trabalho. Pra mim foi muito confuso ter de romper aquela barreira.

"Eu fiquei me perguntando se você notou algo de diferente nela nos últimos tempos." Os olhos de Elgie se encheram de lágrimas.

"O que aconteceu?" Eu peguei sua mão, o que, eu sei, pode ter dado uma ideia de que eu estava dando em cima dele, mas foi tudo por compaixão. Ele olhou pra baixo e então, gentilmente, puxou sua mão de volta. Nada de mais, na verdade.

"Se aconteceu alguma coisa", ele disse, "a culpa é tão minha quanto dela. Eu nunca estou em casa, estou sempre trabalhando. E, quer dizer, ela é uma excelente mãe."

Eu não estava gostando do jeito que Elgie falava. Graças ao Vítimas Contra a Vitimização, eu me tornei especialista em detectar os sinais de uma vítima de abuso emocional: confusão, alienação, tentativas de negociar a realidade, autocensura. No VCV, nós usamos o sistema CORTE para tratar os novatos.

C: Confirme a realidade da vítima.

O: Ofereça à vista o seu próprio abuso.

R: Relacione a vítima com o VCV.

T: Tchau, tchau, abuso.

E: É hora de viver a boa vida!

Comecei a descrever a saga dos negócios fracassados de Barry, suas viagens a Las Vegas, seu transtorno explosivo intermitente (na verdade ele nunca foi diagnosticado, mas todo mundo no VCV me convenceu de que ele sofria disso) e, por fim, como eu encontrei forças para me divorciar dele, mas não antes que ele tivesse conseguido acabar com todas as nossas economias.

"Sobre Bernadette...", ele disse.

Meu rosto corou. Eu tinha falado muito sobre mim e sobre a VCV, e eu sou famosa por falar muito dessas coisas. "Perdão", eu disse. "Como posso ajudar?"

"Quando você a vê na escola, como ela te parece? Você notou alguma coisa?"

"Bem, pra ser honesta", eu disse, com muito cuidado, "desde o começo... Bernadette nunca pareceu dar muito valor à comunidade. E o princípio que sustenta a Galer Street é a comunidade. Não está *escrito* em lugar algum que os pais devem participar, mas uma escola é feita de suposições implícitas. Por exemplo, eu sou a encarregada dos pais que se oferecem para ser voluntários na sala de aula. Bernadette não se inscreveu nenhuma vez. E outra coisa, ela nunca leva a Bee até a sala de aula."

"Porque ela leva nossa filha de carro e a deixa na frente da escola", disse Elgie.

"Você *pode* fazer isso. Mas a maioria das mães prefere levar seus filhos até a sala de aula. Especialmente as que são donas de casa."

"Acho que não estou entendendo", ele disse.

"A base da Galer Street é a participação dos pais", eu observei.

"Mas nós fazemos uma doação anualmente. Já não é participação suficiente?"

"Existe participação *financeira* e existe outro tipo de participação, mais *significativa*. Coisas como cozinhar na Bolomania, ajudar no trânsito na frente da escola, cuidar dos penteados no Dia da Fotografia."

"Desculpe", ele disse. "Mas estou com Bernadette nesse assunto..."

"Eu só estou tentando..." Senti que minha voz tinha subido, então parei pra respirar. "Estou tentando dar um contexto para a tragédia deste final de semana."

"Que tragédia?", ele perguntou.

Audrey, eu pensei que ele estivesse brincando. "Você não está recebendo os e-mails?"

"Que e-mails?", Elgie perguntou.

"Da Galer Street!"

"Deus, não", ele disse. "Eu pedi pra ser excluído dessas listas há muitos anos... Mas espere. Do que você está falando?"

Comecei a contar a ele sobre Bernadette colocando um cartaz e destruindo a sua casa. Juro por Deus: ele não sabia de nada! Ele ficou ali sentado, absorvendo aquilo tudo. A dada altura ele simplesmente derrubou o sanduíche e nem se deu o trabalho de pegá-lo.

O alarme do meu celular tocou. Eram 14h15, e ele tinha uma reunião às 14h30 com o seu supervisor.

Pedalamos de volta. O céu estava escuro, exceto por uma formação de nuvens branquinhas e brilhantes atravessadas pelos raios do sol. Passamos por um bairro que era uma graça, cheio de casas estilo American Craftsman entrelaçadas umas nas outras. Adorei suas cores entre o verde e o amarelo acinzentado em meio às cerejeiras sem folhas e os bordos japoneses. Dava pra sentir o açafrão, os narcisos e as tulipas concentrando forças, resistindo pacientemente ao nosso inverno, esperando para florescer em mais uma gloriosa primavera em Seattle.

Estendi meu braço para sentir o ar denso e saudável. Que outra cidade deu origem aos aviões jumbo, à Internet Superstore, ao computador pessoal, ao telefone celular, às agências de viagem on-line, ao movimento grunge, aos supermercados, ao *café*? Onde mais alguém como eu daria passeios de bicicleta com o homem que tem a quarta palestra no TED mais assistida de todos os tempos? Comecei a rir.

"O que foi?", perguntou Elgie.

"Ah, nada." Eu só estava lembrando como fiquei arrasada quando meu pai não conseguiu me mandar estudar na Universidade do Sul da Califórnia por causa de grana e, em vez disso, tive de ir para a Universidade de Washington. Eu praticamente nunca saí deste estado. (E ainda nem conheço Nova York!) De repente, aquilo não importava mais. Deixe os outros viajarem pelo mundo. O que eles estão buscando em Los Angeles e em Nova York e em qualquer outro lugar eu já tenho aqui mesmo, em Seattle. E eu quero tudo só para mim.

De: Audrey Griffin
Para: Soo-Lin Lee-Segal

Você acha que eu acordei hoje de manhã e dei um gole bem grande no suco de burrice? Não seria muito conveniente que Elgin Branch não soubesse nada sobre a trilha de destruição deixada pela sua esposa? Contei sua história para o Warren, e ele suspeita da mesma coisa que eu: Elgin está tentando plantar evidências para que, quando nós o processarmos para tirar tudo que ele tem, ele possa alegar que não sabia de nada. Pois bem, esse truque não vai funcionar. Por que você não fala isso para o E-Dawg da próxima vez que vocês forem jogar lixo numa casa de Deus? Então ele não recebeu nenhum dos e-mails? Mas que cascata!

De: Audrey Griffin
Para: Gwen Goodyear

Por favor, confira a lista de e-mails da escola e me confirme se Elgin Branch está nela. Não estou falando de Bernadette, mas sim de Elgin Branch especificamente.

Aquela noite era o aniversário da Kennedy, e a mãe dela trabalha no turno da noite, então mamãe e eu fizemos o que sempre fazemos e a levamos para um jantar de comemoração. Naquela manhã, na hora da entrada da escola, Kennedy estava esperando pela nossa chegada.
"Aonde é que nós vamos? Aonde é que nós vamos?", ela perguntava.
Mamãe abaixou sua janela. "No restaurante do Space Needle."
Kennedy deu um grito de alegria e começou a pular.
Primeiro o Daniel's Broiler e agora isso? "Mamãe", eu disse. "Desde quando você conhece todos os restaurantes legais?"
"Desde agora."
No caminho até a sala de aula, Kennedy mal conseguia conter sua ansiedade.
"Ninguém nunca vai no restaurante do Space Needle!", ela guinchava. E ela tinha razão, porque muito embora fique no último andar e seja giratório — o que devia fazer dele o único restaurante ao qual você deveria ir —, o lugar é totalmente turístico e a comida é caríssima. Então, Kennedy deu seu grunhido característico e me agarrou com os braços.
Fazia pelo menos uns dez anos que eu não ia ao restaurante do Space Needle, e eu tinha me esquecido de como ele era incrível. Fizemos nossos pedidos, então mamãe enfiou a mão den-

tro de sua bolsa e puxou de lá um lápis e um pedaço de cartolina branca. No meio da cartolina ela escreveu, com canetas de várias cores, MEU NOME É KENNEDY E ESTOU FAZENDO QUINZE FABULOSOS ANOS.

"Hã?", disse Kennedy.

"Você nunca tinha vindo aqui, né?" Mamãe perguntou a Kennedy, e então se voltou para mim. "E você não se lembra, né?" Eu sacudi a cabeça. "Nós colocamos isto aqui no peitoril da janela." Ela apoiou o cartão no vidro. "E deixamos um lápis junto. Conforme o restaurante for girando, todo mundo vai escrever alguma coisa, e quando ele voltar você terá um cartão cheio de votos de aniversário."

"Isso é muito legal!", disse Kennedy, ao mesmo tempo em que eu dizia "Isso não é justo!".

"Podemos vir aqui no seu aniversário do ano que vem, eu prometo", disse mamãe.

O cartão de aniversário foi se afastando lentamente e, puxa, como nós nos divertimos. Fizemos uma coisa que eu e Kennedy sempre fazemos quando estamos com a mamãe, que é falar sobre o Grupo de Jovens. Mamãe foi criada católica, mas virou ateia na faculdade, então ela ficou louca quando eu comecei a frequentar o Grupo de Jovens. Mas eu só comecei a ir por causa da Kennedy. A mãe da Kennedy passa metade da vida dela na Costco, então eles sempre têm aqueles pacotes enormes de chocolate e potes de bala de alcaçuz em casa. Além disso, eles têm uma televisão gigante com todos os canais do mundo, o que significa que eu passo muito tempo na casa da Kennedy comendo doces e assistindo *Friends*. Mas aí, um dia, a Kennedy achou que estava ficando gorda e quis começar uma dieta. Ela ficou, tipo, "Bee, você não pode mais comer chocolate porque eu não quero ficar gorda". A Kennedy é assim mesmo, completamente louca, nós sempre temos as conversas mais malucas. Daí ela fez um baita discurso dizendo que a gente não podia mais ir para a casa dela porque isso a fazia engordar, e em vez disso a gente tinha que ir no Grupo de Jovens. Ela chamava isso de sua "dieta do Grupo de Jovens".

Escondi de mamãe o quanto pude, mas aí ela acabou descobrindo e ficou puta da vida, achando que eu ia virar algum tipo de fanática religiosa. Mas Luke e sua esposa, Mae, que são os responsáveis pelo Grupo de Jovens, nem são muito ligados nessa parte da coisa. Bom, tudo bem, eles são um pouco ligados em religião, sim. Mas a conversa sobre a Bíblia só dura, tipo, uns quinze minutos, e quando eles param de falar a gente fica livre pra ver TV e jogar videogame por duas horas. Eu me sinto até meio mal pelo Luke e pela Mae, porque eles ficam superfelizes de receber metade da Galer Street na casa deles na sexta-feira. Mal sabem eles que não temos nenhum outro lugar para ir, porque sexta é o único dia em que não temos esportes nem atividades extracurriculares, e só queremos mesmo é assistir TV.

Mesmo assim, mamãe odeia o Grupo de Jovens, e a Kennedy acha a coisa mais engraçada do mundo. "Ei, Mãe da Bee", disse Kennedy. É assim que ela chama minha mãe. "Você já ouviu falar do cocô no cozido?"

"Cocô no cozido?", perguntou mamãe.

"Aprendemos sobre isso no Grupo de Jovens", disse Kennedy. "Luke e Mae fizeram uma encenação sobre drogas com fantoches. Daí o burro disse, tipo: "Bom, só uma peguinha de maconha não vai me fazer mal", mas a ovelha disse: "A vida é como um cozido, e a maconha, como um cocô. Se você misturar, mesmo que só um pouquinho de cocô no cozido, você ainda vai querer comê-lo?".

"É isso que esses cabeças de passarinho..." Antes que mamãe tivesse um troço, peguei a mão da Kennedy.

"Vamos ao banheiro de novo", eu disse. O banheiro fica na

parte do restaurante que não gira, então, quando você sai de lá, sua mesa não está mais no mesmo lugar. A gente estava lá, tentando voltar e pensando, tipo: "Onde é que nossa mesa foi parar?", quando avistamos mamãe.

Papai também estava lá. Ele vestia jeans, botas de caminhada e uma parca, e ainda estava com o crachá da Microsoft pendurado no pescoço. Tem certas coisas que você simplesmente sabe. E eu simplesmente sabia que papai tinha descoberto tudo sobre o deslizamento de lama.

"Seu pai está aqui!", disse Kennedy. "Não acredito que ele veio na minha festa de aniversário. Isso é muito legal." Tentei segurar a Kennedy, mas ela conseguiu se desvencilhar e partiu em disparada.

"Aquelas trepadeiras eram a única coisa que sustentava a encosta", papai estava dizendo. "Você sabia disso, Bernadette. Por que diabos você desnudaria uma encosta inteira no meio do inverno mais chuvoso já registrado?"

"Como foi que você descobriu?", perguntou mamãe. "Deixe-me adivinhar. Sua assistente administrativa anda envenenando seus ouvidos."

"Deixe Soo-Lin fora disso", disse papai. "Se não fosse por ela, não daria nem pra pensar em passar três semanas fora."

"Se você está interessado de verdade", disse mamãe, "eu pedi que removessem as trepadeiras de acordo com as especificações do Bugs Meany."

"Bugs Meany da *Encyclopedia Brown*?", perguntou Kennedy. "Que demais!"

"Será que dá para você parar de tratar isso como uma brincadeira?", papai disse a mamãe. "Eu olho pra você, Bernadette, e fico apavorado. Você não fala comigo. Você não vai ver um médico. Você é melhor do que isso."

"Papai", eu disse, "segura a onda."

"É, total", disse Kennedy. "Parabéns para mim."

Houve um instante de silêncio, e então Kennedy e eu explodimos em gargalhadas. "Tipo, parabéns para mim", ela disse mais uma vez, o que desencadeou outro ataque de riso.

"A casa dos Griffin desmoronou", papai disse a mamãe. "Eles estão morando em um hotel. Nós teremos de pagar por essas coisas?"

"Deslizamentos de lama são considerados atos de Deus, de modo que o seguro dos Griffin vai cobrir as despesas."

Era como se papai fosse um maluco que tinha vindo até o Space Needle com uma arma carregada, e então ele a apontou para mim. "Por que *você* não me contou, Bee?"

"Não sei", eu disse, timidamente.

"Oba, oba, oba!", disse Kennedy, infantilmente. "Lá vem meu cartão de aniversário!" Ela pegou meu braço e apertou com força.

"Será que dá pra você tomar uma Ritalina e calar a boca?", eu disse.

"Bee!" Papai perdeu as estribeiras. "O que foi que você acabou de dizer? Isso não é jeito de falar com as pessoas."

"Está tudo bem", mamãe disse a papai. "É assim que elas falam entre elas."

"Não, não está tudo bem!" Ele se voltou para Kennedy. "Kennedy, peço desculpas pela minha filha."

"Desculpas por quê?", ela perguntou. "Lá vem meu cartão!"

"Papai", eu disse. "Por que você está fazendo isso? Você nem gosta da Kennedy!"

"Ele não gosta de mim?", perguntou Kennedy.

"Mas é claro que eu gosto de você, Kennedy. Bee, como é que você diz uma coisa dessas? O que é que está acontecendo com essa família? Eu só vim aqui para ter uma conversa."

"Você veio aqui pra brigar com a mamãe", eu disse. "Audrey Griffin já brigou com ela. Você nem estava lá. Foi horrível."

"Pega! Pega!" Kennedy me escalou e pegou seu cartão de aniversário.

"Não vim aqui para brigar com a sua mãe..." Papai ficou agitado. "Essa conversa é entre mim e sua mãe. Eu errei ao interromper o jantar de aniversário da Kennedy. Mas eu não sabia quando teria outra oportunidade."

"Porque você está sempre trabalhando", resmunguei.

"O que foi que você disse?", papai perguntou.

"Nada."

"Estou trabalhando por *você* e pela sua *mãe*, e porque o trabalho que eu faço tem o potencial de ajudar milhões de pessoas. E agora tenho feito horas extras especialmente para poder levar você para a Antártida."

"Ah, não!", gritou Kennedy. "Odiei essa coisa." Ela estava prestes a rasgar seu cartão, mas eu o tirei de suas mãos. Estava cheio de letras diferentes. Havia uns poucos "Feliz aniversário", mas a maior parte do cartão estava coberta de coisas como "Jesus é o nosso salvador. Lembre-se de que Nosso Senhor Jesus Cristo morreu pelos nossos pecados". Além de passagens da Bíblia. Eu comecei a rir. E então Kennedy começou a chorar, que é algo que ela faz, às vezes. E, sério, a única coisa que dá pra fazer é deixá-la chorar até passar.

Mamãe tomou o cartão de mim. "Não se preocupe, Kennedy", ela disse. "Eu vou atrás desses fanáticos religiosos."

"Não, você não vai", papai disse a mamãe.

"Vai, sim", disse Kennedy, surpreendentemente confiante. "Eu quero assistir."

"É, mãe, eu quero assistir também!"

"Eu vou embora", disse papai. "Ninguém se importa, ninguém me escuta, ninguém me quer aqui. Feliz aniversário, Kennedy. Tchau, Bee. Bernadette, vá em frente, faça um papelão, ataque essas pessoas que conseguiram encontrar algum sentido na vida. Continuamos essa conversa quando você chegar em casa."

Quando voltamos para casa, a luz do quarto deles estava acesa. Mamãe foi direto para o Petit Trianon. Eu fui para dentro de casa. As tábuas do assoalho sobre a minha cabeça rangeram. Era papai, saindo da cama e caminhando até o topo da escada.

"Meninas?", ele chamou. "São vocês?"

Prendi a respiração. Um minuto inteiro se passou. Papai voltou para o quarto e entrou no banheiro. Puxou a descarga. Eu peguei a Picolé por uma pelanca na nuca e fui dormir com a mamãe no Petit Trianon.

Mamãe não foi atrás dos fanáticos religiosos no restaurante. Mas ela escreveu "É O ANIVERSÁRIO DE UMA CRIANÇA. VOCÊS TÊM ALGUM PROBLEMA?" no cartão e colocou-o na janela. Quando fomos embora, ele começou a circular.

QUINTA-FEIRA, 16 DE DEZEMBRO

De: Gwen Goodyear
Para: Audrey Griffin

Bom dia, Audrey. Eu cheguei com Kate Webb, e ela lembrou que Bernadette e Elgin realmente pediram para ser removidos de todas as listas de e-mail da Galer Street assim que Bee foi matriculada. Fiz uma nova pesquisa e, de fato, eles não estão em nenhuma das listas que usamos atualmente.

Mudando de assunto, fiquei feliz de saber que você já está devidamente instalada e que sua conexão com a internet está funcionando. Você não respondeu meus três últimos e-mails, mas o sr. Levy acha indispensável que todos nós nos encontremos para ter uma conversa sobre o Kyle. Nossos horários são bastante flexíveis.

Gentilmente,
Gwen

Naquela manhã, na aula, estávamos fazendo um teste surpresa de vocabulário. O sr. Levy falava uma palavra e apontava para alguém, que tinha de usar aquela palavra em uma frase. Ele disse "agasalha" e apontou para o Kyle, e o Kyle disse "agasalha o meu pau". Nunca rimos tanto. Então, é por isso que o sr. Levy queria conversar com Audrey Griffin. Porque, apesar de ter sido muito engraçado, dá pra entender que isso é, tipo, meio errado.

De: Soo-Lin Lee-Segal
Para: Audrey Griffin

Decidi desconsiderar o tom desagradável do seu último e-mail e botar na conta do estresse que você está passando por causa da sua situação. Audrey, você entendeu tudo errado sobre o Elgie.
Hoje de manhã eu peguei o Connector na minha parada de sempre e sentei bem no fundo. Elgie embarcou algumas paradas adiante, com cara de quem não tinha dormido. Seu rosto se iluminou quando ele me viu. (Eu pensei que ele tinha esquecido que pegávamos o mesmo Connector.)
Você sabia que ele vem de uma família de prestígio da Filadélfia? Não que ele seja de sair por aí dizendo essas coisas, mas, quando criança, ele passava todos os verões na Europa. Fiquei envergonhada quando eu disse que nunca tinha saído dos Estados Unidos.

"Bom, nós precisamos dar um jeito nisso, não é mesmo?", ele disse.

Não tire conclusões precipitadas, Audrey! Foi uma frase retórica. Não é como se ele estivesse planejando me levar para viajar pela Europa ou algo assim.

Ele estudou num colégio interno. (Sobre esse assunto, aparentemente você e eu estávamos apenas mal informadas. Para pessoas como nós, que nasceram em Seattle e foram para a Universidade de Washington, nos falta a... eu não quero usar a palavra *sofisticação*... mas nos falta *alguma coisa* para entender melhor essa visão mais ampla do mundo.)

Quando Elgie quis saber sobre mim eu fiquei sem graça, por levar uma vida tão besta. A única coisa vagamente interessante em que consegui pensar foi que meu pai ficou cego quando eu tinha sete anos, e eu tive que tomar conta dele.

"Não brinca", disse Elgie. "Então vocês se comunicavam na língua de sinais?"

"Só quando eu queria ser cruel", devolvi. Elgie ficou confuso. "Ele estava *cego*", eu disse, "não surdo."

Nós dois começamos a gargalhar. Alguém soltou uma tiradinha espirituosa: "Mas o que é isso, o Connector de Belltown?". É uma piada interna — o Connector de Belltown tem a fama de ser muito mais barulhento e animado do que o de Queen Anne. Então, foi uma mistura de "arrumem um quarto" com uma referência a quanto eles se divertem lá no Connector de Belltown. Não sei se minha explicação te ajuda a entender a graça de tudo isso. Talvez só estando lá.

Começamos a falar do trabalho. Elgie estava preocupado com todo o tempo que ficaria afastado da empresa por causa do Natal.

"Você insiste em dizer que é um mês", eu disse. "Mas são vinte e sete dias. Doze deles são o recesso de Natal, quando ninguém trabalha na Microsoft, de todo jeito. Seis desses dias são finais de semana. Você vai estar viajando em cinco dias, mas estará em hotéis com acesso à internet, eu já conferi. Isso te deixa um total de nove dias fora. É quase como ter uma gripe muito forte."

"*Uau*", ele disse. "Agora estou até conseguindo respirar."

"Seu único erro foi ter falado à sua equipe que você ia viajar. Eu poderia ter coberto essa para você, e ninguém jamais saberia."

"Eu contei a eles antes de você chegar", ele disse.

"Então você está perdoado."

O mais maravilhoso de tudo é que, quando finalmente chegamos na Microsoft, Elgie estava com o espírito nas alturas, o que me deixou feliz, também.

Bilhete que a sra. Goodyear entregou pessoalmente no Westin

Audrey e Warren,

Uma alegação perturbadora sobre Kyle chegou ao meu conhecimento. No mês passado, uma mãe me trouxe a acusação de que Kyle andava vendendo drogas a outros alunos nos corredores. Eu me recusei a acreditar, pela consideração que tenho tanto por vocês quanto por Kyle.

Ontem, entretanto, outra mãe encontrou vinte comprimidos na mochila de seu filho. Esses comprimidos foram identificados como sendo de OxyContin. Quando perguntado, o aluno acusou Kyle de ser a fonte. Combinamos que o aluno poderá seguir assistindo às aulas na próxima semana, desde que faça um tratamento nas férias de inverno. Preciso falar com você e com Warren o mais rápido possível.

Gentilmente,
Gwen Goodyear

De: Audrey Griffin
Para: Gwen Goodyear

    Você vai ter de fazer melhor que isso se quiser acusar Kyle de participar de um esquema de tráfico de drogas na Galer Street. Warren está muito curioso para saber como é que um frasco de Vicodin receitado para *mim* de forma perfeitamente legal, que eu tinha pedido para o Kyle carregar porque *eu estava de muletas devido a um ferimento ocorrido no seu colégio* — coisa pela qual jamais pensei em processar a Galer Street, muito embora o prazo para prescrever seja tão longo que ainda há tempo suficiente para mudar de ideia — tem a mais remota relação com esses vinte comprimidos de OxyContin. Ou o meu nome também estava nesse frasco?
    Falando em Warren, ele está dando uma olhada na questão legal envolvida em deixar um aluno sabidamente viciado em drogas terminar o ano escolar. Não seria perigoso para os outros alunos? Só estou perguntando por curiosidade.
    Se você está tão determinada a encontrar um culpado, eu sugiro que dê uma boa olhada no seu espelho.

De: Audrey Griffin
Para: Soo-Lin Lee-Segal

    Desculpe não ter respondido antes, mas eu levei uma hora para levantar meu queixo do chão. Estou passando o Natal em um hotel e você está louvando o meu carrasco? Da última vez que conferi no calendário estávamos na metade de dezembro, não em Primeiro de abril.

De: Soo-Lin Lee-Segal
Para: Audrey Griffin

    Deixa eu te explicar uma coisa. Quando caminha pelo corredor do Microsoft Connector, Elgin Branch é como Diana Ross daquela vez que nós a vimos em Las Vegas, caminhando por entre sua plateia apaixonada. As pessoas literalmente *se esticam para tocar nele*. Não sei se Elgie conhece todas aquelas pessoas, mas ele conduziu tantas reuniões importantes e esteve em tantas equipes que seu rosto é familiar a centenas, talvez milhares de funcionários da MS. Ano passado, quando ele ganhou seu prêmio de Excelência em Liderança Técnica, que é concedido aos *dez* maiores visionários numa empresa de 100 mil funcionários, eles ergueram um imenso banner com seu rosto no Prédio 33. Ele levantou mais dinheiro do que qualquer outro funcionário para ser derrubado dentro de um tanque de água durante uma campanha de arrecadação que envolvia toda a empresa. Isso sem falar na sua palestra no TED, que é a quarta na lista das mais assistidas de todos os tempos. Não é de estranhar que ele use fones de isolamento sonoro. Se não fosse assim, as pessoas estariam sempre se matando para passar um tempinho com ele. Francamente, eu fico chocada que ele tenha de pegar o Connector até o trabalho.
    O meu ponto é que não teria sido nada profissional de nossa parte falar sobre as transgressões de Bernadette enquanto todo mundo se esforçava para ouvir nossa conversa.

De: Audrey Griffin
Para: Soo-Lin Lee-Segal

    Eu não dou a mínima para esse Ted. Não sei quem ele é e

não quero saber o que ele fala durante essa tal palestra sobre a qual você simplesmente não para de falar.

De: Soo-Lin Lee-Segal
Para: Audrey Griffin

TED quer dizer Tecnologia, Entretenimento e Design. A conferência TED é um encontro com as mentes mais brilhantes do mundo, para poucos convidados. É realizada uma vez por ano, em Long Beach, e é um tremendo privilégio ser convidado para fazer uma palestra lá. Aqui vai o link para a palestra de Elgie no TED.

A palestra do papai no TED *foi mesmo* um tremendo sucesso. Todos os alunos da escola sabiam disso. A sra. Goodyear fez o papai ir até a escola fazer uma demonstração para todos os alunos. É difícil acreditar que Audrey Griffin nunca tivesse ouvido falar daquilo.

Transcrição de uma cobertura ao vivo da palestra do papai no TED, postada pelo blogueiro Enzima Mascarada

16H30 INTERVALO DA TARDE
Ainda falta meia hora até a Sessão 10: "Programar e Meditar", a última do dia. As moçoilas da barraquinha de chocolate da Vosges realmente se superaram nesse intervalo, distribuindo trufas com bacon. Fofoca quente: no final da Sessão 9, enquanto Mark Zuckerberg estava falando em tom sonolento sobre uma iniciativa educacional para a qual ninguém estava dando a mínima, as garotas da Vosges começaram a fritar o bacon delas, e o

cheiro se alastrou pelo auditório. Com isso, todo mundo começou a cochichar com ânimo: "Você está sentindo cheiro de bacon? Eu estou sentindo cheiro de bacon". O Chris saiu correndo de lá e provavelmente deu uma bronca nas garotas da Vosges, já que elas estavam com o rímel todo borrado, escorrendo pelas bochechas. Ele sempre teve seus "detratores", e isso, certamente, não o ajudou muito nesse sentido.

16H45 PESSOAS LOTANDO O AUDITÓRIO PARA A SESSÃO 10

• Ben Affleck tirou uma foto com Murray Gell-Mann. O dr. Gell-Mann chegou esta manhã e dirigiu seu Lexus até o manobrista. A placa do carro, do Novo México, dizia QUARK. Boa ideia. Boa pessoa.

• Durante o intervalo, o palco foi transformado em uma sala de estar, ou, quem sabe, num dormitório de faculdade. Poltrona do papai, televisão, micro-ondas, aspirador de pó. Tem até um robô!

• Jesus Cristo, tem um robô no palco. É um robô bonitinho — um metro e vinte de altura, antropomórfico. Tem o formato de uma ampulheta. Ouso dizer que é sensual, esse robô. Hmm, o programa diz que a próxima palestrante é uma dançarina de Madagascar que vai discutir seu processo criativo. Pra que o robô, então? Será que vai rolar algum tipo de dança-lésbica-africana-de-sala-de-estar-com-um-robô? Fiquem ligados, isso pode ficar bom.

• Um cara com um tapa-olho e uma túnica indiana estilo Nehru, que deu uma palestra completamente demente no ano passado sobre cidades flutuantes, sentou bem no lugar do Al Gore. Não há assentos marcados no TED, mas desde o Festival de Monterey, Al Gore senta na terceira fileira do corredor da direita, e todo mundo sabe disso. Ninguém chega e simplesmente senta no lugar do Al Gore.

• Jane faz os anúncios de praxe. O prazo para a retirada da sacola com os brindes encerra-se esta noite. Última chance para fazer um test-drive no Tesla. Palestra-almoço com (o incrível) E. O. Wilson, trazendo as últimas novidades sobre o projeto que ele apresentou no TED, a *Enciclopédia da Vida*.
• Al Gore acaba de entrar, conversando com os pais de Sergey Brin. Eles são bem bonitinhos e pequeninos e não falam um bom inglês.
• Todo mundo de olho no vice, pra ver como ele vai reagir quando souber que seu lugar já está ocupado. O cara da túnica Nehru se oferece para trocar de lugar, mas Al Gore se recusa. Então o Nehru dá um cartão a Al Gore! Mas que golpe baixo! Todo mundo na plateia gostaria de vaiá-lo, mas ninguém quer admitir que estava assim tão interessado naquilo. Al Gore pega o cartão e dá um sorriso. Eu <coração> Al Gore.

17H CHRIS SOBE NO PALCO

Ele anuncia que antes da mulher africana haverá um palestrante surpresa, um cara que, ele promete, vai fundir nossa cuca falando sobre interfaces entre computadores e o cérebro. Isso fez as pessoas despertarem do transe causado pelas trufas de bacon. Chris apresenta Elgin Branch, do… atenção… Microsoft Research. Tudo bem que o departamento de pesquisas da Microsoft realmente é a única parte remotamente decente da MS, mas, sério, Microsoft? A plateia começou a se esvaziar. A energia se dissipou.

17H45 PUTA MERDA

Desconsiderem minha postagem das 17h. Me deem um segundo… Vou precisar dar um tempo aqui.

19H SAMANTHA 2

Obrigado pela paciência. Essa palestra ainda vai demorar um mês para ser postada no site do TED. Enquanto isso, vou tentar fazer alguma justiça a ela. Um baita VALEU para a minha colega blogueira TEDGRRRL, que permitiu que eu postasse aqui a transcrição do vídeo que ela fez com o celular.

17H Branch coloca o headset. Aparece no telão:
ELGIN BRANCH
(Você tem de sentir pena desses caras que só têm cinco minutos. Estão sempre agitados e nervosos.)

17H01 Branch: "Vinte e cinco anos atrás, meu primeiro trabalho foi testar códigos de programação numa equipe de pesquisa na Universidade Duke. Eles tentavam integrar mente e computador".

17H02 O controle remoto do projetor não funciona. Branch aperta o botão mais uma vez. E mais uma vez. Branch começa a olhar em volta. "Não está funcionando", ele diz, para todos e para ninguém.

17H03 Valente como um bom soldado, Branch prossegue sem o vídeo. "Eles puseram dois macacos *Rhesus* na frente de um monitor com um joystick que controlava uma bolinha na tela. Toda vez que os macacos usavam o joystick para colocar a bola dentro de uma cesta, eles recebiam uma recompensa." Ele aperta mais uma vez o botão e olha em volta. Ninguém vem ajudar. Isso é ridículo! Mas ele está levando na esportiva. David Byrne saiu furioso do palco hoje de manhã quando seu áudio parou de funcionar.

17H05 Branch: "Era para estar passando um vídeo sobre esse estudo pioneiro da Duke. Nele, vocês veriam uma dupla de macacos com duzentos eletrodos implantados no córtex motor do cérebro. Eles parecem aquelas Barbies com o cabelo que cresce, o topo da cabeça aberto e um monte de fios saindo lá de dentro. É bem terrível. Talvez seja até melhor que não dê para mostrar a vocês. De qualquer forma, esse foi um dos primeiros exemplos de uma interface entre cérebro e computador, ou ICC". Ele aperta o botão do controle mais uma vez. "Eu tinha um slide muito bom explicando como ela funcionava."

Na minha humilde opinião, ele tinha de estar bem mais irritado com isso! É uma conferência sobre tecnologia e eles não conseguem fazer um controle remoto de projetor funcionar?

17H08 Branch: "Quando os macacos aprenderam a usar os joysticks para mover as bolas, os pesquisadores desconectaram os joysticks. Os macacos fuçaram nos joysticks por alguns segundos e perceberam que eles não estavam mais funcionando. Mas eles ainda queriam suas recompensas, então ficaram ali, sentados, olhando para a tela e *pensando* em como eles fariam para mover aquelas bolas até o cesto. Nesse ponto, os eletrodos implantados em seu córtex motor foram ativados. Eles enviaram os 'pensamentos' dos macacos até um computador que havíamos programado para interpretar os sinais do cérebro deles e reagir de acordo com seus pensamentos. Os macacos, então, perceberam que podiam fazer a bola se mexer apenas *pensando naquilo* — e receberam suas recompensas. A coisa mais sensacional, quando você vê o vídeo" — Branch aperta os olhos encarando os holofotes. — "Nós temos o vídeo? Seria excelente ver o vídeo. De qualquer forma, o que é impressionante é a rapidez com que os macacos aprendem a mexer as bolinhas com o pensamento. Eles levam uns quinze segundos".

17H10 Branch aperta os olhos encarando a plateia. "Eles estão dizendo que eu só tenho mais um minuto."

17H10 Chris aparece no palco pedindo desculpas. Ele está puto da vida com a história do controle remoto. Todos estamos. Esse tal de Branch é legal e tranquilo. E não falou nada sobre o robô!

17H12 Branch: "A pesquisa acabou. Anos depois, fui parar na Microsoft. Para trabalhar com robótica". A plateia comemorou. Branch apertou os olhos mais uma vez. "O que foi?" Obviamente, ele não tinha ideia do quanto estávamos entusiasmados por causa daquele maldito robô.

17H13 Branch: "Fui para a Microsoft trabalhar no robô pessoal controlado por voz que vocês estão vendo aqui". A plateia ficou ouriçada. Grande coisa Craig Venter ter acabado de anunciar que havia conseguido sintetizar uma forma de vida baseada em arsênico num tubo de ensaio. Agora, um robô tipo o dos *Jetsons* sempre cai bem!

17H13 Branch continua: "Digamos que eu esteja a fim de comer pipoca. Eu digo 'Samantha!'". O robô liga. "Nós a batizamos de Samantha em homenagem à personagem de *A Feiticeira*." Risos. "Samantha, por favor, me traga pipoca." Você precisa ver esse tal de Branch. Ele é muito carismático, e tão modesto — de jeans, camiseta, e sem sapato. Parece que ele acabou de levantar da cama.

17H14 Samantha desliza até o micro-ondas, abre a porta e tira um saco de pipocas. Branch: "Nós tivemos de estourá-las previamente, como naqueles programas de culinária na TV". O robô vai na direção de Branch e entrega a ele o saco de pipocas. Aplausos. Branch: "Obrigado, Samantha". O robô responde: "De nada". Risos. Branch: "É tecnologia de comando de voz, básica e bonitinha".

17H17 Uma voz vindo da primeira fileira diz: "Posso comer um pouco dessa pipoca?". É o David Pogue. Branch: "Tudo bem, peça a ela". Pogue: "Samantha, me traga pipoca". O robô não se move. Branch: "Diga 'por favor'". Pogue: "Que é isso!". Risos. Branch: "Estou falando sério. Minha filha tinha oito anos de idade quando eu estava trabalhando na Samantha, e ela me acusou de estar fazendo bullying com ela. Então, eu acrescentei isso no código. 'Por favor.' É a palavra mágica, literalmente". Pogue: "Samantha, me traga pipoca... *por favor?*". Ele disse aquilo de uma maneira extremamente teatral. O que aconteceu depois disso foi hilário. O robô foi até a beira do palco e esticou os braços, mas soltou o saco de pipocas antes que Pogue pudesse pegá-lo. O saco caiu no chão, espalhando pipocas por todo o palco.

17H19 Branch: "É a Microsoft. Samantha tem alguns bugs". A plateia vem abaixo às gargalhadas. Branch se faz de ofendido. "Isso não é tão engraçado assim."

17H21 Branch: "Ensinamos quinhentos comandos à Samantha. Poderíamos ter ensinado outros quinhentos, mas o que nos atrasou foram os milhares de partes móveis que há nela. Ela não era muito vendável, além de ser cara demais para ser produzida em larga escala. Por fim, o projeto Samantha acabou sendo cancelado". Todo mundo na plateia disse *ahhh*. Branch: "Mas quem são vocês? Um bando de geeks?". A plateia vem abaixo mais uma vez. Um clássico instantâneo para as palestras do TED!

17H23 Alguém entra caminhando lentamente no palco e dá um novo controle remoto a Branch. E Branch diz: "Pra que tanta pressa?". E a plateia vem abaixo mais uma vez.

17H24 Branch: "Então, a Samantha foi cancelada. Mas aí eu me lembrei daqueles macacos na Duke. E pensei, Hmmm, o fator que complica a produção de um robô pessoal é o robô em si. Talvez a gente pudesse *se livrar do robô*".

17H25 O controle remoto de Branch finalmente funciona, então ele começa a passar seus slides. A primeira imagem é dos macacos com fios saindo pela cabeça. Algumas pessoas na plateia perdem o ar. Outras gritam. Branch: "Perdão, perdão!". A tela fica escura.

17H26 Branch: "De acordo com a Lei de Moore, o número de transistores que pode ser colocado em um chip dobra a cada dois anos. Então, no espaço de vinte anos, o que um dia foi aquela imagem horrível... se transformou nisto...". O slide que aparece mostra uma pessoa de cabeça raspada com o que parece ser um chip de computador debaixo da pele.

17H26 Branch: "Que se transformou nisto...". Ele levantou um capacete de futebol americano com um adesivo dos Seahawks. Dentro dele havia eletrodos com fios pendurados. "Agora era só colocar isto aqui, não precisávamos mais plugar nada no seu cérebro."

17H27 Branch larga o capacete e enfia a mão no bolso. "E aquilo se transformou nisto." Ele mostra uma coisa que se parece com um band-aid. "TEDsters, conheçam o Samantha 2."

17H27 Branch cola o band-aid na testa, pouca coisa abaixo da linha do cabelo. Então ele se senta na poltrona do papai. Branch: "Vou dar uma demonstração em tempo real para os céticos". Ele puxa uma alavanca e a poltrona se reclina.

17H29 Um barulho estranho. O aspirador de pó ligou! E está se movendo sozinho, andando de um lado para o outro e aspirando as pipocas. Branch está recostado, com os olhos abertos, concentrado na pipoca. O aspirador desliga. Branch se vira para a televisão.

17H31 A televisão liga sozinha. Os canais começam a mudar. Ela para num jogo dos Lakers.

17H31 O telão exibe a caixa de entrada do Outlook. Um e-mail em branco se abre. O cursor vai até o campo "para:" Ele está escrevendo sozinho! BERNADETTE. O cursor pula para a caixa de texto: FOI TUDO BEM NA PALESTRA DO TED. O CONTROLE REMOTO DO PROJETOR NÃO FUNCIONOU. PENA QUE NINGUÉM AQUI SABE MEXER NO POWERPOINT. DAVID POGUE É MEIO DESCOORDENADO. P.S.: OS LAKERS ESTÃO GANHANDO POR TRÊS PONTOS DE VANTAGEM NO INTERVALO.

O público vem abaixo, o que talvez possa ser mais bem descrito como um rugido da plateia. Branch fica de pé, arranca o "band-aid" da testa e o levanta.

17H32 Branch: "Em março, vamos levar o Samantha 2 para o Hospital Walter Reed. Entrem agora no site da Microsoft para assistir a um vídeo em que veteranos paralisados usam o Samantha 2 para fazer comida numa cozinha especialmente projetada, assistir televisão, usar o computador e até mesmo cuidar de um animal de estimação. No Samantha 2, nosso objetivo é ajudar nossos veteranos feridos a viverem uma vida independente e produtiva. As possibilidades são infinitas. Obrigado".

A plateia simplesmente enlouquece. Chris sobe no palco e abraça Branch. Ninguém acredita no que acabou de ver.

Voilà. Eis o Samantha 2.

De: Audrey Griffin
Para: Soo-Lin Lee-Segal

Estou por aqui de você, entendeu? Por aqui!

DA DRA. JANELLE KURTZ

Caro sr. Branch,
    Recebi sua carta a respeito de sua esposa. Talvez eu tenha entendido errado, mas quando você fala em "repousar e relaxar sob a supervisão de alguém" e diz que teme que Bernadette "não vá gostar muito da ideia", o que você está me pedindo, na prática, é que ela seja internada à força no Madrona Hill.

O procedimento para uma ação tão extrema está detalhado na Lei de Tratamento Involuntário, título 71, capítulo 5, seção 150 da Constituição Revisada de Washington. De acordo com a LTI, para que um Profissional de Saúde Mental Designado pelo Condado possa manter um indivíduo preso contra sua vontade, este PSMDC deve primeiro examinar profundamente o paciente e determinar se ele representa, devido à doença psíquica, um perigo iminente a si mesmo, a outros indivíduos ou à propriedade.

Se você acredita que sua esposa representa esse tipo de ameaça, deve ligar imediatamente para o 911 e levá-la a um atendimento de emergência. Lá, ela poderá ser avaliada. Se for determinado que Bernadette representa esse tipo de ameaça, será pedido a ela que, voluntariamente, busque o tratamento apropriado. Se sua esposa se recusar, suas liberdades civis serão revogadas, ela será transferida para um hospital psiquiátrico licenciado pelo Estado e ficará sob a guarda da LTI por até 72 horas. Daí em diante, é tudo com os tribunais.

O Madrona Hill, na Orcas Island, é pioneiro, pois, além do nosso renomado tratamento no local e em domicílio, nós operamos a única emergência psiquiátrica do estado. Por causa disso, eu testemunho diariamente os efeitos devastadores de uma internação involuntária. Famílias são destroçadas. Polícia, advogados e juízes se envolvem. É tudo público, para que os futuros patrões e as instituições financeiras possam saber. Por custar um preço tão alto, tanto em termos financeiros quanto em termos emocionais, a internação involuntária só deve ser considerada quando todos os outros recursos já tiverem se esgotado.

Pela sua descrição, o comportamento de sua esposa é motivo para preocupação. Fiquei surpresa ao saber que ela não está fazendo terapia. Parece ser a coisa mais lógica a fazer, como um primeiro passo. Ficarei feliz de sugerir alguns maravilhosos psiquiatras na sua região. Eles poderiam ver Bernadette e fazer as perguntas certas para que ela receba o tratamento adequado. Não hesite em me ligar se esse for o caminho que você decidir tomar.

Sinceramente,
dra. Janelle Kurtz

Troca de mensagens entre papai e Soo-Lin durante uma reunião da equipe

SOO-LIN -L-S: Tudo bem? Você parece distraído.

ELGIN -B: Estou começando a questionar minha sanidade. Problemas em casa.

SOO-LIN -L-S: Se você compartilhasse suas histórias sobre Bernadette numa reunião da VCV, você não conseguiria nem dizer duas frases sem ficar em CHAMAS! CHAMAS quer dizer: Calma, Hora de Analisar Melhor A Situação!

SOO-LIN -L-S: Sempre que a pessoa que está falando começa a comprar a versão do abusador — por exemplo, se eu digo alguma coisa como "Eu sei que estou sempre cansada e só quero falar sobre o trabalho", que é do que Barry costumava me acusar —, alguém levanta e a põe em CHAMAS dizendo "Calma, Hora de Analisar Melhor A Situação!".

SOO-LIN -L-S: Isso nos ensina a separar a nossa realidade da versão do abusador, que é o primeiro passo no caminho para o encerramento do ciclo de abusos.

SOO-LIN -L-S: Imagino que você deva estar se sentido desconfortável com a terminologia da VCV. Eu também me sentia assim. Eu não achava que estava sendo *abusada* pelo Barry.

SOO-LIN -L-S: Mas no VCV, nossa definição de abuso é intencionalmente ampla e positiva. Sim, nós somos vítimas, não tenha dúvida, mas queremos nos afastar da viti*mização*, o que é uma diferença sutil, mas ainda assim muito importante.

SOO-LIN -L-S: Elgie, você está no Nível 80 da empresa mais bem-sucedida do mundo. Você já fez seu pé de meia. Você tem uma filha que está se destacando nos estudos, apesar de ter passado por diversas cirurgias no coração.

SOO-LIN -L-S: Sua palestra no TED é a quarta na lista das mais assistidas de todos os tempos e, *mesmo assim, você vive com uma mulher que não tem nenhum amigo, destrói casas e pega no sono dentro de uma loja?*

SOO-LIN -L-S: Perdão, Elgie, mas você está sendo chamado por meio desta às CHAMAS.

ELGIN -B: Obrigado por isto, mas eu meio que preciso me concentrar. Vou ler com mais calma depois da reunião.

SEXTA-FEIRA, 17 DE DEZEMBRO

De: Bernadette Fox
Para: Manjula Kapoor

Voltei! Sentiu a minha falta? Lembra quando eu disse que ia dar um jeito de escapar dessa viagem para a Antártida?

Que tal se eu precisasse fazer uma cirurgia de emergência?

Meu dentista, o dr. Neergaard, vive insistindo que eu arranque todos os meus quatro sisos, coisa que até hoje eu não tive a menor pressa de fazer.

Mas e se eu ligasse para o dr. Neergaard e lhe pedisse para arrancar todos os meus quatro sisos *na véspera da viagem*? (E quando eu digo e se *eu* ligasse para o dr. Neergaard e lhe pedisse para arrancar todos os meus quatro sisos na véspera da viagem, o que eu realmente quero dizer é se *você* ligasse para o dr. Neergaard e lhe pedisse para arrancar todos os meus quatro sisos na véspera da viagem?)

Eu poderia dizer que é uma emergência e que estou arrasada, mas que o doutor me proibiu de entrar em um avião. Assim, meu marido e minha filha poderiam viajar sozinhos e ninguém botaria a culpa em mim.

Vou mandar o número do dr. Neergaard. Marque minha cirurgia para o dia 23 de dezembro, qualquer hora depois das dez da manhã. (Há um recital na escola nesta manhã, e foi Bee quem fez a coreografia. Aquela pilantrinha me proibiu de aparecer, mas eu dei uma pesquisada na internet e descobri quando é.) Meu plano é o seguinte: vou à escola, depois finjo que estou indo fazer as compras de Natal.

Depois disso, quando me virem de novo, vou estar igual a um esquilo. Alegarei que estava com dor de dente e resolvi dar uma passada no dr. Neergaard. E que quando dei por mim, ele tinha extraído quatro sisos e agora eu não posso mais ir à Antártida. Aqui nos Estados Unidos, dizemos que esse é um tipo de situação em que não há perdedores.

SEGUNDA-FEIRA, 20 DE DEZEMBRO
De Marcus Strang, do FBI

Caro sr. Branch,

Sou o diretor regional do Centro de Queixas contra Crimes de Internet (IC3), que trabalha em parceria com o Departamento de Segurança Nacional. Meu departamento dentro do IC3 rastreia esquemas de pagamentos indevidos e falsificação de identidade.

Você chamou nossa atenção porque há uma cobrança em um cartão Visa no seu nome datada do dia 13/10, no total de quarenta dólares, de uma companhia que se denomina Delhi Internacional Assistentes Virtuais. Essa empresa não existe. Trata-se da fachada de uma organização criminosa que atua na Rússia. Passamos os últimos seis meses levantando um processo contra eles. No mês passado, conseguimos um mandado que nos permitiu rastrear e-mails entre a sua esposa, Bernadette Fox, e uma pessoa chamada "Manjula".

Ao longo dessa correspondência, sua esposa forneceu números de cartão de crédito, dados bancários, informações do seguro social, números da carteira de motorista, endereços, números de passaportes, além de fotografias suas, dela e da filha de vocês.

Aparentemente, você não está ciente dessa atividade. Sua esposa sugere, em um e-mail para "Manjula", que você a proibira de usar os serviços da Delhi Internacional Assistentes Virtuais.

Esse é um assunto delicado e urgente. Ontem, "Manjula" pediu uma procuração enquanto você e sua família estivessem na Antártida. Nós interceptamos esse e-mail antes que sua esposa o recebesse. A julgar pelo comportamento dela no passado, temos todos os motivos para crer que ela a assinaria sem hesitar.

Enquanto você lê esta carta, devo estar aterrissando em Seattle. Estarei no Centro de Visitantes da Microsoft ao meio-dia, onde espero que você me encontre e ofereça sua total cooperação.

Nas próximas três horas, é indispensável que você não fale sobre esse assunto com ninguém, especialmente com sua esposa, que vem se mostrando uma protagonista pouco confiável.

O mandado que obtivemos nos permitiu pesquisar todos os e-mails de sua esposa nos últimos três meses contendo a palavra "Manjula". Havia, literalmente, centenas deles. Selecionei os vinte mais relevantes e também incluí um e-mail longo que ela escreveu a Paul Jellinek. Por favor, esteja familiarizado com esse material antes do nosso encontro. Sugiro que você cancele seus compromissos pelo resto do dia — e da semana.

Estou ansioso para encontrá-lo no Centro de Visitantes. Contamos com a sua total cooperação em nossos esforços para deixar a Microsoft fora disso.

Atenciosamente,
Marcus Strang

P.S.: Nós todos adoramos sua palestra no TED. Eu adoraria ver as novidades do Samantha 2, se o tempo permitir.

PARTE QUATRO

Invasores

SEGUNDA-FEIRA, 20 DE DEZEMBRO
Boletim de ocorrência registrado pelo gerente noturno do hotel Westin

ESTADO DE WASHINGTON
DISTRITO JUDICIAL
CONDADO DE KING

O ESTADO DE WASHINGTON contra Audrey Faith Griffin

Eu, Phil Bradstock, oficial do Departamento de Polícia de Seattle, tendo prestado o devido juramento, afirmo que:

A ré citada acima, no dia 20 de dezembro, no município de Seattle, Washington, em um lugar público, teve uma conduta indecente, abusiva, tempestuosa e desordeira em geral, em circunstâncias nas quais tal conduta provoca ou tende a provocar uma perturbação que fere a CRW 9A.84.030 c2, além de ter cometido Agressão de Quarto Grau, conforme definido na CRW

9A.36.041, ambos considerados delitos, sobre os quais não pode incorrer multa superior a Hum Mil Dólares (US$ 1000) ou prisão superior a trinta (30) dias, ou ambos.

Estas informações são baseadas no testemunho do reclamante STEVEN KOENIG, gerente noturno do hotel Westin, no centro de Seattle. Acredito que o testemunho de Steven Koenig é tão verdadeiro quanto confiável.

1. Na segunda-feira, dia 20 de dezembro, aproximadamente às duas da manhã, Steven Koenig relata que estava trabalhando como gerente noturno do hotel Westin de Seattle quando recebeu uma ligação da hóspede AUDREY GRIFFIN, no quarto 1601, reclamando do barulho que vinha do quarto 1602.

2. O sr. Koenig relata ter conferido a lista de hóspedes e descoberto que o quarto 1602 estava desocupado.

3. O sr. Koenig relata que, quando passou essa informação à sra. Griffin, ela ficou furiosa e exigiu que ele fizesse uma investigação.

4. O sr. Koenig relata que, ao sair do elevador, no 16º andar, ele teria ouvido pessoas falando alto, rindo, ouvindo rap e fazendo outras coisas que ele descreveu como "farreando".

5. O sr. Koenig relata ter sentido cheiro de fumaça acompanhada de um odor distinto, que, em sua opinião, era de "erva".

6. O sr. Koenig relata ter seguido o barulho e o cheiro até o quarto 1605.

7. O sr. Koenig relata ter batido na porta e se identificado, o que fez com que a música fosse desligada e o barulho cessasse imediatamente. Depois do silêncio momentâneo, vieram risadinhas.

8. O sr. Koenig relata que a sra. Griffin, vestindo um roupão do hotel, se aproximou dele no corredor e insinuou enfaticamente que ele estivesse batendo na porta errada, uma vez que no quarto 1605 estava hospedado seu filho, Kyle, que dormia.

9. O sr. Koenig relata que, depois de ter explicado à sra. Griffin que o quarto 1605 era a fonte do barulho, ela expressou todas as opiniões desfavoráveis que tinha em relação a ele, usando palavras como "idiota", "imbecil" e "paspalho incompetente".

10. O sr. Koenig relata ter alertado a sra. Griffin quanto à política do Westin no que diz respeito a agressões verbais. A sra. Griffin, então, expressou suas opiniões desfavoráveis em relação às instalações do Westin, em termos como "pocilga", "ninho de pulgas" e "chiqueiro".

11. O sr. Koenig relata que, enquanto a sra. Griffin prosseguia com a sua avaliação negativa, seu marido, WARREN GRIFFIN, apareceu no corredor, espremendo os olhos e usando cueca samba-canção.

12. O sr. Koenig relata que as tentativas do sr. Griffin de acalmar sua esposa encontraram resistência e agressão verbal.

13. O sr. Koenig relata que, enquanto estava no processo de acalmar tanto o marido quanto sua esposa, o sr. Griffin arrotou, emitindo um "cheiro repugnante".

14. O sr. Koenig relata que a sra. Griffin começou a "jogar tudo na cara do marido", falando sobre o seu alcoolismo e seu apetite insaciável por carne.

15. O sr. Koenig relata que o sr. Griffin voltou ao quarto 1601 e bateu a porta.

16. O sr. Koenig relata que, enquanto a sra. Griffin estava concentrada em exprimir para a porta fechada do quarto 1601 "sua desaprovação extrema à pessoa que inventou o álcool", ele colocou sua chave mestra na fechadura do 1605.

17. O sr. Koenig relata que "do nada, minha cabeça foi puxada para trás" porque "aquela vagabunda maluca" (a sra. Griffin) o pegara pelos cabelos e puxara com força, causando transtorno e dor.

18. O sr. Koenig relata ter ligado para o Departamento de

Polícia de Seattle e relata ainda que, quando estava ao telefone, a sra. Griffin entrou no quarto 1605 e, ao abrir a porta, deu um grito.

19. O sr. Koenig relata ter entrado no quarto 1605 e contado nove indivíduos: o filho da sra. Griffin, KYLE GRIFFIN, e jovens pertencentes a diversas tribos urbanas de Seattle.

20. O sr. Koenig relata ter visto uma grande variedade de utensílios ligados ao consumo de drogas, incluindo, mas não limitados a, "bongs, papelotes, papéis de seda, frascos de remédios, piteiras, maricas, cachimbos, bitucas, garrotes de borracha, colheres e um 'vaporizador épico'". Uma inspeção visual do quarto não indicou a presença de substâncias ilegais além de "restos de maconha em um saquinho no frigobar".

21. O sr. Koenig relata que a sra. Griffin deu início a um discurso histérico de aproximadamente cinco minutos expressando sua decepção em relação aos amigos que o filho havia escolhido.

22. O sr. Koenig relata que a postura submissa da parte de Kyle Griffin e seus acompanhantes indicava que "eles estavam completamente chapados".

23. O sr. Koenig relata que a sra. Griffin, de repente, partiu para cima de uma garota que tinha um ursinho de pelúcia preso com um alfinete nas costas de sua jaqueta.

CONTINUAÇÃO DA NARRATIVA PELO POLICIAL:

Ao chegar, me identifiquei como membro da polícia de Seattle. Tentei tirar o ursinho das mãos da sra. Griffin, já que ele parecia ser o culpado pela sua crise aguda de estresse. Informei à sra. Griffin que, se ela não baixasse seu tom de voz e me acompanhasse até o corredor, eu teria de algemá-la. A sra. Griffin começou a gritar comigo em uma linguagem vulgar: "Eu sou uma cidadã-modelo. São estes drogados que estão violando a lei e corrompendo meu filho". Eu a peguei pelo braço esquerdo.

A sra. Griffin ficou gritando palavrões enquanto eu a algemava. Ela tentou se desvencilhar, dizendo "Tire essas mãos de mim, você não tem o direito de me tocar, eu não fiz nada de errado". Ela me ameaçou dizendo que seu marido era advogado e que ela usaria as gravações das câmeras de segurança do hotel para provar que eu a estava prendendo sem justa causa, e que ela faria questão de que o vídeo "passasse em todos os telejornais". Expliquei que ela estava sendo detida temporariamente enquanto eu tentava entender o que estava acontecendo. Dois seguranças do hotel chegaram para dar cobertura e, com a ajuda do meu parceiro, o policial Stanton, escoltaram até a rua aqueles que não estavam hospedados no hotel. Foi nesse ponto que o reclamante relatou o episódio do puxão de cabelo. A sra. Griffin negou vigorosamente. Perguntei ao sr. Koenig se ele queria prestar queixa. A sra. Griffin entrou na conversa, dizendo em tom sarcástico "Uôu, é a minha palavra contra a dele. Em quem o juiz vai acreditar? Na esposa de um advogado ou no rei coroado deste chiqueiro?". O sr. Koenig declarou que gostaria de prestar queixa.

Baseado nas informações acima, eu, policial Phil Bradstock, recomendo que a ré responda pelas queixas prestadas.

De: Audrey Griffin
Para: Soo-Lin Lee-Segal

Oi, sua sumida! No fim das contas, você estava certa. A vida de hotel finalmente perdeu seu esplendor. Vou aceitar sua oferta de nos hospedar chez Lee-Segal. Mas não se preocupe! Eu sei que você está assoberbada com o seu novo trabalho, e eu nem sonharia em ser um inconveniente para você.

Tentei te achar hoje na entrada da escola. O Lincoln me disse que você está trabalhando até tão tarde que vocês ainda nem montaram a árvore de Natal! Vou dar uma passada na minha casa e pegar as minhas caixas de enfeites. A sua casa estará toda decorada quando você voltar. E nem tente me impedir, você sabe que o Natal é meu feriado favorito!

    Não é irônico? Lembra quando você estava se divorciando do Barry e Warren fez tudo para você de graça, te poupando mais de 30 mil dólares? Lembra que você literalmente soluçava de gratidão, e prometeu que um dia nos retribuiria o favor? Pois aqui está sua chance! Vou entrar com a chave que fica embaixo do cupido.

    Só uma pergunta: o que você quer jantar? Vou fazer um banquete para te esperar em casa.

    Deus te abençoe!

De: Elgin Branch
Para: Soo-Lin Lee-Segal

    Eu sei que tudo o que você ficou sabendo naquele encontro com o agente Strang era coisa demais para jogar nas suas costas, além de estar totalmente fora das suas funções de trabalho. Mas eu me vi totalmente sobrecarregado, e não poderia ter enfrentado aquilo sozinho. Por mais atordoado que eu estivesse e ainda esteja, sou incrivelmente grato ao agente Strang por ter finalmente concordado com a sua presença. E sou ainda mais grato a você por estar ao meu lado.

Bilhete escrito à mão por Soo-Lin

Elgie,
    Meu trabalho é garantir que tudo corra bem na S2. Conhe-

cer os detalhes da sua situação permite que eu faça melhor o meu trabalho. É uma honra que você confie em mim. Prometo que não o decepcionarei. De agora em diante, não usemos o e-mail para falar sobre B.

Bilhete escrito à mão por papai

Soo-Lin,
    Acabo de falar com a dra. Kurtz. Se ser "perigosa para outros indivíduos" é uma das exigências, temos motivos de sobra com o pé de Audrey Griffin e o deslizamento de lama. O fato de B estar abusando de comprimidos certamente constitui "perigo para ela própria". A dra. Kurtz virá amanhã para falar sobre a internação de Bernadette.

De: Soo-Lin Lee-Segal
Para: EQUIPE SAMANTHA 2 (Destinatários em cópia oculta)

    EB estará lidando com um problema pessoal que necessitará de sua dedicação total. Todas as reuniões devem ser realizadas conforme foram agendadas. EB deverá ser informado de suas decisões por e-mail.
                                                        Obrigada!

De: Soo-Lin Lee-Segal
Para: Audrey Griffin

    NÃO É UMA BOA HORA para você ficar na nossa casa. Emergência no trabalho. Já contratei a Maura para pegar Lincoln e Alexandra na escola e ficar em casa a semana toda. Ela está no quarto de hóspedes. Sinto muitíssimo. Será que não dá pra vocês mudarem de hotel? Alugar uma casa por algum tempo? Eu te ajudo a procurar.

De: Audrey Griffin
Para: Soo-Lin Lee-Segal

    Liguei para a Maura e disse que você não ia mais precisar dela. Ela voltou para casa.
    Sua decoração ficou fantástica. Um Papai Noel inflável está acenando para quem passa na rua, e os parapeitos das janelas estão cobertos de "neve". José, Maria e o menino Jesus estão fincados no gramado, junto com o meu cartaz de "TENHA UM FELIZ NATAL". Eu é que deveria estar agradecendo a *você*.

De papai para o gerente de admissões do Choate

Caro sr. Jessup,
    Como você sabe, eu recebi uma carta de Hillary Loundes falando sobre o ingresso de Bee no Choate no próximo semestre. Quando li a sugestão da sra. Loundes de que Bee pulasse um ano, a minha primeira reação foi dizer não. Mesmo assim, as sábias palavras da sra. Loundes ficaram na minha cabeça. Agora concordo que é do total interesse de Bee que a sua imersão na abundância acadêmica do Choate comece imediatamente. Como ela está um pouco acima do nível dos alunos do primeiro ano, peço que vocês considerem recebê-la em janeiro — sim, daqui a um mês — no primeiro ano.
    Se a memória não me falha, no Exeter sempre havia alunos que saíam do colégio no meio do ano e outros que entravam no lugar. Se vocês concordarem, eu gostaria de dar início à papela-

da o mais rápido possível, de modo que Bee tenha uma transição suave. Obrigado.

Sinceramente,
Elgin Branch

De papai para seu irmão

De: Elgin Branch
Para: Van Branch

Van,
    Espero que você esteja bem. Eu sei que já faz um tempo desde a última vez que nos falamos, mas surgiu uma emergência na família e eu queria saber se você poderia vir a Seattle na quarta-feira e ficar por alguns dias. Eu compro a passagem e reservo um quarto em um hotel. Diga o que você acha.

Valeu,
Elgie

TERÇA-FEIRA, 21 DE DEZEMBRO
Uma enxurrada de e-mails entre o tio Van e papai

Elgie,
    Fala, seu sumido! Desculpe, mas acho que não vou poder fazer o que você me pediu. O Natal é uma época complicada para mim. Vamos deixar para quando passar o mau tempo. (Você deve ouvir bastante essa aí em Seattle.)

Mahalo,
Van

Van,
    Talvez eu não tenha sido claro. É uma emergência envolvendo a minha família. Eu cobrirei todos os seus custos e pagarei pelos dias que você perder de trabalho. As datas: do dia 22 ao dia 25 de dezembro.

Mano,
    Acho que talvez *eu* não tenha sido claro. Tenho uma vida aqui no Havaí. Eu tenho responsabilidades. Não posso pegar um avião só porque você decidiu me agraciar com seu primeiro e-mail em cinco anos e me convidar para passar o Natal em um hotel.

Van,
    Você é uma porra de um caseiro. A Bernadette está doente. A Bee não sabe. Preciso que você venha passar o dia com a Bee enquanto eu procuro ajuda para a Bernadette. Sei que nós perdemos o contato, mas eu queria que ela ficasse com alguém da família. Peço desculpas se oferecer um quarto de hotel soou indelicado. Minha casa está uma balbúrdia. O quarto de hóspedes está fechado com tábuas há anos porque há um buraco no chão que ninguém se dignou a consertar. Tudo isso está relacionado com a doença de Bernadette. Por favor.

Elgie,
    Vou fazer essa pela Bee. Compre uma passagem no voo direto que sai de Kona. Ainda tem um assento na primeira classe, e seria demais se você conseguisse reservá-lo para mim. Em um dos Four Seasons, tem vagas nas suítes júnior com vista para o

rio. Consegui alguém para ficar no meu lugar, então não tenho pressa para voltar.

Pedido de autorização enviado pela dra. Janelle Kurtz para a seguradora

PEDIDO DE COBRANÇA POR ATENDIMENTO FORA DA ILHA
RE: BERNADETTE FOX/ ELGIN BRANCH

O caso de Bernadette Fox foi trazido à minha atenção no dia 12 de dezembro. Seu marido, Elgin Branch, amigo de um dos membros da diretoria, Hannah Dillard, me escreveu uma carta verborrágica e altamente emocional fazendo perguntas sobre internação involuntária (Anexo nº 1).

A descrição que o sr. Branch fez de sua esposa sugeria ansiedade social, vício em remédios, agorafobia, fraco controle de impulsos, depressão pós-parto não tratada e, possivelmente, mania. Se fosse me basear no que ele disse, eu poderia dar a ela um diagnóstico duplo de abuso de substâncias e bipolaridade do tipo dois.

Respondi ao sr. Branch explicando como funcionava a lei e aconselhando que sua esposa procurasse ajuda psiquiátrica (Anexo nº 2).

Ontem, recebi uma ligação do sr. Branch pedindo que nos encontrássemos pessoalmente. Ele falou de novos acontecimentos envolvendo sua esposa, que incluíam ideação suicida.

Achei o telefonema do sr. Branch curioso, para não dizer suspeito, devido às seguintes razões:

1. TIMING: Na minha resposta ao sr. Branch, eu disse a ele que, para sua esposa ser internada involuntariamente, ela teria de representar um perigo iminente para ela própria ou para outros indivíduos. Em questão de dias, ele alegou estar em posse de tais evidências.

2. RESISTÊNCIA A PROCURAR AJUDA PSIQUIÁTRICA: O sr. Branch parece estar decidido a internar a sra. Fox no Madrona Hill. Por que ele não quis buscar ajuda psiquiátrica para sua esposa primeiro?

3. SIGILO: O sr. Branch se recusou a falar sobre determinadas informações por telefone, e insistiu que nos encontrássemos pessoalmente.

4. URGÊNCIA: Hoje, no telefone, o sr. Branch implorou que eu o encontrasse imediatamente, de preferência no seu escritório.

No conjunto, tenho motivos para questionar as motivações e a credibilidade do sr. Branch. Entretanto, sinto que devo dar prosseguimento ao caso. O Madrona Hill já foi notificado duas vezes a respeito do comportamento da sra. Fox. Como o suicídio foi explicitamente mencionado, agora é uma questão de responsabilidade. Além disso, a tenacidade do sr. Branch sugere que ele não parará de me procurar até que eu vá a seu encontro.

Estarei em Seattle, dando uma palestra na Universidade de Washington. Combinei de encontrar o sr. Branch no seu escritório hoje à tarde. Sei que esse procedimento não é muito comum, mas estou disposta a fazer um esforço a mais pelo amigo de um membro da diretoria. Minha esperança é que eu convença o sr. Branch a procurar o tratamento mais adequado para sua esposa.

Avisei-lhe que o custo de minha consulta é de US$ 275/hora, com um adicional de cinquenta por cento no caso de atendimento em viagens. Ele está ciente de que a nossa conversa e minha ida até o seu escritório não são cobertos pelo seguro.

De: Audrey Griffin
Para: Soo-Lin Lee-Segal

Ei, você! Fiz casinhas de pão de mel para a nossa decoração. Quando você chega em casa? Quero saber quando colocar o assado no forno.

De: Soo-Lin Lee-Segal
Para: Audrey Griffin

Como eu disse, estou superocupada no trabalho, então não vou conseguir chegar a tempo do jantar. Mas estou salivando só de pensar no seu famoso assado!

De: Audrey Griffin
Para: Soo-Lin Lee-Segal

Você acha que eu não consigo pescar uma dica no ar? Que tal se eu pegasse o meu carro e fosse até aí levar um prato pessoalmente?

De: Soo-Lin Lee-Segal
Para: Audrey Griffin

Que tal se você não fizesse isso? Obrigada, mesmo assim!

Naquela terça-feira, eu estava no meu quarto fazendo o dever de casa quando o telefone tocou duas vezes, o que significava que tinha alguém no portão, mas também assinalava que era hora de jantar. Apertei *7 para abrir o portão, depois desci as escadas e fui ao encontro do entregador. Fiquei empolgada quando vi que as sacolas que ele trouxe eram do Tilth. Levei a comida até a cozinha. Papai estava lá, de pé, contraindo a mandíbula.

"Pensei que você estivesse trabalhando", eu disse. Nas últimas duas noites papai não havia voltado para casa, e eu imaginei que ele estivesse fazendo serão por causa da Antártida.

"Quero ver como você está se alimentando", ele disse.

"Eu?", perguntei. "Estou bem."

Mamãe veio do Petit Trianon e chutou longe suas galochas. "Ei, olha só quem está em casa! Que bom, eu tinha pedido comida demais."

Abri as caixinhas do delivery e as coloquei na frente das nossas cadeiras na mesa da cozinha.

"Vamos usar pratos esta noite." Mamãe pegou a porcelana na despensa e eu servi a comida naquelas louças bonitas.

Mas o papai ficou ali, parado, com a parca fechada. "Eu tenho uma novidade. O Van está chegando amanhã."

O tio Van era o único tio que eu tinha e, portanto, também era o meu favorito. Mamãe tinha um apelido para ele que era Van "Você-Vai-Comer-o-Resto-Disso?" Branch. Ele mora no Havaí e trabalha como caseiro de uma mansão que pertence a um produtor de Hollywood. O produtor de Hollywood quase nunca está lá, mas ele deve ter TOC, porque paga o Van para ir até a sua casa todos os dias e puxar todas as descargas. O produtor de Hollywood também tem uma casa em Aspen e, num inverno, os canos congelaram, as privadas transbordaram e arruinaram um monte de antiguidades, então ele é totalmente paranoico quanto a isso acontecer de novo, muito embora canos não congelem no Havaí. Então, como mamãe gosta de destacar, o emprego de Van é puxar descargas. Uma vez nós fomos ao Havaí, o Van me levou para dar uma volta na mansão e me deixou puxar as descargas, o que foi bem engraçado.

"Por que o Van está vindo para cá?", perguntei.

"Boa pergunta." Mamãe agora também estava congelada, de pé, assim como papai.

"Fazer uma visita", disse papai. "Eu pensei que ele poderia cuidar do cachorro enquanto estamos viajando. Por quê, Bernadette? Isso seria um problema para você?"

"Onde ele vai ficar?", mamãe perguntou.

"No Four Seasons. Vou buscá-lo no aeroporto amanhã. Bee, eu queria que você viesse comigo."

"Não posso", eu disse. "Vou assistir à apresentação de Natal das Rockettes com o Grupo de Jovens."

"O voo dele chega às quatro", disse papai. "Te pego na saída da escola."

"A Kennedy pode ir também?", eu disse, abrindo um grande sorriso.

"Não", ele disse. "Eu não gosto de ficar com a Kennedy no carro. Você sabe disso."

"Você não é legal." Fiz a maior cara de Kubrick que pude para ele e comecei a comer.

Papai saiu pisando forte em direção à sala, a porta bateu contra o balcão. Um segundo depois ouviu-se um baque surdo, seguido de um xingamento. Mamãe e eu corremos e acendemos as luzes. Papai havia batido contra uma pilha enorme de caixas e malas. "Mas o que é toda essa porcaria?", ele perguntou, pulando de raiva.

"É para a Antártida", eu disse.

Caixas da UPS tinham sido entregues numa velocidade assustadora. Mamãe tinha pendurado três listas de roupas na parede, uma para cada um de nós. Todas as caixas estavam parcialmente abertas, expelindo parcas, galochas, luvas e calças de neve em estados variados de desempacotamento, penduradas para fora como línguas.

"Nós temos praticamente tudo." Mamãe caminhava entre

as caixas como uma especialista. "Ainda estou esperando o seu óxido de zinco." Ela apontou o pé na direção de um mochilão preto enorme. "Estou tentando encontrar uma dessas máscaras faciais para a Bee numa cor que ela goste…"

"Estou vendo a minha mala", disse papai. "E estou vendo a mala da Bee. Cadê a sua mala, Bernadette?"

"Está bem ali", disse mamãe.

Papai caminhou até ela e a levantou. Ela ficou ali, pendurada, como um balão murcho. "Por que não tem nada dentro dela?", ele perguntou.

"Por que você está em casa, pra começar?", mamãe perguntou.

"Por que eu estou em casa, pra começar?"

"Nós íamos jantar", ela disse. "Mas você não sentou. Você nem tirou o seu casaco."

"Eu tenho um compromisso no escritório. Não vou ficar para o jantar."

"Deixa eu separar umas roupas limpas para você, pelo menos."

"Eu tenho roupas no escritório."

"Por que você veio até aqui?", ela disse. "Só pra nos contar do Van?"

"Às vezes é legal fazer as coisas pessoalmente."

"Então fique para o jantar", disse mamãe. "Eu não estou entendendo."

"Nem eu", eu disse.

"Vou fazer as coisas do meu jeito", disse papai. "Assim como você faz as coisas do seu jeito." Ele saiu pela porta da frente.

Mamãe e eu ficamos paradas ali, esperando que ele voltasse, todo envergonhado. Em vez disso, ouvimos seu Prius derrapar na brita e ganhar a rua.

"Acho que ele só veio mesmo até aqui pra nos contar sobre o Van", eu disse.

"Estranho", disse mamãe.

QUARTA-FEIRA, 22 DE DEZEMBRO
Relatório feito pela dra. Kurtz

PACIENTE: Bernadette Fox

HISTÓRICO: Por meio do meu pedido de autorização datado do dia 21/12, agendei uma consulta com Elgin Branch na sede da Microsoft. Desde o envio deste pedido, no qual eu expressava desconfiança em relação ao sr. Branch, mudei de opinião a seu respeito e a respeito de suas motivações. Numa tentativa de jogar luz sobre essa minha mudança radical de ponto de vista, pretendo entrar numa extraordinária quantidade de detalhes a respeito do nosso encontro.

OBSERVAÇÕES SOBRE O ENCONTRO: Minha palestra na Universidade de Washington acabou mais cedo do que eu esperava. Na esperança de pegar a balsa das 22h05, cheguei meia hora adiantada. Fui encaminhada para o escritório da assistente administrativa do sr. Branch. Sentada à mesa estava uma mulher com uma capa de chuva e um prato coberto por papel-alumínio no colo. Perguntei pelo sr. Branch. A mulher me explicou que era amiga da assistente administrativa do sr. Branch e que tinha vindo fazer uma surpresa, trazendo o jantar para ela. E me disse que todos estavam reunidos no auditório grande, lá embaixo.

Eu disse que também estava lá por motivos particulares. Ela notou o meu crachá de identificação do Madrona Hill pendurado na minha pasta e disse algo como "Madrona Hill? Uh lá lá, isso é que é motivo particular!".

A assistente administrativa chegou e praticamente deu um grito quando me viu conversando com sua amiga com o prato de comida. Ela fingiu que eu era funcionária da Microsoft. Tentei sinalizar a ela que eu já havia me identificado como outra pessoa, mas ela me enfiou rapidamente dentro de uma sala de conferências e fechou as persianas. Entregou-me um arquivo confidencial do FBI. Não posso divulgar seu conteúdo além dos fatos notáveis que dizem respeito ao estado mental da sra. Fox:

• Ela atropelou uma mãe na frente da escola;
• Ela levantou uma placa na frente da casa dessa mesma mulher para provocá-la;
• Ela mantém um estoque secreto de remédios controlados;
• Ela sofre de ansiedade extrema, delírios de grandeza e pensamentos suicidas;

O sr. Branch chegou, aparentando desconforto pelo fato de estar segurando todo mundo até tarde lá embaixo e eles terem encontrado um bug no código bem na hora em que ele estava subindo. Prometi que seria rápida e entreguei a ele uma lista com alguns psiquiatras maravilhosos da região. O sr. Branch estava incrédulo. Ele acreditava fortemente que o arquivo do FBI continha provas suficientes para qualificar sua esposa para uma internação.

Expressei desajeitadamente minha preocupação com o fato de ele estar tão determinado a internar sua esposa involuntariamente. Ele me garantiu que queria apenas que ela recebesse os melhores cuidados possíveis.

A assistente administrativa do sr. Branch bateu na porta e perguntou se ele havia recebido o código com o bug corrigido. O sr. Branch olhou para o celular e estremeceu. Aparentemente, ele havia recebido 45 e-mails enquanto conversávamos. Ele disse: "Se Bernadette não me matar, 'Responder a Todos', ela vai me matar". Ele ficou fuçando nos e-mails e latindo num jargão de programador sobre uma lista de mudanças, que sua assistente administrativa anotou furiosamente antes de sair correndo porta afora.

Depois de uma animada discussão na qual o sr. Branch me acusou de estar negando socorro, eu reconheci que talvez sua esposa pudesse estar sofrendo de transtorno de adaptação, que, eu lhe expliquei, é uma reação psicológica a um evento estressante, geralmente caracterizado por ansiedade ou depressão. Esse evento estressante, no caso de sua mulher, parecia ser uma viagem planejada para a Antártida. Em casos extremos, os mecanismos de enfrentamento de uma pessoa acabam se tornando tão inadequados que o evento estressante provoca um surto psicótico.

O sr. Branch quase desmaiou de alívio quando finalmente confirmei que havia algo errado com a sua esposa.

A assistente administrativa entrou novamente, dessa vez acompanhada de dois homens. Ouviu-se mais jargão de programador envolvendo a implementação de uma correção no código.

Depois que eles saíram, eu disse ao sr. Branch que o tratamento recomendado em casos de transtorno de adaptação é a psicoterapia, e não uma internação psiquiátrica. Fiz um discurso atrapalhado sobre como é totalmente antiético e completamente inédito para um psiquiatra que mande internar uma pessoa sob a LTI antes de se encontrar com ela. O sr. Branch me garantiu que não estava determinado a levá-la embora vestida numa camisa de força e perguntou se não havia, pelo menos, um estágio intermediário.

Pela terceira vez, a assistente administrativa bateu na porta. Aparentemente, a correção do sr. Branch havia funcionado e a reunião havia chegado ao fim. Outras pessoas entraram na sala de conferências e o sr. Branch elencou uma lista de prioridades para o dia seguinte.

A *intensidade* daquilo tudo me afetou. Eu nunca tinha visto um grupo de pessoas tão automotivadas, trabalhando em um nível tão elevado. A pressão era evidente, mas também havia camaradagem e amor ao trabalho. O mais impressionante era a reverência ao sr. Branch, com sua natureza brincalhona e igualitária, mesmo sob níveis extremos de estresse.

Em algum momento, percebi que o sr. Branch estava apenas de meias, e me dei conta: ele era aquele cara da palestra do TED! Aquela em que você gruda um chip na testa e nunca mais precisa mover um músculo pelo resto da vida. É uma versão extrema de uma tendência de fuga da realidade que considero alarmante.

Quando todos saíram, ficamos apenas eu, o sr. Branch e a assistente administrativa. Sugeri que, uma vez que a sra. Fox parecia estar se automedicando contra a ansiedade, eu a encaminhasse para um dos meus colegas especializados em intervenções com dependentes de drogas. O sr. Branch ficou agradecido. Mas como ninguém além de mim poderia conhecer o conteúdo daquele arquivo do FBI, ele perguntou se eu mesma poderia fazer a intervenção. Eu disse que sim.

Enfatizei a importância de o sr. Branch dormir um pouco. Sua assistente administrativa disse que havia reservado um quarto de hotel para ele, e que iria, ela mesma, levá-lo até lá.

Na tarde do dia seguinte, papai me pegou na saída da escola e dirigimos até o aeroporto.

"Você ainda está animada com a ida para o Choate?", ele perguntou.

"Sim", eu disse.

"Fico muito, muito feliz de saber disso", disse papai. E então: "Você sabe o que é uma equipe de transição?".

"Sei."

"Foi meio assim que eu me senti quando fui aceito no Exeter. Parecia que eu estava empacado, ali, na High School. Aposto que é como você está se sentindo agora."

"Na verdade, não."

"Uma equipe de transição é quando um partido sai do governo..."

"Eu sei o que é, pai. Mas o que isso tem a ver com o Choate? Todos os outros alunos vão sair da Galer Street e vão para outro colégio no outono, assim como eu. Então, é como se no dia em que começasse o nono ano, começasse um ano inteiro de transição. Ou quando alguém faz catorze anos. É só uma idade de transição até os quinze."

Isso o aquietou por alguns minutos. Mas ele voltou à carga. "Fico feliz de saber que você está gostando do Grupo de Jovens", ele disse. "Se o tempo que você tem passado lá está te fazendo bem, quero que saiba que eu apoio totalmente."

"Posso passar a noite na Kennedy?"

"Você tem passado muito tempo na Kennedy", ele disse, todo preocupado.

"Posso?"

"É claro que pode."

Passamos pelo pátio da ferrovia na Elliott Bay, com aqueles guindastes laranja gigantescos que parecem avestruzes bebendo água enquanto ficam de sentinela vigiando milhares de contêineres empilhados. Quando eu era pequena, perguntei a mamãe o que tinha em todos aqueles contêineres. Ela disse que eram ovos de avestruz recheados com Barbies. Embora eu já não brinque com Barbies, ainda fico empolgada quando penso em todas aquelas bonecas juntas.

"Desculpe que não tenho passado muito tempo com você." Papai tinha voltado ao normal.

"Você passa tempo comigo."

"Eu queria passar mais", ele disse. "Eu *vou* passar mais. Vamos começar na Antártida. Nós dois vamos nos divertir tanto lá."

"Nós três." Puxei a minha flauta e fiquei tocando pelo resto do caminho até o aeroporto.

O tio Van estava bronzeadão, com o rosto enrugado, e tinha os lábios esbranquiçados de quem tinha feito peeling. Estava com uma camisa havaiana, chinelos de dedo, tinha uma almofada inflável envolta no pescoço e um enorme chapéu de palha com uma bandana que dizia *Se beber, não case*.

"Mano!" Van deu um abraço no papai. "Onde é que está a Bee? Onde está sua garotinha?"

Eu acenei.

"*Você* é uma menina grande. A minha sobrinha, Bee, é uma menina pequena."

"Eu sou a Bee", eu disse.

"Não brinca!" Ele levantou sua mão. "Bate aqui, menina grande."

Bati com a mão meio mole.

"Eu trouxe presentes." Ele tirou o chapéu de palha da cabeça e, de dentro dele, tirou outros chapéus de palha, todos com uma bandana do *Se beber, não case*. "Um é para você." Ele colocou o chapéu na cabeça do papai. "Um é para você." Colocou um na minha cabeça. "Um é para a Bernadette."

Agarrei-o. "Eu entrego para ela." Aquilo era tão medonho, eu tinha que dar para a Kennedy.

Enquanto Van passava manteiga de cacau nos seus lábios nojentos, ali parado, eu pensava: Tomara que ninguém me veja no zoológico com esse cara.

Relatório que a dra. Kurtz fez para seu supervisor

PACIENTE: Bernadette Fox

PLANO DE INTERVENÇÃO: Apresentei o histórico de minha paciente aos drs. Mink e Crabtree, especialistas em intervenção com dependentes de drogas. Eles concordaram que, devido ao componente do abuso de substâncias, seria adequado realizar uma intervenção. Muito embora eu não seja formalmente treinada para lidar com dependentes de drogas, devido às circunstâncias excepcionais descritas no histórico do meu paciente, decidi conduzir a intervenção eu mesma.

MODELO JOHNSON VS. INTERVENÇÃO MOTIVACIONAL: Ao longo da última década, o Madrona Hill vem se afastando do modelo Johnson de intervenções "de emboscada" em favor da abordagem mais inclusiva e "motivacional" de Miller e Rollnick, que estudos vêm demonstrando ser mais eficaz. Entretanto, devido ao sigilo decretado pelo FBI, o modelo Johnson foi o escolhido.

REUNIÃO PREPARATÓRIA: O sr. Branch e eu nos encontramos no consultório do dr. Mink em Seattle na tarde de hoje. O dr. Mink conduziu muitas intervenções no estilo Johnson nos anos 1980 e 1990 e enumerou seus componentes para nós:
1. "Apresentação da realidade" de forma enérgica ao paciente.
2. Membros da família expressam seu amor pelo paciente em suas próprias palavras.
3. Membros da família detalham os estragos causados pelo paciente.
4. Membros da família garantem apoio durante o tratamento do paciente.
5. Membros da família e profissionais de saúde explicam as consequências negativas caso o paciente recuse o tratamento.
6. É dada ao paciente a oportunidade de buscar espontaneamente tratamento.

7. Transferência imediata do paciente para um centro de tratamento.

Espera-se que Bernadette Fox admita que está doente e se interne espontaneamente no Madrona Hill.

Naquela noite, fui ao *Radio City Christmas Spectacular* com o Grupo de Jovens. A primeira parte, com as Rockettes, foi um saco. Era só uma música de elevador tocando enquanto as Rockettes ficavam lá dando chutes. Eu pensei que elas iam pelo menos cantar ou fazer algum outro tipo de dança. Mas elas só ficaram chutando, em fila, viradas para um lado. E chutando, em fila, viradas para o outro lado. E chutando, em fila, com a fila inteira rodopiando, ao som de músicas como "It's Beginning to Look a Lot Like Christmas" e "I Saw Mommy Kissing Santa Claus". A coisa toda era uma porcaria. Kennedy e eu ficamos, tipo, Por quê?

Veio o intervalo. Não tínhamos motivos para ir ao lobby porque ninguém tinha dinheiro, o que significava que o melhor que poderíamos fazer era beber água direto do chafariz. Então eu e todos os membros do Grupo de Jovens ficamos sentados em nossos lugares. Conforme a plateia ia voltando, as mulheres, com penteados em forma de capacete, o rosto todo rebocado de maquiagem e os broches cintilantes de Natal, começaram a cochichar, empolgadas. Até mesmo Luke e Mae, que estavam nos acompanhando, ficaram de pé, na frente dos seus assentos, olhando para a cortina vermelha.

O teatro ficou escuro. Uma estrela foi projetada na cortina. A plateia suspirou e aplaudiu com um entusiasmo exagerado demais para uma simples estrela.

"Hoje é o dia mais importante para toda a humanidade", disse uma voz assustadora. "É o nascimento do meu filho, Jesus, o rei dos reis."

A cortina se abriu. No palco havia uma manjedoura com um menino Jesus, Maria e José. "Deus" narrava, da maneira mais sinistra possível, a história do nascimento de Cristo. Apareceram pastores com ovelhas, bodes e burros de verdade. Para cada animal que entrava em cena havia novos gritos de "oohs" e "aahs".

"Será que essas pessoas nunca foram ao zoológico?", disse Kennedy.

Três reis magos chegaram montados em um camelo, em um elefante e em um avestruz. Até eu fiquei, tipo, o.k., isso é legal, eu não sabia que dava pra montar num avestruz.

Daí uma mulher negra grandalhona entrou em cena, o que meio que quebrou o encanto, porque ela estava usando um vestido vermelho superapertado, desses que você vê na Macy's.

"Ó, noite santa", ela começou.

Suspiros eufóricos irrompiam à minha volta.

"As estrelas estão resplandecendo", ela cantava. "É a noite do nascimento do nosso salvador. Há muito tempo o mundo/ Errava e pecava, aguardando/ Até que ele apareceu, e a alma conheceu o seu valor." Alguma coisa na música me fez fechar os olhos. As letras e a melodia aqueciam o meu coração. "Um sentimento de esperança/ Um mundo cansado regozija/ Lá adiante irrompe/ Uma nova e gloriosa manhã." Houve uma pausa. Abri os olhos.

"Caia de joelhos!", ela cantava, tomada por uma alegria estridente e vigorosa. "Oh, escute a voz dos anjos!"

"Ó, nooooooite divina", mais vozes se juntaram. Um coro estava agora em cena, atrás do menino Jesus, cinquenta pessoas, todas negras, com roupas brilhosas. Eu não vi quando elas chegaram. O calor no meu coração começou a endurecer, e ficou mais difícil engolir.

"Ó, noite em que Cristo nasceu. Ó, nooooooite diviiiiiiina! Ó, noite! Ó, noite divina!"

Era tão esquisito e extremo que eu fiquei desorientada por um instante, e foi quase um alívio quando eles terminaram. Mas a música continuava. Eu sabia que teria de me preparar para o que viria pela frente. Sobre o palco, palavras apareceram num painel digital. Assim como o coro, o painel parecia ter simplesmente se materializado ali. Palavras escritas com pontinhos vermelhos começaram a deslizar pela tela...

VERDADEIRAMENTE ELE NOS ENSINOU
A NOS AMARMOS UNS AOS OUTROS...
SUA LEI É O AMOR
E SEU EVANGELHO É A PAZ.

Um ressoar de vozes tenebrosas me cercou. Eram as pessoas da plateia, que ficaram de pé para acompanhar a música e agora cantavam.

CORRENTES ELE QUEBRARÁ
POIS O ESCRAVO É NOSSO IRMÃO...
E EM SEU NOME CESSARÁ
TODA A OPRESSÃO.

Eu não conseguia mais enxergar as palavras por causa das pessoas na minha frente. Então também fiquei de pé.

DOCES HINOS DE ALEGRIA
EM COROS GRACIOSOS ELEVAMOS...
COM TODO O NOSSO CORAÇÃO
LOUVAMOS SEU NOME SAGRADO.

Todo mundo na plateia começou a levantar os braços até a metade e balançar os dedos; era como se estivessem dançando jazz.

Kennedy colocou a bandana do *Se beber, não case*. "O quê?", ela disse, e revirou os olhos. Eu a empurrei.

Então a cantora negra principal, que até então não estava cantando tão alto, deixando o coro fazer todo o serviço, de repente pulou na frente de todos.

"*Criiiiiisto é o Senhor!*", sua voz rugia, enquanto a tela mostrava:

CRISTO É O SENHOR!

Aquilo foi tão alegre e desavergonhadamente religioso que eu me dei conta de que essas pessoas, "carolas", como mamãe as chamava, eram, na verdade, oprimidas, e só agora podiam se abrir porque estavam se sentindo seguras entre outros carolas. As mulheres, tão belas com seus penteados especiais e suéter de Natal, simplesmente não ligavam para o fato de que não tinham vozes boas e cantavam junto. Algumas jogavam a cabeça para trás e chegavam a fechar os olhos. Ergui os braços, para ver como eu me sentia. Deixei a cabeça cair para trás e fechei os olhos.

E O LOUVAREMOS PARA SEMPRE.

Eu era o menino Jesus. Mamãe e papai eram Maria e José. O berço era a minha cama de hospital. Eu estava cercada de cirurgiões e residentes e enfermeiras que ajudaram a me manter viva quando eu nasci azul e se não fosse por eles eu estaria morta agora. Todas aquelas pessoas que eu nem conhecia, que eu não seria capaz de apontar numa fila se me pedissem, elas tinham dedicado a vida inteira a aprender as coisas que acabaram salvando a minha vida. Se eu estava nessa onda magnífica de pessoas e músicas, era por causa delas.

Ó, NOITE DIVINA! Ó, NOITE! Ó, NOITE DIVINA!

Senti um golpe na lateral. Era Kennedy me dando um soco. "Pega." Ela me ofereceu sua bandana porque lágrimas escorriam pelas minhas bochechas. "Não vem com essa de Jesus pra cima de mim."

Eu a ignorei e joguei a cabeça para trás. Talvez religião seja isso, jogar-se de um precipício acreditando que alguma coisa maior vai tomar conta de você e carregá-la até o lugar certo. Eu não sei se é possível sentir absolutamente tudo ao mesmo tempo, tanta coisa que você pensa que vai explodir. Eu amo tanto o papai. Me arrependi de ter sido tão má com ele no carro. Ele só estava tentando conversar comigo, e eu não sei por que eu não deixei. É claro que eu notei que ele nunca estava em casa. Notei por anos. Eu queria voltar correndo para casa e abraçar o papai e pedir que ele, por favor, não ficasse tanto tempo longe e que, por favor, não me mandasse para Choate, porque eu amo demais ele e a mamãe, eu amo demais a nossa casa, e a Picolé, e a Kennedy e o sr. Levy para ir embora. Eu sentia tanto amor dentro de mim. Mas, ao mesmo tempo, eu me sentia tão desamparada ali, de uma maneira que ninguém jamais entenderia. Eu me sentia tão só neste mundo, e tão amada ao mesmo tempo.

Na manhã seguinte, a mãe da Kennedy veio nos acordar. "Merda", ela disse. "Vocês vão se atrasar." Ela jogou várias barrinhas de cereal em nossa direção e voltou para a cama.

Eram oito e quinze. O Dia da Celebração Mundial começava às oito e quarenta e cinco. Eu me vesti bem rápido e saí correndo ladeira abaixo, sem parar nem na pontezinha. A Kennedy sempre chega atrasada e a mãe dela nem se importa, então ela ficou em casa comendo cereal e assistindo TV.

Corri direto para a sala de equipamentos, onde o sr. Kangana e os alunos do segundo ano estavam fazendo um último ensaio. "Cheguei", eu disse, abanando meu *shakuhachi*. "Desculpa." As criancinhas estavam tão fofinhas de quimono. Elas começaram a me escalar como macaquinhos.

Do outro lado da parede, a sra. Goodyear nos anunciou, e nós entramos no ginásio, que estava lotado de pais apontando câmeras de vídeo em nossa direção. "E agora", ela disse, "vamos assistir a uma apresentação dos alunos do segundo ano. Tocando junto com eles, a aluna Bee Branch, do nono ano."

As crianças fizeram uma fila. O sr. Kangana me deu o sinal e eu toquei as primeiras notas. As crianças começaram a cantar.

Zousan, zousan
O-ha-na ga na-ga-I no ne
So-yo ka-a-san mo
Na-ga-I no yo

Elas foram ótimas, estavam cantando em uníssono. Menos a Vivian, que tinha perdido seu primeiro dente de leite naquela manhã e ficou ali parada, congelada, enfiando a língua pelo buraco que o dente havia deixado. Fizemos uma pausa, e então chegou a hora de cantarmos a música em inglês, com a minha coreografia. As crianças começaram a cantar e a se mover como elefantes, com os dedos das mãos entrelaçados e os braços pendurados, balançando como trombas.

Elefantinho, elefantinho
Você tem um nariz muito comprido
Sim, senhor, minha mamãe também tem um nariz comprido

Foi aí que eu tive um pressentimento. Lá estava ela, mamãe, parada na entrada, usando aqueles óculos escuros enormes.

> *Elefantinho, elefantinho*
> *Me diga o que você ama*
> *Ah, você sabe que é a minha mamãe que eu amo*

Eu ri porque sabia que mamãe ia achar engraçado que fosse *eu* quem estivesse chorando agora. Procurei por ela. Mas ela tinha ido embora. Foi a última vez que eu a vi.

SEXTA-FEIRA, 24 DE DEZEMBRO
Da dra. Janelle Kurtz

Ao Conselho de Diretoria,
Gostaria de informá-los que venho por meio desta renunciar à minha posição de diretora de psiquiatria do Madrona Hill. Eu amo meu trabalho. Meus colegas são como minha família para mim. Entretanto, como psiquiatra responsável por Bernadette Fox, e à luz dos eventos misteriosos e trágicos envolvendo sua intervenção, é a decisão que eu preciso tomar. Obrigada por tantos anos maravilhosos e pela oportunidade de trabalhar com vocês.

Sinceramente,
dra. Janelle Kurtz

Relatório da dra. Kurtz sobre a intervenção de mamãe

PACIENTE: Bernadette Fox

Estamos planejando confrontar a sra. Fox no consultório do seu dentista, onde ela tem uma consulta marcada para as dez horas da manhã. O dr. Neergaard foi informado sobre o plano e deixou um consultório vazio à nossa disposição. O irmão de

Elgin Branch, Van, ficou encarregado de buscar sua filha, Bee, na escola, ir até o zoológico e esperar por novas instruções.

Não queríamos que a sra. Fox visse o carro do seu marido quando ela chegasse ao consultório do dentista. Desse modo, ficou decidido que o sr. Branch e eu nos encontraríamos em sua casa e iríamos no meu carro até o consultório do dr. Neergaard.

RESIDÊNCIA DOS FOX/BRANCH: É a antiga sede da Escola para Meninas Straight Gate, um prédio de tijolo aparente, enorme porém decrépito, assentado em um imenso gramado inclinado com vista para Elliott Bay. A parte de dentro está terrivelmente comprometida. Há salas lacradas com pedaços de madeira. É escuro e úmido, com um cheiro de mofo tão forte que eu conseguia até sentir gosto de mofo. Uma família com uma renda tão significativa vivendo em condições tão precárias sugere falta de amor-próprio, ambivalência a respeito de sua superioridade financeira/social e resposta fraca a um teste de realidade.

Cheguei à residência dos Branch às nove da manhã e encontrei diversos carros, incluindo uma viatura da polícia atravessada na entrada da garagem. Toquei a campainha. A sra. Lee-Segal, assistente administrativa do sr. Branch, abriu a porta. Ela disse que havia acabado de chegar com o sr. Branch. O agente do FBI Marcus Strang estava, naquele momento, informando-os que na semana passada "Manjula", a secretária virtual, havia roubado todas as milhas que o sr. Branch tinha na American Airlines.

O sr. Branch ficou chocado com o fato de que o agente Strang estava lhe contando isso só agora. O agente Strang explicou que eles haviam subestimado o perigo potencial da situação, uma vez que criminosos de internet não costumam sair do porão, muito menos embarcar em aviões. Mas, na noite passada, as milhas haviam sido usadas para comprar uma passagem só de ida de Moscou a Seattle, com previsão de chegada para amanhã. Além disso, "Manjula" havia mandado e-mails para a sra. Fox para confirmar se ela estaria sozinha em casa enquanto o sr. Branch e sua filha estivessem na Antártida.

O sr. Branch, em choque, praticamente desmoronou, e teve de se apoiar em uma parede. A sra. Lee-Segal afagou suas costas e garantiu que sua esposa estaria segura na Orcas Island, no Madrona Hill. Reiterei que não havia garantia disso, que eu teria de examinar a sra. Fox antes de interná-la contra a sua vontade.

O sr. Branch começou a direcionar sua raiva e impotência para mim, me acusando de ser incompetente e estar fazendo corpo mole. A sra. Lee-Segal interrompeu, alertando-nos para o fato de que estávamos atrasados para chegar ao consultório do dr. Neergaard. Perguntei ao agente Strang se ainda era seguro realizar a intervenção, considerando as circunstâncias. Ele nos garantiu que sim e disse que reforços extras da polícia já estavam a postos. Um tanto abalados, nos dirigimos à porta da frente quando, de repente, ouvimos uma voz de mulher vindo de trás.

"Elgie, quem são todas essas pessoas?"

Era Bernadette Fox. Ela tinha acabado de entrar pela cozinha.

Uma rápida avaliação visual mostrou uma mulher com cerca de cinquenta anos de idade, de altura e porte médios, sem maquiagem, com a pele pálida, mas de uma palidez saudável. Estava usando uma capa de chuva azul e, por baixo dela, jeans, um suéter branco de caxemira felpuda e mocassins sem meia. Seu cabelo comprido tinha sido escovado e estava preso com uma echarpe. Não havia nada em sua aparência que indicasse que ela não estivesse cuidando de si mesma. Na verdade, ela me pareceu muito bem-arrumada e chique.

Liguei meu gravador. Segue uma transcrição:

FOX: É a Bee? Não aconteceu nada com a Bee. Eu acabo de vê-la na escola...

BRANCH: Não, a Bee está bem.

FOX: Então quem são essas pessoas?

DRA. KURTZ: Meu nome é dra. Janelle Kurtz.

BRANCH: Você deveria estar no dentista, Bernadette.

FOX: Como você sabia disso?

DRA. KURTZ: Vamos nos sentar.

FOX: Por quê? Quem são vocês? Elgie...

BRANCH: Vamos fazê-lo aqui, doutora?

DRA. KURTZ: Acho que sim...

FOX: Fazer o que aqui? Eu não estou gostando disso. Vou embora.

DRA. KURTZ: Bernadette, nós estamos aqui porque gostamos de você e queremos que você receba a ajuda de que precisa.

FOX: Que tipo de ajuda, exatamente? Por que a polícia está ali fora? E essa mosquinha aí?

DRA. KURTZ: Gostaríamos que você se sentasse para que possamos lhe apresentar a realidade de sua situação.

FOX: Elgie, por favor, diga a eles para irem embora. O que quer que esteja acontecendo, vamos conversar sobre isso em particular. Estou falando sério. Essas pessoas não pertencem a este lugar.

BRANCH: Eu sei de tudo, Bernadette. E eles também.

FOX: Se isso é sobre o dr. Neergaard... se ele contou a você... se alguém descobriu... Eu desmarquei a consulta dez minutos atrás. Eu vou viajar. Eu vou para a Antártida.

BRANCH: Bernadette, por favor. Pare de mentir.

FOX: Olha no meu telefone. Viu? Últimas chamadas. Dr. Neergaard. Ligue para ele você mesmo. Pega...

BRANCH: Dra. Kurtz, nós devemos...

DRA. KURTZ: Bernadette, nós estamos preocupados com a sua capacidade de tomar conta de si mesma.

FOX: Isso é uma brincadeira? Sério, eu não estou entendendo. Isso é sobre a Manjula?
BRANCH: Não existe nenhuma Manjula.
FOX: O quê?
BRANCH: Agente Strang, será que você poderia...
FOX: *Agente* Strang?
AGENTE STRANG: Oi. Do FBI.
BRANCH: Agente Strang, já que você está aqui, será que você poderia, quem sabe, explicar para a minha mulher o estrago que suas ações causaram?
AGENTE STRANG: Se isso de repente se transformou numa intervenção, não é exatamente minha especialidade.
BRANCH: Mas eu só queria...
AGENTE STRANG: Está além das minhas funções.
BRANCH: Manjula é o pseudônimo de alguém que trabalha para uma organização russa de ladrões de identidade. Eles se fizeram passar por Manjula por todo esse tempo para obter todos os nossos dados bancários. E não é só isso, eles estão vindo até Seattle para aplicar seu golpe enquanto Bee e eu estivermos na Antártida. É isso, agente Strang?
AGENTE STRANG: Basicamente.
FOX: Não acredito. Quer dizer, claro que acredito. Que tipo de golpe?
BRANCH: Ah, eu sei lá! Limpar nossas contas, investimentos, títulos de propriedade, o que não deve ser muito difícil, já que você deu a eles todas as nossas informações pessoais e senhas! Manjula até requisitou uma procuração!
FOX: Isso não é verdade. Ela não me responde há dias. Eu estava prestes a demiti-la.
BRANCH: Isso porque o FBI interceptou seus e-mails e respondeu em seu lugar. Você não está entendendo?
DRA. KURTZ: Sim, essa é uma boa ideia, Bernadette, sentar-se. Vamos todos nos sentar.

FOX: Não aí...

DRA. KURTZ: Oh!

FOX: Está molhado. Desculpe, tem uma goteira aí. Meu Deus, Elgie, eu fodi com tudo. Ela roubou todo o nosso dinheiro?

BRANCH: Graças a Deus, ainda não.

LEE-SEGAL: (INAUDÍVEL)

BRANCH: Eu tinha esquecido! Ela roubou nossas milhas!

FOX: Nossas milhas? Estou ficando enjoada com tudo isso. Desculpe, estou em choque.

DRA. KURTZ: Agora que estamos confortáveis... Oh! Minha saia!

FOX: Você... me desculpe. Esse laranja é porque o revestimento do telhado está enferrujado e a água passa por ele. Geralmente sai na lavagem. Mas às vezes você precisa usar um tira-manchas. Quem é você?

DRA. KURTZ: Dra. Janelle Kurtz. Está tudo bem, Bernadette. Eu gostaria de lhe apresentar a realidade. Como o FBI teve acesso à sua conta de e-mail, nós descobrimos que você considerou o suicídio no passado. Você guarda comprimidos para futuras tentativas de suicídio. Você tentou atropelar uma mãe na escola.

FOX: Não seja ridícula.

LEE-SEGAL: (SUSPIRA PESADAMENTE)

FOX: Ah, cala a boca. Que diabos você está fazendo aqui, pra começar? Será que alguém poderia abrir uma janela para essa mosquinha sair?

BRANCH: Pare de chamá-la assim, Bernadette.

FOX: Me perdoe. Será que alguém poderia tirar essa *assistente administrativa* da minha sala de estar?

DRA. KURTZ: Sra. Lee-Segal, *seria* uma boa ideia você se retirar.

BRANCH: Ela pode ficar.

FOX: Ah, é mesmo? Ela pode ficar? Como assim?

BRANCH: Ela é uma amiga…

FOX: Que tipo de amiga? Ela não é amiga deste casamento, isso eu posso garantir.

BRANCH: Você não está no comando agora, Bernadette.

FOX: Espera um segundo, o que é isto?

LEE-SEGAL: O quê?

FOX: Escapando pela parte de trás das suas calças.

LEE-SEGAL: Minhas calças? Onde?

FOX: É uma calcinha! Tem uma calcinha no bolso do seu jeans!

LEE-SEGAL: Não tenho ideia de como ela foi parar aí…

FOX: Você é uma secretária nascida em Seattle e nesta casa não tem lugar para você!

DRA. KURTZ: Bernadette está certa. Isto é apenas para a família.

LEE-SEGAL: Vou embora com prazer.

AGENTE STRANG: Que tal se eu for também? Estarei do lado de fora.

(DESPEDIDAS. A PORTA DA FRENTE ABRE E FECHA)

FOX: Por favor, prossiga, capitão Kurtz… perdão, *dra. Kurtz*.

DRA. KURTZ: Bernadette, a agressão que você cometeu contra sua vizinha levou à destruição de sua casa e possivelmente provocou TEPT em trinta crianças. Você não tem nenhuma intenção de ir à Antártida. Você planejou extrair quatro sisos para não ter de ir. Você entregou voluntariamente informações pessoais a um criminoso, o que poderia ter levado à sua ruína financeira. Você é incapaz de ter até mesmo a mais básica das interações humanas, e depende de uma assistente virtual para comprar comida, marcar compromissos e realizar todas as suas tarefas caseiras. Sua casa poderia ser condenada pelo departamento de obras, o que, para mim, indica um sério quadro de depressão.

FOX: Você ainda vai continuar me "apresentando a realidade" ou posso dizer uma coisa?

VOZ DE HOMEM: Pega!

KURTZ/BRANCH: (SONS DE PÂNICO)

(NOTAMOS A PRESENÇA DE UM HOMEM DE SOBRETUDO OLHANDO PARA O TELEFONE)

BRANCH: Quem é você?

DETETIVE DRISCOLL: Detetive Driscoll. Polícia de Seattle.

FOX: Ele estava parado ali o tempo todo.

DETETIVE DRISCOLL: Desculpem. Me empolguei um pouco demais. O Clemson interceptou um passe e saiu correndo com a bola. Façam de conta que eu não estou aqui.

DRA. KURTZ: Bernadette, Elgin gostaria de começar a expressar o amor que ele sente por você. Elgin...

BRANCH: Que raios você tem, Bernadette? Eu pensei que você estivesse ainda mais aborrecida do que eu com aqueles abortos. Mas, na verdade, o tempo todo, a única coisa que te preocupava era aquela casa idiota. O que você passou com a Casa das Vinte Milhas... eu passo por esse tipo de merda umas dez vezes por dia na Microsoft. As pessoas se recuperam das coisas. É o que chamamos de superação. Você ganhou uma bolsa MacArthur. Vinte anos se passaram e você ainda está remoendo a injustiça de uma briga que você teve com um babaca inglês, uma briga que você mesma foi procurar? Você percebe o quanto isso é egoísmo e autopiedade? Percebe?

DRA. KURTZ: O.k. Bem. É importante reconhecer que há muita mágoa acumulada. Mas vamos nos concentrar no aqui e no agora. Elgin, por que você não tenta *expressar seu amor* por Bernadette? Você havia mencionado a mãe maravilhosa que...

BRANCH: E você fica lá atrás no seu trailer, mentindo para mim a torto e a direito, terceirizando sua vida, *nossa vida*, na Índia? Minha opinião não vale nada? Você está com medo de ficar enjoada quando estivermos atravessando a passagem de Drake? Tem uma maneira de lidar com isso. Chama-se adesivo de escopolamina. Você não precisa *extrair quatro sisos* e mentir para mim e Bee. Uma pessoa pode morrer extraindo um siso. Mesmo assim você faria isso só para não ter de jogar conversa fora com estranhos? Que diabos a Bee vai pensar quando ela souber disso? E tudo porque você é um "fracasso"? E quanto a ser uma esposa? E uma mãe? Por que você não veio falar com o seu marido? Por que você teve de abrir seu coração para um arquiteto qualquer, que você não vê há vinte anos? Meu Deus, você está doente. Você está me deixando doente, e você está doente.

DRA. KURTZ: Outro exemplo de demonstração de amor é um abraço.

BRANCH: Você enlouqueceu, Bernadette. É como se alienígenas tivessem vindo até aqui e trocado você por uma réplica, só que a réplica é uma versão sua insana e travesti. Estava tão certo disso que uma noite, enquanto você dormia, me estiquei para apalpar seus cotovelos. Porque eu pensei, Não importa o quanto essa réplica seja bem-feita, eles jamais conseguiriam reproduzir os cotovelos pontudos dela. Mas lá estavam eles, seus cotovelos pontudos. Você acordou quando eu fiz isso. Você se lembra?

FOX: Sim, eu me lembro.

BRANCH: Quando eu parei para pensar eu percebi, Oh, meu Deus, ela vai me arrastar junto com ela. Bernadette ficou louca, mas eu não vou deixar ela me arrastar junto com ela. Eu sou um pai. Um marido. Eu sou o líder de uma equipe de mais de duzentas e cinquenta pessoas que dependem de mim, cujas *famílias* dependem de mim. Eu me recuso a me atirar do precipício junto com você.

FOX: (SOM DE CHORO)

BRANCH: E você me odeia por isso? Você me ridiculariza e me chama de simplório porque eu amo a minha família? Porque eu amo o meu trabalho? Porque eu gosto de livros? Quando foi que começou esse seu desprezo por mim, Bernadette? Você saberia a data exata? Ou será que você teria de consultar a assistente virtual para quem você pagava setenta e cinco centavos por hora, mas na verdade era a máfia russa, que roubou todas as nossas milhas e está vindo a Seattle para te matar? Nossa, eu preciso parar de falar.

DRA. KURTZ: Que tal se parássemos de falar sobre amor e passássemos para os *estragos* que as atitudes de Bernadette causaram?

BRANCH: Você está de sacanagem? Os estragos que ela causou?

FOX: Eu conheço os estragos.

DRA. KURTZ: Ótimo. Depois é... Eu esqueci o que vem depois. Já falamos de realidade, amor, estragos...

DETETIVE DRISCOLL: Não olhe pra mim.

DRA. KURTZ: Deixe-me checar as minhas anotações.

DETETIVE DRISCOLL: Esta é uma boa hora para perguntar: esse café é de alguém?

BRANCH: Perdão?

DETETIVE DRISCOLL: Eu larguei o meu em algum lugar, mas geralmente tomo com mais leite do que este aqui...

DRA. KURTZ: Garantia de apoio!

BRANCH: É claro que eu vou te dar o meu apoio. Você é minha mulher. Você é a mãe de Bee. Temos sorte de ainda ter nosso dinheiro para que eu possa pagar por esse apoio.

FOX: Desculpe-me, Elgie. Eu não sei como posso te agradecer. Você está certo, eu preciso de ajuda. Eu posso fazer qualquer coisa. Vamos começar passando um tempo na Antártida, só nós três, sem computadores, sem trabalho...

BRANCH: Que tal você *não* colocar a culpa na Microsoft?

FOX: Eu só quis dizer nós três, nossa família, sem nenhuma distração.

BRANCH: Eu não vou para a Antártida com você. Eu pularia do navio na primeira oportunidade.

FOX: A viagem está cancelada?

BRANCH: Eu jamais faria isso com a Bee. Ela passou o ano inteiro lendo livros e fazendo trabalhos sobre a Antártida.

FOX: Então eu não entendi.

DRA. KURTZ: Bernadette, eu gostaria de sugerir que nós trabalhássemos juntas nas próximas semanas.

FOX: Você vai viajar com a gente? Isso é tão exótico.

DRA. KURTZ: Não, eu não vou. Você precisa se concentrar na sua cura, Bernadette.

FOX: Ainda não entendi direito onde é que você se encaixa.

DRA. KURTZ: Sou psiquiatra no Madrona Hill.

FOX: Madrona Hill? O manicômio? Jesus Cristo! Você está me mandando para um manicômio? Elgie! Você não está fazendo isso comigo!

DETETIVE DRISCOLL: Caralho, você está?

BRANCH: Bernadette, você precisa de ajuda.

FOX: Então você vai levar a Bee para a Antártida e vai me trancafiar no Madrona Hill? Você não pode fazer isso!

DRA. KURTZ: Nós gostaríamos que você viesse voluntariamente.

FOX: Ah, entendi. Então é por isso que o Van está aqui? Para manter a Bee distraída com leopardos-das-neves e passeios de carrossel enquanto você me interna?

BRANCH: Você ainda não tem ideia do quanto você está doente, não é?

FOX: Elgie, olha pra mim. Estou encrencada. Mas eu consigo sair dessa. Nós podemos sair dessa juntos. Por nós. Pela Bee. Mas eu não vou trabalhar com esses invasores. Desculpe, mas eu preciso fazer xixi desde que cheguei aqui. Ou preciso da autorização da doutora?

DRA. KURTZ: Pode ir em frente...
FOX: Meu Deus, é *você*! É ele! Elgie!
BRANCH: O quê?
FOX: Lembra o cara que eu disse que estava me seguindo no restaurante aquela noite? É este aqui! Você andou me seguindo, não foi?
DETETIVE DRISCOLL: Você não deveria saber. Mas sim.
FOX: A justificativa para tudo isso seria o fato de eu estar louca. Mas estou muito aliviada que ele *andava mesmo* me seguindo porque agora pelo menos sei que não estou maluca.
(PORTA DO BANHEIRO FECHANDO) (LONGO SILÊNCIO)
DRA. KURTZ: Eu disse a vocês que intervenções não eram o meu forte.
BRANCH: Bernadette estava mesmo sendo seguida. E se ela ligou mesmo para o dr. Neergaard para desmarcar a consulta? Nós não deveríamos pelo menos conferir?
DRA. KURTZ: Como já discutimos, a dúvida é um componente natural, até mesmo *necessário* em intervenções. Lembre-se: sua esposa não vai procurar ajuda por vontade própria. Nós queremos impedir que ela chegue ao fundo do poço.
BRANCH: Já não estamos nisso agora? No fundo do poço?
DRA. KURTZ: O fundo do poço é a morte. Temos de evitar que Bernadette chegue lá.
BRANCH: De que modo isso vai ser bom para Bee?
DRA. KURTZ: Sua mãe estará se tratando.
BRANCH: Jesus Cristo.
DRA. KURTZ: O que foi?
BRANCH: A mala. Algumas noites atrás, só a minha mala e a de Bee estavam feitas. Esta é a mala de Bernadette. Agora ela está feita.
DETETIVE DRISCOLL: O que você está dizendo?
BRANCH: Dra. Kurtz, isso prova que ela *estava* planejando

ir! Talvez ela tenha tido um excesso de confiança na internet e caído em um golpe. As pessoas têm a identidade roubada o tempo todo, e elas não são mandadas para o hospício...

DRA. KURTZ: Sr. Branch...

(BATENDO NA PORTA DO BANHEIRO)

BRANCH: Bernadette. Eu sinto muito. Vamos conversar sobre isso.

(CHUTANDO A PORTA)

DETETIVE DRISCOLL: Vamos precisar de reforços.

DRA. KURTZ: Sr. Branch...

BRANCH: Me solta! Bernadette! Por que ela não está respondendo? Senhor...

DETETIVE DRISCOLL: Isso, aqui.

BRANCH: E se ela tiver tomado comprimidos ou quebrado uma janela e cortado os pulsos... Bernadette!

(PORTA DA FRENTE SE ABRINDO)

AGENTE STRANG: Algum problema?

DETETIVE DRISCOLL: Ela está no banheiro há vários minutos e não está respondendo.

AGENTE STRANG: Afaste-se. Sra. Fox!

(CHUTES PROLONGADOS NA PORTA)

DETETIVE DRISCOLL: Ela não está aqui. A torneira da pia ficou aberta.

BRANCH: Ela foi embora?

DRA. KURTZ: Tem alguma janela...

AGENTE STRANG: Está fechada. (JANELA ABRINDO) O quintal é muito inclinado. Seria alto demais pra ela ter pulado sem se machucar. Não há parapeito. Eu estava na porta da frente. (ESTÁTICA DE RÁDIO) Kevin, você está vendo alguma coisa?

VOZ NO RÁDIO: Ninguém entrou ou saiu.

BRANCH: Ela não pode ter desaparecido. Você estava de guarda na porta do banheiro, não estava?

DETETIVE DRISCOLL: Eu me afastei por um segundo para dar uma olhada na mala.
AGENTE STRANG: Jesus Cristo.
DETETIVE DRISCOLL: Ele fez com que a mala soasse muito interessante.
DRA. KURTZ: Esta é a única porta por onde ela... Onde ela dá?
BRANCH: No porão. Nunca o abrimos. Está tomado pelas trepadeiras. Detetive, você me daria uma ajuda?
(PORTA RASPANDO O CHÃO)
DRA. KURTZ: Meu Deus, que cheiro.
DETETIVE DRISCOLL: Gahhh.
AGENTE STRANG: Obviamente ela não veio até aqui...
(BARULHO DE MOTOR LIGANDO)
DRA. KURTZ: O que é isso?
BRANCH: Um cortador de grama. Se ela veio mesmo até o porão...
DRA. KURTZ: Não tem a menor chance...
(BARULHO ALTO DE MOTOR)
DRA. KURTZ: Sr. Branch!

O sr. Branch não conseguiu andar muito pelo porão; logo foi pego pelos espinhos das trepadeiras. Ele saiu de lá ensanguentado, com as roupas em farrapos. Sua pálpebra esquerda estava aberta e seu olho, seriamente arranhado. Uma ambulância levou o sr. Branch até uma clínica oftalmológica em Virginia Mason.

Um time de cães farejadores vasculhou o perímetro. Não acharam nenhum sinal de Bernadette Fox.

PARTE CINCO

Perigos passados

SEXTA-FEIRA, 14 DE JANEIRO
De papai

Bee,

    A srta. Webb ligou para avisar que a sua caneca de girafa já foi esmaltada e está pronta para ser retirada. Fui até a Galer Street e a professora do segundo ano me deu um cartaz de despedida que a turma fez para você. É todo colorido. Imaginei que você ia gostar de pendurá-lo na parede do seu dormitório. (Mas vou ficar com a caneca, com a desculpa de que talvez possa se quebrar no correio!) Todos na Galer Street mandaram lembranças, querida, desde os alunos do jardim de infância até Gwen Goodyear.
    Seattle está exatamente como você a deixou. Tivemos três dias de sol, mas agora está chovendo de novo. Mamãe ainda não deu nenhum sinal. Eu sigo em contato direto com a operadora do celular e a administradora do cartão de crédito. Assim que houver qualquer atividade, eles me avisarão.
    Lembre-se, Bee, de que toda essa situação não tem nada a

ver com você. É um problema de adultos, entre sua mãe e mim. É complicado, e nem eu tenho certeza de que entendi tudo que aconteceu. O mais importante é que você saiba que nós dois amamos muito você.

Estou indo para D.C. na semana que vem para uma reunião. Pensei em ir até o Choate e pegar você para passarmos um fim de semana prolongado em Nova York. Podemos ficar no Plaza, como a Eloise.

Sinto terrivelmente sua falta. Pode me ligar sempre que quiser, ou me chamar no Skype, se algum dia você mudar de ideia a respeito disso.

Com amor,
Papai

Fax de Soo-Lin

Querida Audrey,

Espero que você esteja bem aí no Arizona. (Utah? Novo México? Tudo que o Warren me disse é que vocês estão no deserto, em um hotel sem sinal de celular ou de internet. Sua danada!)

Não sei direito quanto das notícias do último mês chegaram até você, então vou começar do começo.

Como você suspeitava, muito antes que eu mesma me desse conta, Elgie e eu criamos uma ligação forte trabalhando no Samantha 2. De minha parte, tudo começou como admiração por sua genialidade, e depois se transformou em algo muito maior, quando ele me confidenciou os abusos que sofria em seu casamento.

Os alunos do nono ano estão lendo Shakespeare, e uma das coisas que Lincoln precisa fazer é memorizar um solilóquio. (Conte isso para o Kyle. Ele vai ficar feliz de não estar mais na Galer Street!) Deram para o Lincoln uma fala de Otelo, na qual o mouro defende o amor improvável que ele e Desdêmona compartilham. É um resumo da minha história com o Elgie.

*Ela me amou porque passei perigos
E eu a amei porque sentiu piedade.* *

Shakespeare sempre coloca da melhor maneira, né?
Que Bernadette desapareceu durante uma intervenção para viciados em drogas em sua casa você sabe. No começo, todo mundo ficou preocupado, achando que a máfia russa a havia encontrado e sequestrado. Entretanto, logo ficamos sabendo que os russos haviam sido presos numa conexão no aeroporto de Dubrovnik. Isso fez com que o FBI e a polícia desaparecessem quase tão rapidamente quanto Bernadette!
Elgie e Bee acabaram não indo para a Antártida. Elgie teve de tratar uma abrasão da córnea e levou pontos na pálpebra. Setenta e duas horas depois, ele fez um boletim de ocorrência pelo desaparecimento de Bernadette. Até agora, não tivemos nenhuma notícia dela.
Se você quer saber, eu acho que ela foi engolida pelos fantasmas das meninas do Straight Gate. Você sabia que a Straight Gate não era apenas "uma escola para meninas rebeldes"? Também era um lugar para confinar meninas *grávidas*, e muitos abortos ilegais foram realizados naquele porão. Foi esse o lugar que Bernadette escolheu para criar a sua filha bebê?
Estou divagando.
Elgie elaborou um plano de contingência para mandar a Bee para o colégio interno em janeiro. Quando Bernadette desapareceu, ele pensou que ela não ia mais querer ir. Mas Bee insistiu.

---

* William Shakespeare, "Otelo, o mouro de Veneza", in *Teatro completo: Tragédias e comédias sombrias*. Tradução de Barbara Heliodora. Rio de Janeiro: Nova Aguilar, 2006, v. 1, p. 175.

Convidei Elgie para morar comigo, mas por enquanto ele prefere ficar em um hotel, o que eu respeito. Pra minha sorte, estou com aquele cachorro bobalhão deles, que passa o tempo todo choramingando por Bernadette e babando em tudo.

Elgie propôs que eu procurasse uma casa maior em Queen Anne e disse que pagaria por ela. E Lincoln foi aceito na Lakeside. (Ah, eu tinha te contado? Fomos aceitos na Lakeside!) Como Lakeside será o centro de nossa vida pelos próximos quatro anos, eu pensei: o que nos prende a Queen Anne, afinal? Por que não ir para Madison Park? É mais perto de Lakeside. É mais perto da Microsoft. Elgie disse que tudo bem, desde que a casa não precise de reformas.

Encontrei a casa mais linda, bem de frente para o Lake Washington, uma casa estilo American Craftsman, encantadora, que pertenceu a Kurt Cobain e a Courtney Love. Com certeza a popularidade de Lincoln na escola vai decolar!

Pedi demissão da Microsoft, graças a Deus. Um novo corte de pessoal bem grande está para acontecer. Sim, de novo! Claro que o Samantha 2 está a salvo, mas, mesmo assim, a Microsoft não é um bom lugar para se estar agora. A produtividade caiu pela metade com todos os rumores.

Depois que reli esta carta, fiquei com medo de que ela seja de extremo mau gosto, dependendo do lugar em que você está. Onde é que você está, afinal de contas? E como está o Kyle? Espero que você possa ficar feliz por mim.

Com amor,
Soo-Lin

SÁBADO, 15 DE JANEIRO
Fax de Audrey Griffin

Querida Soo-Lin,

Parabéns por ter encontrado a felicidade. Você é uma pessoa maravilhosa e merece toda a alegria que sua nova vida lhe trouxe. Que continue assim.

De minha parte, encontrei a minha paz em Utah, onde Kyle está fazendo sua reabilitação, no meio do deserto. Ele é viciado em drogas e foi diagnosticado com TDAH e transtorno de personalidade borderline.

Descobrimos um programa de imersão maravilhoso, mas também duríssimo. Escolhemos Utah por ser o único estado em que a lei permite que você basicamente sequestre seus filhos, de modo que eles se especializaram nesses programas no deserto. No primeiro dia eles levaram, vendados, Kyle e um grupo de garotos trinta quilômetros deserto adentro e os deixaram lá sem sacos de dormir, comida, escovas de dente ou barracas e disseram que voltariam para buscá-los dentro de uma semana.

Não é como num reality show, em que há câmeras e todo mundo está sendo vigiado. Não. Esses meninos são forçados a cooperar para sobreviver. Muitos deles, como Kyle, tinham parado de usar drogas de um dia para o outro.

É claro que eu fiquei apavorada. Kyle é incapaz de fazer qualquer coisa sozinho. Você deve se lembrar das ligações dele naquela noite em que saímos só nós, as garotas. "Mamãe, o controle remoto está sem pilha." Voltei mais cedo, passei numa loja e levei as pilhas para ele. Como ele sobreviveria sete dias no deserto? Ou pior, eu olhava para as outras mães e pensava, Meu filho vai matar um dos seus filhos.

Uma semana depois, eles reuniram os meninos e os trouxeram de volta à clínica de reabilitação. Kyle voltou vivo, cinco quilos mais magro, fedendo pra burro e um pouco mais *dócil*.

Warren voltou para Seattle, mas eu não consegui. Fiquei hospedada num motel que faz o Westin parecer o Taj Mahal. As máquinas de refrigerante são gradeadas. A roupa de cama pinicava tanto que eu dirigi mais de cem quilômetros até o Walmart mais próximo e comprei lençóis de algodão.

Comecei a frequentar os encontros do Al-Anon, para os pais de filhos com problemas de abuso de substâncias. Acabei aceitando que minha vida ficou difícil. Sempre fui à igreja, mas esse programa é espiritualizado de uma maneira que eu jamais havia experimentado. É tudo que eu vou dizer.

Sinceramente, tenho medo de voltar para Seattle. Gwen Goodyear ofereceu generosamente uma vaga a Kyle na Galer Street depois das férias, para que ele possa terminar seus estudos e se formar junto com a sua turma. Mas eu não tenho certeza se quero voltar já. Eu não sou mais aquela mulher que escreveu o poema bobo de Natal. Ao mesmo tempo, não tenho muita certeza de quem sou. Eu confio que Deus me guiará.

Que notícias perturbadoras sobre Bernadette. Mas eu sei que ela vai aparecer. Ela sempre tem uma carta na manga, não é mesmo?

Com amor,
Audrey

DOMINGO, 16 DE JANEIRO

De: Soo-Lin
Para: Audrey Griffin

Audrey! Estou vivendo um besadelo horroroso!! Eu devia escrever bara um colega do VCV, mas eu não bosso borque meu labtob morreu, levando com ele todos os meus contatos. O único e-mail que eu sei de capeça é o seu. Estou numa lan house na América do Sul,, e esse teclado é tão sujo e grudento e HORRÍVEL, e quando você digita P sai B e quando você digita B sai P e a tecla da vírgula vai e não volta, então você tem de abertar o packsbace imediatamente, senão o seu e-mail só vai ter vírgulas! Eu consertaria os pês e bês, mas eles copram bor minuto, não aceitam cartões de crédito e eu só tenho vinte besos. Meu tembo está acapando e esta BORCARIA deste combutador vai desligar em dois minutos. Eu não quero que Elgie saipa que eu saí escondida, então vou te contar o máximo que eu buder antes que meu dinheiro acabe.

Eles a encontraram!! Eles encontraram Pernadette!!!! Ontem uma coprança de 1300 dólares feita bela embresa que faz cruzeiros bara a Antártida abareceu no Visa do Elgie. Ele ligou bara o agente de viagens, que confirmou: Pernadette foi bara a Antártida sem eles!!! O cartão dela estava no sistema,,,, e como a viagem estava chegando ao fim,, seu cartão foi faturado belas desbesas, e Elgie foi avisado. O agente de viagens disse que o parco estava naquele exato momento se dirigindo para a bassagem de Drake, no caminho de volta da Antártida, e que em 24 horas chegaria a Ushuaia, na Argentina! Elgie me ligou e eu combrei duas bassagens bara vir até aqui.

Audrey,,, estou grávida!!!! Sim, estou carregando o filho de Elgie. Eu não ia contar bara você nem bara ninguém borque estou com quarenta anos e é uma gravidez geriátrica. O Elgie sape, é claro, e foi bor isso que me demiti,, bara que eu não tivesse nenhum estresse a mais, e tampém é bor isso que Elgie está combrando uma casa, não bara mim e bara ele vivermos felizes bara sembre, HA HA HA, como eu queria, mas bara o seu novo pepê!!!! Agora que Pernadette está de volta, o que vai acontecer comigo? Eu nunca devia ter me demitido da MS! Eu sou uma idiota! Eu estava vivendo numa polha de fantasia, acreditando estubidamente que Elgie e eu e as crianças íamos viver felizes bara sempre. Como eu vou me sustentar? Pernadette me odeia. Você tinha que ter ouvido as coisas horríveis que ela disse bara mim. Ela me abavora. Ela é uma pruxa. Estou num estado de bânico total. O Elgie não me quer aqui. Ele quase morreu quando ficou sapendo que eu viria a Ushuaia,,,,, tampém. Ele não tinha bercepido que eu tinha combrado uma bassagem bara mim. Mas o que ele vai fazer? Rejeitar a mulher que está carregando seu pepê? Ha, ha, não. Estou em Ushuaia,, neste momento, escrevendo neste TECLADO HORRÍVEL!!!!!!! Eu breciso breciso breciso demais estar com o Elgie quando Pernadette desemparcar daquele parco amanhã. Se ELE não contar a ela que estou grávida, bode acreditar que eu vou e

TERÇA-FEIRA, 18 DE JANEIRO
De Bruce Jessup

Caro sr. Branch,
    Tentei ligar para o seu escritório, mas uma gravação disse que você está fora do país. É com grande tristeza e urgência que lhe escrevo. Depois de uma conversa com o tutor de Bee e a supervisora do dormitório dela, recomendamos de forma unânime que ela abandone imediatamente o Choate Rosemary, sem concluir o ano escolar.
    Como você sabe, estávamos todos muito empolgados com a chegada antecipada de Bee. Conseguimos um lugar para ela em Homestead, um dos nossos dormitórios mais familiares, e, como colega de quarto, Sarah Wyatt, uma garota de Nova York que estava na lista do diretor.
    Mesmo assim, na primeira semana de Bee, ouvi relatos de que ela não estava conseguindo se adaptar ao ambiente do colégio interno. Professores diziam que ela se sentava no fundo e não fazia anotações. Eu a vi levando a comida para o quarto para não comê-la no refeitório junto com os outros alunos.
    Então sua colega pediu para trocar de quarto. Sarah reclamou que Bee passava todo o tempo que deveria ser usado com

estudos assistindo Josh Groban cantar "O Holy Night" no YouTube. Na esperança de que esse fosse um caminho para fazer contato com Bee, mandei o capelão ao seu dormitório. Ele me disse que ela pareceu apática à sua pregação espiritual.

Na manhã de ontem, notei que Bee caminhava empolgada pelo campus. Fiquei tremendamente aliviado, até que Sarah apareceu no meu escritório, um tanto perturbada. Ela disse que alguns dias atrás ela e Bee foram ao centro de atividades pegar suas cartas. Na caixa de Bee havia um envelope de papel pardo bem grosso, sem endereço de retorno. Estava carimbado pelo correio de Seattle. Bee comentou que a letra não lhe parecia familiar. O pacote continha um maço de documentos.

Bee dava pulos de alegria enquanto lia aquelas páginas. Sarah perguntou de que se tratava, mas Bee não disse. De volta ao dormitório, Bee parou de ficar no YouTube e disse à Sarah que estava escrevendo um "livro" baseado naqueles documentos.

Na tarde de ontem, enquanto Bee estava fora, Sarah deu uma olhada no "livro". Ela ficou tão abalada com o seu conteúdo — em especial, ao ver documentos do FBI em que se lia CONFIDENCIAL — que veio direto até mim.

De acordo com a descrição de Sarah, Bee estava escrevendo uma narrativa que conectava os conteúdos do envelope. Eles incluíam: documentos do FBI a respeito da vigilância de sua esposa, e-mails trocados por você e sua assistente administrativa, bilhetes escritos à mão trocados entre uma mulher e seu jardineiro, uma conta de um atendimento de emergência dessa mesma mulher, uma troca de mensagens sobre um brunch beneficente desastroso organizado por pessoas da Galer Street, um artigo sobre a carreira de sua esposa na arquitetura, correspondências entre você e uma psiquiatra.

Estou preocupado com Bee. Como você sabe, John F. Kennedy frequentou o Choate. Quando ele estudava aqui, Judge

Choate, diretor do colégio, fez um discurso de formatura no qual proferiu as palavras imortais "Não pergunte o que o Choate pode fazer por você. Pergunte o que você pode fazer pelo Choate".

Ainda que seja difícil, eu sei o que posso fazer pelo Choate. Eu consigo reconhecer quando um aluno, mesmo tão capacitado quanto a Bee, vem para um colégio interno num momento de sua vida em que deveria estar em casa, com a família. Espero que você concorde comigo, que venha imediatamente até Wallingford e leve sua filha de volta para casa.

Sinceramente,
Bruce Jessup

QUARTA-FEIRA, 19 DE JANEIRO
Fax de Soo-Lin

Audrey,
    AVISO: ontem alienígenas assumiram o controle do meu cérebro! Tanto tempo se passou desde minha última gravidez que esqueci completamente como os hormônios podem te levar a fazer coisas malucas, como ir até uma lan house argentina no meio da noite e escrever um e-mail brutalmente constrangedor para uma amiga.
    Agora que tenho o meu cérebro de volta, vou tentar atualizá-la sobre a saga de Bernadette de uma maneira mais equilibrada. Mas devo avisá-la: se os eventos descritos no meu último (e incoerente) e-mail pareceram repletos de ação, eles não são nada comparados ao que aconteceu nas últimas 48 horas.
    Depois de chegarmos no meio da noite, Elgie e eu acordamos na úmida e melancólica cidadezinha de Ushuaia. Era verão, mas não havia nada de semelhante com os verões que eu já ti-

nha vivido. Havia uma neblina densa e constante, e o clima era ainda mais abafado do que o das florestas tropicais da Olympic Peninsula. Nós tínhamos um tempo antes da chegada do barco de Bernadette, então perguntamos ao recepcionista se havia alguma atração para ver. Ele disse que o ponto turístico mais famoso deles era uma prisão. Sim, essa é a ideia de diversão para eles: uma prisão. Ela havia sido desativada algum tempo antes, e agora funcionava como galeria de arte. Muito obrigada, mas não, obrigada. Elgie e eu fomos caminhando até as docas para esperar pelo barco de Bernadette.

No caminho, vi algumas papoulas islandesas, tremoços e dedaleiras que me fizeram lembrar de casa. Tirei fotos, posso te mandá-las se você quiser.

As docas fediam a peixe e estavam cheias de estivadores vulgares, com os barcos mais feios do mundo. Em Seattle, nós atracamos nossos navios de cruzeiro longe dos barcos de pesca. Na Argentina, não!

Elgie e eu esperamos no "escritório de imigração", quatro paredes fininhas com uma fotografia enquadrada do Michael Jackson e um aparelho de raio X que nem sequer estava ligado. Havia três cabines de telefone quadradonas, que pareciam ser antigas. Marujos de diferentes nacionalidades esperavam numa fila para ligar para casa. Aquele lugar era como uma torre de Babel.

Para você ter uma ideia de como estava o emocional do Elgie nas semanas anteriores a isso, ele se dividia entre acreditar que Bernadette sairia caminhando triunfante pela porta da frente e preocupar-se que algo terrível tivesse acontecido a ela. Desde o dia em que ele soube que Bernadette havia se bandeado para a Antártida, deixando todo mundo morrendo de preocupação, bem, ele anda *furioso*. Vou te falar, achei até meio estranho.

"Você não fica bravo com alguém porque tem câncer", eu disse. "Ela está claramente doente."

"Ela não está com *câncer*", ele disse. "Ela é fraca e egoísta. Em vez de encarar a realidade, ela foge. Ela fugiu de Los Angeles. Ela fugia para dentro daquele trailer. Ela fugia de qualquer tipo de responsabilidade individual. E o que ela fez quando foi confrontada com esse fato? Ela *literalmente fugiu*. E agora eu estou cego."

Audrey, ele não está cego. Meu pai era cego, e eu não tenho paciência para esse tipo de exagero. Elgie só precisa manter a lente esquerda dos seus óculos coberta com uma bandagem até que a córnea sare, o que vai acontecer logo.

O H&H *Allegra* finalmente aportou. Era menor do que qualquer transatlântico de Seattle, mas uma verdadeira joia, a pintura novinha. Os estivadores montaram uma escada e os passageiros começaram a descê-la, rumando direto para a imigração. Elgie avisou que estávamos ali esperando por Bernadette Fox. Passageiros e mais passageiros saíam, mas nem sinal de Bernadette.

Coitado do Elgie, ele estava que nem um cachorro choramingando na porta, esperando o dono voltar para casa. "Lá está ela...", ele dizia. E depois "Não, não é ela. Ah, ali está ela!". E aí, todo triste, "Não, não é ela". O fluxo de passageiros já tinha diminuído bastante, mas nós ainda estávamos à espera.

Depois de um intervalo preocupante em que nenhum passageiro saiu, o capitão do navio e alguns outros oficiais vieram em nossa direção, caminhando todos juntos, conversando de forma severa entre si.

"Ela não fez isso", murmurou Elgie.

"O quê?", eu disse.

"Puta que pariu, vocês *só podem estar de sacanagem!*"

"O quê?", eu disse, enquanto o capitão e sua trupe entravam na sala da imigração.

"Sr. Branch", disse o capitão, num sotaque alemão carregado. "Temos um problema. Não estamos encontrando sua esposa."

Não estou brincando, Audrey. Bernadette fez a mesma coisa outra vez! Ela desapareceu do navio em algum ponto do trajeto.

Dava para ver que o capitão estava bastante perturbado. Ele comunicou o ocorrido ao presidente da linha de cruzeiros e prometeu uma investigação meticulosa. E foi aí que as coisas ficaram realmente surreais. Estávamos ali parados, absorvendo o impacto daquela bomba enorme que havia acabado de cair, quando o capitão educadamente pediu licença. "O próximo grupo de passageiros está para chegar", ele disse. "Nós temos que preparar o navio."

A comissária de bordo, uma alemã com o cabelo loiro oxigenado cortado bem curtinho, nos entregou o passaporte de Bernadette com um sorriso constrangido, como se estivesse dizendo: *Eu sei que não é muita coisa, mas é tudo que temos.*

"Espere um segundo...", gritou Elgie. "De quem é a responsabilidade? Quem está no comando?"

A resposta, conforme se revelou, era *ninguém*. Quando Bernadette embarcou no navio, ela havia deixado a Argentina (o que estava carimbado em seu passaporte), de modo que isso não era mais problema da Argentina. Mas como a Antártida não é um país e não tem um governo estabelecido, oficialmente Bernadette não entrou em lugar algum quando deixou a Argentina.

"Posso revistar o barco?", Elgie pediu. "Ou a cabine dela?" Mas um funcionário qualquer da imigração argentina alegou que não poderíamos subir a bordo porque não tínhamos a documentação necessária. O capitão, então, arrastou-se de volta para o atracadouro varrido pela chuva, nos deixando ali, completamente boquiabertos.

"Os outros passageiros", disse Elgie, correndo para a rua, mas o último ônibus já havia partido. Então, Elgie começou a correr enlouquecidamente na direção do navio. Ele não foi muito longe porque deu de cara num poste, que o derrubou no chão. (Sua noção de profundidade não está muito boa por causa do olho ferido.) A essa altura, um agente da alfândega argentina já estava em cima de Elgie apontando uma arma para ele. O grito que eu dei foi suficientemente escandaloso para fazer o capitão se virar, ao menos. A visão de Elgie estatelado na doca escorregadia, gemendo "Minha esposa, minha esposa" com uma arma apontada em sua direção, enquanto eu pulava para cima e para baixo, foi bastante até mesmo para um alemão sentir culpa. Ele voltou, pediu que esperássemos e disse que revistaria o navio.

Por mim, se Bernadette estiver do outro lado do oceano, na Antártida, ela que fique por lá. Sim, você me ouviu. Se antes eu já não gostava daquela mulher, agora que estou esperando um filho do marido dela, gosto *menos ainda*! Esse egoísmo covarde eu vou me permitir, porque eis o tanto que eu amo o Elgie: ele queria encontrar sua esposa, *eu* queria encontrar sua esposa. Entrei totalmente em modo assistente administrativa.

Entrei na fila atrás das dúzias de marujos querendo ligar para casa durante o seu breve intervalo. Quando chegou a minha vez, consegui contatar milagrosamente o agente Strang, do FBI. Elgie e eu dividimos o fone quando o agente Strang nos colocou em contato com um amigo seu, um advogado marítimo aposentado. Nós explicamos o nosso dilema, e ele ficou consultando a internet do outro lado da linha.

Nosso silêncio fazia com que os marujos na fila ficassem mais irritados a cada minuto. Finalmente, o advogado nos explicou que o H&H *Allegra* estava registrado sob uma "bandeira de conveniência" na Libéria. (Vou lhe poupar o trabalho de consultar um atlas: a Libéria é um país empobrecido e arrasado pela guerra que fica na África Ocidental.) Mas isso não nos servia nem como consolo nem como ajuda. O advogado nos disse para não esperar nenhum tipo de cooperação da Harmsen & Heath. No passado, esse cavalheiro já tinha representado famílias de pessoas que haviam desaparecido de transatlânticos (quem diria que há toda uma indústria dentro dessa indústria?), e ele precisou de muitos anos e intimações para obter algo trivial como uma lista de passageiros. Depois, o advogado nos explicou que, se um crime acontece em águas internacionais, a jurisdição passa a ser do governo da vítima. Todavia, a Antártida é o *único lugar no planeta* que não é considerado águas internacionais, uma vez que é governado por algo chamado Tratado da Antártida. Segundo o advogado, aparentemente havíamos caído em um impasse legal. Ele sugeriu que pedíssemos ajuda ao governo da Libéria, ou ao governo dos Estados Unidos, mas antes disso teríamos de convencer um juiz de que o "estatuto de braço longo" se aplica. Ele não nos explicou o que isso queria dizer porque estava atrasado para o squash.

O agente Strang ainda estava na linha e comentou alguma coisa sobre nós estarmos com uma "sorte de merda". Acho que ele pegou um bode de Elgie e, principalmente, de Bernadette, por todo o incômodo que eles causaram. Por algum motivo, ele também não parecia ser muito meu fã.

O tempo estava passando. Nossa única conexão com Bernadette, o navio em si, partiria em uma hora. A frota de ônibus voltou, trazendo um novo grupo de passageiros, que desembarcaram e começaram a perambular por ali, tirando fotos.

Graças a Deus o capitão manteve sua palavra e retornou. O navio tinha sido vasculhado de cabo a rabo com um aparelho que detecta a presença de carbono para localizar passageiros clandestinos. Mas ninguém *além* dos membros da tripulação estava a bordo. Elgie perguntou ao capitão se havia algum outro barco que poderia nos (nos!) levar aos lugares que Bernadette visitou, para que pudéssemos, nós mesmos, procurar por ela. Mas todos os lugares disponíveis em quebra-gelos estavam esgotados pelos próximos anos. Somando-se à impossibilidade total de partir em sua procura, o verão antártico estava chegando ao fim, e a camada de gelo engrossava. Assim, nem mesmo o H&H *Allegra*, nessa sua próxima viagem, entraria tão fundo na Antártida quanto em sua viagem anterior.

Pode acreditar em mim: não havia nada que pudesse ser feito.

"Parem! *Warten sie!*" Era a comissária de bordo correndo em nossa direção, de minissaia, ankle boots estilo caubói e brandindo um bloco de notas. "Encontramos isto em sua escrivaninha." Mas não havia nada escrito. "Vejam as marcas da caneta."

Elgie tirou seus óculos e examinou o papel. "Sim, tem marcas...", ele disse. "Podemos mandar para um especialista forense analisar. Obrigado! Obrigado!" O bloco está agora sob os cuidados de um laboratório em Delaware que faz esse tipo de teste — depois de cobrar bem caro, devo dizer.

Dizem que devemos torcer pelo melhor. Mas como eu poderia, quando para mim o melhor seria Bernadette ter sido esquecida em um iceberg na Antártida? Uma coisa é desaparecer em Seattle, outra bem diferente é desaparecer num lugar sem abrigo e com as temperaturas mais baixas do planeta.

Voltamos a Seattle esta manhã em estado de choque. Elgie conferiu seu correio de voz e ele tinha recebido um monte de ligações do diretor do Choate. Parece que agora há algum problema com a *Bee*, mas o Elgie não me diz o que é. Ele está num avião rumo à Costa Leste para encontrá-la, uma coisa meio repentina.

Quanto a mim, estou tentando me concentrar no aqui e agora: na minha gravidez e em mobiliar minha nova casa. São tantos quartos, e cada um tem o seu próprio banheiro! Estamos esperando que eu chegue em segurança ao segundo trimestre antes de contar a Alexandra e Lincoln sobre o bebê. Bee não sabe nada nem sobre o bebê nem sobre nossa viagem a Ushuaia.

Elgie quer esperar pelo relatório do capitão antes de contar a ela. Bee pensa de modo muito racional, então ele acha que seria melhor ter fatos concretos para mostrar a ela.

Enfim, te falei que este fax seria bizarro. Ah, como eu sinto a sua falta, Audrey. Volte logo para casa!

Soo-Lin

QUINTA-FEIRA, 20 DE JANEIRO
Fax de Audrey Griffin

Soo-Lin,

Não se preocupe com aquele e-mail que você me mandou de Ushuaia. Eu já estive muito pior do que aquilo! Não acredita em mim? Eu cheguei a ser presa numa noite no Westin, sob a acusação de perturbar a paz! As queixas foram retiradas. Mesmo assim, eu ainda ganho de você quando o assunto é ficar totalmente descontrolada pelas emoções. E eu nem sequer tinha os hormônios da gravidez para usar como desculpa legítima. Parabéns! Você, Elgie e o bebê estão em minhas orações.

Que notícias preocupantes sobre Bernadette. Eu não acredito por nem um segundo que ela tenha morrido na Antártida. Por favor, me mande o relatório do capitão assim que você o receber. Estou bem ansiosa para lê-lo.

Beijos,
Audrey

TERÇA-FEIRA, 25 DE JANEIRO
Fax de Soo-Lin

Querida Audrey,

Guarde a última carta que escrevi para você e mande enquadrá-la, já que ela é uma relíquia de um momento passageiro em que pude experimentar a verdadeira felicidade.

Lembra que eu disse que Elgie estava indo para a Costa Leste para ver a Bee? Lembra que eu tinha achado meio estranho? Pois bem: Elgie tirou a Bee do Choate. Ele acaba de voltar a Seattle trazendo-a a reboque!

Lembra a garota querida e tranquila que Bee sempre foi? Vou te contar, ela está irreconhecível, totalmente devastada pelo ódio. Elgie voltou para a casa da Gate Avenue para ficar com ela. Mas Bee se recusa a dormir sob o mesmo teto que ele. O único lugar em que ela quer dormir é no trailer de Bernadette. Santa Bernadette!

Elgie está se sentindo tão culpado que fará tudo o que Bee quiser. Ela não quer voltar para a Galer Street? Tudo bem! Ela se recusa a pisar na minha casa para o nosso jantar semanal? Tudo bem!

Você nunca adivinharia a origem de toda essa confusão. É um incrível "livro" que Bee escreveu. Ela não deixa ninguém vê-lo, mas pelo pouco que Elgie me contou, ele é baseado em e-mails trocados entre mim e você, Audrey, além do relatório do FBI e até mesmo bilhetes trocados entre você e o especialista em trepadeiras. Não faço ideia de como isso foi parar nas mãos dela. Não quero acusar ninguém, mas a única pessoa que poderia ter acesso a essas coisas é o Kyle (o velho Kyle). Talvez você possa confrontá-lo em sua próxima sessão de terapia. De minha parte, eu gostaria de algumas respostas. Estou paranoica, com medo que até este fax possa cair nas mãos do inimigo.

Elgie quer que Bee vá para Lakeside no outono. Só posso dizer que é melhor que ela supere essa fase logo, porque não tem a *menor chance* de levarmos aquele trailer para a casa nova. Dá pra imaginar? Nós seríamos os caipiras de Madison Park. "Nós!" Como se Elgie quisesse que morássemos juntos, como uma família!

Tenho certeza de que você deve estar pensando que sou horrivelmente egoísta, mas minha vida também virou de cabeça para baixo! Larguei meu emprego, estou grávida aos quarenta anos de idade de um homem cuja vida está em frangalhos e, ainda por cima, estou tendo enjoos matinais tenebrosos. A única coisa que para no meu estômago é rabanada. Já ganhei cinco quilos e ainda nem estou no segundo trimestre. Quando Bee souber que Bernadette faleceu, isso pra não falar no bebê, quem sabe como ela vai reagir?

Aqui vai uma carta da empresa de cruzeiros junto com o relatório do capitão e a análise forense. E também as fotos maravilhosas que eu prometi das papoulas de Ushuaia. Estou atrasada para uma reunião do VCV e, rapaz, como eu estou precisando disso.

Beijos,
Soo-Lin

De Elijah Harmsen, presidente da Harmsen & Heath Turismo de Aventura

Caro sr. Branch,

Gostaria de começar expressando minhas sinceras condolências a você e Bee pelo desaparecimento repentino de Bernadette. Posso imaginar o choque que deve ter sido perder uma mulher tão extraordinária.

Desde que a Harmsen & Heath foi fundada pelo meu bisavô, em 1903, a segurança dos nossos passageiros sempre foi a nossa maior prioridade. De fato, por mais de um século, mantivemos uma ficha impecável.

Conforme o prometido, estou enviando um relatório feito pelo capitão Jürgen Altdorf. Em sua maior parte, ele toma como base a assinatura eletrônica gerada pelo cartão magnético de identificação de sua esposa. É um retrato confiável e detalhado de sua vida a bordo: desembarques diários, compras na loja de suvenires, despesas no lounge do navio. Além disso, o capitão Altdorf conduziu interrogatórios minuciosos, de acordo com o protocolo da Harmsen & Heath.

A última atividade registrada de sua esposa ocorreu no dia 5 de janeiro. Ela participou da excursão matinal, voltou em segurança ao navio e então fez gastos expressivos no bar. Naquele ponto, o H&H *Allegra* estava atravessando o estreito de Gerlache. É importante observar que o oceano esteve excepcionalmente turbulento nas 24 horas seguintes. Fomos forçados a cancelar dois desembarques planejados. Por precaução, diversos anúncios foram feitos no sistema de som, alertando os passageiros de que não fossem ao convés por causa do clima severo.

Acredito que as condições climáticas e as compras feitas no Shackleton Lounge lhe darão uma ideia melhor das condições de sua esposa no último dia em que ela foi vista. Ainda que ninguém jamais possa saber o que realmente aconteceu, conclusões inevitáveis podem ser tiradas a partir daí.

Muito embora seja desagradável encarar os fatos, eles podem fornecer uma pequena sensação de conforto a você e a sua filha durante este difícil período de luto.

Sinceramente, e com minhas mais profundas condolências,
Elijah Harmsen

Relatório do capitão

ESTE É UM RELATÓRIO FEITO PELO CAPITÃO DO HARMSEN & HEATH ALLEGRA, JÜRGEN GEBHARD ALTDORF, BASEADO NAS INFORMAÇÕES PROVENIENTES DA ASSINATURA ELETRÔNICA DO CARTÃO DE IDENTIFICAÇÃO DO PASSAGEIRO Nº 998322-01 NA VIAGEM REALIZADA NO DIA 26 DE DEZEMBRO ENTRE USHUAIA, ARGENTINA,

E A PENÍNSULA ANTÁRTICA, QUE DIZEM RESPEITO À PRESENÇA EVIDENTE E COMPROVADA DO PASSAGEIRO Nº 998322-01, BERNADETTE FOX, CIDADÃ NORTE-AMERICANA, ESTADO DE WASHINGTON, SEATTLE. 26 DE DEZEMBRO 16H33 PASSAGEIRO EMBARCOU NO HH AL-LEGRA E ENTROU NA CABINE 322. 26 DE DEZEMBRO 18H08 PASSAGEIRO RETIROU CARTÃO DE IDENTIFICAÇÃO COM FOTO. 26 DE DEZEMBRO 18H30 PASSAGEIRO MARCADO COMO PRESENTE DURANTE SIMULAÇÃO DE EVACUAÇÃO DO NAVIO. 26 DE DEZEMBRO 20H05 COBRANÇA DE US$ 433,09 DA LOJA DE SUVENIRES POR ROUPAS E ARTIGOS DE HIGIENE PESSOAL. **27 DE DEZEMBRO** EM ALTO-MAR 06H00 PASSAGEIRO ATENDIDO PELO MÉDICO DO NAVIO POR CAUSA DE ENJOO. 27 DE DEZEMBRO PASSAGEIRO PEDIU QUE A ARRUMADEIRA NÃO ENTRASSE EM SEU QUARTO PARA LIMPÁ-LO OU ARRUMAR A CAMA ATÉ SEGUNDA ORDEM. ARRUMADEIRA RELATOU DIVERSOS ENCONTROS COM O PASSAGEIRO NOS CORREDORES E DEPENDÊNCIAS DO NAVIO NOS QUAIS OFERECEU SERVIÇOS DE LIMPEZA E ARRUMAÇÃO DO QUARTO. PASSAGEIRO RECUSOU TODO TIPO DE SERVIÇO. NENHUM SERVIÇO DE ARRUMAÇÃO DO QUARTO FOI REALIZADO DURANTE A VIAGEM.

30 DE DEZEMBRO 10H00 PASSAGEIRO DESEMBARCOU NA WHALERS BAY, NA DECEPTION ISLAND. 30 DE DEZEMBRO 12H30 EMBARCOU NO NAVIO. 30 DE DEZEMBRO 13H47 PASSAGEIRO DESEMBARCOU NO NEPTUNE'S BELLOWS. 30 DE DEZEMBRO 19H41 EMBARCOU NO NAVIO.

31 DE DEZEMBRO 08H00 PASSAGEIRO DESEMBARCOU EM 70.6S 52.4W NO WEDDELL SEA. 31 DE DEZEMBRO 13H23 ÚLTIMO PASSAGEIRO A EMBARCAR.

1º DE JANEIRO 10H10 PASSAGEIRO DESEMBARCOU NA DEVIL ISLAND. PASSAGEIRO REEMBARCOU 16H31. 1º DE JANEIRO 23H30 PASSAGEIRO PEDE 2 DRINKS PINGUIM ROSA NO SHACKLETON LOUNGE. 1 GARRAFA DE CABERNET NO JANTAR.

2 DE JANEIRO 08H44 PASSAGEIRO DESEMBARCA NA DANCO COAST. 2 DE JANEIRO 18H33 REEMBARCA. 2 DE JANEIRO 23H10 1 GARRAFA DE CABERNET NO JANTAR. PASSAGEIRO PEDE 2 DRINKS PINGUIM ROSA, LOUNGE.

3 DE JANEIRO 08H10 PASSAGEIRO DESEMBARCA NA DETAILLE ISLAND. 3 DE JANEIRO 16H00 PASSAGEIRO EMBARCA NO NAVIO.

4 DE JANEIRO 11H39 PASSAGEIRO DESEMBARCA NA PETERMANN ISLAND. 4 DE JANEIRO 11H39 EMBARCA. 4 DE JANEIRO 13H44 PASSAGEIRO PEDE 1 GARRAFA DE CABERNET NO ALMOÇO. 14H30 PASSAGEIRO DESEMBARCA NO PORT LOCKROY. 18H30 REEMBARCA. 4 DE JANEIRO 23H30 PASSAGEIRO PEDE 4 PINGUIM ROSA, 4 WHISKEY SOUR, SHACKLETON LOUNGE.

5 DE JANEIRO 08H12 PASSAGEIRO DESEMBARCA NO NEKO HARBOR. 5 DE JANEIRO 16H22 PASSAGEIRO PASSA O CARTÃO DE IDENTIFICAÇÃO. 5 DE JANEIRO 18H00 PASSAGEIRO PEDE 2 GARRAFAS DE VINHO, SHACKLETON LOUNGE.

6 DE JANEIRO 05H30 NAVIO IMPEDIDO DE ANCORAR POR CAUSA DAS CONDIÇÕES MARÍTIMAS. 6 DE JANEIRO 08H33 ANÚNCIO FEITO, MAR AGITADO. SOMENTE SERVIÇO DE CAFÉ DA MANHÃ CONTINENTAL FUNCIONANDO. 6 DE JANEIRO 18H00 ANÚNCIO FEITO, SHACKLETON LOUNGE FECHADO.

15 DE JANEIRO 17H00 CONTAS DOS QUARTOS FECHADAS. FATURAS DEIXADAS NA PORTA DAS CABINES.

16 DE JANEIRO 16H30 PASSAGEIRO MARCADO COMO AUSENTE NO DESEMBARQUE FINAL. 16 DE JANEIRO 19H00 PASSAGEIRO NÃO REALIZA O PAGAMENTO DA CONTA DO BAR, CONTA DA LOJA DE SUVENIRES E GORJETA DA TRIPULAÇÃO. 16 DE JANEIRO 19H00 PASSAGEIRO NÃO RESPONDE A DIVERSAS TENTATIVAS DE CONTATO. 16 DE JANEIRO 19H30 PASSAGEIRO NÃO RESPONDE A DIVERSAS TENTATIVAS DE ENTRAR NA CABINE. 16 DE JANEIRO 19H32 COMISSÁRIA DE BORDO ENTRA NA CABINE. PASSAGEIRO AUSENTE. 16 DE JANEIRO 22H00 BUSCA EXAUSTIVA NO NAVIO NÃO LOCALIZA PASSAGEIRO.

17 DE JANEIRO 07H00 PASSAGEIROS INTERROGADOS POR MIM E PELA COMISSÁRIA DE BORDO. NENHUMA INFORMAÇÃO RELEVANTE OBTIDA. PASSAGEIROS LIBERADOS. 17 DE JANEIRO 10H00 ESCANEAMENTO CARBOTÉRMICO NÃO REVELA NENHUMA PESSOA DESAPARECIDA.

** REGISTROS FOTOGRÁFICOS NÃO REVELAM NENHUMA IMAGEM DO PASSAGEIRO NOS ARQUIVOS DO FOTÓGRAFO DO CRUZEIRO. NENHUMA IMAGEM EM VÍDEO NOS REGISTROS DO CINEGRAFISTA DO NAVIO.
*** BUSCA NA CABINE 322 REVELA BLOCO DE PAPEL QUE, SEGUINDO INSTRUÇÕES, FOI ENVIADO PARA UM ESPECIALISTA NOS EUA.

Relatório de Tonya Woods, examinadora forense de documentos

Caro sr. Branch,

Usando um Aparelho de Detecção Eletrostática (ADE), analisamos as marcas de escrita presentes em diversas folhas do bloco com o cabeçalho do HARMSEN & HEATH ALLEGRA. Devido às *três profundidades distintas* dessas marcas, é muito provável que uma *carta de três páginas* tenha sido escrita. Está assinada "Com amor, mamãe". Isso indica fortemente tratar-se de uma carta escrita de uma mãe para o seu filho. As palavras repetidas com maior frequência são "Audrey Griffin", que parecem ter sido escritas pelo menos seis vezes. Apesar de não sermos capazes de reconstituir a carta inteira, estamos bastante certos de que ela continha as seguintes frases:

"*Audrey Griffin é o demônio.*"
"*Audrey Griffin é um anjo.*"
"*Romeu, Romeu.*"
"*Eu sou cristã.*"
"*Audrey sabe.*"

Se eu puder lhe ser útil em mais alguma coisa, por favor, me avise.

Sinceramente,
Tonya Woods

Fax de Audrey Griffin para o seu marido

Warren,
Preciso que você vá imediatamente para casa e confira a secretária eletrônica, o correio e meus e-mails. Estou procurando urgentemente por qualquer coisa vinda de Bernadette Fox.
Sim, Bernadette Fox.
Durante meses você quis saber o que me fez sucumbir naqueles dias antes do Natal. Tentei criar coragem para lhe contar durante uma dessas sessões de terapia, mas Deus quis que eu lhe contasse agora.
Aqueles dias que antecederam o Natal foram um pesadelo. Eu estava furiosa com a Bernadette Fox. E estava furiosa com o Kyle, por ele ser tão pilantra. E estava furiosa com a Soo-Lin por ter ficado do lado de Elgin Branch. E estava furiosa com você, por beber e por ter se mudado para um hotel. E não importava quantas casinhas de pão de mel eu fizesse, minha fúria só aumentava.
Então, uma noite eu fui visitar Soo-Lin no trabalho. Uma mulher veio até mim e perguntou por Elgin Branch. Eu notei que ela usava um crachá do Madrona Hill, aquele hospital psiquiátrico. Fiquei intrigada, para dizer o mínimo. Meu interesse aumentou ainda mais quando Soo-Lin mentiu para mim a respeito da identidade daquela mulher.
Soo-Lin voltou para casa tarde aquela noite e, enquanto ela dormia, eu vasculhei sua bolsa. Dentro dela, encontrei um dossiê confidencial do FBI.

O conteúdo era assombroso. Bernadette havia passado involuntariamente seus dados bancários para uma quadrilha de roubo de identidades, e o FBI estava preparando uma emboscada. Ainda mais chocantes eram os post-its colados no verso do arquivo. Eram bilhetes escritos à mão, trocados entre Elgin e Soo-Lin, dando a entender que ele havia ligado para o Madrona Hill porque Bernadette era um perigo para ela própria e para outras pessoas. Suas provas? O fato de ela ter atropelado o meu pé e destruído a nossa casa.

Então a minha arqui-inimiga estava sendo mandada para um hospital psiquiátrico? Isso deveria ser motivo de comemoração. Em vez disso, sentei no banco da sala com o corpo inteiro tremendo. Tudo desmoronou, exceto pela verdade: Bernadette não atropelou meu pé. Eu inventei a coisa toda. E o deslizamento de lama? Ela removeu as trepadeiras exatamente como eu pedi que ela fizesse.

Uma hora inteira deve ter passado. Não me mexi. Eu só respirava e olhava para o chão. Queria que uma câmera estivesse me filmando, porque ela mostraria como se parece uma mulher que acaba de ser acordada pela verdade. Qual verdade? Que minhas mentiras e exageros seriam responsáveis pela internação de uma mãe.

Eu caí de joelhos. "Meu Deus, me diga", eu disse, "me diga o que fazer."

Uma calma tomou conta de mim. Uma calma que já havia me protegido ao longo de todo o mês passado. Fui até o Safeway 24 horas, fiz uma cópia de cada documento naquele arquivo e também dos post-its, e enfiei os originais de volta na bolsa de Soo-Lin antes que alguém acordasse.

Ainda que tudo naqueles documentos fosse verdade, era uma verdade *parcial*. Eu estava determinada a completar as lacunas da história com os meus próprios documentos. Na manhã seguinte, esquadrinhei nossa casa atrás de todos os e-mails e bilhetes que pude encontrar sobre o deslizamento e o meu "ferimento", e depois passei o resto do dia organizando-os cronologicamente entre os e-mails de Bernadette que estavam no dossiê do FBI. Eu sabia que a minha história, mais completa, absolveria Bernadette.

Mas de quê? O que tinha acontecido naquele encontro entre Elgin e a psiquiatra? Será que eles tinham um plano?

Voltei para a casa de Soo-Lin às quatro da tarde. Lincoln e Alexandra estavam na aula de natação. Kyle, é claro, estava que nem um zumbi, jogando videogame no porão. Eu parei na frente da TV. "Kyle", eu disse, "se eu precisasse ler os e-mails da Soo-Lin, o que eu deveria fazer?" Kyle soltou um grunhido, subiu as escadas e foi até o armário das toalhas. Uma torre empoeirada de computador, um teclado gigante e um monitor que parecia uma caixa estavam no chão. Kyle montou o computador na cama do quarto de hóspedes e conectou o modem à rede telefônica.

Uma versão antiga do Windows rodou com uma tela azul-turquesa, um estranho suspiro do passado. Kyle virou-se para mim. "Imagino que você não queira que ela saiba, né?" "Seria o ideal." Kyle entrou no site da Microsoft e baixou um programa que permite que você acesse o computador de outra pessoa remotamente. Ele fez com que o nome de usuário e a senha de Soo-Lin fossem enviados para o leitor de e-mails instalado nesse computador. De posse dessas informações, ele digitou um monte de números separados por pontos e, em questão de minutos, o que Soo-Lin via em seu laptop na Microsoft apareceu na tela em nossa frente. "Parece que ela não está no computador", disse Kyle, estalando as juntas dos dedos. Ele digitou mais algumas coisas. "Ela deixou uma resposta automática dizendo que vai estar fora do escritório a noite toda. Acho que você vai ter tempo."

Eu não sabia se dava um abraço ou um safanão nele. Em

vez disso, eu lhe dei dinheiro, pedi que esperasse por Lincoln e Alexandra do lado de fora e os levasse para comer pizza. Kyle já estava na metade das escadas quando tive uma ideia ainda mais ambiciosa. "Kyle", eu o chamei, "você sabe que a Soo-Lin é uma assistente administrativa, né? Você acha que temos informação suficiente para entrar, digamos, no computador do seu chefe?" "Você quer dizer o pai da Bee?" "Sim, o pai da Bee." "Depende", ele disse, "se ela tem acesso à caixa de entrada dele. Deixa eu dar uma olhada."

Warren, sem mentira, em cinco minutos eu estava olhando para o computador de Elgin Branch. Kyle conferiu sua agenda. "Ele está jantando com o irmão neste momento, então provavelmente vai ficar fora por no mínimo uma hora."

Devorei a correspondência entre Elgin e Soo-Lin, seu irmão e aquela psiquiatra. Descobri que havia um plano para uma intervenção na manhã seguinte. Eu queria fazer cópias daqueles documentos para colocar na minha nova e mais completa narrativa, mas não tinha uma impressora. Depois que todos foram dormir (exceto Soo-Lin, que havia ligado para dizer que não voltaria para casa aquela noite), Kyle criou duas contas no Hotmail, me ensinou a fazer algo chamado "screen shot" e mandar a imagem de uma conta do Hotmail para outra... ou algo assim. Tudo que eu sei é que funcionou. Eu imprimi tudo em um computador no Safeway.

A intervenção ia acontecer no consultório do dr. Neergaard. Eu não queria interferir numa investigação do FBI, mas de forma alguma Bernadette seria confinada em um hospital psiquiátrico por causa das minhas mentiras. Às nove da manhã, fui até o consultório do dentista. No caminho, passei por Straight Gate.

Havia uma viatura da polícia na entrada dos carros, bem como o Subaru de Soo-Lin. Estacionei numa ruazinha lateral. Em seguida, um carro sedã passou voando. Era Bernadette, com seus óculos escuros. Eu tinha de entregar aquele dossiê a ela. Mas como eu passaria pela polícia?

Mas é claro! O buraco na cerca!

Desci correndo a ruazinha, atravessei a cerca e comecei a escalar a colina nua. (Uma nota paralela incrível: as trepadeiras voltaram a crescer. Todo aquele trabalho para nada!)

Usei as mãos para subir pelo barro molhado até chegar à fotínia de Bernadette. Segurando-me em seus galhos, consegui me içar até o gramado. Havia um policial mais afastado, de costas para mim. Fui rastejando pelo gramado até a casa. Eu não tinha um plano. Era só eu, o envelope de papel pardo preso na minha cintura, e Deus.

Como um soldado das forças especiais, fui rastejando pela escadaria nos fundos da casa até o pórtico traseiro. Todos estavam reunidos na sala de estar. Eu não conseguia ouvi-los, mas ficou claro pela sua linguagem corporal que a intervenção estava em pleno andamento. Então, uma figura atravessou a sala de estar de uma ponta à outra. Era Bernadette. Desci correndo as escadas. Uma luz acendeu-se numa janela lateral, uns quatro metros acima. (O quintal lateral tem uma ladeira bem abrupta, então, em relação aos fundos da casa, o primeiro andar está a vários metros de altura.) Agachada, corri em direção a ela.

Então, tropecei em alguma coisa. Deus que me perdoe, mas havia uma escada atravessada no gramado, como se Ele mesmo a houvesse colocado ali. Daquele ponto em diante, senti-me invencível. Sabia que Ele estava me protegendo. Peguei a escada e a encostei na casa. Sem hesitar, subi os degraus e bati na janela.

"Bernadette", sussurrei. "Bernadette."

A janela se abriu. O rosto embasbacado de Bernadette apareceu. "Audrey?"

"Venha."

"Mas…" Ela não sabia o que era pior, vir comigo ou ser trancafiada em um manicômio.

"Agora!" Eu desci as escadas e Bernadette veio atrás de mim, não sem antes fechar a janela.

"Vamos até a minha casa", eu disse. Mais uma vez, ela hesitou.

"Por que você está fazendo isso?", ela perguntou.

"Porque sou cristã."

Ouviu-se a estática de um rádio. "Kevin, você está vendo alguma coisa?"

Bernadette e eu conseguimos fugir pelo gramado, carregando a escada conosco.

Escorregamos pela colina lamacenta e chegamos até a nossa casa. Os caras que tinham ido instalar o piso ficaram surpresos de ver aquelas duas criaturas enlameadas cambaleando porta adentro. Eu os dispensei.

Entreguei a Bernadette o dossiê com minhas contribuições, que também incluíam um elogioso artigo sobre sua carreira de arquiteta que o Kyle tinha encontrado na internet. "Você devia ter me dito que ganhou uma bolsa MacArthur", eu disse. "Pode ser que eu tivesse sido menos mosquinha se soubesse que você era tão genial."

Deixei Bernadette sentada à mesa. Tomei um banho e trouxe chá. Ela lia, o rosto sem nenhuma expressão, as sobrancelhas levantadas. Ela só abriu a boca uma vez, para dizer "Eu teria feito".

"Feito o quê?", perguntei.

"Dado uma procuração para Manjula." Ela virou a última página e respirou bem fundo.

"Ainda temos caixas de roupas doadas pelo pessoal da Galer Street na sala, se você quiser se trocar."

"É bem esse o meu nível de desespero." Ela tirou sua blusa enlameada. Por baixo, ela vestia um colete de pesca. Ela o apalpou. Pude ver que seus bolsos continham sua carteira, celular, chaves, passaporte. "Posso fazer o que eu quiser", ela disse, sorrindo.

"Pode mesmo."

"Por favor, faça com que Bee receba isto." Ela colocou os documentos de volta no envelope. "Eu sei que parece muita coisa. Mas ela consegue lidar com isso. Eu prefiro arrasá-la com a verdade a arrasá-la com mentiras."

"Ela não vai ficar arrasada", eu disse.

"Preciso te perguntar. Ele está comendo ela? A assistente, sua amiguinha, como é o nome dela?"

"Soo-Lin?"

"Isso", ela disse. "Soo-Lin. Ela e o Elgie..."

"Difícil dizer."

Essa foi a última vez que vi Bernadette.

Voltei para a casa de Soo-Lin e reservei um quarto para o Kyle num Eagle's Nest.

Descobri que Bee estava no colégio interno. Confirmei essa informação com Gwen Goodyear e mandei o envelope com os documentos para Bee no Choate, sem endereço de retorno.

Só agora fiquei sabendo que Bernadette acabou indo para a Antártida, e que ela desapareceu em algum lugar no continente. Uma investigação foi conduzida e, lendo nas entrelinhas, eles querem que todo mundo acredite que Bernadette ficou bêbada e caiu do navio. Mas eu não compro essa história nem por um segundo. Estou preocupada, ela pode ter me escrito numa tentativa de entrar em contato com a Bee. Warren, eu sei que é coisa demais para digerir, mas, por favor, vá para casa e confirme para mim se chegou alguma coisa de Bernadette.

Beijos,
Audrey

Fax de Warren Griffin

Querida,

Estou imensamente orgulhoso de você. Estou em casa agora. Não chegou nada de Bernadette, sinto muito. Mal posso esperar para te encontrar no fim de semana.

Beijos,
Warren

SEXTA-FEIRA, 28 DE JANEIRO

Fax de Soo-Lin

Audrey,

Puseram-me em CHAMAS no VCV. Estou proibida de retornar até que eu "ESPeleia". (Eu sei que não é bem uma palavra, mas ESP quer dizer Escreva Sua Parte e "e leia", bem, você entendeu.) É um inventário que escrevemos, assumindo nossa parte de culpa em nosso próprio abuso. Se eu me pegar caindo na vitimização, preciso me colocar em CHAMAS. Passei as últimas três horas me "ESPeleando". Aqui está o que escrevi, se você tiver interesse.

ESP de Soo-Lin Lee-Segal

Depois de um começo tumultuado como assistente administrativa de Elgin, nossa relação de trabalho desabrochou. Elgie pedia o impossível, eu fazia acontecer. Eu sentia que Elgie estava encantado pelo meu feitiço. Logo, aquilo se transformou num dueto celestial em que eu fazia o melhor trabalho da minha vida e Elgie me enaltecia. Eu sentia que estávamos nos apaixonando.

(CALMA, HORA DE ANALISAR MELHOR A SITUAÇÃO: Eu estava me apaixonando, não Elgie.)

Tudo mudou no dia em que ele me convidou para almoçar e me fez confidências sobre sua esposa. Se ele não sabia o que significa falar mal da esposa para um colega de trabalho, especialmente um colega do sexo oposto, eu com certeza sabia. Tentei não me envolver. Mas nossos filhos frequentavam a mesma escola, então o limite que separava nossa vida profissional da pessoal já havia sido ultrapassado.

(CALMA, HORA DE ANALISAR MELHOR A SITUAÇÃO: No momento em que Elgie começou a falar mal de sua esposa, eu poderia ter encerrado educadamente a conversa.)

Daí a Bernadette se enroscou com uma quadrilha de hackers na internet. Elgie estava furioso com ela e se abriu comigo, o que interpretei como mais uma prova de seu amor. Uma noite em que Elgie estava planejando dormir no escritório, eu reservei um quarto para ele no Hyatt em Bellevue. Eu mesma o levei até lá, no meu carro. Entreguei as chaves ao manobrista.

"O que você está fazendo?", Elgie perguntou.

"Vou subir para arrumar tudo para você."

"Tem certeza?", ele disse, o que para mim pareceu a confirmação de que, naquela noite, finalmente iríamos fazer alguma coisa para dissipar nossa crepitante tensão sexual.

(CALMA, HORA DE ANALISAR MELHOR A SITUAÇÃO: Eu não estava apenas completamente iludida, eu também estava dando em cima de um homem emocionalmente vulnerável.)

Pegamos o elevador até o seu quarto. Eu sentei na cama. Elgie arremessou seus sapatos com os pés e se enfiou debaixo das cobertas, totalmente vestido.

"Será que você pode apagar a luz?", ele perguntou.

Eu desliguei o abajur. O quarto ficou completamente escuro. Fiquei ali sentada, embriagada de desejo, quase incapaz de respirar. Cuidadosamente, pus meus pés sobre a cama.

"Você vai embora?", ele perguntou.

"Não", eu disse.

Minutos se passaram. Eu ainda tinha uma ideia de onde Elgie estava na cama. Eu conseguia visualizar sua cabeça, os dois braços para fora das cobertas, as duas mãos juntas debaixo do queixo. Mais tempo se passou. Obviamente ele estava esperando que eu fizesse o primeiro movimento.

(CALMA, HORA DE ANALISAR MELHOR A SITUAÇÃO: Ha!)

Enfiei minha mão onde eu havia imaginado que estariam as mãos dele. Meus dedos mergulharam em algo úmido e aveludado, que depois ficou afiado.

"Gaahh...", disse Elgie.

Eu havia enfiado meus dedos dentro da sua boca e ele, num reflexo, tinha me mordido.

"Oh, querido", eu disse. "Me desculpe."

"Me desculpe", ele disse. "Onde está sua..."

Ele estava tateando no escuro atrás da minha mão. Ele a achou e a colocou sobre o seu peito, e então a cobriu com sua outra mão. Progresso! Eu respirei o mais discretamente que pude e esperei por uma deixa. Outra eternidade se passou. Fiquei passando meu dedão nas costas de sua mão, tentando pateticamente produzir uma fagulha, mas a mão dele permaneceu imóvel.

"No que você está pensando?", eu perguntei, finalmente.

"Você quer mesmo saber?"

Fiquei brutalmente excitada. "Só se você estiver a fim de me contar", disparei de volta, numa provocaçãozinha cheia de segundas intenções.

"A parte mais dolorosa daquele dossiê do FBI foi a carta que Bernadette mandou para Paul Jellinek. Eu queria poder voltar no tempo e dizer a ela que eu queria conhecê-la. Quem sabe, se eu tivesse feito isso, não estaria deitado aqui, agora."

Graças a Deus estava completamente escuro, ou o quarto

teria começado a girar. Levantei e voltei para casa. Foi muita sorte eu não ter me atirado da ponte 520, acidentalmente ou por qualquer outro motivo.

No dia seguinte, fui trabalhar. Elgie tinha marcado de ensaiar a intervenção com um psiquiatra, fora da empresa. Em seguida, seu irmão chegaria do Havaí. Fiquei cuidando das minhas coisas, com o pensamento fixo numa fantasia cafona envolvendo um buquê de flores surgindo na porta da minha casa, flutuando no ar, seguido por Elgie, envergonhado, declarando seu amor.

De repente eram quatro da tarde e eu me dei conta: Elgie não viria trabalhar! Não só isso: amanhã era a intervenção. E, no dia seguinte, ele iria para a Antártida. Eu ficaria sem vê-lo por semanas! Ele não ligou, não fez nada.

Eu havia configurado um tablet para o Elgie levar na viagem. No caminho para casa, deixei-o no hotel em que seu irmão estava hospedado, e onde eu também havia reservado um quarto para Elgie para as próximas duas noites.

(CALMA, HORA DE ANALISAR MELHOR A SITUAÇÃO: Eu podia ter pedido a outra pessoa que levasse o tablet, mas estava desesperada para vê-lo.)

Eu estava deixando o pacote na recepção quando ouvi "Ei, Soo-Lin!".

Era Elgie. Só de ouvi-lo dizendo meu nome eu quase desmaiei, me enchendo de esperanças. Ele e seu irmão me convidaram para jantar com eles. O que posso dizer? Naquele jantar tudo ficou de cabeça para baixo, em parte por culpa das rodadas de tequila que o Van ficou pedindo, dizendo que a tequila dava um "zumbido lúcido". Acho que eu nunca tinha rido tanto na minha vida quanto com aqueles dois me contando histórias de infância. Meus olhos se encontravam com os de Elgie, e nós nos encarávamos por aquele segundo a mais antes de desviar o olhar. Depois do jantar, ficamos perambulando pelo lobby.

Um cantor chamado Morrissey estava hospedado no hotel, e um grupo fogoso de jovens homossexuais estava reunido por ali, na esperança de vê-lo nem que fosse só por um segundo. Eles traziam pôsteres e discos do Morrissey e também caixas de bombons. O amor estava no ar!

Elgie e eu nos sentamos em um banco. Van subiu para o quarto e foi dormir. Quando as portas do elevador se fecharam, Elgie disse "O Van não é tão mau assim, né?".

"Ele é hilário", eu respondi.

"Bernadette acha que ele é um tremendo fracasso que só sabe me pedir dinheiro."

"O que, sem dúvida, é verdade", eu disse. Elgie respondeu com uma gargalhada de aprovação. Entreguei o tablet a ele. "Não posso esquecer de te dar isso. Pedi que Gio o programasse de modo que ele não inicie antes de você assistir um slideshow."

O slideshow começou. Eram fotos que eu havia escolhido, de Elgie ao longo de seus anos na Microsoft. Ele apresentando seu trabalho no auditório, retratos displicentes dele trabalhando no Samantha 1, arremessando uma bola de futebol americano para Matt Hasselbeck, na época em que o piquenique executivo se dava no rancho de Paul Allen, ele recebendo seu Prêmio de Reconhecimento Técnico. Também havia uma foto de Bee, com três anos de idade, sentada no seu colo. Ela havia acabado de ter alta do hospital, e ainda dava para ver algumas ataduras escapando pela parte de cima do seu vestido. Havia uma foto dela na creche, usando órtese nas pernas porque tinha passado tanto tempo deitada numa cama nos seus primeiros anos de vida que seus quadris não tinham se desenvolvido do jeito certo. Estava lá, também, a famosa foto do E-Dawg, com Elgie usando várias correntes de ouro e um relógio enorme pendurado no pescoço, fazendo gestos de rapper.

"É importante para mim que você veja isso todos os dias", eu disse. "Para que você saiba que também tem uma família na Microsoft. Eu sei que não é a mesma coisa. Mas nós também amamos você."

(CALMA, HORA DE ANALISAR MELHOR A SITUAÇÃO: Eu cortei Bernadette fora de algumas daquelas fotografias. E também incluí uma foto minha na minha mesa, e usei o Photoshop para parecer que uma luz irradiava do meu rosto.)

"Não vou chorar", disse Elgie.

"Mas você pode", eu disse.

"Eu posso, mas não vou." Olhamos um para o outro, sorrindo. Ele deu uma risada. Eu também. O futuro seria glorioso, e estava se abrindo para nós.

(CALMA, HORA DE ANALISAR MELHOR A SITUAÇÃO: Nós só estávamos bêbados.)

Então, começou a nevar.

As paredes do Four Seasons são feitas de placas finas de ardósia, empilhadas como num doce francês de massa folhada, e uma quina rasgou a parca de Elgie, soltando penas que ficaram flutuando à nossa volta. Os fãs do Morrissey começaram a agitar seus braços de maneira teatral e a cantar uma de suas músicas que dizia mais ou menos o seguinte: "through hail and snow I'd go…".* Isso me fez lembrar de um dos meus filmes favoritos, *Moulin Rouge*!

"Vamos subir." Elgie segurou minha mão. Assim que o elevador fechou, nos beijamos. Quando paramos para respirar, eu disse: "Estava mesmo imaginando como seria".

O sexo foi esquisito. Elgie obviamente queria acabar logo com aquilo, e caiu no sono logo em seguida. Na manhã seguinte, ele se vestiu apressadamente, olhando para o chão. Ele havia

---

* "Enfrentaria o granizo e a neve…" (N. T.)

emprestado seu carro para o Van, então dei uma carona até sua casa. Foi quando Bernadette apareceu, bem no meio da intervenção.

Bernadette ainda está desaparecida e eu estou grávida. Aquela noite lamentável no hotel foi a primeira e única vez que fizemos sexo. Elgie prometeu que tomaria conta de mim e do bebê, mas ele se recusa a morar comigo. Tem dias que eu penso que tudo que preciso fazer é dar algum tempo a ele. Ele não ama biografias de presidentes? Eu chamei meu filho de Lincoln, em homenagem a um presidente. Ele não ama a Microsoft? Eu amo a Microsoft. Nós somos totalmente compatíveis.

(CALMA, HORA DE ANALISAR MELHOR A SITUAÇÃO: Elgie nunca me amará porque basicamente eu não tenho a sua inteligência e sofisticação. Ele sempre amará Bee mais do que seu filho que ainda não nasceu. Ele está tentando me comprar com essa casa nova, e eu certamente deveria aceitar.)

QUARTA-FEIRA, 2 DE FEVEREIRO

Fax de Soo-Lin

Audrey,

Fui ao VCV para ler o meu ESP e me puseram em CHAMAS. De novo! Desde *Frankenstein* não se via uma multidão tão furiosa perseguindo uma pobre criatura agonizante.

Eu achei que o meu ESP era honesto pra caramba, mas todo mundo disse que estava repleto de autopiedade.

Em minha defesa, eu disse que estava sendo revitimizada por Elgie porque eu estava grávida. Mas isso foi um erro, porque no VCV não existe isso de revitimização: se estamos sendo revitimizados, é porque estamos nos *deixando* vitimizar e, portanto, há um novo abusador, nós mesmos, de forma que, tecnicamente, não há revitimização alguma. Observei que meu bebê estava sendo vitimizado por Elgie, o que significava que havia uma nova vítima do mesmo abusador. Eles então disseram que quem estava vitimizando o bebê era *eu*. Eu quase acreditei naquilo, mas aí alguém observou que, como o bebê era filho de Elgie, no fim das contas era *eu* quem estava vitimizando *Elgie*.

"Que tipo de grupo de apoio é este?", explodi. "Vou dizer pra vocês quem é a vítima aqui. Sou *eu*, e os abusadores são vocês, seus sádicos de porão de igreja." Saí batendo a porta, comprei um sorvete e fui chorar no meu carro.

Esse foi o ponto alto do meu dia.

Voltei para casa e me dei conta de que aquela era a noite da semana em que Elgie vinha para o jantar. Ele até já estava lá, ajudando Lincoln e Alexandra com o dever de casa. As crianças colocaram no forno uma lasanha que eu tinha deixado pronta mais cedo e arrumaram a mesa.

No começo Elgie tinha certa resistência, mas agora ele parecia estar gostando de verdade desses jantares em família. Escuta esta: Bernadette nunca cozinhava. Ela só pedia comida. E quando eles terminavam de comer, ela nem se preocupava em lavar os pratos. Havia gavetas na mesa de jantar, como gavetas de escrivaninha, e a grande jogada de Bernadette era simplesmente abri-las, empilhar os pratos e talheres sujos lá dentro e depois fechá-las. No dia seguinte, a empregada tirava os pratos das gavetas e os lavava. Você já tinha ouvido falar de alguém vivendo assim?

Enquanto eu ia colocando a alface na tigela de salada, Elgie suspirou: "Eu te encaminhei o relatório do capitão e a carta do advogado. Você chegou a lê-los?".

"Por que você pergunta?" Bati a salada e o frasco de molho na mesa. "Você não está nem aí para o que eu penso."

A porta da frente se abriu. O Furacão Bee entrou violentamente, brandindo a carta do sr. Harmsen e o relatório do capitão. "Você queria que a mamãe estivesse morta?!"

"Bee...", disse Elgie. "Onde você conseguiu essas coisas?"

"Elas chegaram pelo correio lá em casa." Ela bateu o pé e empurrou o encosto da cadeira de Elgie. "Eu poderia aguentar qualquer outra coisa, mas todo mundo só quer provar que mamãe está morta."

"Eu não escrevi nada disso", disse Elgie. "É só um cara com medo de ser processado usando jargão de advogado."

"O que vai acontecer quando mamãe voltar para casa e descobrir que você está jantando todo pimpão com gente que ela odeia?"

"Se isso acontecer, quem vai ter de se explicar é ela", eu disse. Eu sei, eu sei, foi um erro.

"Sua mosquinha!" Bee me deu as costas e começou a gritar. "É você quem quer que ela esteja morta para que possa se casar com papai e ficar com o seu dinheiro."

"Perdão", Elgie me disse. "Ela só está triste."

"Estou triste por você ser um babaca", Bee disse a Elgie. "E por você ter caído no feitiço da Yoko Ono."

"Lincoln, Alexandra", eu disse. "Vão para o porão assistir TV."

"Tenho certeza de que ela não quis dizer isso", Elgie tentou me confortar.

"É, tá bom, continua aí se empanturrando", Bee rosnou para mim.

Comecei a chorar. Claro, ela não sabe que estou grávida. Mas ainda assim, eu te contei como o enjoo matinal tem sido terrível, Audrey. Por algum motivo, as rabanadas não têm sido suficientes. Acordei uma noite dessas com desejo de colocar sorvete de caramelo salgado da Molly Moon em cima delas. Comprei um pote e comecei a fazer sanduíches de caramelo salgado com rabanada. Vou te dizer, eu devia patentear esse troço e abrir um negócio. Ontem o dr. Villar me disse que eu devia pegar leve, ou o bebê poderia nascer feito de açúcar, como um marshmallow. Quem me culparia por estar chorando? Corri escada acima e me joguei na cama.

Uma hora depois, Elgie apareceu. "Soo-Lin", ele disse. "Tudo bem com você?"

"Não!", gemi.

"Sinto muito", ele disse. "Sinto muito pela Bee, sinto muito por Bernadette, sinto muito pelo bebê."

"Você sente muito pelo bebê?" Entrei numa nova rodada de soluços convulsivos.

"Não foi isso que eu quis dizer", ele disse. "É que foi tudo tão de repente."

"De repente para *você*, já que a Bernadette teve todos aqueles abortos. Quando você é uma mulher saudável, como eu, e faz amor com um homem, você engravida."

Fez-se um longo silêncio. Finalmente, Elgie falou: "Eu disse a Bee que nós iríamos para a Antártida".

"Você sabe que eu não posso viajar para lá."

"Só eu e Bee", ele disse. "Ela acha que isso vai ajudá-la a resolver esse assunto. Foi ideia dela."

"Então é claro que você vai."

"Só assim vamos passar algum tempo juntos. Estou com saudades dela."

"Então você não pode deixar de ir de forma alguma."

"Você é uma mulher maravilhosa, Soo-Lin", ele disse.

"Puxa, obrigada."

"Eu sei o que você queria ouvir", ele disse. "Mas pense no que eu passei, no que ainda estou passando. Você realmente quer que eu diga uma coisa em que não acredito?"

"Sim!" Minha dignidade havia se extinguido.

"A última excursão da temporada parte em dois dias", ele

disse, enfim. "Tem lugar no navio. Nós temos um crédito que vai expirar se não usarmos. É muito dinheiro. E eu devo isso a Bee. Ela é uma ótima menina, Soo-Lin. Ela é mesmo."

    E foi isso. Elgie e Bee vão amanhã para a Antártida. A coisa toda é uma tragédia completa, na minha opinião. Mas o que é que eu sei? Sou apenas uma secretária nascida em Seattle.

Um beijo em você,
Soo-Lin

PARTE SEIS

O Continente Branco

Chegamos a Santiago às seis da manhã. Eu nunca tinha viajado na primeira classe, então não sabia que cada assento era um ovo, e que quando você apertava um botão ele virava uma cama. Assim que o meu assento ficou completamente esticado, a aeromoça me cobriu com um edredom branco novinho. Eu devo ter sorrido, porque papai se virou para trás e disse: "Não vá se acostumando com isso". Sorri para ele, mas aí eu me lembrei que o odiava e coloquei minha máscara de dormir. Eles te dão uma daquelas recheadas com sementes de linho e lavanda, que colocam no micro-ondas de modo que elas ficam bem quentinhas e você relaxa. Dormi por dez horas.

Havia uma fila monstruosa na imigração do aeroporto, mas um policial acenou para o papai e para mim e levantou uma corrente para que fôssemos direto a um guichê vazio reservado para famílias com crianças pequenas. Primeiro eu fiquei irritada, porque tenho quinze anos, mas depois pensei: Tudo bem, vamos furar a fila.

O cara usava uma farda militar e não devolvia nunca nossos passaportes. Ele ficava olhando para mim, principalmente, e depois para o meu passaporte. Para cima, para baixo, para cima, para baixo. Cheguei à conclusão de que era por causa do idiota do meu nome.

Por fim, ele falou: "Gostei do seu boné". Era um boné de beisebol que o Princeton Tigers tinha mandado para mamãe para pedir que ela fizesse uma doação. "Princeton", ele disse. "É uma universidade americana, como Harvard."

"Só que melhor", eu disse.

"Eu gosto de tigres." Ele colocou a mão sobre os nossos passaportes. "Gostei desse boné."

"Eu também." Apoiei o queixo na palma da mão. "É por isso que estou com ele."

"Bee", disse papai. "Dá o boné pra ele."

"O quêê?", eu disse.

"Eu ia gostar muito desse boné", disse o cara, concordando com papai.

"Bee, dá logo esse boné pra ele." Papai pegou meu boné, mas ele estava preso ao meu rabo de cavalo.

"Este boné é meu!" Cobri minha cabeça com as duas mãos. "Mamãe me deu."

"Ela tinha jogado no lixo", disse papai. "Eu compro outro para você."

"Compre um para você", eu disse ao cara. "Você pode comprar na internet."

"Nós podemos comprar um para você", disse papai.

"Não, nós não vamos!", eu disse. "Ele é um homem grandinho, tem um emprego e uma arma. Ele pode fazer isso sozinho."

O homem nos entregou os passaportes carimbados e deu de ombros, como se estivesse dizendo, tipo, Não custa tentar. Pegamos nossas malas e atravessamos um corredor até o saguão principal do aeroporto. Um guia turístico imediatamente nos identificou pelas fitas azuis e brancas que amarramos em nossa bagagem. Ele nos disse para aguardar enquanto o resto do grupo passava pela imigração. Aquilo ia demorar algum tempo. "Não existe almoço grátis", disse papai. Ele tinha razão, mas eu fiz de conta que não tinha escutado. Outros com fitas azuis e brancas começaram a aparecer. Eram nossos companheiros de viagem. Em sua maioria, eram velhos, com o rosto enrugado e roupas que não amassam. E os equipamentos de fotografia? Eles ficavam em volta uns dos outros exibindo suas lentes e câmeras como pavões, só que vestidos de bege. No meio da bajulação, eles pegavam sacos plásticos cheios de frutas secas e enfiavam pedaços delas na boca. Às vezes eu os pegava olhando para mim com curiosidade, talvez porque eu fosse a mais jovem ali, e eles sorriam, cheios de simpatia. Um deles ficou me encarando por tanto tempo que eu não pude resistir. Tive que dizer: "Tire uma foto. Vai durar mais tempo". "Bee!", bufou papai.

Uma coisa engraçada: ao lado de uma sala aleatória, sem janelas, havia uma placa com um bonequinho ajoelhado debaixo de um teto pontudo. Isso era o símbolo universal de uma igreja. Zeladores, atendentes de lanchonete e taxistas entravam ali para rezar.

Chegou a hora de embarcar no ônibus. Esperei papai encontrar um lugar e sentei bem longe. A estrada que levava até o centro da cidade corria ao lado de um rio, que tinha lixo espalhado pelas margens: latas de refrigerante, garrafas d'água e toneladas de plástico, além de restos de comida ainda frescos. Crianças jogavam bola no meio do lixo, brincavam com cães sarnentos no meio do lixo, e até mesmo se agachavam para lavar suas roupas no meio do lixo. Aquilo era muito perturbador, tipo, Será que daria para algum de vocês recolher esse lixo?

Entramos em um túnel. O guia, que estava de pé na parte

da frente do ônibus, pegou o microfone e começou a contar quando o túnel foi construído, quem venceu a licitação para construí-lo, quanto tempo demorou, qual presidente autorizou a construção, quantos carros passam por ele todos os dias etc. Eu fiquei esperando que em algum momento ele fosse revelar sua grandeza, tipo, talvez fosse um túnel autolimpante ou feito de garrafas recicladas. Mas não, era só um túnel. Mesmo assim, não dava pra não ficar feliz por aquele guia: se as coisas ficassem difíceis, ele sempre teria aquele túnel.

Fomos até o nosso hotel, que era uma coluna de concreto em espiral. Numa sala de conferência especial, uma austríaca fez o nosso check-in.

"Tem certeza de que o nosso quarto tem *duas camas*, né?", eu disse. Fiquei apavorada quando descobri que papai e eu dividiríamos o mesmo quarto a viagem toda.

"Sim, são duas camas", disse a austríaca. "Aqui está seu *uaucher* para o city tour e para o transfer do aeroporto."

"Meu quê?", perguntei.

"Seu *uaucher*", ela disse.

"Meu *quê?*"

"Seu *uaucher.*"

"O que é um *uaucher?*"

"Voucher", disse papai. "Não seja tão nojentinha." A verdade é que eu não tinha entendido o que a mulher estava dizendo. Mas eu estava sendo meio nojentinha de modo geral, então essa eu deixei passar. Pegamos nossa chave e fomos até o quarto.

"Aquele city tour pareceu divertido!", disse papai. Quase senti pena dele por causa da bandagem no olho e pela atitude desesperada, mas aí lembrei que tudo aquilo tinha começado porque ele tentou trancafiar mamãe num hospital psiquiátrico.

"Sim", eu disse. "Você que ir?"

"Eu quero", ele disse, todo esperançoso e comovido.

"Divirta-se." Peguei minha garrafa térmica do Choate e rumei para a piscina.

O Choate era grande e majestoso, com prédios cobertos de hera e joias da arquitetura moderna espalhadas em um gramado enorme coberto de neve e entrecortado por trilhas de pegadas. Eu não tinha nada contra o lugar em si. Só que algumas pessoas eram esquisitas. Minha colega de quarto, Sarah Wyatt, não gostou de mim desde o começo. Acho que porque, quando ela foi viajar no feriado de Natal, ela ainda morava sozinha num apartamento duplo. E, quando voltou, ela tinha assim, de repente, uma colega de quarto. No Choate, você precisa falar sobre o seu pai. O pai dela era dono de uns prédios em Nova York. Sem brincadeira: todos os alunos tinham um iPhone, e a maioria tinha também um iPad, e todos os computadores que eu vi eram da Mac. Quando eu disse que meu pai trabalhava na Microsoft, eles tiraram sarro de mim na minha cara. Eu tinha um PC e ouvia minhas músicas num Zune. O que é essa coisa?, as pessoas me perguntavam, ofendidas ao último, como se aquilo fosse um cocozão fedorento no qual eu tivesse enfiado uns fones de ouvido. Contei a Sarah que minha mãe era uma arquiteta famosa que tinha ganhado uma bolsa MacArthur na categoria "gênio" e Sarah disse: "Não, ela não ganhou". E eu disse: "Mas é claro que ganhou. Procure na internet". Mas Sarah Wyatt me subestimava tanto que ela simplesmente não procurou.

Sarah tinha o cabelo liso e grosso e usava roupas caras sobre as quais ela gostava de falar, e toda vez que eu dizia não conhecer alguma daquelas marcas, ela emitia um grunhido. Sua melhor amiga, Marla, morava no andar de baixo. Marla falava sem parar, e ela era engraçada, eu imagino, mas também tinha umas acnes furiosas, fumava cigarros e estava passando por dificuldades acadêmicas. Seu pai era diretor de TV em L.A., e ela falava o tempo todo dos seus amigos de lá, que eram filhos de gente famosa. Todo mundo se reunia em torno dela enquanto ela ficava falando sobre como o Bruce Springsteen era legal. E eu ficava pensando, Claro que o Bruce Springsteen é legal, eu não preciso que a Marla me diga isso. Quer dizer, a Galer Street fedia a salmão, mas pelo menos as pessoas eram normais.

Então um dia eu fui pegar a minha correspondência e aquele envelope de papel pardo tinha chegado. Não havia endereço de retorno, e o meu endereço tinha sido escrito numa letra de forma estranha, que não era nem da mamãe nem do papai. Também não veio uma carta dizendo quem tinha mandado aquilo, só todos aqueles documentos sobre a mamãe. Foi aí que tudo começou a melhorar, porque eu me pus a escrever meu livro.

Mas eu soube que alguma coisa estava rolando no dia em que voltei para o meu quarto depois das aulas da tarde. O nosso dormitório era o Homestead, uma casinha decrépita no meio do campus, onde George Washington talvez tivesse passado uma noite certa vez, de acordo com uma placa. Ah, esqueci de mencionar que a Sarah tinha um cheiro muito estranho, tipo de talco para bebês, mas um talco para bebês que desse ânsia de vômito. Não podia ser perfume, e eu também nunca vi talco algum. Até hoje ainda não descobri o que era. Mas, enfim, eu abri a porta da frente e ouvi passos apressados no andar de cima. Subi as escadas, mas nosso quarto estava vazio. Ouvi Sarah no banheiro. Sentei à minha escrivaninha, abri meu laptop e foi aí que eu senti o cheiro. Aquele perfume de talco para bebês estava no ar, pairando sobre a minha escrivaninha. Aquilo era particularmente esquisito porque Sarah tinha feito todo um discurso sobre dividir o quarto ao meio, e havia ordens explícitas para não cruzar a linha invisível. Bem nessa hora, ela passou correndo atrás de mim, atravessou o quarto e desceu pela escada. A porta bateu. Sarah já estava na esquina, esperando para atravessar a Elm Street.

"Sarah", eu chamei da janela.

Ela parou e olhou para cima.

"Onde você está indo? Está tudo bem?" Fiquei preocupada que talvez tivesse acontecido alguma coisa com um dos prédios do seu pai.

Ela fingiu que não tinha me ouvido e subiu pela Christian Street, o que era esquisito, porque eu sabia que ela tinha aula de squash. Ela não virou para ir na Hill House, nem para ir à biblioteca. A única coisa que havia depois da biblioteca era o Archbold, o prédio em que ficam as salas da reitoria. Fui para a minha aula de dança e, quando voltei, tentei falar com a Sarah, mas ela nem olhava para mim. Ela passou aquela noite no andar de baixo, no quarto de Marla.

Alguns dias depois, no meio da aula de inglês, a sra. Ryan me disse para ir imediatamente à sala do sr. Jessup. Sarah estava na aula comigo e eu, instintivamente, me virei para ela. Ela desviou rapidamente o olhar para baixo. Foi então que eu soube: aquela nova-iorquina fedorenta, que usa leggings e brincos de diamante enormes, tinha me traído.

Quando cheguei à sala do sr. Jessup, papai estava lá, e disse que era melhor eu abandonar o Choate. Foi hilário ver o sr. Jessup e papai cheios de dedos, começando todas as frases com "Porque eu me preocupo muito com a Bee" ou "Porque a Bee é uma menina extraordinária" ou "Pelo bem da Bee". Foi decidido que eu sairia do Choate e eles transfeririam meus créditos para o Lakeside no ano que vem. (Aparentemente fui aceita lá. Quem diria?)

No corredor estávamos somente eu, papai e o busto de bronze do Judge Choate. Papai pediu para ver o meu livro, mas eu não ia mostrá-lo de jeito nenhum. Mostrei a ele o envelope que chegou pelo correio. "De onde veio isso?" "Da mamãe", eu disse. Mas a letra no envelope não era da mamãe, e ele sabia.

"Por que ela mandaria isso para você?", ele perguntou. "Porque ela queria que eu soubesse." "Soubesse o quê?" "A verdade. Diferente de tudo que você me contaria." Papai respirou fundo e disse: "A única verdade é que você leu coisas que não tem idade suficiente para entender".

Foi aí que tomei a decisão cabal: odeio ele.

Pegamos um voo fretado em Santiago de manhã bem cedo e aterrissamos em Ushuaia, na Argentina. O ônibus que tomamos atravessou a cidadezinha de concreto. As casas tinham telhas espanholas e gramados enlameados com balanços enferrujados. Quando chegamos às docas, fomos conduzidos até uma espécie de cabana, dividida por uma parede de vidro de uma ponta à outra. Estávamos na imigração, então é claro que havia uma fila. Logo o outro lado do vidro ficou cheio de gente velha paramentada com roupas de viagem e mochilas com fitas azuis e brancas. Era o grupo que tinha acabado de *desembarcar* do navio, nossos Fantasmas da Futura Viagem. Eles desceram extasiados, falando maravilhas. Vocês vão adorar, vocês não têm ideia de como é incrível, vocês têm tanta sorte. Então, todos à nossa volta começaram, literalmente, a vibrar. Buzz Aldrin, Buzz Aldrin, Buzz Aldrin. Do outro lado tinha um baixinho invocado com uma jaqueta de couro coberta de emblemas da Nasa, e ele estava com os cotovelos dobrados, como se estivesse louco para entrar numa briga. Ele tinha um sorriso sincero, e foi bem simpático, posando do outro lado do vidro enquanto as pessoas do nosso lado tiravam fotos com ele. Papai tirou uma foto minha ao seu lado, e eu vou falar para a Kennedy, Aqui sou eu visitando Buzz Aldrin na prisão.

Quando voltei para Seattle depois de deixar o Choate, era uma sexta-feira, então fui direto para o Grupo de Jovens. Cheguei bem no meio de um jogo idiota chamado Passarinhos Famintos: todos haviam se dividido em dois grupos e as mamães passarinho tinham que pegar pipoca em uma tigela usando uma barra de alcaçuz vermelha como canudo, e depois voltar correndo na direção dos filhotinhos para alimentá-los. Fiquei chocada ao ver a Kennedy brincando de uma coisa tão infantil. Assisti até eles perceberem que eu estava ali e, então, todos ficaram quietos. A Kennedy nem veio na minha direção. Luke e Mae me deram um grande abraço no estilo cristão.

"Lamentamos muito pelo que aconteceu com a sua mãe", disse Luke.

"Não aconteceu nada com a minha mãe", eu disse.

O silêncio ficou ainda mais denso, e aí todo mundo se virou para a Kennedy, porque ela era minha amiga. Mas dava pra dizer que ela também estava com medo de mim.

"Vamos terminar esta partida", ela disse, olhando para o chão. "Nós estamos na frente, dez a sete."

Conseguimos carimbar os passaportes e saímos da cabana. Uma mulher disse para seguirmos uma linha branca até o capitão, que nos receberia a bordo. Ouvir a palavra "capitão" me fez correr tão rápido pelas tábuas velhas do cais que parecia que não eram minhas pernas que estavam me levando, mas sim minha emoção. Ali, no final de uma escadaria, estava um homem de terno azul-marinho e chapéu branco.

"Você é o capitão Altdorf?", perguntei. "Eu sou Bee Branch." Ele deu um sorriso confuso. Tomei fôlego e disse: "Bernadette Fox é minha mãe".

Então eu vi o nome no seu crachá. CAPITÃO JORGES VARELA. E, debaixo dele, ARGENTINA.

"Espere aí...", eu disse. "Onde está o capitão Altdorf?"

"Ahh", disse o falso capitão. "Capitão Altdorf. Ele foi antes de mim. Agora ele está na Alemanha."

"Bee!" Era papai, todo esbaforido. "Você não pode sair correndo desse jeito."

"Desculpa." Minha voz ficou trêmula e eu comecei a chorar. "Eu tinha visto tantas fotos do *Allegra* que vê-lo agora me faz sentir que estou mesmo resolvendo esse assunto."

Aquilo era mentira. Como é que ver um navio ajuda alguém a resolver alguma coisa? Mas depois do episódio do Choate eu logo me dei conta de que papai me deixaria fazer o que eu quisesse para resolver esse assunto. Eu podia dormir no trailer da mamãe, não voltar pra escola, até mesmo viajar até a Antártida. Particularmente, acho o conceito de "resolver" totalmente ofensivo, porque é como se eu estivesse tentando esquecer a mamãe. Mas na verdade eu estava indo para a Antártida para tentar encontrá-la.

Quando chegamos à nossa cabine, as malas estavam esperando por nós. Papai e eu tínhamos duas malas cada: uma com roupas normais e mais um mochilão com as nossas coisas para a expedição. Papai começou a desfazer a mala imediatamente.

"O.k.", ele disse. "Eu fico com as duas gavetas de cima e você com as duas de baixo. Vou ficar com este lado do armário. Ótimo! O banheiro tem duas gavetas. Vou ficar com a de cima."

"Você não precisa ficar falando cada coisinha chata que você faz", eu disse. "Isso não é uma partida de curling olímpico. Você só está desfazendo uma mala."

Papai apontou para si. "Este sou eu ignorando você. Foi isso que os especialistas me disseram para fazer, então é isso que eu vou fazer." Ele sentou na cama, puxou seu mochilão para o meio das pernas e abriu o zíper de uma só vez. A primeira coisa que eu vi foi o seu pote neti, a coisa que ele usa para irrigar suas narinas. Não tinha a menor chance de eu ficar no mesmo quarto minúsculo em que papai faria aquilo todos os dias. Ele enfiou o pote em uma das gavetas e continuou a desfazer a mala. "Ai, meu Deus."

"Que foi?"

"É um umidificador portátil." Ele abriu uma caixa. Dentro dela havia uma máquina do tamanho de uma caixa pequena de cereal. Então ele retorceu o rosto e se virou para a parede.

"Que foi?", eu disse.

"Pedi à mamãe que comprasse um para mim, porque o clima na Antártida é muito seco."

Meus olhos ficaram do tamanho de dois pires e eu pensei, Ai, meu Deus, talvez esta viagem não tenha sido uma ideia assim tão boa se papai for ficar chorando o tempo todo.

"Muito bem, senhoras e senhores." Ainda bem que uma voz com sotaque da Nova Zelândia começou a vir de um alto-falante instalado no teto. "Bem-vindos a bordo. Assim que estiverem acomodados, por favor, juntem-se a nós no Shackleton Lounge para os coquetéis e *hors-d'oeuvre* de boas-vindas."

"Estou indo." Saí correndo dali, deixando papai sozinho em sua choradeira.

Sempre que eu perdia um dente de leite, a fada do dente costumava me deixar um DVD. Meus três primeiros foram *Os reis do iê, iê, iê*, *Cinderela em Paris* e *Era uma vez em Hollywood*. Aí, pelo meu incisivo esquerdo a fada do dente me deixou *Xanadu*, que se transformou no meu filme favorito de todos os tempos. A melhor parte é a cena final, na discoteca novinha, toda feita de cromo brilhante e madeira lustrosa, com assentos sinuosos de veludo e paredes cobertas de carpete felpudo.

O Shackleton Lounge era parecido com isso, e ainda tinha um monte de televisões de tela plana penduradas no teto e janelas para olhar para fora. Eu tinha aquilo tudo só para mim, porque todo mundo ainda estava desfazendo as malas. Um garçom tinha colocado batatas chips nas mesas, e eu comi uma tigela inteira sozinha. Alguns minutos depois, um grupo de pessoas superbronzeadas, de bermuda, chinelo e crachá, veio caminhando lentamente em direção ao bar. Eram os biólogos, que faziam parte da tripulação.

Fui em sua direção. "Posso te fazer uma pergunta?", eu disse a um deles, Charlie.

"Claro." Ele jogou uma azeitona dentro da boca. "Manda."

"Você estava na excursão que partiu logo depois do Natal?"

"Não, eu comecei no meio de janeiro." Ele jogou mais umas azeitonas na boca. "Por quê?"

"Eu estava me perguntando se você saberia alguma coisa sobre um dos passageiros. O nome dela é Bernadette Fox."

"Não, não sei nada sobre ela." Ele cuspiu vários caroços na palma da mão.

Um guia igualmente bronzeado cujo crachá dizia SAPO perguntou: "O que você queria saber?". Ele era australiano.

"Nada de mais", disse Charlie, o biólogo, e meio que balançou a cabeça.

"Você estava na excursão do Ano-Novo?", perguntei ao Sapo. "Porque tinha uma mulher chamada Bernadette..."

"A mulher que se matou?", disse o Sapo.

"Ela não se matou", eu disse.

"Ninguém sabe *o que* aconteceu", disse Charlie, arregalando os olhos enquanto olhava para o Sapo.

"O Eduardo estava lá." O Sapo enfiou a mão numa tigela de amendoins. "Eduardo! Você estava aqui quando aquela mulher pulou, na excursão de Ano-Novo. Nós estávamos falando sobre isso."

Eduardo tinha uma cara enorme e arredondada, espanhola, e falava com sotaque britânico. "Acho que ainda estão investigando."

Uma mulher morena de cabelo encaracolado preso pra cima entrou na conversa. Seu crachá dizia KAREN. "Você estava lá, Eduardo... aaagh!" Karen gritou e cuspiu um bocado de uma coisa pastosa meio bege dentro de uma tigela. "O que é que tem aqui?"

"Puta merda, isso era amendoim?", disse Charlie. "Eu estava cuspindo os caroços de azeitona ali dentro."

"Merda", disse Karen. "Acho que quebrei um dente."

Depois disso, tudo começou a acontecer muito rápido: "Ouvi dizer que ela fugiu de um hospital psiquiátrico antes de vir pra cá". "Eu trinquei um dente." "Como é que eles deixaram uma pessoa assim embarcar é que eu me pergunto." "Aquilo ali é o seu dente?" "Eles deixam qualquer um embarcar, é só ter os vinte contos." "Filho da puta!" "Putz, me desculpe." "Graças a Deus ela se matou. Imaginem se ela tivesse matado um passageiro, ou até você, Eduardo..."

"Ela não se matou!", eu gritei. "Ela é minha mãe e ela não faria isso de jeito nenhum."

"Ela é sua mãe", Sapo murmurou. "Eu não sabia."

"Nenhum de vocês sabe *de nada!*" Eu dei um chute na cadeira da Karen, mas a cadeira não se mexeu porque estava atarraxada no piso. Desci voando a escada dos fundos, mas eu tinha esquecido o número do nosso quarto e não lembrava nem em que convés estávamos, então segui andando e andando por aqueles corredores horríveis, estreitos, com o teto baixo e fedendo a óleo diesel. Finalmente uma daquelas portas se abriu e lá estava papai.

"Aí está você!", ele disse. "Está pronta para subir para as orientações?"

Esbarrei nele ao entrar no quarto e bati a porta. Fiquei esperando que ele entrasse atrás de mim, mas ele não entrou.

De vez em quando, na época do maternal, e mesmo no

começo do jardim de infância, minha pele ficava azul por causa do meu coração. Na maioria das vezes, mal dava para perceber, mas às vezes a coisa ficava bem ruim, o que significava que estava na hora de fazer mais uma cirurgia. Uma vez, depois do meu Procedimento de Fontan, mamãe me levou até o Seattle Center e eu fiquei brincando naquela fonte musical gigantesca. Eu já tinha tirado tudo, menos a roupa de baixo, e estava correndo de um lado para o outro na parte mais inclinada, tentando escapar dos jatos d'água. Um menino mais velho apontou para mim. "Olha", ele disse ao seu amiguinho. "É a Violet Beauregarde!" É aquela garota chata de A *fantástica fábrica de chocolate* que fica azul e começa a inchar até ficar redonda como uma bola. Eu estava meio cheiinha porque eles tinham me entupido de esteroides para me preparar para a cirurgia. Corri até a mamãe, que estava sentada na beirada. Enfiei meu rosto em seu peito. "O que foi, Bee?" "Eles me chamaram daquilo", eu berrei. "Daquilo?" Mamãe olhou nos meus olhos. "Violet Beauregarde", eu consegui dizer, mas comecei a me esvair em lágrimas. Os meninos malvados se agruparam ali por perto, olhando para nós e torcendo para que a minha mãe não os entregasse para suas mães. Mamãe lhes disse: "Isso foi muito original. *Eu* queria ter pensado nisso". Posso destacar esse como o momento mais feliz da minha vida, pois foi ali que eu percebi que mamãe sempre me protegeria. Eu me senti gigante. Corri de volta para a rampa de concreto mais rápido do que nunca, tão rápido que eu deveria ter caído, mas não caí porque mamãe existia.

Sentei em uma das camas estreitas do nosso quarto minúsculo. O motor do navio começou a funcionar, e o neozelandês voltou a falar no sistema de som.

"Muito bem, senhoras e senhores", ele disse. O som cortou por um segundo, como se ele tivesse que dar uma notícia ruim e precisasse de um momento para pensar no que ia dizer. Então ele voltou. "Digam adeus a Ushuaia, pois a nossa aventura antártica acaba de começar. O chef Issey preparou o tradicional assado de boa viagem com Yorkshire pudding, que será servido no salão de jantar depois das nossas orientações."

Não tinha a menor chance de eu ir naquilo, porque isso significava que eu teria de sentar junto com papai, então decidi que era hora de começar o trabalho. Tirei minha mochila e puxei de dentro dela o relatório do capitão.

O meu plano era reproduzir os passos de mamãe, porque eu sabia que alguma coisa ia acabar aparecendo, uma pista que ninguém além de mim seria capaz de encontrar. Que pista, exatamente, eu não tinha ideia.

A primeira coisa que mamãe fez foi gastar 433 dólares na loja de suvenires algumas horas depois que embarcou. A fatura, entretanto, não estava discriminada. Eu já estava saindo do quarto, mas aí me dei conta de que essa seria a oportunidade perfeita para jogar fora o pote neti do papai. Peguei o objeto e fui caminhando em direção à dianteira do navio. Passei por uma lata de lixo numa parede, enfiei o pote neti ali e depois cobri o objeto com toalhas de papel.

Virei no corredor e segui até a loja de suvenires, e foi aí que — uau — o enjoo bateu. Tudo que eu consegui fazer para não sucumbir foi me virar lentamente e voltar pelas escadas, descendo um degrau de cada vez, muito devagar, porque eu vomitaria se sacudisse o corpo, nem que fosse só um pouquinho. Sem brincadeira, levei tipo uns quinze minutos. Quando cheguei ao andar da nossa cabine, fui caminhando cuidadosamente pelo corredor. Respirei fundo, ou pelo menos tentei, porque todos os meus músculos tinham se contraído.

"Garotinha, você está passando mal?", uma voz invadiu os meus ouvidos. Eu estava passando tão mal que até mesmo o som de uma voz me dava ânsia de vômito.

Virei-me, toda travada. Era uma arrumadeira. Seu carrinho estava preso a um corrimão.

"Aqui, moça, toma isto para o enjoo." Ela me passou uma cartela de comprimidos.

Eu fiquei ali parada, mal conseguia olhar para o remédio.

"Nossa, você está passando mal, moça." Ela me passou uma garrafa d'água. Eu só conseguia ficar olhando pra ela.

"Em que cabine você está?" Ela pegou o crachá de identificação pendurado no meu pescoço. "Vou ajudar você, garotinha."

Meu quarto estava perto. Ela abriu a porta com sua chave e empurrou-a para abri-la. Precisei de uma determinação violenta, mas lentamente consegui vencer os degraus. Quando finalmente entrei, ela já tinha fechado as cortinas e aberto a cama. Ela pôs dois comprimidos na minha mão e me estendeu a garrafa d'água aberta. Primeiro fiquei só olhando, mas depois contei até três e reuni toda a minha concentração para engolir os comprimidos e sentar na cama. A mulher se ajoelhou e tirou minhas botas.

"Tire a malha, tire as calças. É melhor."

Abri o zíper do meu moletom e ela o tirou, puxando pelos punhos. Contorci-me para fora do meu jeans. Fiquei arrepiada, sentindo a brisa na minha pele descoberta.

"Deite-se agora. E durma."

Juntei forças para deslizar para debaixo das cobertas geladas. Enrolei-me e fiquei olhando para o revestimento de madeira na parede. Meu estômago estava estufado com as pílulas para dormir que o papai tinha na cômoda. Fiquei sozinha com o barulho do motor, o tilintar dos cabides e o abrir e fechar das gavetas. Éramos só eu e o tempo. Foi como uma vez em que nos levaram para conhecer os camarins do balé e eu vi as centenas de cordas, o monte de monitores de vídeo e a mesa de luz com milhares de botões, todos acionados a cada mínima mudança em cena. Eu estava ali, deitada na cama, contemplando os bastidores do tempo, vendo como aquilo de que ele é feito — que é o nada — se move devagar. As paredes eram feitas de carpete azul-escuro na parte de baixo, depois havia uma faixa de metal, depois madeira lustrosa, e depois plástico bege até o teto. E eu pensei: Que cores horríveis; elas podem acabar me matando, preciso fechar os olhos. Mas até mesmo a tentativa de fazer isso parecia impossível. Então, assim como o diretor de palco no balé, puxei uma corda no meu cérebro, depois uma outra, depois mais cinco delas, e as minhas pálpebras caíram. Minha boca se abriu, mas eu não disse nenhuma palavra, só emiti um grunhido rouco. Se fossem palavras, elas diriam Qualquer coisa, menos isso.

Quando vi, tinham se passado catorze horas, e eu encontrei um bilhete do papai dizendo que ele estava no lounge, assistindo uma palestra sobre aves marinhas. Pulei da cama; minhas pernas e meu estômago pareciam de novo feitos de gelatina. Abri as cortinas. Era como se estivéssemos dentro de uma máquina de lavar. Fui arremessada de volta à cama. Estávamos atravessando a passagem de Drake. Eu queria assimilar aquilo, mas havia trabalho a fazer.

O corredor do navio havia sido decorado com sacos de vômito dispostos como leques e enfiados nas juntas do corrimão. Havia frascos de sabonete líquido acoplados às portas. O navio estava tão inclinado que um dos meus pés pisava na parede e outro no chão. A área de recepção era muito larga, o que significava que não havia corrimãos para segurar se você precisasse atravessá-la, de modo que eles haviam armado uma teia de cordas tipo Homem Aranha. Eu era a única pessoa ali. Como animais doentes, todos os demais haviam se refugiado em suas tocas tristes. Puxei a porta da loja de suvenires, mas estava trancada. Uma mulher que trabalhava no balcão olhou para mim. Ela estava esfregando alguma coisa na parte de dentro dos pulsos.

"Vocês estão abertos?", perguntei.

Ela veio na minha direção e destrancou o ferrolho da porta. "Você veio pegar o papel para o origami?", ela disse.

"Hein?", perguntei.

"Os passageiros japoneses vão fazer uma demonstração de origami às onze. Se você quiser participar, nós temos o papel."

Eu tinha visto o grupo de turistas japoneses. Não falavam uma palavra de inglês, mas tinham o seu próprio intérprete, que os chamava agitando um bastão com fitas e um pinguim de pelúcia.

O navio balançou e eu caí dentro de um cesto de moletons da Harmsen & Heath. Tentei me levantar, mas não consegui. "É sempre tão ruim assim?"

"Está bem ruim." Ela foi para trás do balcão. "Estamos atravessando ondas de dez metros de altura."

"Você estava aqui no Natal?", perguntei.

"Sim, estava." Ela abriu um pequeno pote sem rótulo e mergulhou o dedo dentro. Depois, começou a massagear a parte de dentro do seu outro pulso.

"O que você está fazendo?", perguntei. "O que tem nesse pote?"

"É uma pomada contra enjoo. A tripulação não sobreviveria sem ela."

"ABHR?" eu perguntei.

"Exatamente."

"E quanto à discinesia tardia?"

"Uau", ela disse. "Você sabe mesmo do que está falando. O médico nos disse que a dose é tão pequena que não tem risco de isso acontecer."

"Tinha uma mulher na excursão do Natal", eu disse. "Ela

comprou um monte de coisas na loja de suvenires no dia 26 de dezembro, à noite. Se eu te der o nome dela e o número do seu quarto, você poderia procurar o recibo para que eu veja exatamente o que ela comprou?"

A mulher me olhou de um jeito tão esquisito que eu não consegui interpretar.

"Era minha mãe", eu disse. "Ela gastou quatrocentos dólares."

"Você está aqui com o seu pai?", ela perguntou.

"Sim."

"Por que você não volta para sua cabine enquanto eu procuro o recibo? Devo demorar uns dez minutos."

Eu disse a ela qual era o meu quarto e me puxei de volta pelas cordas até ele. Eu tinha ficado toda animada por ter uma TV no quarto, mas logo me desanimei quando vi que os dois únicos canais estavam passando *Happy Feet* e a palestra sobre aves marinhas. A porta se abriu. Levei um susto. Era papai... seguido pela moça da loja de suvenires.

"Polly me disse que você pediu para ver uma cópia do recibo da mamãe."

"Fui orientada a chamar o seu pai", ela falou, envergonhada. "Mas eu trouxe o papel para o origami." Olhei para ela com a minha melhor cara de Kubrick e me joguei na cama.

Papai lançou para Polly um olhar de *Eu assumo a partir daqui*. A porta se fechou e papai sentou-se na minha frente. "Os biólogos ficaram se sentindo mal pelo que aconteceu na noite passada", ele disse para as minhas costas. "Eles vieram falar comigo. O capitão conversou com toda a tripulação." Houve uma longa pausa. "Fale comigo, Bee. Quero saber o que você está pensando e sentindo."

"Quero encontrar a mamãe", eu disse para o travesseiro.

"Eu sei que você quer, querida. Eu também."

Virei minha cabeça. "Então por que você estava numa palestra idiota sobre aves marinhas? Você está agindo como se ela estivesse morta. Você deveria estar tentando encontrá-la."

"Agora?", ele disse. "No navio?" A mesinha de cabeceira de papai estava abarrotada de coisas: colírio, óculos de leitura com uma das lentes coberta, óculos escuros com uma das lentes coberta, uma daquelas cordinhas horríveis da Croakie de segurar os óculos, seu monitor cardíaco e um monte de embalagens de vitaminas para colocar embaixo da língua. Tive de me sentar.

"Na Antártida." Puxei o relatório do capitão de dentro da minha mochila.

Papai respirou fundo. "O que você está fazendo com isso?"

"Vai me ajudar a encontrar a mamãe."

"Não é por isso que nós estamos aqui", ele disse. "Nós estamos aqui porque você queria resolver esse assunto."

"Eu só disse isso para te enganar." Para mim agora está bem óbvio que você não pode simplesmente dizer isso a uma pessoa e esperar que ela leve numa boa. Mas eu estava muito empolgada. "É você que me faz pensar nessas coisas, papai, quando diz que a carta daquele cara da Harmsen era só conversa de advogado. Porque se você ler o relatório do capitão com a mente aberta, ele mostra que mamãe estava adorando isto aqui. Ela estava se divertindo tanto, bebendo e saindo o dia todo, que decidiu ficar. E ela me escreveu uma carta dizendo isso para que eu não ficasse preocupada."

"Posso te dar outra interpretação?", disse papai. "Eu vejo uma mulher que ficou o tempo todo sozinha e bebia uma garrafa de vinho inteira no jantar e depois passou para coisas mais pesadas. Isso não é diversão. Isso é beber até morrer. E tenho certeza de que mamãe escreveu uma carta para você. Mas grande parte desta carta continha discursos paranoicos contra Audrey Griffin."

"O relatório diz apenas *muito provável*."

"Nós nunca saberemos", disse papai. "Porque ela jamais a enviou."

"Ela deu a um passageiro para que ele pusesse no correio quando voltasse, mas a carta se perdeu."

"E como é que esse passageiro esqueceu de falar isso durante o interrogatório?"

"Porque mamãe pediu que ele não falasse nada."

"Tem um ditado", disse papai. "Quando você ouvir o barulho de cascos, procure por cavalos, não por zebras. Você sabe o que isso quer dizer?"

"Sim." Despenquei no travesseiro, fazendo um barulhão.

"Quer dizer que quando você tentar descobrir alguma coisa, não deve começar tirando conclusões exóticas."

"Eu sei o que quer dizer." Mudei a cabeça de lugar porque tinha caído em cima de uma poça de baba.

"Já se passaram seis semanas e ninguém teve notícias dela", ele disse.

"Ela está em algum lugar esperando por mim", eu disse. "Isso é um fato." Uma aura de energia pulsante atacou o lado direito do meu rosto. Estava emanando das tralhas do papai em cima da sua mesinha. Tinha tanta coisa ali, e estava tudo tão arrumadinho, ele era pior do que uma menininha, me deu vontade de vomitar. Tomei um impulso e saí de perto daquilo tudo.

"Não sei de onde você está tirando essas coisas, querida. Não faço ideia."

"A mamãe não se matou, papai."

"Isso não quer dizer que uma noite ela não tenha bebido demais e caído no mar."

"Ela não deixaria isso acontecer", eu disse.

"Estou falando de um acidente, Bee. Por definição, ninguém deixa um acidente acontecer."

Uma nuvem de fumaça subiu por trás da cadeira perto da

escrivaninha. Era o umidificador que mamãe tinha comprado para o papai, agora ligado e com uma garrafa d'água de cabeça para baixo enfiada. Bem como papai queria.

"Eu sei que é conveniente para *você* que a mamãe tenha se matado." Até começar a dizer essas palavras, eu não tinha ideia do quanto elas estavam atravessadas na minha garganta. "Porque você estava traindo ela, e isso te dá uma desculpa, porque você pode dizer, Blá blá blá, ela estava louca desde o começo."

"Bee, isso não é verdade."

"Procure *você* por cavalos", eu disse. "Enquanto você passou sua vida inteira no escritório, eu e mamãe estávamos nos divertindo para valer. Mamãe viveu por mim e eu por ela. Ela não faria nada *perto* de se embebedar e andar do lado da amurada de um navio porque isso significaria nunca mais me ver. O fato de você pensar isso só mostra como a conhecia pouco. Procure *você* por cavalos, papai."

"Onde é que ela está se escondendo, então?", perguntou papai, quase explodindo. "Num iceberg? Flutuando em um bote? O que ela tem comido? Como tem se mantido aquecida?"

"Era por isso que eu queria o recibo da loja de suvenires", eu disse bem devagar, porque aí talvez ele entendesse. "Para provar que ela comprou roupas para o frio. Eles vendem essas coisas aqui. Eu vi. Parcas, botas e chapéus. Eles também vendem barrinhas de granola…"

"Barrinhas de granola!" Aquilo foi a gota d'água para o papai. "Barrinhas de granola? É nisso que você está se baseando?" A pele do pescoço do papai ficou translúcida e uma veia enorme saltou. "Parcas e barrinhas de granola? Você já saiu ali fora?"

"Não…", balbuciei.

Ele se levantou. "Vem comigo."

"Por quê?"

"Eu quero que você sinta a temperatura."

"Não!" Eu disse do jeito mais enfático possível. "Eu sei como é o frio."

"Não este tipo de frio." Ele pegou o relatório do capitão.

"Isso é meu", eu gritei. "Isso é propriedade privada!"

"Se você está tão interessada assim nos fatos, venha comigo." Ele me pegou pelo capuz e me arrastou porta afora. Eu resmungava "Me solta!" e ele resmungava "Agora você vem comigo!". Começamos a nos acotovelar na escadaria estreita até subir um andar, e então mais um andar, e já estávamos nos arranhando e xingando tão violentamente que levamos um segundo para perceber que havíamos nos tornado o centro das atenções. Os japoneses, acomodados em mesas cobertas de papel de origami, estavam nos encarando.

"Vocês vieram para o origami?", disse o intérprete japonês, com sentimentos contraditórios, já que, por um lado, ninguém tinha aparecido para o seu workshop, aparentemente, mas por outro, quem é que ia querer ensinar origami para nós dois?

"Não, obrigado", disse papai, me soltando.

Corri pelo lounge e esbarrei acidentalmente em uma das cadeiras que, eu tinha esquecido, estava atarraxada ao chão, assim, em vez de ela cair, me acertou bem nas costelas e me fez ricochetear contra uma das mesas. Pra piorar, o navio começou a balançar de novo.

Papai estava na minha cola. "Onde você pensa que..."

"Eu não vou lá para fora com você!" Éramos um emaranhado de papel de origami e roupas de inverno novinhas em folha lutando, se estapeando, se arranhando e tropeçando em direção à saída. Enfiei o meu pé no batente da porta para que papai não pudesse me empurrar adiante.

"Qual foi o grande crime que a mamãe cometeu, afinal de contas?", eu gritei. "Foi ter uma assistente na Índia que fazia tudo por ela? E o que é o Samantha 2? Só serve para que as pessoas fiquem o tempo todo sem fazer nada enquanto um robô faz tudo por elas. Você gastou dez anos da sua vida e bilhões de dólares inventando algo para que as pessoas não precisem viver a própria vida. Mamãe encontra uma maneira de fazer isso por setenta e cinco centavos por hora e você tenta interná-la em um hospital psiquiátrico?"

"Então é isso que você acha que aconteceu?", ele disse.

"Você era mesmo um *rock star*, papai, caminhando pelos corredores do Microsoft Connector."

"Eu não escrevi aquilo!"

"Mas sua namorada escreveu!", eu disse. "Nós sabemos a verdade. Mamãe fugiu porque você se apaixonou pela sua secretária."

"Vamos lá para fora." Todos aqueles exercícios que papai fazia obviamente tiveram algum resultado, porque ele me pegou com um dos braços como se eu fosse feita de isopor, e puxou a porta com o outro.

Um instante antes da porta se fechar, eu vi, de soslaio, os pobres japoneses. Ninguém havia se mexido. Alguns pararam com as mãos congeladas no ar, no meio de uma dobra. Parecia o diorama de uma demonstração de origami dentro de um museu de cera.

Desde o começo da viagem, eu ainda não tinha ido lá fora. Minhas orelhas começaram a doer instantaneamente, e meu nariz se transformou em uma pedra de gelo que queimava o meu rosto. O vento soprava tão forte que congelou a parte de dentro dos meus olhos. Parecia que a parte de cima das minhas bochechas ia rachar.

"E nós ainda nem chegamos na Antártida!", papai urrou contra o vento. "Você está sentindo como está frio? Tem certeza?"

Abri a boca e a saliva dentro dela congelou, como em uma caverna feita de gelo. Quando engoli, o que exigiu todas as minhas forças, senti o gosto da morte.

"Como é que a Bernadette ficou viva por cinco semanas aqui? Olhe à sua volta! Sinta o ar! E nós ainda nem chegamos na Antártida!"

Puxei as mãos para dentro das mangas e fechei os punhos. Meus dedos estavam dormentes.

Papai balançava o relatório do capitão. "A única verdade aqui é que mamãe embarcou em segurança no dia 5 de janeiro, às seis da tarde, e daí começou a beber. As águas estavam agitadas demais para ancorar. E foi isso. Você está à procura de fatos? Então sinta isto. Este vento, este frio, estes são os fatos."

Papai tinha razão. Ele é mais inteligente do que eu, e ele tinha razão. Eu nunca encontraria mamãe.

"Me dá isso", eu disse, e peguei de volta o relatório.

"Eu não vou deixar você fazer isso, Bee! Não vai te fazer bem ficar procurando incessantemente por algo que não está lá!" Então, papai sacudiu o relatório diante de mim, e eu tentei agarrá-lo, mas minhas juntas estavam travadas e minhas mãos presas nas minhas mangas e então era tarde demais e cada pedaço de papel foi sugado pelos céus.

"Não! É tudo o que eu tenho!" A cada palavra, minha respiração gelada esfaqueava o interior de meus pulmões.

"Não é tudo o que você tem", disse papai. "Você tem a mim, Bee."

"Eu te odeio!"

Corri para o nosso quarto e engoli mais três comprimidos, não porque estava enjoada, mas porque eu sabia que eles me apagariam, e então dormi. Acordei e não estava mais cansada. Olhei pela janela. O mar estava agitado e negro, assim como o céu. Uma ave marinha solitária planava no ar. Alguma coisa boiava na água. Era um enorme pedaço de gelo, o prenúncio da terra horrorosa que viria pela frente. Tomei mais dois comprimidos e voltei a dormir.

* * *

Então uma música invadiu o quarto. Primeiro estava bem baixa mas, em questão de minutos, foi gradualmente ficando mais alta. "*I'm starting with the man in the mirror...*"* Era Michael Jackson, um toque de despertar vindo dos alto-falantes, e pra piorar havia uma enorme fenda entre a cortina e a parede.

"Bem, bom dia", disse a voz no sistema de som. Depois de fazer sua pausa agourenta, ele continuou: "Para aqueles que ainda não tiveram o prazer de olhar pela janela, bem-vindos à Antártida". Essas palavras me deixaram animada. "Muitos de vocês já estão no convés, desfrutando desta manhã tranquila, de tempo bom. Tivemos nosso primeiro vislumbre de terra às seis e vinte e três, quando avistamos a Snow Hill Island. Estamos agora a caminho da Deception Bay." Puxei a cordinha da cortina.

Lá estava ela, uma ilha negra rochosa com neve no topo, água negra por baixo e um enorme céu cinza por cima, Antártida. Senti um frio tremendo na barriga porque, se a Antártida pudesse falar, ela diria apenas uma coisa: você não pertence a este lugar.

"O embarque nos botes Zodiac começa às nove e meia", continuou o neozelandês. "Nossos biólogos e instrutores de fotografia organizarão caminhadas, e caiaques estarão o tempo todo à disposição daqueles que preferirem remar. A temperatura é de menos trinta graus Celsius, oito graus Fahrenheit. Bom dia e, mais uma vez, bem-vindos à Antártida."

Papai apareceu do nada. "Você está acordada! Vamos nadar?"

"Nadar?"

"É uma ilha vulcânica", ele disse. "Há uma fonte termal que aquece uma faixa d'água próxima à costa. O que você me diz? Quer dar um mergulho no oceano Antártico?"

---

* "Vou começar pelo homem do espelho..." (N. T.)

"Não." Eu estava enxergando meu passado. Era como se a antiga Bee estivesse parada ali do meu lado me dizendo: "O que você está fazendo? Isso é uma coisa que você adoraria fazer. A Kennedy ia surtar". Mas a nova Bee era quem controlava minha voz agora, e ela respondeu: "Pode ir, papai".

"Tenho a sensação de que você vai acabar mudando de ideia", disse papai, meio cantarolando. Nós dois sabíamos que ele estava fingindo.

Passavam-se os dias. Eu nunca sabia que horas eram porque o sol nunca baixava, então eu tinha de me guiar pelo papai. Ele tinha programado seu despertador para as seis da manhã, como em casa, e então ele ia para a academia. Depois eu ouvia o Michael Jackson cantando e papai voltava para tomar banho. Ele tinha elaborado um esquema no qual levava cuecas limpas para o banheiro e saía de lá com elas, deixando para colocar o resto das roupas no quarto. Um dia ele disse "Mas que desgraça, não consigo encontrar meu pote neti". Aí ele descia para o café. E voltava trazendo um prato de comida para mim e uma xerox das seis páginas do *New York Times Digest*, que dizia na parte de cima, em letras enormes escritas à mão, CÓPIA EXCLUSIVA DA RECEPÇÃO — NÃO LEVAR PARA O QUARTO. Elas eram impressas no verso dos cardápios do dia anterior. Eu gostava de ver que peixe eles tinham servido na noite passada, porque eu nunca tinha ouvido falar de nenhum deles. Coisas como merluza-negra, pescada, cherne e pargo. Guardei os cardápios, caso a Kennedy não acreditasse em mim. Então papai, o rei das camadas, vestia organizadamente todas as suas roupas de expedição, se besuntava com bloqueador solar, protetor labial e colírio, e depois saía.

Logo, botes infláveis negros chamados Zodiac levavam os passageiros até a costa. Só depois que o último Zodiac houvesse partido eu saía. Ficávamos só eu e os aspiradores de pó. Eu subia até o último andar, a biblioteca, de onde dava para acompanhar uma partida épica de Colonizadores de Catan que alguns passageiros estavam jogando. Havia um monte de quebra-cabeças também, o que me deixou empolgada porque eu amo quebra-cabeças, mas dentro das caixas eu sempre encontrava um bilhete dizendo algo como "Faltam sete peças" ou algum outro número, e eu ficava pensando, Pra que montar esse quebra-cabeça? Tinha outra mulher ali, e ela também nunca saía do navio, não sei por quê. Ela nunca falava comigo, e estava sempre com um livro de sudoku. Na parte de cima de cada página ela anotava o lugar em que estava quando resolveu cada problema, como uma espécie de lembrança. Em todas as páginas estava escrito "Antártida". Na maior parte do tempo, contudo, eu só ficava ali, sentada na biblioteca. Todas as paredes eram de vidro, então eu conseguia ver tudo. Tudo o que você precisa saber sobre a Antártida é que ela é composta de três faixas horizontais. Na parte de baixo tem a faixa d'água, entre o preto e o cinza-escuro. Em cima disso tem a faixa de terra, que é geralmente preta ou branca. E aí tem a faixa do céu, em algum tom de cinza ou azul. A Antártida não tem bandeira, mas se tivesse seriam três faixas horizontais em diferentes tons de cinza. Se você quisesse dar uma de artista, você poderia representá-la toda cinza e dizer que eram três faixas de cinza, uma para a água, uma para a terra e uma para o céu — mas isso provavelmente ia demandar muita explicação.

Mais cedo ou mais tarde, a esquadra de Zodiacs retornava ao navio. Eu não sabia dizer em qual deles papai estava, já que todos os passageiros recebiam a mesma parca vermelha com capuz e calças para a neve combinando, provavelmente porque o vermelho se destaca no meio de todo aquele cinza. Os guias se vestiam de preto. Programei-me para chegar ao quarto antes que o primeiro Zodiac voltasse, para que papai pensasse que eu tinha ficado ali o tempo todo. A arrumadeira sempre deixava uma toalha enrolada no formato de um coelho no meu travesseiro, e a cada dia que passava os acessórios estavam ficando mais elaborados. Primeiro, o coelho estava usando meus óculos escuros, depois a minha tiara, depois um daqueles dilatadores nasais do papai, para respirar melhor.

Papai entrava de repente, ainda carregando o frio em suas roupas, cheio de informações e histórias. Ele me mostrava fotos na câmera e dizia que elas não eram fiéis. Então ele ia almoçar, me trazia alguma coisa e, em seguida, saía novamente para a excursão da tarde. Minha hora favorita era o resumo do dia, que eu via na TV do meu quarto. Todos os dias, os mergulhadores faziam vídeos do fundo do oceano. Nessas águas escuras e hostis, aparentemente há milhões de criaturas marinhas malucas que eu nunca tinha visto, coisas como pepinos-do-mar translúcidos, minhocas cobertas com espinhos compridos e graciosos, estrelas-do-mar fluorescentes e crustáceos cobertos de pintas e listras, que pareciam saídos do *Yellow Submarine*. O motivo pelo qual não os chamo pelos nomes científicos (não que eu fosse fazer isso) é que eles ainda não têm nomes científicos. A maioria dessas coisas está sendo vista pelos mergulhadores pela primeira vez.

Tentei amar o papai e não odiá-lo pela sua empolgação forçada e pela maneira como ele se veste. Tentei imaginar o que mamãe tinha visto nele quando ainda era uma arquiteta. Tentei me colocar no lugar de uma pessoa que acha cada coisinha que ele faz um delírio total. Mas era triste, porque sempre que eu pensava nele com todos aqueles acessórios, eu ficava enjoada. Eu queria jamais ter pensado que papai era como uma menina gigante, porque uma vez que você percebe algo assim, é difícil voltar atrás.

Às vezes era tão legal que eu não acreditava no quanto eu era sortuda de ser quem eu era. Nós passávamos por icebergs flutuando no meio do oceano. Eles eram gigantescos, e neles se entalhavam formações estranhas. E eram tão assombrosos e majestosos que você sentia seu coração partir. Mas, no fim das contas, eram apenas pedaços de gelo e não significavam nada. Havia praias de ébano salpicadas de neve, e de vez em quando se via um pinguim imperador solitário, enorme, com as bochechas laranja, de pé em cima de um iceberg, e não dava para imaginar como ele tinha ido parar ali, ou como ele sairia dali, se é que ele *queria* sair dali. Em outro iceberg, uma foca-leopardo sorridente tomava sol, e parecia incapaz de matar uma mosca, apesar de ser um dos predadores mais atrozes da Terra, que não pensaria duas vezes antes de dar um salto, abocanhar um humano com seus dentes afiadíssimos, arrastá-lo para a água congelante e sacudi-lo até que sua pele se soltasse. Às vezes eu ficava olhando para o casco do navio atravessando o mar congelado. Os pedaços de gelo eram como peças de quebra-cabeça que nunca se encaixariam umas nas outras, e passar por elas era como ouvir o som de taças brindando. As baleias estavam por *toda parte*. Uma vez eu vi um grupo de cinquenta orcas, mamães e seus bebês, brincando e esguichando água alegremente, e pinguins saltando pelo oceano escuro como moscas, até alcançarem a segurança de um iceberg. Se eu tivesse de escolher, esta seria a coisa de que eu mais gostei: o jeito como os pinguins saltam da água para a terra. Quase ninguém no mundo chega a ver essas coisas, o que me pressionava para lembrar de tudo muito bem, e encontrar palavras para descrever toda aquela magnificência. Daí eu me lembrava de alguma coisa aleatória, como a mania que a mamãe tinha de escrever bilhetes e colocar junto com o meu almoço. Às vezes ela colocava um para a Kennedy também, cuja mãe jamais escreveu bilhetes, e alguns deles eram histórias que levavam semanas para ser contadas. Então eu me levantava de onde eu tivesse me sentado na biblioteca e ficava observando com o binóculo. Mas mamãe nunca estava lá. Não demorou muito para que eu parasse de pensar na minha casa e nos meus amigos, porque quando você está num barco na Antártida e não há diferença entre dia e noite, quem é você? Acho que o que estou tentando dizer é que eu era um fantasma, dentro de um navio fantasma, em uma terra de fantasmas.

Uma noite, na hora do resumo do dia, papai me trouxe um prato de salgadinhos de queijo e voltou para o lounge, e eu fiquei vendo tudo pela TV. Um cientista fez uma apresentação sobre uma contagem de filhotes de pinguins, que era parte de um estudo em andamento. Então chegou o momento de anunciar a programação do dia seguinte, que era ir a Port Lockroy visitar uma base militar britânica que havia sido abandonada após a Segunda Guerra e agora era um museu, onde *pessoas viviam* e mantinham uma *loja de suvenires* e uma *agência dos correios* — e onde nos disseram que seria um bom lugar para comprar *selos com estampas de pinguins da Antártida* e *mandar cartas para casa!*

Meu coração começou a pular e eu fiquei caminhando de um lado pro outro, repetindo Ai-meu-Deus-Ai-meu-Deus-Ai-meu--Deus, esperando que papai entrasse de repente.

"Muito bem, senhoras e senhores", disse a voz saindo dos alto-falantes. "Esse foi mais um resumo formidável. O chef Issey acaba de me informar que o jantar está servido. *Bon appétit!*"

Voei até o lounge porque talvez papai estivesse ali, sentado e atordoado, mas a multidão havia se dispersado. Um monte de pessoas estava descendo pelas escadas. Corri para os fundos e peguei o caminho mais comprido até o refeitório. Papai estava lá, dividindo a mesa com um cara.

"Bee!", ele disse. "Você gostaria de jantar conosco?"

"Espera aí, você não ouviu o resumo?", perguntei. "Você não ouviu..."

"Sim! E esse é o Nick, que está estudando as colônias de pinguins. Ele estava me dizendo que sempre precisam de ajuda para contar os filhotinhos."

"Oi..." Eu estava com tanto medo de papai naquele momento que dei um passo para trás e trombei num garçom. "Desculpe... oi... tchau." Me virei e saí dali o mais rápido que pude.

Corri até a casa de navegação, que tem uma mesa enorme com um mapa da península Antártica. Todos os dias eu via membros da tripulação traçando a rota do nosso navio numa linha pontilhada, e depois disso os passageiros vinham e copiavam tudo meticulosamente nos seus próprios mapas. Puxei uma gaveta de um enorme gaveteiro e encontrei o mapa da jornada de mamãe. Coloquei-o em cima do mapa e segui os pontinhos com meus dedos. Com certeza seu navio havia feito uma parada no Port Lockroy.

Na manhã seguinte, papai foi para a academia e eu fiquei no convés. Encrustado na costa rochosa havia um prédio de madeira negra, em forma de L, como se fossem dois hotéis do Banco Imobiliário juntos, com o marco das janelas branco e as cortinas de um vermelho vibrante. Pinguins estavam espalhados pelo cenário. O pano de fundo era um campo nevado, sobre o qual pairava ameaçadoramente uma enorme montanha pontiaguda, erguendo-se sobre outras sete montanhas menores, amontoadas umas nas outras: Branca de Neve e os Sete Anões.

Papai tinha se inscrito para andar de caiaque com o primeiro grupo e depois ir até Port Lockroy com o segundo. Esperei que ele saísse, arranquei as etiquetas da minha parca vermelha e das calças para neve e as vesti. Misturei-me à enxurrada de passageiros marchando pesadamente, como astronautas, escada abaixo em direção ao vestiário. Lá, havia um monte de armários e duas enormes aberturas de cada um dos lados, onde docas flutuantes haviam sido acorrentadas. Desci uma rampa até um Zodiac que dançava sobre o mar.

"Port Lockroy?", confirmou um homem da tripulação. "Você já passou seu crachá?"

Ele me apontou um estande com um computador. Passei meu crachá de identificação nele. Minha foto apareceu na tela, junto com a frase APROVEITE SUA ESTADA EM TERRA FIRME, BALAKRISHNA! Fiquei muito irritada com Manjula, que deveria ter cuidado para que eu fosse chamada de Bee, mas depois me lembrei de que ela era uma criminosa virtual.

Uma dúzia de pessoas vestidas de vermelho se amontoou no Zodiac pilotado por Charlie. Em sua maioria, eram mulheres que já tinham visto pinguins suficientes para o resto da vida e agora estavam sentindo a necessidade de *fazer compras*. Elas faziam um monte de perguntas sobre o que haveria lá para comprar.

"Sei lá", disse Charlie, de modo vago. "Camisetas."

Era a primeira vez que eu saía naquelas águas cristalinas. Um vento cruel me atacava por todos os lados. Todo o meu ser encolheu-se instantaneamente, e cada vez que eu me mexia, minha pele tocava um novo pedaço gelado na minha roupa para neve, de forma que fiquei presa dentro da minha própria imobilidade. Eu mexia a cabeça o mínimo possível, só o suficiente para ver a costa.

À medida que nos aproximávamos de Port Lockroy, o prédio ficava cada vez menor, estranhamente. Foi a primeira vez que fiquei assustada. Charlie acelerou e jogou o Zodiac para cima das rochas. Rolei por cima da parte inflável e tirei meu colete salva-vidas. Fui caminhando pelas rochas, driblando os pinguins-gentoo que cantavam e protegiam seus ninhos, até chegar a uma rampa de madeira que levava à entrada. Uma bandeira inglesa tremulava no vento frio e cinzento. Como fui a primeira a chegar, abri a porta. Duas garotas, meio bobalhonas e entusiasmadas, com idade para estar na faculdade, nos receberam.

"Bem-vindos a Port Lockroy!", elas disseram, com sotaque britânico.

Era uma daquelas situações terríveis, em que estava tão frio dentro quanto fora. Eu estava em uma sala com as paredes pintadas de turquesa. Era a loja de suvenires, com banners coloridos pendurados no teto; mesas cheias de livros, bichos de pelúcia e cartões-postais; e cubos de vidro cheios de moletons, bonés de beisebol e qualquer coisa na qual se pudesse bordar um pinguim. Não havia nenhum sinal de mamãe, mas por que haveria? Aquilo era apenas a loja de suvenires.

Do outro lado da sala havia uma saída que dava para o resto de Port Lockroy, mas as garotas inglesas estavam bloqueando a porta. Eu me segurei e fiquei fingindo interesse pelo quadro de avisos enquanto os outros passageiros iam chegando aos poucos e fazendo oohs e aahs para as mercadorias. Até mesmo a mulher do sudoku tinha se forçado a sair da biblioteca para este passeio.

"Bem-vindos a Port Lockroy," alternavam-se as garotas. "Bem-vindos a Port Lockroy."

Parecia que já estávamos lá fazia uma hora. "Onde estão as pessoas que moram aqui?", enfim perguntei. "Onde é a casa de vocês?"

"Você está olhando para ela", disse uma delas. "Vamos esperar que todos entrem para começar a passar as informações." Então, elas começaram mais uma vez. "Bem-vindos a Port Lockroy."

"Mas onde vocês *dormem?*", perguntei.

"Bem-vindos a Port Lockroy. Já está todo mundo aqui? Ah, tem mais gente chegando."

"Tem tipo um refeitório onde estão todos os outros?"

Mas as garotas nem me davam bola. "Bem-vindos a Port Lockroy. O.k., parece que está todo mundo aqui." Uma delas começou com a lenga-lenga. "Durante a Segunda Guerra Mundial, o Port Lockroy era um posto avançado do Exército britânico..." Ela parou de falar porque um grupo de turistas japoneses tinha acabado de entrar com a pequena confusão de costume. Foi a gota d'água. Deixei as garotas inglesas para trás.

Havia duas salas pequenas. Fui pela sala da esquerda e acabei entrando num centro de comando antiquado com mesas e máquinas enferrujadas cheias de mostradores e botões, mas sem pessoas. Do outro lado havia uma porta com a frase NÃO ABRA. Caminhei ao longo de uma parede cheia de livros em decomposição e abri a porta. A luz me cegou e me fez andar para trás: a porta dava num campo de neve. Fechei-a e fiz o caminho de volta até a outra sala.

"Em 1996, o Fundo Britânico de Bens da Antártida custeou a transformação de Port Lockroy em um museu", dizia uma das garotas.

A sala da direita era uma cozinha, com fogões enferrujados e prateleiras repletas de pacotes de ração esquisitos e comida enlatada inglesa. Nela também havia uma porta com a frase NÃO ABRA. Corri em sua direção e a abri. Mais uma vez... meus olhos se encheram de água com o branco da neve.

Fechei rapidamente a porta. Assim que meus olhos se acostumaram, voltei à sala principal e tentei entender as coisas. O.k., só havia três portas. A porta da frente, por onde entramos, e essas outras duas que levavam para fora...

"Durante a guerra, Port Lockroy sediou a Operação Tabarin...", as garotas continuavam.

"Não estou entendendo", interrompi. "Quantas pessoas vivem aqui?"

"Só nós duas."

"Mas onde é que vocês *moram*?", eu disse. "Onde vocês dormem?"

"Aqui."

"Como assim, *aqui*?"

"Estendemos nossos sacos de dormir na loja de suvenires."

"E onde fica o banheiro?"

"Nós fazemos tudo lá fora..."

"E onde vocês lavam suas roupas?"

"Bem, nós..."

"E onde vocês tomam banho?"

"É assim que elas vivem", uma turista ficou brava comigo. Ela tinha sardas, olhos azuis e muitos fios grisalhos nos cabelos louros. "Pare de ser grosseira. Essas garotas vêm até aqui para ficar três meses mijando numa lata só pela aventura."

"Então só são *mesmo* vocês duas por aqui?", eu disse, acanhada.

"E os passageiros dos cruzeiros, como você, que vêm nos visitar."

"E ninguém, tipo, saiu de um desses navios e ficou morando aqui com vocês...?" O som das palavras que saíram da minha boca e toda a ideia de que mamãe estaria aqui me esperando soaram tão infantis que, subitamente, comecei a derramar as lágrimas mais infantis da história. Em meio à humilhação, eu também sentia raiva de mim mesma por ter deixado minhas esperanças crescerem tanto, de uma forma tão estúpida. Eu tinha ranho escorrendo pelo rosto, passando pela boca e caindo pelo queixo em cima da minha nova parca vermelha, que eu estava curtindo desde que soube que podia ficar com ela.

"Meu Deus", disse a mulher sardenta. "Mas o que é que ela tem?"

Eu não conseguia parar de chorar. Estava presa numa casa de horrores das rações pemmican, das fotografias de Doris Day, dos engradados de uísque, das latas enferrujadas de Aveia Quaker nas quais o cara da Aveia Quaker ainda é jovem, das máquinas de código Morse, das ceroulas com abertura traseira penduradas em varais e dos babadores de bebê com frases como ANTÁRTIDA BEACH CLUB. Charlie, com a cabeça inclinada para baixo, falava ao rádio preso à sua parca. Muitas mulheres preocupadas perguntavam, Qual é o problema?, coisa que agora eu sei dizer em japonês: *Anata wa daijōbudesu?*

Enfiei-me pelo meio da massa de nylon e consegui chegar à porta da frente. Fui tropeçando rampa abaixo e, quando cheguei ao final, escalei o máximo que pude umas pedras grandes e parei numa pequena enseada. Olhei para trás e não vi mais ninguém. Sentei-me e recuperei o fôlego. Havia um elefante-marinho ali, embalado em sua própria gordura, estirado sobre um de seus lados. Não dava nem pra imaginar como é que ele ia conseguir se mexer. Seus olhos eram grandes botões negros, dos quais escorriam lágrimas negras. Do nariz também escorria um líquido negro. Quando eu respirava, densas nuvens se formavam. Fiquei sitiada pelo frio. Eu não sabia se voltaria a me mover algum dia. A Antártida era mesmo um lugar horrível.

"Bee, querida?" Era o papai. "Obrigado", ele sussurrou para uma mulher japonesa que deve tê-lo levado até mim. Ele se sentou e me estendeu um lenço.

"Achei que ela estava aqui, papai."

"Dá pra entender por que você pensou isso", ele disse.

Chorei um pouquinho, mas depois parei. Mesmo assim, o som de choro continuou. Era o papai.

"Eu também sinto falta dela, Bee." Seu peito se contraía violentamente. Ele não era muito bom chorando. "Eu sei que você acha que é a única que sente saudades dela, mas a mamãe era a minha melhor amiga."

"Ela era a *minha* melhor amiga."

"Eu a conhecia havia mais tempo." Ele não estava tentando ser engraçado.

Já que o papai estava chorando, eu pensei, tipo, Não dá pra *nós dois* ficarmos sentados em cima de um monte de pedras na Antártida chorando. "Vai ficar tudo bem, papai."

"Você está absolutamente certa", ele disse, assoando o nariz. "Tudo começou com aquela carta que eu mandei para a dra. Kurtz. Eu só estava tentando ajudar a mamãe. Você tem que acreditar em mim."

"Eu acredito."

"Você é demais, Bee. Você sempre foi. Você é o nosso maior feito."

"Não é verdade."

"É sim." Ele pôs o braço em volta de mim e me puxou para perto. Meu ombro encaixou perfeitamente embaixo do ombro dele. Eu conseguia sentir o calor vindo de sua axila. Me aproximei ainda mais. "Ó, pega um desses." Ele enfiou a mão dentro da sua parca e tirou dois desses aquecedores de bolso. Cheguei a gemer de tão bom.

"Eu sei que esta viagem está sendo difícil para você", disse papai. "Não é como você queria que fosse." Ele deixou escapar um enorme suspiro meloso. "Sinto muito que você tenha lido todos aqueles documentos, Bee. Eles não eram para você. Não eram uma coisa que uma menina de quinze anos devesse ter lido."

"Eu gostei de ter lido." Eu não sabia que mamãe tinha tido aqueles outros filhos. Aquilo me fez pensar, tipo, Entre todos esses outros filhos que ela talvez preferisse ter tido, e que teria amado tanto quanto me amava, quem sobreviveu fui eu, e eu vim quebrada, por causa do meu coração.

"Paul Jellinek tinha razão", disse o papai. "Ele é um grande cara, um amigo de verdade. Eu queria que nós fôssemos a L.A. e passássemos um tempo com ele algum dia. Ele era quem melhor conhecia Bernadette. Ele sabia que ela precisava criar."

"Ou ela se tornaria uma ameaça para a sociedade", eu disse.

"Foi aí que eu errei com a sua mãe", ele disse. "Ela era uma artista que tinha parado de criar. Eu deveria ter feito tudo que eu podia para fazer com que ela voltasse."

"E por que você não fez nada?"

"Eu não sabia como. Tentar fazer um artista criar... é um esforço monumental. Eu só escrevo códigos. Eu não entendia nada sobre isso. Ainda não entendo. Sabe, antes de ler aquele artigo na *Artforum*, eu tinha até esquecido que nós usamos o dinheiro que sua mãe ganhou da MacArthur para comprar a Straight Gate. Foi como se os sonhos e as esperanças de Bernadette estivessem literalmente desmoronando à nossa volta."

"Não entendo por que todo mundo fala tão mal da nossa casa", eu disse.

"Você já ouviu falar que o cérebro tem um mecanismo de compensação?"

"Não."

"Digamos que você ganhe um presente. Você abre e é um colar de diamantes fabuloso. No começo, você está delirando de felicidade, dando pulos de tão animada. No dia seguinte, o colar ainda te faz feliz, mas um pouco menos. Um ano depois, você olha para o colar e pensa, Ah, aquela velharia. É a mesma coisa com as emoções negativas. Digamos que você faça uma rachadura no seu para-brisa e fique muito chateada. Ah, não, meu para-brisa está destruído, mal dá pra enxergar por ele, isso é uma tragédia! Mas você não tem dinheiro para consertá-lo, então você dirige com o para-brisa rachado. Dentro de um mês, se alguém perguntar o que aconteceu com o seu para-brisa, você vai dizer, Do que você está falando? Porque o seu cérebro fez uma *compensação*."

"A primeira vez que eu entrei na casa da Kennedy", eu disse, "tinha aquele cheiro nojento porque a mãe dela está sempre fritando peixe. Eu perguntei à Kennedy, Que cheiro nojento é este? E ela, tipo, Que cheiro?"

"Exatamente", disse papai. "Sabe por que o cérebro faz isso?"

"Não."

"Sobrevivência. Precisamos estar preparados para experiências novas, porque geralmente elas sinalizam perigo. Se estivermos vivendo numa selva cheia de flores perfumadas, precisamos parar de ficar tão impactados pelo cheiro maravilhoso, senão não seremos capazes de sentir o cheiro de um predador. É por isso que o cérebro tem um mecanismo de compensação. É literalmente uma questão de sobrevivência."

"Isso é legal."

"É o mesmo com a Straight Gate", ele disse. "Nosso cérebro compensou os buracos no forro, os pedaços de assoalho molhado, os quartos interditados. Odeio ter de dizer isso a você, mas não é assim que as pessoas vivem."

"Mas era assim que a gente vivia", eu disse.

"*Era* assim." Muito tempo se passou, o que foi bom. Éramos apenas nós dois e o elefante-marinho, e papai se besuntando com seu protetor labial.

"Nós éramos como os Beatles, papai."

"Eu sei que você acha isso, docinho."

"Sério. Mamãe é o John, você é o Paul, eu sou o George e a Picolé é o Ringo."

"Picolé", disse papai, entre risos.

"Picolé", eu disse. "Ressentida do passado, temerosa do futuro."

"O que é isso?", ele perguntou, esfregando os lábios.

"Uma coisa que mamãe leu num livro sobre Ringo Starr. Dizem que atualmente ele é ressentido do passado e temeroso do futuro. Nunca tinha visto ela rir tanto. Sempre que nós víamos a Picolé sentada ali de boca aberta nós dizíamos: Pobre Picolé, ressentida do passado, temerosa do futuro."

Papai deu um sorriso bem grande.

"Soo-Lin", comecei a dizer, mas só de proferir seu nome eu já tinha dificuldade de seguir falando. "Ela é legal. Mas ela é como o cocô no cozido."

"Cocô no cozido?", ele disse.

"Digamos que você tenha feito um cozido", expliquei, "e ele tenha ficado muito apetitoso e você esteja com muita vontade de comer, certo?"

"O.k.", disse papai.

"Daí você mistura um pouquinho de cocô nele. Mesmo que seja uma quantidade muito pequena, e mesmo que você misture muito bem, você ainda vai querer comê-lo?"

"Não", disse papai.

"É isso que a Soo-Lin é. O cocô no cozido."

"Bem, eu acho que isso é bem injusto", ele disse. E nós dois começamos a rir.

Foi a primeira vez em toda essa viagem que eu me permiti olhar de verdade para o papai. Ele tinha uma faixa de lã sintética cobrindo as orelhas e óxido de zinco no nariz. O que sobrava do rosto estava brilhoso por causa do protetor solar e do hidratante. Ele usava óculos escuros de montanhismo, com abas laterais. A bandagem que cobria uma das lentes não aparecia porque as duas lentes eram igualmente escuras. Não havia mesmo nenhum motivo para odiá-lo.

"Para o seu governo", disse papai, "você não é a única com teorias malucas sobre o que aconteceu com a mamãe. Eu pensei que talvez ela tivesse saído do navio e, ao me ver com a Soo-Lin, deu um jeito de nos despistar. E aí você sabe o que eu fiz?"

"O quê?"

"Contratei um caçador de recompensas de Seattle para vir até Ushuaia procurar por ela."

"Sério?", eu disse. "Um caçador de recompensas de verdade?"

"Eles são especialistas em encontrar pessoas que estão longe de casa", ele disse. "Uma pessoa do trabalho me recomendou esse cara. Ele passou duas semanas em Ushuaia procurando pela Bernadette, conferindo os barcos que chegavam e saíam, os hotéis. Mas não encontrou nada. E daí nós recebemos o relatório do capitão."

"Sim", eu disse.

"Bee", ele disse, com todo o cuidado. "Tem uma coisa que eu preciso contar a você. Você reparou como eu não ando enlouquecido por não estar conseguindo ler meus e-mails?"

"Na verdade, não." Eu me senti mal porque foi só então que me dei conta de que não tinha prestado a menor atenção no papai. E era verdade, normalmente ele vivia no e-mail.

"Vai acontecer uma reestruturação gigantesca, que eles provavelmente estão anunciando agora, enquanto estamos sentados nestas pedras." Ele conferiu o relógio. "Hoje é dia 10?"

"Não sei", eu disse. "Talvez."

"No dia 10, o Samantha 2 será cancelado."

"Cancelado?" Eu não entendia como aquela palavra podia sequer ser cogitada.

"Acabou. Transferiram todos para o departamento de games."

"Tipo, pra Xbox?"

"Basicamente", ele disse. "O Walter Reed pulou fora por causa de cortes no orçamento. Na Microsoft, você não é nada se o seu produto não tem mercado. No departamento de games, pelo menos, o Samantha 2 venderá alguns milhões de unidades."

"Mas e todos aqueles paraplégicos com quem você vinha trabalhando?"

"Estou conversando com a Universidade de Washington", ele disse. "Espero poder continuar nosso trabalho com eles. Mas é complicado porque a Microsoft tem o registro da patente."

"Eu pensei que você tinha o registro da patente", eu disse.

"Eu fico com os cubos comemorativos. A Microsoft fica com as patentes."

"Então, tipo, você vai sair da Microsoft?"

"Eu já *saí* da Microsoft. Entreguei meu crachá na semana passada."

Desde que eu me conhecia por gente, nunca tinha visto papai sem o crachá. Uma tristeza terrível caiu sobre mim, me preenchendo até a borda, como se eu fosse um pote de mel. Pensei que fosse explodir de tristeza. "Isso é tão estranho", foi tudo que eu consegui dizer.

"Será que agora é uma boa hora para contar algo ainda mais estranho a você?", ele disse.

"Acho que sim", eu disse.

"Soo-Lin está grávida."

"O quê?"

"Você é nova demais para entender essas coisas, mas foi só uma noite. Eu bebi demais e a coisa toda já tinha acabado no momento em que começou. Eu sei que isso provavelmente deve soar muito... que palavra você usaria... nojento?"

"Eu nunca digo nojento", eu disse.

"Você acabou de dizer", ele disse. "Foi do que você chamou o cheiro da casa da Kennedy."

"Ela está mesmo grávida?", eu disse.

"Sim." Coitado, parecia que ele ia vomitar.

"Então, basicamente", eu disse, "sua vida está arruinada." Lamento, mas algo naquilo tudo me fez sorrir.

"Não vou dizer que não pensei isso", ele disse. "Mas estou tentando não encarar dessa forma. Estou tentando aceitar que a minha vida vai ser *diferente*. Que as *nossas* vidas vão ser diferentes. A minha e a sua."

"Então eu, o Lincoln e a Alexandra vamos ter o *mesmo* irmão ou irmã?"

"Sim."

"Isso é tão nada a ver."

"Nada a ver!", ele disse. "Odeio quando você usa essa expressão. Mas é bem nada a ver, mesmo."

"Papai", eu disse. "Eu a chamei de Yoko Ono aquela noite

porque foi ela quem acabou com os Beatles. Não porque ela é asiática. Fiquei me sentindo mal, depois."

"Eu sei disso", ele disse.

Que bom que aquele elefante-marinho chorão estava ali, desse modo podíamos observá-lo. Mas aí o papai começou a pingar o colírio.

"Papai", eu disse. "Eu não quero ferir seus sentimentos, mas…"

"Mas o quê?"

"Você tem acessórios demais. Eu nem consigo acompanhar."

"Então que bom que você não precisa fazer isso, não é mesmo?"

Ficamos em silêncio por algum tempo, então eu disse: "Acho que a coisa que eu mais gosto de fazer na Antártida é ficar olhando para o nada".

"Sabe por quê?", perguntou papai. "Quando seus olhos ficam levemente focados no horizonte por longos períodos de tempo, seu cérebro libera endorfinas. É a mesma coisa que acontece com um corredor quando ele se exercita. Hoje em dia, passamos a vida inteira olhando para telas a trinta centímetros de distância. É uma bela mudança."

"Tive uma ideia", eu disse. "Você devia inventar um aplicativo que engana o seu cérebro para que você pense que está olhando para o horizonte quando está olhando para a tela do celular. Assim, o seu cérebro liberaria endorfina enquanto você estivesse mandando uma mensagem."

"O que foi que você disse?" Papai virou a cabeça para me olhar, a mente dele a mil.

"Você vai roubar a minha ideia!", eu dei um empurrão nele.

"Considere-se avisada."

Dei um suspiro e esqueci o assunto. Então o Charlie apareceu e disse que era hora de voltar.

No café da manhã, Nick, o contador de pinguins, me convidou mais uma vez para ser sua assistente, o que realmente soava muito divertido. Nós saíamos antes de todo mundo, no nosso próprio Zodiac. Nick me deixava sentar do lado do motor e pilotar o barco. A melhor maneira de descrever o Nick seria dizer que ele não tem personalidade alguma, o que pode soar malvado, mas é a verdade. O mais próximo que ele chegou de ter uma personalidade foi quando me disse para ficar olhando o horizonte, como um farol, para trás e para a frente, várias vezes. Ele me disse que quando voltou para casa depois da primeira temporada por aqui, pilotando um Zodiac, ele se envolveu imediatamente num acidente de trânsito, porque ficava olhando para a direita e para a esquerda e acabou batendo na traseira do carro que estava à sua frente. Mas isso não é personalidade, é apenas um acidente de trânsito.

Ele me largou numa colônia de pinguins-de-adélia e me deu uma prancheta com um mapa de satélite delimitando a área. Aquilo era a continuação de um estudo realizado no mês anterior, quando outro cientista havia contado os ovos. O meu trabalho era ver quantos desses ovos haviam chocado com sucesso, dando origem aos filhotinhos. Nick fez uma previsão, medindo a colônia.

"Está com cara de ter sido um fracasso reprodutivo completo", ele resmungou.

Fiquei chocada por ele ter dito isso de forma tão casual.

"Como assim, fracasso completo?"

"Pinguins-de-adélia são programados para pôr seus ovos exatamente no mesmo lugar todos os anos", ele disse. "Nós tivemos um inverno tardio, então os locais de postura ainda estavam cobertos de neve quando chegou a hora deles fazerem os ninhos. Assim, parece que não teremos filhotes."

"Como é que você sabe?" Porque *eu* não estava conseguindo ver isso de jeito nenhum.

"Você é quem vai me dizer", ele disse. "Observe o comportamento dos pinguins e me diga o que você vê."

Ele me deixou com um contador e partiu em direção a outra colônia, dizendo que voltaria em duas horas. Talvez os pinguins-de-adélia sejam os mais bonitinhos de todos. A cabeça deles é totalmente preta, exceto pelos círculos brancos perfeitos que ressaltam ainda mais os olhinhos negros. Comecei pelo canto superior esquerdo do mapa e acionava o contador toda vez que via uma bolinha peluda acinzentada saindo pelo meio das pernas de um pinguim. Clic, clic, clic. Vasculhei toda a parte de cima da área mapeada, depois desci um pouco e fiz o caminho de volta. Você tem de prestar atenção para não contar o mesmo ninho duas vezes, mas é quase impossível porque eles não ficam perfeitamente enfileirados. Quando terminei, fiz tudo de novo e encontrei o mesmo número.

Uma coisa que me surpreendeu sobre os pinguins: o peito deles não é totalmente branco, eles têm partes cor de pêssego e partes verdes, por causa do krill parcialmente digerido e da alga vomitada que respinga enquanto eles alimentam seus filhotes. Outra coisa é que pinguins fedem! E são barulhentos. Às vezes eles arrulham, o que é muito relaxante, mas na maior parte do tempo eles guincham. Os pinguins que eu observei passaram a maior parte do tempo balançando o corpo para lá e para cá, roubando pedras uns dos outros, e depois entrando em brigas violentas, nas quais se bicavam até sangrar.

Subi bem alto nas pedras e olhei em volta. Havia gelo em todas as formas possíveis, se estendendo eternamente. Geleiras, banquisas, icebergs, pedaços de gelo flutuando na água parada. O ar era tão frio e limpo que, mesmo a uma longa distância, o gelo era nítido e vivo como se estivesse bem na minha frente. A imensidão de tudo, a paz, a tranquilidade e o enorme silêncio. Eu poderia ficar sentada ali para sempre.

"Que comportamentos você observou?", me perguntou Nick, quando voltou.

"Os pinguins que passaram a maior parte do tempo brigando não tinham filhotes", eu disse.

"Muito bem", ele disse.

"É como se eles devessem estar cuidando de seus próprios filhotes, mas como não os tiveram, não têm o que fazer com toda aquela energia. Então, puxam briga uns com os outros."

"Gostei de ver." Ele conferiu o meu trabalho. "Parece muito bom. Preciso do seu autógrafo aqui." Assinei embaixo para confirmar que eu era a cientista.

Quando Nick e eu voltamos ao navio, papai estava no vestiário descascando suas camadas. Passei meu crachá no computador. A máquina fez um som de erro, e na tela apareceu: BALAKRISHNA, POR FAVOR, PROCURE UM MEMBRO DA TRIPULAÇÃO. Hmmm. Passei de novo o crachá. Outro som de erro.

"Isso é porque você não passou seu crachá na saída", disse Nick. "De acordo com o sistema, você ainda está no navio."

"Muito bem, senhoras e senhores, damas e cavalheiros", disse uma voz que veio de cima, seguida de uma grande pausa. "Esperamos que vocês tenham aproveitado a excursão matinal e que agora estejam prontos para comer um churrasco argentino, que está sendo servido no refeitório." Eu já tinha subido metade das escadas quando me dei conta de que papai não estava comigo. Ele estava parado na frente do computador, com uma expressão intrigada no rosto.

"Papai!" Eu sabia que todo mundo estaria correndo para a fila do bufê e não queria ficar no fim.

"O.k., o.k.." Papai veio rápido e conseguimos chegar antes da multidão do almoço.

Não houve excursão à tarde porque precisávamos percorrer uma grande distância e não havia tempo para paradas. Papai e eu fomos à biblioteca procurar algum jogo.

Nick nos encontrou lá. Ele me entregou alguns papéis. "Aqui está uma cópia dos dados que você coletou, e também dos que já haviam sido coletados, caso interesse." Talvez essa fosse sua personalidade: ser legal.

"Isso é muito legal", eu disse. "Você quer jogar com a gente?"

"Não", ele disse. "Tenho de fazer a minha mala."

"Que pena", eu disse ao papai. "Porque eu queria muito jogar Risk, mas nós precisamos de três jogadores."

"Nós jogamos com vocês", disse uma garota com sotaque britânico. Era uma das duas garotas de Port Lockroy! Ela e a outra tinham etiquetas escritas à mão coladas na camisa com seus nomes e PERGUNTE-ME SOBRE PORT LOCKROY. Elas tinham acabado de tomar banho e estavam com um sorriso gigantesco estampado no rosto reluzente.

"O que vocês estão fazendo aqui?", eu perguntei.

"Não tem nenhum navio agendado para visitar Port Lockroy nos próximos dias", disse Vivian.

"Então, o capitão disse que a gente podia passar a noite no *Allegra*", disse Iris. As duas queriam tanto conversar que pareciam dois pilotos de corrida tentando tomar a dianteira um do outro. Deve ser por causa da falta de companhia.

"Como é que vocês vão voltar?", eu perguntei.

"Houve uma mudança de planos envolvendo o Nick...", começou Vivian.

"E foi por isso que não houve excursão à tarde", finalizou Iris.

"O *Allegra* vai ter de levá-lo até Palmer", disse Vivian.

"Então, vamos acabar ficando na rota do *próximo* navio que visitar Port Lockroy, e Vivian e eu vamos pegá-lo..."

"Mas as empresas de cruzeiro não gostam que se fale muito sobre isso..."

"Eles gostam de dar aos passageiros a impressão de que estão sozinhos no vasto oceano Antártico, então isso só é feito na calada da noite..."

"E você vai gostar de saber que nós tomamos banho!", disse Vivian, e as duas caíram na gargalhada, encerrando o duelo de conversa.

"Desculpem se fui grosseira", eu disse.

Virei-me para o papai, mas ele estava indo em direção à ponte de comando. Eu não o chamei porque o papai conhece a minha estratégia no Risk, que é ocupar a Austrália logo de cara. Mesmo a Austrália sendo pequena, ela só tem uma saída, então quando chega a hora de conquistar o mundo, se você não possui a Austrália, você entra nela e os seus exércitos ficam presos até a próxima rodada. Assim, o próximo a jogar pode destruir os exércitos que você deixou pelo caminho. Fiz com que nós três escolhêssemos rapidamente nossas cores e distribuíssemos nossos exércitos antes que o papai voltasse. Nas minhas primeiras quatro jogadas, meti a mão na Austrália.

Jogar Risk com essas duas garotas foi divertido demais porque em toda a minha vida eu nunca tinha visto duas pessoas tão contentes. É o que tomar uma ducha quente e fazer xixi numa privada decente fazem por você. Vivian e Iris me contaram uma história engraçada sobre um dia em que elas estavam de bobeira em Port Lockroy, no intervalo entre os cruzeiros, e um baita iate todo chique apareceu. Era o *Octopus*, o iate do Paul Allen, e ele e o Tom Hanks desembarcaram e pediram para conhecer o lugar. Perguntei às garotas se elas tomaram banho no *Octopus*, mas elas disseram que não tiveram coragem de pedir.

A mulher sardenta que tinha me chamado de grosseira em Port Lockroy sentou-se para ler um livro e me viu com Vivian e Iris, rindo como se fôssemos amigas de infância.

"Oláááá", eu disse a ela, como um gato grande e sorridente.

Antes que ela pudesse responder, a voz que veio do sistema de som disse: "Muito bem, boa noite". A voz anunciou um grupo de baleias a estibordo, que eu já tinha visto. Seguiram-se mais alguns "Muito bem, boa noite", anunciando uma palestra sobre fotografia, depois o jantar e depois A *marcha dos pinguins*, mas nós não queríamos interromper o jogo, então nos revezamos para buscar comida no refeitório e trazer para a biblioteca. A cada anúncio, papai aparecia e me fazia um sinal de positivo com o dedão pela janela, e eu respondia com o mesmo gesto. O sol ainda estava brilhando, de modo que a única forma de perceber a passagem do tempo era prestar atenção na redução do fluxo de pessoas na biblioteca. Uma hora, até o papai parou de aparecer, e ficamos só nós três jogando Risk. Horas devem ter se passado. Agora éramos só nós e o pessoal da limpeza. De repente, pareci ouvir mais um "Muito bem, boa noite", mas não deu para ter muita certeza por causa do barulho do aspirador. Então, passageiros com cara de sono com parcas sobre o pijama começaram a aparecer no convés, com suas câmeras.

"O que está acontecendo?", perguntei. Eram duas da manhã.

"Ah, devemos estar chegando a Palmer", disse Vivian, gesticulando com os dedos da mão. Era a sua vez de jogar, e ela acreditou mesmo que estava prestes a conquistar a Europa.

Mais pessoas apareceram no convés, mas eu não conseguia ver por cima de suas cabeças. Por fim, subi na minha cadeira. "Ai, meu Deus!"

Tinha uma cidadezinha lá, se é que dá para considerar um monte de contêineres e alguns prédios de metal corrugado uma cidade. "Que lugar é esse?"

"Isso é Palmer", disse Iris.

Palmer era uma maneira mais rápida de se referir à Estação Palmer. Quando Nick disse que estava fazendo as malas, e Iris disse que deixaríamos Nick em Palmer, eu pensei que era para contar pinguins em alguma ilha.

"É onde o Nick vai passar o próximo mês", disse Vivian.

Eu sabia tudo sobre os três lugares na Antártida em que um americano poderia morar. A Estação McMurdo, que parece um lixão pavoroso com cerca de mil pessoas; o polo Sul, claro, que é bem pra dentro do continente e impossível de acessar, com vinte pessoas; e a Estação Palmer, com cerca de quarenta e cinco pessoas. Todos esses três lugares são habitados por cientistas e pelo pessoal de apoio, mas eu conferi na casa de navegação e perguntei ao capitão: o *Allegra* nunca parou na Estação Palmer.

Mesmo assim, aqui estávamos.

"Nós vamos descer?", perguntei às garotas.

"Ah, não", disse Iris.

"Só os cientistas", Vivian acrescentou. "É uma operação muito restrita."

Corri em direção ao convés. Alguns Zodiacs percorriam, nas duas direções, o caminho de duzentos metros entre o nosso navio e a Estação Palmer. Nick estava se afastando de nós em um Zodiac carregado com geladeiras e engradados de alimentos.

"Quem são essas pessoas subindo a bordo?", me perguntei em voz alta.

"É uma tradição." Charlie, o biólogo, estava parado ao meu lado. "Deixamos os cientistas que estão em Palmer subirem a bordo para tomarem um drink."

Devo ter feito uma cara espetacular, porque Charlie acrescentou rapidamente: "Não. As pessoas se inscrevem com cinco anos de antecedência para vir a Palmer. As camas e os suprimentos são extremamente limitados. Mamães de Seattle não acabam lá por um capricho. Desculpe ter de falar desse jeito, mas, enfim, você sabe".

"Bee!", sussurrou uma voz selvagem. Era o papai. Pensei que ele estivesse dormindo, porque eram duas da manhã. Antes que eu pudesse falar qualquer coisa, ele me fez descer as escadas.

"Comecei a pensar quando o seu crachá não passou", ele disse, com a voz toda trêmula. "E se Bernadette saiu do navio, *mas não passou o crachá*? Para o sistema ela ainda estaria a bordo, de modo que, naturalmente, todo mundo concluiria que ela desapareceu de dentro do próprio navio. Mas se ela desembarcou do navio em algum lugar e não passou o crachá, pode ser que ela ainda esteja lá." Ele abriu a porta que levava para o lounge, que estava se enchendo de gente muito malvestida, os cientistas da Estação Palmer.

"O Porto de Neko foi o último lugar em que mamãe desembarcou", eu disse, tentando juntar os pedaços. "E depois ela voltou."

"Isso de acordo com o crachá de identificação", papai explicou mais uma vez. "Mas e se ela saiu do navio *depois*? E *sem* passar o crachá? Eu estava no bar agora mesmo, e uma mulher chegou e pediu um Pinguim Rosa."

"Um Pinguim Rosa?" Meu coração começou a tremer. Era o drink que aparecia no relatório do capitão.

"Parece que a mulher é uma cientista da Estação Palmer", disse papai. "E o Pinguim Rosa é o drink oficial deles."

Fiquei olhando para as pessoas que chegaram. Eram todos jovens e maltrapilhos, vestidos como se pudessem trabalhar na Decathlon, e estavam rindo muito. O rosto de mamãe não estava entre eles.

"Olha só para esse lugar", disse papai. "Eu nem sabia que ele existia."

Me ajoelhei num banco ao lado de uma janela e olhei para fora. Uma série de passagens vermelhas conectava os prédios de metal azul. Havia uma dúzia de postes de eletricidade e uma caixa-d'água com uma orca pintada. Um navio laranja gigantesco estava ancorado ali perto. Não era nada parecido com um transatlântico, mas sim com um daqueles navios industriais que estão sempre na Elliott Bay.

"Segundo a mulher, a Estação Palmer é o posto mais cobiçado de toda a Antártida", disse papai. "Eles têm um chef que estudou na Cordon Bleu."

Abaixo de nós, os Zodiacs estavam indo e vindo entre o nosso navio e a encosta rochosa. Havia um boneco do Elvis em um dos Zodiacs, que os biólogos estavam filmando ao som de muitos gritos e assobios. Vai saber, talvez fosse algum tipo de piada interna.

"Então, os Pinguins Rosa no relatório do capitão...", eu disse, ainda tentando entender.

"Não eram para Bernadette", disse papai. "Devem ter sido para algum cientista que, assim como o Nick, estava desembarcando na Estação Palmer. Alguém com quem Bernadette fez amizade."

Eu ainda estava tentando entender uma coisa. "Mas o navio da mamãe nem passou perto da Estação Palmer..." Foi aí que eu me dei conta. "Eu sei como podemos conferir!"

Saí correndo do lounge e desci as escadas em direção à casa de navegação. Papai veio logo atrás de mim. Em cima de um bloco de madeira reluzente estava o mapa da península Antártica, com a linha vermelha pontilhada representando a nossa jornada. Abri a gaveta e folheei os mapas até encontrar o do dia 26 de dezembro.

"Esta é a viagem que a mamãe fez." Abri o mapa e coloquei pesos de bronze nas pontas.

Segui o caminho pontilhado vermelho da viagem da mamãe. Partindo da Terra do Fogo, o *Allegra* parou na Deception Island, assim como nós fizemos. Então ele virou para cima, deu a volta na península Antártica e penetrou fundo no Weddell Sea, depois deu a volta, foi para o Neko Harbor e para a Adelaide Island, mas depois disso ele virou mais uma vez e voltou pelo estreito de Bransfield até a King George Island e então chegou a Ushuaia. "O barco dela não passou nem perto da Estação Palmer." Isso estava fora de questão.

"O que são essas coisas?" Papai apontou para as linhas cinza que cruzavam a linha pontilhada vermelha. Estavam em três lugares diferentes.

"Uma corrente, ou algo assim", chutei.

"Não, não são correntes", disse papai. "Espera aí, cada uma delas tem um símbolo..." Ele tinha razão. Essas linhas cinza estavam identificadas com um floco de neve, um sino e um triângulo. "Tem que haver uma explicação..."

E havia, no canto inferior esquerdo do mapa. Ao lado de cada um desses símbolos apareciam as palavras SITKA STAR SOUTH, LAURENCE M. GOULD e ANTARTIC AVALON.

"Eu conheço o nome Laurence M. Gould de algum lugar", eu disse.

"Parecem nomes de navio", disse papai.

"De onde é que eu conheço..."

"Bee?" Papai falou com um sorrisão no rosto. "Olha só."

Ergui a cabeça. Do lado de fora da janela, naquele navio enorme, com o casco todo laranja, em letras de forma azuis: RV LAURENCE M. GOULD.

"Ele cruzou o caminho do navio da mamãe", disse papai. "E veja onde ele está agora."

Tive medo de dizer o que eu estava pensando.

"Ela está aqui, Bee!", disse papai. "Mamãe está aqui."

"Rápido!", eu disse. "Vamos perguntar para uma dessas pessoas no lounge..."

Papai me pegou pelo braço. "Não!", ele disse. "Se a mamãe ficar sabendo, talvez ela faça um novo truque de desaparecimento."

"Papai, nós estamos na Antártida. Para onde ela iria?"

Ele me deu uma olhada que dizia, tipo, Será?

"O.k., o.k., o.k.", eu disse. "Mas eles não deixam os turistas saírem. Como é que a gente..."

"Nós vamos roubar um Zodiac", ele disse. "Temos exatamente quarenta minutos."

Foi aí que eu notei que ele já estava com as nossas parcas vermelhas. Ele segurou a minha mão e nós descemos as escadas em caracol por um, dois, três andares até chegarmos ao vestiário.

"Boa noite, como vocês estão?", disse uma garota atrás do balcão. "Ou já é de manhã? Já é de manhã!" Ela se voltou à sua papelada.

"Já estamos subindo", papai disse bem alto.

Eu o empurrei até uma fileira de armários. "Me dá as jaquetas." Eu as enfiei num armário vazio e o levei até a área da tripulação, onde eu já havia estado com o Nick. Na parede havia uma fileira de parcas pretas. "Vista uma dessas", sussurrei.

Fui até as docas flutuantes, às quais um Zodiac estava amarrado. O único membro da tripulação era um filipino. Seu crachá dizia JACKO.

"Ouvi os marinheiros conversando", eu disse. "O navio está recebendo sinais de satélite da Estação Palmer, então todo mundo está na ponte de comando ligando para casa de graça."

Jacko desapareceu navio adentro, subindo de dois em dois degraus. Sussurrei para o papai, "Agora!".

Vesti uma parca gigantesca da tripulação e arregacei as mangas. Pegamos dois coletes salva-vidas e escalamos um Zodiac. Soltei o cabo do cunho e apertei um botão no motor. A máquina acordou tossindo. Deixamos o *Allegra*, atravessando a água negra cintilante.

Olhei para trás. Alguns passageiros ainda estavam no convés tirando fotos, mas a maioria já havia se recolhido. A mulher do sudoku estava de volta à biblioteca. Iris e Vivian estavam sentadas em volta do nosso jogo de Risk, olhando pela janela. As cortinas estavam fechadas na maior parte das janelas. Até onde as pessoas no navio sabiam, papai e eu estávamos confortavelmente a bordo.

"Abaixe-se", disse papai. Um Zodiac estava vindo em nossa direção. "Você é muito menor do que qualquer um que deveria estar aqui." Ele ficou de pé em frente ao motor e pegou o braço de comando. "Mais baixo", ele disse. "Até o chão."

Deitei de bruços no assoalho do barco. "Tire esses óculos idiotas!" Papai estava usando óculos de grau, e dava pra ver de longe a lente coberta pela bandagem.

"Putz!" Ele se atrapalhou para esconder os óculos dentro do bolso e depois fechou a jaqueta por cima do nariz.

"Quem está vindo em nossa direção?", perguntei. "Você consegue ver?"

"Sapo, Gilly e Karen", disse o papai, mexendo a boca o menos possível. "Vou desviar gentilmente para o lado. Nada muito extremo, só abrir uma distância." Ele acenou para eles.

Senti o outro Zodiac passando.

"O.k., barra limpa", ele disse. "Agora estou procurando por um lugar para aportar…"

Espiei por cima da lateral emborrachada. Estávamos dentro da Estação Palmer.

"Você só tem que jogar o barco a toda a velocidade contra as pedras", eu disse.

"Não, é claro que não…"

"Sim, é claro que sim", eu disse, ficando de pé. "Acelere o máximo…"

Papai fez isso e eu fui arremessada de surpresa em cima da borda inflável de borracha. Segurei no corrimão de cordas e meu corpo bateu na parte de fora. Meus pés e um dos joelhos ficaram presos entre a borracha firme e a encosta rochosa. "Gaaaah!", gritei.

"Bee! Você está bem?"
Não achei que eu estivesse, na verdade. "Sim, tudo bem." Me soltei e fiquei de pé, meio trêmula. "Ah, não!" Aquele outro Zodiac tinha dado meia-volta e as pessoas que estavam a bordo estavam acenando e gritando. Para nós. Agachei atrás do barco.
"Vai", disse papai.
"Pra onde?"
"Vai atrás dela", ele disse. "Eu vou segurá-los. Nosso navio parte às três da manhã, daqui a trinta minutos. Encontre alguém. Pergunte pela mamãe. Ou ela está aqui ou não está. Se você quiser voltar, vai ter que passar um rádio para o nosso navio às duas e cinquenta. Ouviu? Duas e cinquenta."
"Como assim *se* eu quiser voltar?"
"Não sei", disse papai.
Respirei fundo e encarei os prédios corrugados.
"Não deixe..." Papai enfiou a mão no bolso interno da jaqueta e tirou um saquinho de veludo negro com uma cordinha de seda dourada. "... de dar isto a ela."
Sem me despedir, saí mancando pela estrada. A maior parte do cascalho havia sido comida pela erosão. À minha esquerda e direta havia contêineres em diferentes tons de azul, com letreiros estampados. ASPIRANTE, VOLÁTIL, DEPÓSITO DE INFLAMÁVEIS, DEPÓSITO DE CORROSÍVEIS, BAT CAVERNA. Barracas tinham sido armadas em deques de madeira. Elas tinham portas de verdade, e também bandeiras engraçadas, tipo de pirata ou do Bart Simpson. Mesmo com o sol no céu, eu caminhava no silêncio da noite. À medida que eu ia avançando, foi aumentando a densidade de prédios, interligados por uma rede de pontes vermelhas e tubos conectados. À minha esquerda havia um aquário com lulas, estrelas-do-mar grudadas no vidro e criaturas estranhas como as que apareciam no resumo do dia. Havia um grande tanque de alumínio e, ao seu lado, um cartaz com uma taça de martíni que dizia NENHUM RECIPIENTE DE VIDRO PERTO DO OFURÔ, SEM EXCEÇÕES.

Cheguei à escadaria na entrada do prédio principal. Na metade da subida, me atrevi a olhar para trás.

O outro Zodiac tinha atracado perto do de papai. Um dos guias havia subido nele. Algum tipo de discussão parecia estar rolando. Mas o papai seguia posicionado em frente ao motor, de modo que os guias tinham as costas viradas para mim. Até aquele momento eu não tinha sido vista.

Abri a porta e me vi sozinha numa grande sala aquecida, com uma fila de mesas de alumínio para piquenique e carpete no chão. Cheirava como um rinque de patinação. Uma das paredes era dedicada a prateleiras cheias de DVDs. Nos fundos havia um balcão e uma cozinha americana feita de aço inoxidável. Num quadro branco estavam escritas as palavras BEM-VINDO DE VOLTA, NICK!

Gargalhadas vieram de algum lugar. Corri pelo corredor e comecei a abrir as portas. Numa sala não tinha nada além de walkie-talkies colocados para carregar. Um cartaz enorme dizia PROIBIDO O USO DE CANECAS DE CAFÉ, MENOS A DA JOYCE. A sala ao lado tinha escrivaninhas e computadores e tanques de oxigênio. Uma das salas só tinha equipamentos científicos estranhos. Depois havia um banheiro. Ouvi vozes vindo de um canto. Corri em direção a elas. Então eu tropecei.

No chão havia uma espagueteira em cima de um saco de lixo dobrado. Dentro da espagueteira, havia uma camiseta com uma estampa familiar... a marca de uma mãozinha toda colorida. Me inclinei e tirei a camiseta da água cinza e gelada. ESCOLA GALER STREET.

"Pai", gritei. "Papai!" Voltei correndo pelo corredor até as janelas.

Os dois Zodiacs estavam partindo da Estação Palmer, em direção ao nosso navio. Papai estava em um deles.

Então, ouvi nas minhas costas: "Sua pilantrinha".

Mamãe estava parada ali. Ela vestia calças da Carhartt e uma malha.

"Mamãe!" Lágrimas brotaram em meus olhos. Corri até ela. Ela ficou de joelhos e eu a abracei com toda a força e me enterrei nos seus braços. "Eu te encontrei!"

Ela teve de carregar todo o meu peso em seus braços, porque eu simplesmente me joguei. Fiquei olhando seu rosto lindo, e seus olhos azuis ficaram me examinando como costumavam fazer.

"O que você está fazendo aqui?", ela disse. "Como é que você chegou aqui?" Suas rugas irradiavam de seus olhos sorridentes como raios de sol. Havia uma grande listra grisalha no seu cabelo.

"Olha só pro seu cabelo", eu disse.

"Você quase me matou", ela disse. "Você sabe disso." E então, em lágrimas e confusa: "Por que você não me escreveu?".

"Eu não sabia onde você estava!", eu disse.

"E a minha carta?", ela disse.

"Sua carta?"

"Mandei há semanas."

"Nunca recebi a sua carta idiota", eu disse. "Toma. Foi o papai quem mandou." Eu entreguei a ela o saquinho de veludo. Ela sabia o que era, então o apertou contra a bochecha e fechou os olhos.

"Abre!", eu disse.

Ela desatou a cordinha e tirou um pingente do saquinho. Dentro dele havia a fotografia de santa Bernadete. Era o colar que papai lhe havia dado quando ela ganhou seu prêmio de arquitetura. Era a primeira vez que eu o via.

"O que é isso?" Ela puxou um cartão e o segurou longe do rosto. "Não consigo ler o que está escrito." Peguei o cartão da mão dela e li em voz alta.

1. BEEBER BIFOCAL
2. CASA DAS VINTE MILHAS
3. BEE
4. SUA FUGA
AINDA FALTAM CATORZE MILAGRES

"Elgie", disse mamãe, soltando um suspiro com um belo sorriso aliviado.

"Eu sabia que te encontraria", eu disse, e a abracei o mais apertado que pude. "Ninguém acreditou em mim. Mas eu sabia."

"Minha carta", disse mamãe. "Se você nunca a recebeu..." Ela se desvencilhou do abraço e olhou no meu rosto. "Eu não estou entendendo, Bee. Se você nunca recebeu a minha carta, como é que você está aqui?"

"Eu fiz que nem você", eu disse. "Fugi."

PARTE SETE

O coelhinho fujão

SEGUNDA-FEIRA, 21 DE FEVEREIRO

No meu primeiro dia de volta à Galer Street, a caminho da aula de música, passei pelo meu armário. Estava cheio de correspondências dos últimos meses. Amontoado no meio de todos aqueles panfletos sobre o desafio da reciclagem e o Dia de Ir de Bicicleta para a Escola havia um envelope, com um selo, endereçado a mim e aos cuidados da Galer Street. O endereço de retorno era uma empreiteira de Denver, e a letra: da mamãe.

Kennedy viu minha cara e começou a se pendurar em mim, toda "O que é isso? O que é isso? O que é isso?". Eu não queria abrir o envelope na frente dela. Mas eu não podia abri-lo sozinha. Então voltei para a sala de aula. O sr. Levy estava junto com alguns outros professores, e eles estavam prestes a ir para o Starbucks no intervalo. Assim que o sr. Levy me viu, ele disse aos outros para irem na frente. Fechamos a porta, e eu tentei contar tudo a ele de uma vez só: a intervenção e Audrey Griffin salvando mamãe; o Choate e a colega de quarto que não gostava de mim; a Antártida, o bebê de Soo-Lin e ter encontrado mamãe; e agora isso, a carta perdida. Mas saiu tudo num jorro desordenado. Então fiz a segunda melhor coisa que eu podia ter feito: fui até o meu armário e dei a ele o livro que escrevi no Choate. Depois fui pra aula de música.

No intervalo do almoço, o sr. Levy me encontrou. Ele disse que gostou do meu livro, achou o.k., mas que, na sua opinião, a obra ainda precisava de trabalho. Ele me deu uma ideia. Que tal se eu terminasse o livro como meu projeto de pesquisa nesta primavera? Ele sugeriu que eu pedisse a Audrey, Paul Jellinek, sra. Goodyear e todos os demais que me enviassem material. Também me disse para pedir ajuda a mamãe, é claro, mas ela só voltaria da Antártida dali a duas semanas. O sr. Levy disse que me daria os créditos das aulas que perdi, de modo que eu poderia me formar junto com o resto da minha turma. E é isso que este livro é.

SEXTA-FEIRA, 7 DE JANEIRO

A carta perdida da mamãe

Bee,
    Escrevo a você de um contêiner na Antártida, onde espero para ter quatro sisos extraídos voluntariamente por um veterinário. Mas deixe-me voltar um pouco no tempo.
    A última coisa que você soube foi que eu desapareci enquanto estava sendo perseguida na sala de estar com uma rede de caçar borboletas. Mais cedo, naquele dia, como você se lembra, eu fui ao Dia da Celebração Mundial. Para evitar a "celebração" em si com habitantes do assim chamado "mundo", dei

um jeito de me ocupar com a mesa do café, servindo, mexendo e bebendo, ao todo, cinco copos de lama. No momento em que a performance acabou, fui depressa para casa (*não* para o consultório do dr. Neergaard para arrancar os dentes, o que era realmente uma ideia maluca, até mesmo eu acabei me dando conta) e intervim na minha própria intervenção, tornada muito mais dolorosa pelo fato de que eu precisava brutalmente fazer xixi. Fui ao banheiro e comecei a ouvir um *toc, toc, toc*.

Lembra como nós pensávamos que Audrey Griffin era o diabo? No fim das contas, Audrey Griffin é um anjo. Ela me arrancou pela varanda e me levou rapidamente até a segurança da sua cozinha, onde me mostrou o dossiê sobre meu comportamento terrível, que a esta altura você já recebeu pelo correio tradicional.

Eu sei que parece que simplesmente fugi, mas a verdade é: eu não fugi.

Até onde eu sabia, Elgie ainda tinha planos de te levar para a Antártida. Ele deixou claro estar muito decidido a esse respeito, durante a intervenção. Na manhã seguinte, fui ao aeroporto, onde poderia falar com vocês dois pessoalmente. (Saiba de uma coisa: nunca mais vou mandar e-mails, mensagens de celular ou até mesmo telefonar para ninguém. De agora em diante, eu sou como a máfia, é contato cara a cara ou nada.) Perguntei se vocês haviam feito o check-in, mas divulgar esse tipo de informação é estritamente proibido — ainda estamos pagando por aqueles sequestradores do Onze de Setembro — de modo que minha única opção era fazer o check-in e embarcar no avião.

Como você sabe, vocês não estavam naquele voo. Entrei em pânico, mas aí uma aeromoça bonitinha me deu um copo de suco de laranja com gelo picado. Estava muito mais gostoso do que deveria, portanto resolvi voar até Miami. Minha cabeça estava a mil: eu era um míssil teleguiado furioso e destruidor. Elgie era o rato, eu era o gênio incompreendido. Os discursos que eu tinha ensaiado eram épicos e herméticos.

Descer do avião em Miami foi como voltar para o útero. Teriam sido as vozes de LeBron James e Gloria Estefan dando as boas-vindas? Não, era o cheiro do Cinnabon. Pedi um grande e fui pegar o bonde que me levaria até o balcão do aeroporto. Uma vez lá, eu compraria uma passagem de volta para casa e aceitaria meu destino.

Como o Cinnabon não ia se comer sozinho, resolvi me sentar. Bondes iam e vinham enquanto eu destroçava aquela delícia reconfortante, curtindo cada mordida, até que eu percebi que tinha me esquecido dos guardanapos. As minhas duas mãos estavam lambuzadas com a cobertura. Meu rosto também. Havia um lenço num dos bolsos do meu colete. Ergui minhas mãos, como um cirurgião, e pedi a uma senhora: "Por favor, você poderia abrir este zíper?". O bolso que ela abriu tinha apenas um livro sobre a Antártida. Eu peguei o livro e limpei minhas mãos e, sim, também o meu rosto com suas páginas imaculadas.

Um bonde chegou. As portas se abriram e eu peguei um lugar. Dei uma olhada no livro, que agora estava no meu colo. Era A *pior viagem do mundo*, de Apsley Cherry-Garrard, uma das poucas sobreviventes da malfadada tentativa do capitão Scott de chegar ao polo Sul. Na quarta-capa estava escrito "As pessoas não vão para a Antártida, simplesmente: elas recebem um chamado".

Paramos no terminal principal. Não desci do bonde. Eu vim para a Antártida.

É claro que o primeiro lugar onde vocês procurariam por mim seria a empresa de cruzeiros. Eles diriam a vocês que eu estava a bordo e, dessa forma, vocês saberiam que eu estava a salvo. Bônus extra: assim que eu zarpasse, não haveria mais como me comunicar. Era tudo de que papai e eu precisávamos, desesperadamente: ficar três semanas afastados.

Assim que embarquei no *Allegra* — ainda estou levemente chocada de não ter sido tirada de lá no último minuto por algum tipo de autoridade —, fui cumprimentada por um biólogo. Perguntei como ele estava.

"Vou ficar bem", ele respondeu. "Assim que eu voltar para o gelo."

"Mas você não acabou de sair de lá?", eu perguntei.

"Já faz três dias", ele respondeu, nostálgico.

Eu não conseguia entender do que ele estava falando. Era gelo. Dá para gostar tanto assim de gelo?

Bem, eu descobri. Depois de dois dias de náusea hedionda, acordei na Antártida. Do outro lado da minha janela, três vezes mais alto que o navio — e duas vezes mais largo — havia um iceberg. Foi amor à primeira vista. Um anúncio foi feito, dizendo que podíamos andar de caiaque. Vesti-me rapidamente e fui a primeira a entrar na fila. Eu tinha de ter uma conversa de perto com o gelo.

Gelo. É uma viagem, as sinfonias se congelam, o inconsciente ganha vida, as cores vibrando: o azul. (A neve é branca; o gelo é azul. Você saberia o porquê, Bee, porque você sempre sabe essas coisas, mas eu não tinha a menor ideia.) Raramente neva na Antártida, porque é um deserto. Na média, um iceberg tem dezenas de milhões de anos e se desprendeu de uma geleira. (É por causa de coisas assim que você precisa amar a vida: um dia você está entregando o número do seguro social para a máfia russa; duas semanas depois, você está usando o verbo *desprender*.) Eu vi centenas deles, catedrais de gelo, blocos de sal deformados por lambidas; destroços de naufrágios polidos pelo desgaste como os degraus de mármore do Vaticano; Lincoln Centers capotados e desfigurados pela acne; hangares esculpidos por Louise Nevelson; prédios de trinta andares arqueados de forma impossível, como se tivessem saído de uma exposição mundial; brancos, sim, mas azuis também, em todos os tons de azul do espectro, profundos como num blazer marinho, incandescentes como num letreiro de neon, azul-royal como a camiseta de um francês, azul-claro como o cobertor de um bebê, esses monstros gelados que vagueiam pelo escuro ameaçador.

Havia alguma coisa indescritivelmente nobre na sua idade, seu tamanho, sua ausência de consciência, seu direito de existir. Cada iceberg que eu via me enchia de sentimentos de tristeza e fascínio. Não *pensamentos* de tristeza e fascínio, entenda, uma vez que para haver pensamentos é necessário um pensador, e a minha cabeça estava vazia como um balão, incapaz de pensar. Eu não pensava no papai, eu não pensava em você e, o pior de tudo, eu não pensava em mim. O efeito disso era parecido com o da heroína (eu acho), e eu queria prolongá-lo o máximo possível.

Mesmo a mais banal das interações humanas me mandava de volta aos pensamentos mundanos. Por isso eu era a primeira a sair de manhã e a última a voltar. Só andei de caiaque, não cheguei a pôr os pés no Continente Branco. Mantive a cabeça baixa, fiquei no meu quarto e dormi, mas, principalmente, eu *fui*. Nada de coração acelerado, nada de mente que voa.

Um dia eu estava remando no mar e uma voz surgiu do nada.

"Olá", ela disse. "Você está aqui para ajudar?" Talvez ela pudesse ter dito, Você é uma bruxa boa ou uma bruxa má?, de tão bizarro que foi, no meio daquele azul tão tecnicolor, daquele iceberg em espiral.

O cumprimento vinha de Becky, uma bióloga marinha que tinha saído em um Zodiac para coletar amostras da água. Ela estava pegando uma carona no *Allegra* a caminho da Estação Palmer, um centro de pesquisas científicas, onde, ela me explicou, iria *viver pelos próximos meses*.

Pensei: Não brinca que dá mesmo pra *viver* por aqui?

Embarquei no Zodiac dela e fiquei anunciando os níveis de fitoplânctons em voz alta. Ela falava sem parar. Seu marido era um empreiteiro que morava em Ohio e estava usando um programa de computador chamado Quickie Architect (!) porque queria ser chamado para tocar uma obra no polo Sul que desmontaria um domo geodésico e construiria uma estação de pesquisa em seu lugar.

O quêêêêêêêê...?

A esta altura você já deve saber que sou comprovadamente um gênio. Não diga que eu não te falei sobre a bolsa da MacArthur, porque eu falei. Eu só nunca deixei muito clara a importância desse prêmio. Sério, quem é que vai querer admitir para sua filha que um dia já foi considerada a arquiteta mais promissora do país, mas hoje devota sua celebrada genialidade a difamar o motorista à sua frente só porque o carro possui placas do Idaho?

Eu sei quanto deve ter sido ruim pra você, Bee, todos esses anos amarrada ao banco do carona, sendo refém das minhas mudanças de humor enquanto eu dirigia. Eu tentei. Decidi que nunca mais ia dizer nada de ruim sobre os outros motoristas. Daí eu me pegava só esperando que uma minivan saísse de uma vaga. "Não vou falar nada", eu ficava dizendo pra mim mesma. E então, do banco de trás, vinha sua voz fininha: "Eu sei o que você ia dizer. Você ia chamá-la de idiota de merda".

Por que estou mencionando isso? Acho que é para dizer que, de centenas de maneiras diferentes, eu deixei você na mão. Eu disse centenas? Devem ter sido milhares.

O que a Becky quis dizer com desmontar o domo geodésico? O que eles vão fazer com ele? Do que a nova estação seria construída? Que materiais podem ser *encontrados* no polo Sul? Ele não é feito só de gelo? Eu tinha um milhão de perguntas. Convidei a Becky para jantar comigo. Ela era uma pessoa sem graça, uma caipirona que ficava bajulando os garçons num estilo "veja só como eu trato bem a criadagem" para demonstrar superioridade. (Deve ser uma coisa do Meio-Oeste.) Depois do jantar, Becky insinuou fortemente que ela gostaria de dar um pulo no bar, e lá, enquanto ela perguntava ao barman qual a idade de suas *"crias"* que moravam em Kashmir, eu a enchia de perguntas, atrás de mais informações.

Correndo o risco de parecer o papai e explicar desnecessariamente coisas que você já sabe: a Antártida é o maior, mais seco, mais gelado e mais ventoso lugar do planeta. A temperatura média no polo Sul é de sessenta graus abaixo de zero, os ventos têm intensidade de furacão e a uma altitude de três mil metros. Em outras palavras, os primeiros exploradores não podiam simplesmente chegar lá, eles tinham de escalar umas montanhas bem significativas para chegar lá. (Nota paralela: Aqui, ou você é do time do Amundsen, ou do Shackleton, ou do Scott. Amundsen foi o primeiro a chegar ao polo, mas ele precisou dar cães de comer a outros cães para isso, o que faz dele o Michael Vick dos exploradores polares: você pode até gostar dele, mas não saia dizendo isso por aí, ou você acabará metida numa discussão com um bando de fanáticos. Shackleton é como o Charles Barkley do grupo: ele é uma lenda, com status de celebridade, mas sempre haverá um asterisco dizendo que ele nunca chegou ao polo, ou seja, nunca ganhou um campeonato. Não sei como foi que isso acabou virando uma analogia esportiva. Por fim, há o capitão Scott, que foi canonizado pelo seu fracasso e, até hoje, não foi totalmente compreendido porque era terrível no trato com as pessoas. Ele é o meu preferido, você pode imaginar por quê.) O polo Sul está sobre uma camada de gelo em constante movimento. Todo ano eles precisam reposicionar o marcador oficial do polo porque ele pode ter se deslocado até trinta metros! Isso quer dizer que meu prédio teria de ser um iglu movido a vento capaz de se deslocar como um caranguejo? Talvez. Mas não estou preocupada com isso. É para isso que servem a ingenuidade e a insônia.

Qualquer estrutura que fosse construída teria de ser coordenada de fora dos Estados Unidos. Todos os materiais, desde os pregos, teriam de ser mandados para cá. Trazê-los até aqui seria tão caro que absolutamente *nada* poderia ser desperdiçado. Vinte anos atrás, eu construí uma casa com desperdício zero, usando apenas materiais encontrados, no máximo, a vinte milhas de distância. Para essa obra seria necessário usar materiais encontrados, no mínimo, a nove mil milhas de distância.

Meu coração começou a bater muito mais rápido, mas não no mau sentido, tipo, Eu vou morrer. Um coração acelerado no bom sentido, tipo, Olá, posso ajudar em alguma coisa? Se não puder, por favor, sai da frente que eu estou passando.

O tempo todo eu ficava pensando, Que ideia fabulosa eu tive de fazer esta viagem em família pela Antártida!

Você me conhece, ou talvez não, mas, a partir dali, cada hora do meu dia passou a ser devotada ao planejamento da minha tomada da nova estação no polo Sul. E quando eu digo cada hora do meu dia eu estou falando das vinte e quatro, porque o sol nunca se põe aqui.

Se alguém me perguntasse — o que, em sua defesa, aquele repórter da *Artforum* tentou bravamente fazer, mas toda vez que eu via o nome dele na minha caixa de entrada eu apertava freneticamente delete delete delete —, eu diria que nunca me considerei uma grande arquiteta. Sou mais alguém que resolve problemas de forma criativa, com bom gosto e uma queda por pesadelos logísticos. Eu precisava ir. Na falta de uma razão melhor, para colocar minhas mãos no polo Sul e declarar que o mundo literalmente gira ao meu redor.

Não dormi por dois dias seguidos porque tudo aquilo era

muito *interessante*. As estações do polo Sul, McMurdo e Palmer, são controladas pela mesma empreiteira militar de Denver. Meu contato mais próximo com aquilo era a Becky. Foi aí que eu decidi: não importa quão efusivamente Becky se desculpe toda vez que tem de pedir mais pão a um garçom, eu vou grudar nela.

Um dia desses, eu estava no mar com Becky, no nosso laboratório de ciências flutuante, anunciando números em voz alta. Da forma mais casual possível, falei que acharia divertido ir com ela até a Estação Palmer. Que tumulto aquilo provocou! É proibida a entrada de civis! Somente o pessoal essencial! Há uma espera de cinco anos! É o lugar mais competitivo do mundo para um cientista! Ela havia passado anos escrevendo sua requisição!

Naquela noite, Becky se despediu de mim. Foi um choque, já que não estávamos nem perto da Estação Palmer. Um barco viria às três da manhã para pegá-la. Parece que existe toda uma rede de transporte paralelo aqui na Antártida, muito parecida com o Microsoft Connector. São barcos de pesquisa marinha que circulam constantemente transportando pessoal e suprimentos entre as diversas estações. Eles costumam se encontrar com os navios de cruzeiro, que acumulam funções trazendo suprimentos para estas estações remotas.

Eu tinha apenas seis horas. Não teria jeito de eu convencer a Becky a me levar até a Estação Palmer. Eu estava na cama, desesperada, quando, precisamente às três horas, apareceu deslizando suavemente um navio gigantesco cor de páprica, o *Laurence M. Gould*.

Desci até o vestiário para ter uma visão de primeira fila do cenário da minha próxima fuga. Empilhados sobre as docas flutuantes, estavam as malas de Becky e cinquenta engradados de frutas e verduras frescas. Consegui identificar laranjas, abóbora, repolho. Um filipino sonolento estava colocando tudo num Zodiac oscilante e não tripulado. De repente, um engradado de abacaxis foi empurrado para mim.

Pensei: faz dias que eu tenho saído com a Becky nessas excursões para medir o plâncton. O cara pensou que eu fosse uma *cientista*. Peguei o engradado, pulei para dentro do Zodiac e fiquei ali enquanto ele me passava mais caixas. Assim que atingimos a capacidade de carga do Zodiac, o marinheiro subiu no barco e ligou o motor.

Fácil assim, eu estava indo em direção ao imenso utilitário *Laurence M. Gould*. Fomos recebidos por um marinheiro russo, igualmente sonolento e ressentido. O filipino ficou no Zodiac, eu subi no convés do *Gould* e comecei a descarregar. A única preocupação do russo era registrar a chegada dos engradados. Quando o Zodiac ficou vazio — e como teste para ver se aquilo estava mesmo acontecendo —, abanei timidamente para o filipino. Ele voltou para o *Allegra* sozinho.

Lá estava eu, bem satisfeita dentro do *Laurence M. Gould*. A melhor parte: eu não havia passado o crachá quando saí do *Allegra*. Eles não tinham registro da minha saída, e provavelmente não notariam o meu sumiço até que aportassem em Ushuaia. Quando isso acontecesse, eu poderia entrar em contato com você.

Olhei para trás, vi o *Allegra* e inclinei a cabeça em sinal de agradecimento. Então, na boca do navio, vi a silhueta de Becky começando a carregar os suprimentos restantes em um Zodiac. A antipatia irracional que eu sentia por ela voltou. E aí eu pensei, Mas pra que eu preciso da Becky? A Becky não manda em mim.

Fui caminhando pelas entranhas do navio, através de um labirinto de corredores cheirando mal, uma mistura de diesel, fritura e cigarros. Deparei com um minúsculo lounge, com sofás surrados em tom pastel e uma TV quadradona. Fiquei ali sentada enquanto ligavam os motores. Fiquei ali sentada enquanto o navio zarpava. E fiquei ali sentada mais um tempo. Até que caí no sono.

Acordei com o grito de Becky. Perto da hora do café da manhã, alguns marinheiros tinham me visto dormindo e começaram a fazer perguntas. Por sorte, estávamos a apenas seis horas da Estação Palmer. Becky decidiu que a melhor coisa a fazer era me entregar a Ellen Idelson, gerente da estação. Pelo resto da viagem, fui uma prisioneira no lounge, um objeto de curiosidade. Cientistas russos enfiavam a cabeça dentro da sala para me assistir assistindo a *O óleo de Lorenzo*.

Assim que chegamos a Palmer, Becky me arrastou pela nuca até sua querida líder, Ellen Idelson. Para desgosto de Becky, Ellen *adorou* quando eu disse que trabalharia de graça e que nenhum trabalho era degradante demais para mim.

"Mas como é que ela vai voltar para casa?", Becky choramingou.

"A gente mete ela no *Gould*", disse Ellen.

"Mas as camas são limitadas", disse Becky.

"Pois é", disse Ellen. "É o que costumamos dizer."

"Mas ela está sem passaporte! Ele ficou no *Allegra*."

"Isso é problema dela, não é mesmo?"

Nós duas ficamos olhando Becky ir embora bufando.

"Ela é muito boa escrevendo requisições", disse Ellen, com repugnância. Era um caso de "o inimigo do meu inimigo é meu amigo". A maré estava virando.

Fui entregue a Mike, um ex-senador de Boston que queria tanto passar um tempo na Antártida que estudou para virar mecânico de motores a diesel. Ele me deu uma pilha de lixas industriais e me pôs para trabalhar lixando e pintando a parte do convés que ficava ao redor da sala do gerador. Antes de passar a lixa, a madeira precisava ser raspada. Eu tinha uma espátula, que estava sem fio, mas imaginei que talvez pudesse pegar um afiador de faca emprestado na cozinha.

"Aí está ela", disse Ellen, que estava tendo uma conversa

com o chef quando eu entrei. Ellen apontou para uma mesa de piquenique. Obedientemente, me sentei.

Ela veio na minha direção com um laptop aberto.

Na tela estava a página da Wikipédia sobre mim. Na janela atrás disso, o site da *Artforum*. (Um parêntese: a internet daqui é a mais rápida que eu já vi, por ser uma rede militar ou algo assim. O slogan deveria ser *Estação Palmer: Venha pelo gelo. Fique pela internet*.)

"Não foi legal o que você fez", disse Ellen. "Entrar clandestinamente no *Gould*. Eu só não quis deixar a Becky muito animada. Não seria bom para o moral."

"Entendo."

"O que você está querendo?", ela perguntou. "Por que você está aqui?"

"Eu tenho de mandar uma carta para a minha filha. Não um e-mail, uma carta de verdade. Uma que chegue a Seattle até o dia 17." É fundamental que você receba esta carta, Bee, antes de o navio voltar para Ushuaia, para que ninguém fique preocupado.

"O malote sai amanhã", disse Ellen. "Dá tempo de mandar a sua carta."

"Além disso, eu queria ter uma chance de projetar a estação do polo Sul. Mas eu precisava ir até lá pessoalmente para sentir o astral."

"Ah", disse Ellen. "Eu estava querendo entender."

Ellen começou a falar sobre a impossibilidade do que eu queria fazer: aviões para o polo partem somente da Estação McMurdo, que está a duas mil e cem milhas náuticas de Palmer. Chegar à Estação McMurdo era relativamente fácil. Mas voar até o polo era outra história. Os voos eram estritamente reservados para PE, pessoal essencial, e eu era tão não essencial que tinha dado um novo significado à palavra.

No meio do discurso, me ocorreu que Ellen Idelson era uma empreiteira. Ela estava fazendo o Kabuki do Empreiteiro. É um ritual no qual a) o empreiteiro explica nos mínimos detalhes a impossibilidade do trabalho que você o contratou para fazer, b) você demonstra o remorso extremo de ter sequer sugerido tal coisa, retirando o seu pedido, e c) ele diz que pensou num jeito de fazer o que você pediu.

Desempenhamos nossos papéis com maestria, Ellen apontando as diversas dificuldades, eu me desculpando cabisbaixa por haver pedido algo tão irracional e impulsivo. Saí de lá resignada e voltei às minhas atribuições de lixadeira. Cinco horas depois, Ellen assobiou, me chamando para o seu escritório.

"Sorte sua", ela disse, "que eu gosto dos esquisitos, dos depravados e dos gênios. Consegui um lugar para você num Hércules que vai de McMurdo para Ninety South. O voo é daqui a seis semanas. Você vai sair de Palmer em cinco. Você vai ter de ficar de pé durante toda a viagem de três horas e vai viajar junto com uma carga de balões meteorológicos, leite em pó e combustível de jato."

"Sem problema quanto a ficar de pé", eu disse.

"Você acha isso agora", disse Ellen. "Só uma pergunta: você tem todos os seus sisos?"

"Sim…", respondi. "Por quê?"

"Ninguém que tenha sisos pode ir ao polo Sul. Alguns anos atrás tivemos de fazer o transporte aéreo de três pessoas com infecções no siso. Não me pergunte quanto custou. Resolvemos instituir uma regra: nada de siso."

"Merda!" Comecei a pular que nem o Eufrazino Puxa-Briga, muito puta porque de todas as razões pelas quais o polo Sul poderia escapar pelos meus dedos, ele escaparia porque eu não fui àquela maldita consulta no dentista!

"Calma", disse Ellen. "Nós podemos arrancá-los. Mas vamos ter de fazer isso hoje."

Meu corpo estremeceu. Eis aí uma mulher capaz de levar o conceito de mão na massa a novos patamares.

"Mas", ela disse, "você precisa saber no que você está se metendo. O polo Sul é considerado o ambiente mais estressante para viver em todo o mundo. Você vai ficar confinada a um espaço pequeno com outras vinte pessoas de quem você provavelmente não vai gostar. Elas já são bem medonhas, na minha opinião, e ficam ainda piores com o isolamento." Ela me entregou uma prancheta. "Este é um teste psicotécnico que as pessoas precisam fazer antes de ir para lá. Ele tem setecentas questões, e a maioria é besteira. Mas pelo menos dê uma olhada."

Sentei-me e abri numa página qualquer. "Verdadeiro ou Falso: eu organizo todos os meus sapatos pela cor. Se eu os encontrar fora de ordem, posso ficar violento." Ela tinha razão, era besteira.

O mais relevante era a folha de rosto, que descrevia o perfil psicológico dos candidatos mais propensos a suportar as condições extremas do polo Sul. Eles são "indivíduos com atitudes blasées e tendências antissociais" e pessoas que "se sentem confortáveis passando muito tempo sozinhas em salas pequenas", "não sentem a necessidade de sair e se exercitar", e o toque final, "que podem passar longos períodos sem tomar banho".

Nos últimos vinte anos, estive treinando para passar o inverno no polo Sul! Eu sabia que estava me preparando para alguma coisa.

"Eu consigo lidar com tudo isso", eu disse a Ellen, "desde que minha filha me dê sua bênção. Preciso falar com ela."

"Essa é a parte fácil", disse Ellen, finalmente abrindo um sorriso para mim.

Tem um cara que está aqui estudando leões-marinhos. Ele também é veterinário, de Pasadena, especializado em dentição equestre. Ele cuidava dos dentes da Zenyatta. (Estou falando pra você, tem gente de todo tipo aqui. Hoje no almoço, um físico vencedor do Nobel estava falando sobre "universos paralelos". Não estou falando da hora da saída da Galer Street, com todos aqueles pais e suas jaquetas da North Face. É um conceito da física quântica que diz que tudo que *pode* acontecer está acontecendo em um infinito número de universos paralelos. Merda, não vou conseguir explicar agora. Mas estou dizendo, por um breve momento, no almoço, consegui entender. E, como tudo na minha vida, estava em minhas mãos e depois perdi.)

Enfim. O veterinário vai extrair os meus sisos. O médico da estação, Doug, vai ajudá-lo. Doug é um cirurgião de Aspen que veio parar aqui por causa do seu eterno sonho de esquiar em todos os sete continentes. Eles estão confiantes de que a extração será uma barbada porque meus sisos estão apontando para fora das gengivas, e nenhum deles está num ângulo esquisito. Por algum motivo, Cal, um gênio especialista em neutrinos, quis participar de toda a ação. Todos parecem gostar de mim, o que tem tudo a ver com o fato de eu ter aparecido trazendo frutas e verduras frescas, e também com a escassez de mulheres. Estou no Top 10 da Antártida aqui, a um trecho de barco de distância de entrar no Top 5.

Bee, eu tenho uma chance de chegar ao polo Sul. O *Laurence M. Gould* está indo na direção de McMurdo e chega lá em cinco semanas. De lá, se eu der prosseguimento à jornada, posso pegar aquele trenó para Ninety South. Mas só vou fazer isso se receber uma resposta sua. Escreva para Ellen Idelson, para o e-mail abaixo. Se eu *não* tiver uma reposta sua, vou pegar aquele navio para McMurdo e de lá voarei de volta para casa.

✳✳✳✳

Doug, o cirurgião, acaba de me dar Novocaína e Vicodin, que aparentemente era a única razão para que Cal Neutrino estivesse por aqui — ele tinha ouvido que iam abrir a caixa de medicamentos. Ele já foi embora. Não tenho muito tempo antes de começar a viajar. Então, vamos ao que é importante:

Bee, não odeie o papai. Eu já o odeio o suficiente por nós duas. Dito isso, acho que vou perdoá-lo. Porque eu não sei o que papai e eu seríamos um sem o outro. Bem, nós sabemos o que *ele* seria: um cara que passa as noites com a sua secretária. Mas eu não tenho ideia do que seria de mim.

Você se lembra de todas aquelas coisas que você odiava em mim quando era pequena? Você odiava quando eu cantava. Você odiava quando eu dançava. Você odiava *muito* quando eu me referia àquele mendigo com dreadlocks que andava pelas ruas com uma pilha de cobertores sobre os ombros como "meu irmão". Você odiava quando eu dizia que você era minha melhor amiga.

Agora eu concordo com você quanto a essa última questão. Eu não sou sua melhor amiga. Eu sou sua mãe. E como sua mãe, tenho dois comunicados a fazer.

Primeiro, nós vamos nos mudar da Straight Gate. Aquele lugar foi um pesadelo com décadas de existência, mas nós três vamos acordar dele assim que eu estalar os dedos.

Recebi um telefonema uns meses atrás de um maluco chamado Ollie-O, que estava arrecadando dinheiro para um novo campus da Galer Street. Que tal se nós déssemos Straight Gate a eles, ou vendêssemos por um valor simbólico? A verdade inconfessável: a Galer Street foi a melhor coisa que já me aconteceu. Eles foram fantásticos cuidando de você. Os professores te adoravam, e foi lá que você desabrochou e se transformou na minha Krishna — agora sem Bala — tocadora de flauta. Eles precisam de um campus, e nós precisamos começar a viver como pessoas normais.

Sinto falta das tardes em que íamos para o nosso quintal

e eu ficava de pernas para o ar. O céu em Seattle é tão baixo, parece que Deus jogou um paraquedas de seda em cima de nós. Todos os sentimentos que eu conhecia estavam naquele céu. Os raios brilhantes e alegres de sol; os flocos de nuvens graciosos e risonhos; as colunas cegantes de luz solar. Esferas de ouro, rosa, cor de carne, imensamente cafonas em sua luminosidade. Rotundas nuvens gigantescas, acolhedoras, compassivas, se repetindo infinitamente no horizonte como se estivessem entre espelhos; e pancadas de chuva, martelando sua tragédia molhada agora ao longe, mas em breve sobre nós. E numa outra parte do céu, uma mancha escura e sem chuva.

O céu vinha em fragmentos, ele vinha em camadas e vinha todo misturado, sempre em movimento, agitado, às vezes uivando. Era tão baixo que às vezes eu esticava os braços no ar, como você, Bee, no seu primeiro filme 3D, de tão convencida que eu estava de que podia pegá-lo, e então, simplesmente — me tornar parte dele.

Esses palermas entenderam tudo errado. A *melhor* coisa de Seattle é o clima. Em todo o resto do mundo, as pessoas têm vista para o mar. Mas no meio do *nosso* mar tem a Bainbridge Island, um meio-fio sempre verde para as montanhas Olympic, imponentes, escarpadas, cobertas de neve. Acho que o que estou querendo dizer é: estou com saudades das montanhas e da água.

Meu segundo comunicado: você não vai para o colégio interno. Sim, sou egoísta e não conseguirei suportar a vida sem você. Mas principalmente, e eu estou falando sério, acho que é uma péssima ideia para você. Você simplesmente não vai se entrosar com aqueles garotos ricos esnobes. Eles não são como você. Citando a assistente administrativa, "Eu não quero usar a palavra *sofisticação*". (O.k., nós precisamos jurar que *nunca* vamos tirar sarro do papai por causa dos e-mails dela. Pode ser difícil para você entender agora, mas acredite em mim, não significou nada. Sem dúvida o coitado do papai já está se mortificando sozinho. E se ele ainda não tiver se livrado dela quando eu voltar, não se preocupe, eu mesma vou enxotá-la.)

Bee, querida, você é filha da Terra, dos Estados Unidos, do estado de Washington e de Seattle. Esses riquinhos da Costa Leste são de uma raça diferente e estão dentro de um trem-bala para o nada. Seus amigos de Seattle são praticamente canadenses de tão gentis. Nenhum de vocês tem um celular. As meninas usam moletons e calcinhas enormes de algodão e saem por aí com o cabelo todo emaranhado, sorrindo, com a mochila cheia de enfeites. Você sabe como é absolutamente raro o fato de você não ter sido corrompida pela moda e pela cultura pop? Mês passado eu mencionei o Ben Stiller, e lembra o que você me disse? "Quem é esse?" Eu te amei ainda mais por isso.

A culpa é minha. Nada do que eu me tornei foi por causa de Seattle. Bem, talvez tenha sido por causa de Seattle. As pessoas são muito chatas. Mas vamos suspender esse julgamento final até que eu comece a agir mais como uma artista e menos como uma ameaça. Só vou prometer uma coisa a você, eu vou em frente.

Desculpe, mas você não tem escolha. Você vai ficar comigo, conosco, na nossa casa. E eu não quero nem ouvir falar no coelhinho fujão. O coelhinho fujão vai ficar.

Diga sim, e eu vou ficar fora por mais um mês. Eu vou voltar e trabalhar nas plantas para a nova estação do polo Sul, você vai se formar na Galer Street e ir para a Lakeside, papai vai continuar fazendo do mundo um lugar melhor trabalhando na Microsoft, e nós vamos nos mudar para uma casa normal, quem sabe, ouso dizer, uma American Craftsman?

Diga sim. E saiba que eu sempre serei,
Mamãe

Agradecimentos

Obrigada...

Anna Stein, agente feroz e elegante, amiga querida. Judy Clain, que sempre acredita, cheia de gentileza e alegria.

Meus pais. Joyce, por acreditar tanto em mim que quase me deixa constrangida, e Lorenzo, por me fazer querer ser escritora.

Pela ajuda de: Heather Barbieri, Kate Beyrer, Ryan Boudinot, Carol Cassella, Gigi Davis, Richard Day, Claire Dederer, Mark Driscoll, Robin Driscoll, Sarah Dunn, Jonathan Evison, Holly Goldberg Sloan, Carolyne Heldman, Barbara Heller — eu me arrepio só de pensar na bagunça que eu teria nas mãos se não fossem suas anotações geniais —, Johanna Herwitz, Jay Jacobs, Andrew Kidd, Mattew Kneale, Paul Lubowicki — especialmente, especialmente! —, Cliff Mass, John McElwee, Sally Riley, Maher Saba, Howie Sanders, Lorenzo Semple iii, Phil Stutz, Arzu Tahin, Wink Thorne, Chrystol White, John Yunker.

As garotas Cassella: Elise, Julia e Sara. Sem a sua decência e charme, não existiria Bee.

Na Little, Brown: Terry Adams, Reagan Arthur, Nicole Dewey, Heather Fain, Keith Hayes, Michael Pietsch, Nathan Rostron — às vezes eu acho que toda a minha carreira literária é uma armação elaborada para que vocês aceitem minhas ligações —, Geoff Shandler, Amanda Tobier, Jayne Yaffe Kemp.

Agradecimentos profundos e eternos a: Nicholas Callaway, Mia Farrow, Merrill Markoe, Peter Mensch, Ann Roth, James Salter.

Pela acolhida em Seattle: os pais, professores e funcionários da... School, todos os srs. Levy, nenhuma mosquinha. Um agradecimento enorme para os meus camaradas na Seattle7Writters, Elliott Bay Book Company, University Books e Richard Hugo House.

E acima de tudo: George Meyer, que, com sua gentileza e reclamações mínimas, enfrenta os leões todos os dias para que eu possa me dedicar a escrever. Obrigada por ficar do meu lado, meu bem.

1ª EDIÇÃO [2013] 2 reimpressões

ESTA OBRA FOI COMPOSTA PELO GRUPO DE CRIAÇÃO EM ELECTRA E
IMPRESSA PELA RR DONNELLEY EM OFSETE SOBRE PAPEL PÓLEN SOFT
DA SUZANO PAPEL E CELULOSE PARA A EDITORA SCHWARCZ
EM MARÇO DE 2018

A marca FSC® é a garantia de que a madeira utilizada na fabricação do papel deste livro provém de florestas que foram gerenciadas de maneira ambientalmente correta, socialmente justa e economicamente viável, além de outras fontes de origem controlada.